Gabriele Weingartner
Die Hunde im Souterrain

Gabriele Weingartner

Die Hunde im Souterrain
Roman

Limbus Verlag

Bibliografische Information der Deutschen Nationalbibliothek:
Die Deutsche Nationalbibliothek verzeichnet diese Publikation in der
Deutschen Nationalbibliografie; detaillierte bibliografische Daten sind
im Internet über http://dnb.d-nb.de abrufbar.

© Limbus Verlag Innsbruck 2014

Umschlagfoto © Volker Heinle
(Maison Jules Roy, Vézelay)
Druck: Finidr, s.r.o.

ISBN 978-3-99039-020-7
www.limbusverlag.at

Fiktion entsteht aus Realität, Literatur aus Leben, Romanfiguren aus realen Personen – aber nicht alles hat so stattgefunden wie hier geschildert; nicht jede Figur entspricht tatsächlich einer Person der Zeitgeschichte.

Kapitel 1

Ist Ironie männlich oder weiblich? Unsere Ironie war geschlechtsneutral, dachte Felice, die irgendwann am Ende ihrer Pubertät begonnen hatte, ihren wahren Vornamen zu verleugnen. Die Ironie war unser Heiratsversprechen. Wichtiger als Treue oder Loyalität. Und ohne dass wir dieses Wort zu häufig in den Mund genommen hätten. Klaus Manns *Mephisto* zum Beispiel verachteten wir. In der Präsenzbibliothek des Goethe-Instituts in Boston konnte man den Roman damals lesen, trotz des Verbots. Ulrich und ich aber vermissten die Ironie in diesem zerfledderten, offensichtlich durch viele Hände gegangenen Band eines Münchner Verlages. Wir merkten, dass Klaus Mann alles tat, um so etwas wie Ironie zu vermeiden. Wahrscheinlich hat er die distanzierte Attitüde seines Vaters gehasst, die uns so gefiel. Sie war eines der bevorzugten Gesprächsthemen unserer Frühzeit, als wir uns selbst noch einbeziehen konnten in diese kunstvoll gewahrte Entfernung von der übrigen Welt. Und nicht der Meinung waren, dass deren Unglück uns gleichzumachen begann.

Wir delektierten uns an den Schälmesserchen, mit denen sich die Freundinnen von Potiphars Frau in die Finger schnitten, als sie ihnen den jungen und schönen Joseph zum ersten

Mal präsentierte. Wir liebten die Art, wie der durchtriebene Zweitjüngste mit seinen groben Brüdern in Sinnbildern sprach und seinen Vater mit Schmeicheleien bei Laune hielt. Wir lasen uns die Stellen vor, die wir besonders schätzten. Abends im Bett. Sonntagnachmittags auf dem Balkon. Manchmal sogar an Werktagen, im Botanischen Garten, auf irgendeiner Bank in der Nähe des Palmenhauses, während uns die Kohlweißlinge umflatterten. Settembrinis Streitgespräche mit Naphta, die wir auf ihren Sinn und ihren Unsinn abzuklopfen wagten. Imma Spoelmanns spitzzüngige Dialoge mit Klaus Heinrich, dem – zugegeben – allzu hölzernen Prinzen aus *Königliche Hoheit*. So wie Imma, die ja nur vermeintlich kaltschnäuzige Kapitalistentochter, wären wir gerne gewesen, so waren wir bisweilen. Ironie ließ sich nicht steigern, damals. Sie war unser Lebensgefühl, solange wir uns liebten. Unser Pfeifen im Wald, als wir uns verloren gaben.

Und nun hatte Felice es mit einer Spottdrossel zu tun. In der Kopie eines Mies-van-der-Rohe-Sessels sitzend, in Sues kleiner Wohnung in Brooklyn, vor knapp einer halben Stunde abgesetzt von einem Taxifahrer, der sie von Newark hergebracht hatte, mit ihrem Trinkgeld nicht zufrieden und wütend auf sie gewesen war, weil er im Stau auf der Verrazano-Bridge zu viel Zeit verloren hatte. Sue, wie sie schon seit Langem hieß, war so schlau gewesen, ihren Schlüssel bei Nachbarn abzugeben, die ihn erst herausrückten, als Felice das Codewort nannte: *Library*. Aber sie halfen ihr auch, ihren uralten Koffer, dessen Rollmechanismus klapperte, über die Straße und die Treppe hinaufzuschleppen, während sie ihr versicherten, wie liebenswürdig Sue doch sei. Wie selbstlos sie an Wochenenden die Kinder fremder Leute hüte und sie sogar in ihrem Pool planschen lasse.

Ja, Amerikaner waren freundlich und aufgeschlossen, das hatte Felice schon vor vierzig Jahren so empfunden. Vor dem Frauenmörder, der damals, zur Zeit ihrer Ankunft in Cambridge, die Gegend unsicher machte, wurde sie sofort und in den folgenden Wochen immer wieder von den unterschiedlichsten Leuten gewarnt, telefonisch oder auch einfach über den Gartenzaun hinweg beim unverbindlichen Gespräch, sodass sie sich eine Zeitlang gar nicht mehr aus dem Haus traute. *Neighbourhood* funktionierte in der Neuen Welt besser als im alten Europa – über Klassenschranken hinweg. Wahrscheinlich hatte Sue sich also gar nicht groß anpassen müssen. Schon früher war sie der Inbegriff von Zielstrebigkeit und Diskretion gewesen, die klassische Einser-Kandidatin, die in beängstigender Schnelligkeit ihr Studium absolvierte, während ihre Kommilitonen lieber demonstrieren gingen. Als Felice sie in einem der sterbenslangweiligen Bibliografierkurse kennenlernte, die sie während ihrer Ausbildung über sich ergehen lassen musste, hatte sich Sue dem Gleichmaß und den bürokratischen Abläufen ihres staatlich reglementierten Studiums bereits vollständig unterworfen, sie wehrte sich nie. Selbst ihr Hasch-Konsum fand nur am Wochenende statt. Vermutlich aber mussten Bibliothekarinnen so ticken: Sie gehen kein Risiko ein, sie wollen den Überblick behalten. Wobei Sue es immerhin bis nach New York geschafft hatte.

Die Schwüle war atemberaubend, nachdem der Regen endlich aufgehört hatte. An ihrem Haaransatz sammelte sich der Schweiß, vergeblich versuchte sie, den großen Ventilator an der Decke in Bewegung zu setzen. Dann holte sie sich ein Glas Orangensaft aus dem Kühlschrank – er war riesig und so vollgestellt mit Salatsaucen, Ketchup und Diet Coke, wie sie sich einen amerikanischen Kühlschrank vorstellte –, zog die Schuhe aus, legte die Beine auf den nicht zum Sessel passenden Hocker und hörte der Spottdrossel zu, einem *mockingbird*, nicht zu verwechseln mit der Nachtigall, die in der deutschen Übersetzung von Harper Lees Roman *To Kill a Mockingbird* fälschlicherweise im Titel auftauchte. Sue hatte ihn in ihren Mails bereits vorgestellt. Seit Monaten halte der Vogel die ganze Straße vom Schlafen ab, er beginne nachts um zehn, manchmal sogar schon früher, und halte bis in die Mittagsstunden des folgenden Tages durch ohne Pause. Es habe lange gedauert, bis man ihn identifiziert hatte, *mockingbirds* gebe es eigentlich nicht in Städten. Letztlich aber ersetze er ganze Populationen von Spatzen, Amseln, Schwalben und Tauben und imitiere problemlos alle nur denkbaren Geräusche seiner gefiederten Konkurrenz. Er war nicht ein Vogel, er war mehrere Vögel. All diejenigen, die gleichfalls die Kleingärten bevölkerten hinter den dreistöckigen Backsteinhäusern mit den typischen schmiedeeisernen Treppen zur ersten Etage, blieben stumm ob seiner sängerischen Omnipotenz. Zu tirilieren wie eine Nachtigall erledige er nebenbei, schrieb die systematische Sue und schickte einen Link zum einschlägigen Wikipedia-Artikel mit. Ganz abgesehen davon, dass er es locker mit Handy-Klingeln, Polizei-Sirenen, Wasserkesseln und Kinderlachen aufnehme; sogar mit singenden Walen, falls diese im Hudson aufgetaucht wären.

Ohne Sues Aufklärung hätte Felice wohl geglaubt, die Gartenbesitzer hätten einen Kunst-Vogel installiert, zur lustvollen Abendunterhaltung mitten in Brooklyn, unterhalb der sich nähernden oder entfernenden Flugzeuge, die in und von Newark starteten und landeten und die Luft mit ihren Kerosinschwaden schwängerten. Ein Vogel mit einer Walze im Bauch. Ein Repetiervogel – falls es so etwas gab. Mit seinen so inbrünstig und in vielen Variationen zelebrierten Tonfolgen erinnerte er sie an die künstliche Nachtigall des chinesischen Kaisers aus dem Märchen, deren mechanisch erzeugter Gesang sich eines Tages unter so dramatischen Umständen totlief, dass darüber ein Hofstaat ins Wanken geriet. Oder an einen jener Vögel, wie sie früher auf Jahrmärkten gezeigt wurden, mit Augen aus Strass und einem auf weißen Ton gemalten bunten Gefieder.

Als Kind habe ich diese Spielzeuge geliebt, sie waren lebendig für mich. Und die Melodien, die sie produzierten, während sie mit den Flügeln schwirrten, eigentlich aber mehr fiepten, wenn man sie mit der Wasserpfeife in Bewegung setzte, versuchte ich genauso nachzuahmen wie die der Amsel, wenn ich frühmorgens zum Schulbus ging. Denn ich war ein musikalisches Mädchen, eines, dem niemand den Hals umdrehen wollte. Im Gegenteil. Meine Mutter verglich mich und mein Organ mit Ilse Werner, der so bedrohlich aufgeräumten Brünetten, die mit ihrem Pfeifen in Nazifilmen für Stimmung gesorgt hatte. *Wir machen Musik, da geht euch der Hut hoch, wir machen Musik, da geht euch der Knopf auf.* Wir alle haben damals versucht zu pfeifen, sagte meine Mutter, dabei in unbestimmte Fernen blickend. Vielleicht weil wir so unglücklich vereint im Dunkeln saßen.

Felice war sich plötzlich nicht mehr sicher, ob sie sich freute auf Sue oder Susan, die frühere Susanne, deren wilde Haarmähne zumindest damals nichts ausgesagt hatte über sonst noch Ungezähmtes in ihrem Charakter. Ohne je Fotos ausgetauscht zu haben, waren sie sich über zwanzig Jahre nicht mehr begegnet, das Wiedersehen würde womöglich ein Schock. Wer weiß, wem sie heute Abend gegenüberstünde: einer dicken, einer dünnen, einer immer noch rötlich-blonden, einer braun oder schwarz gefärbten oder einer grau gewordenen Sue. Nur dass sie groß war, fast einen Kopf größer als sie selbst, das musste auch heute noch zutreffen. Jedes Mal, wenn sie wieder einmal eine Sammel-Mail erreichte, in der Sue ihre ehemaligen Kollegen über ihre Karriere instruierte, trat ihr eine große Person vor Augen. Zu den alljährlich anberaumten Treffen kam sie zwar nie, aber ihre Absagen – verfasst in einer Mischung aus alter Burschikosität und neuer Kühle – gefielen Felice so gut, dass es ihr ganz natürlich vorkam, Sue mitzuteilen, sie spiele mit dem Gedanken, in die Staaten zu kommen. Dass ihre Reise keinem touristischen Zweck diente, erwähnte sie nicht. Auch die Tatsache, dass sie – während ihres irgendwann abgebrochenen Studiums – in Cambridge gelebt hatte und Manhattan ganz gut kannte, verschwieg sie ihr. Falls Sue oder jemand anders wissen wollte, warum sie sich auf New York und Boston beschränke, würde sie fröhlich antworten, dass sie nur nach dem Grab ihres Mannes suche, sonst nichts, hatte Felice sich vorgenommen. Um weitere Fragen abzublocken, war das ausreichend genau und verklausuliert genug.

Die immer persönlicher gewordenen Mails aus New York wurden jedenfalls geradezu übermütig, als Felices Vorhaben konkrete Gestalt annahm, der Flug gebucht war, sie endlich, wenngleich bis zum letzten Augenblick zögernd, Sues Angebot annahm, sich bei ihr und nicht in irgendeinem Apartment an der Upper East Side, in der Nähe der Museen, wie sie es ursprünglich geplant hatte, einzuquartieren. Wahrscheinlich fühlte sich Sue einsam nach ihrer erst kürzlich erfolgten Scheidung von Ron, einem Augenarzt, trotz ihrer Behauptung, froh darüber zu sein, nun nie mehr seine schmutzigen Socken vom Fußboden aufklauben zu müssen. Sonst hätte sie ihrer ehemaligen Kollegin nicht so eindringlich ihre Gastfreundschaft angeboten, aufgedrängt sogar, wie Felice im Nachhinein empfand. Die Eigentumswohnung, die ihr der Ex-Ehemann in Park Slope, einer der derzeit angesagten Gegenden Brooklyns gekauft hatte, konnte Sues früheres Dasein im East Village offenbar nicht kompensieren. An ihrer Stelle wohne dort jetzt eine jüngere Frau mit Ron zusammen, hatte sie Felice wissen lassen. Es war wie im Groschenroman. Auch dass die Neue ein Kind mit in die Beziehung brachte, obwohl Ron nie eines haben wollte, passte dazu.

Vergeblich kämpfte Felice gegen die altbekannte Furcht, die sie befiel, wenn jemand versuchte, sich in ihr Leben zu mischen. Es war doch alles perfekt. Zwei Tage nach Felices Ankunft würde Sue ihren Urlaub antreten, den sie wie immer im Juni beim Shaw-Festival in Niagara-on-the-Lake verbrachte, und Felice hätte die Wohnung für sich, dieses Pseudo-Loft-Gehäuse, das nicht nur über eine mit Pflanzen und Blumen überwucherte Terrasse, sondern sogar über einen handtuchgroßen Garten verfügte, wo Ron den besagten Pool hatte einbauen lassen. Unfassbar, dass eine solche Behausung, die nur aus einer Wohnküche und einem über eine Hühnerleiter zu erreichenden Schlafzimmer bestand, fast anderthalb Millionen Dollar gekostet haben soll, dachte Felice, die in einer Altbauwohnung in Wilmersdorf wohnte, deren Miete seit Jahrzehnten nicht erhöht worden war. Wenn ich nachts aufs Klo muss, wird mir die Treppe garantiert zum Verhängnis. Treppenstürze sind meine Spezialität. Ich werde Sue davon überzeugen müssen, dass ich lieber hier, auf dem Sofa neben dem Kühlschrank, schlafen will. Auch wenn sie mir schon zugesagt hat, ihr Wasserbett für mich zu räumen.

Shaws Ironie war anders als die von Thomas Mann, fiel Felice ein, während sie das kalte Glas über ihre erhitzten Wangen rollen ließ. Sein Ton erschien ihr souveräner und kraftvoller, hatte Manns Ironie doch auch etwas verzweifelt Manieriertes an sich, was Ulrich und sie damals nicht wahrhaben wollten. Den Gedanken, herauszufinden, was Sue an Shaw so sehr anzog, dass sie ihren Urlaub seit Jahren diesen Festspielen widmete und alle möglichen freiwilligen Aufgaben bis hin zur Ausarbeitung von Soziogrammen der jährlichen Abonnenten übernahm, wollte sie aber dann doch nicht weiterspinnen. Warum schaute man sich mehrere Jahre hintereinander *My Fair Lady* an – nicht einmal das Original also – und *Caesar and Cleopatra*? Oder las zum x-ten Mal die Kuckuck-Szene aus den *Bekenntnissen des Felix Krull*? Womöglich waren die Unterschiede zwischen ihr und Sue gar nicht so gravierend. Wie merkwürdig, dass ihre Überheblichkeit zunahm, seit sie sich in den Staaten befand. Diese Art der Überheblichkeit wenigstens. Es war, als guckte ihr Ulrich über die Schulter, es war, als schlüpfte sie in eine jüngere, dümmere Haut und müsste nun wieder alles mit seinen Augen beurteilen.

Immerhin, Sues Dienstplan war in letzter Minute geändert worden. Auch wenn sie deshalb nicht zum Flughafen kommen konnte und stattdessen jede Menge Ratschläge schickte, die sich auf die Behandlung des Taxifahrers, die richtige Route, den angemessenen Preis und die Höhe seines Trinkgelds bezogen, war Felice froh darüber, sich ihr erst einmal nur gedanklich nähern zu dürfen. Das Unbedingte ihrer Anweisungen berührte sie unangenehm. Wie hätte sie sich mit ihrem eingerosteten Englisch gegen einen mit allen Wassern gewaschenen Taxifahrer wehren können. Und von den überall in der Wohnung verteilten, mit mikroskopisch kleiner Schrift bedeckten Zetteln fühlte sie sich nicht weniger irritiert: Vorsicht, das Wasser ist gechlort! Besser Evian zum Zähneputzen. Im Tiefkühlfach liegt eine glutenfreie vegetarische Pizza. Drinks befinden sich im Sideboard rechts, darunter ein alter schottischer Whisky.

Eigentlich fehlten nur noch die Gebrauchsanweisungen für die vielen Geräte, die Sues Wohnung noch kleiner machten, als sie ohnehin war. Ein mit vielen Hebeln versehener Mixer aus dem letzten Jahrhundert, mit dem man vermutlich so etwas wie Cocktails brauen konnte, Mikrowelle, Grill, Espresso- und Spülmaschine – alles sah so blitzblank und unbenutzt aus, dass es Felice schwerfiel, sich Sue als Gastgeberin oder Küchenfee vorzustellen. Und auch die Belanglosigkeit der einzigen beiden Bilder – im Wohnzimmer hing ein Kunstdruck mit einer von Dalis schmelzenden Uhren und im Schlafzimmer Warhols langweilige Goethe-Lithografie – verlieh Sue kein schärferes Profil. Vielleicht hatte ja ein Innenarchitekt alles zusammengestellt, beauftragt von Ron, den sein schlechtes Gewissen plagte. Das Bauhaus-Imitat sprach dafür und auch die Ledercouch. Auf deren glatter Oberfläche hinterließen Felices Hände feuchte Flecken, wie sie schon ein bisschen angeekelt festgestellt hatte. Für heiße Tage war das Möbel genauso ungeeignet wie der Sessel, in dem sie jetzt ihren Saft trank. Abgesehen davon, dass sich Designer keinen Deut um die Wirbelsäule späterer Kunden scherten. Er war kein bisschen bequemer als der enge Sitz im Flugzeug, in dem sie die letzten acht Stunden neben einem dicken Mann zugebracht hatte, der auf der zweiten Hälfte der Strecke auch noch schnarchte.

Überraschend wenige Bücher gab es hier, wenn man bedachte, dass Sue Bibliothekarin war. Im Unterschied zu Felice, die ihr halbes Leben in schäbigen Berliner Stadtteilbüchereien verbracht hatte, brauchte sie sich allerdings auch nie über die Hässlichkeit ihres Arbeitsplatzes zu beklagen, im Gegenteil, seit mehr als zwei Jahrzehnten erreichte sie die Public Library über eine prächtige, von zwei Löwen flankierte Treppe, sofern sie es nicht vorzog, einen der vielen Nebeneingänge zu benutzen. Und täglich konnte sie durch ein pompöses, mit Marmor ausgekleidetes Foyer zu ihrem Schreibtisch gelangen – selbst wenn dieser im siebten Stockwerk unter der Erde stehen sollte. Felice erinnerte sich noch an den prunkvoll mit Deckengemälden versehenen, irgendwie grün schimmernden Lesesaal, wo sie manchmal stundenlang frustriert und hilflos auf Ulrich gewartet hatte, wenn dieser verspätet von einem seiner Interviews mit polnischen Emigranten irgendwo in der Stadt zurückkehrte. Es kam auch vor, dass er sie vergessen hatte und schon ins Hotel gefahren war, wo er ihr freudestrahlend von irgendwelchen bahnbrechenden Gesprächen berichtete.

Gut, dass du kommst. Kannst du mal halten?, sagte er, während er mit einem verhedderten Tonband und der dazugehörigen Maschine kämpfte. Und Felices bereits in der Subway festgezurrtes Lächeln, das sie doch den ganzen Abend über auf dem Gesicht behalten wollte, um ihre Enttäuschung dahinter zu verbergen, war weggerutscht. So wie jetzt beim Nachdenken über Sue. Tatsächlich, es geschah in New York, genauer, im Gramercy Park Hotel, als sie die Herrschaft über ihr Lächeln verlor und sich jener leichenbittere Zug in ihre Mundwinkel grub, den sie auf Fotos immer so hässlich fand.

Nicht einmal in die Nähe des an der Ecke 21st Street und Lexington Avenue gelegenen alten Kastens wollte sie kommen, nahm sie sich vor, obwohl der mittlerweile in jedem Reiseführer als Designer-Hotel angepriesen wurde. Natürlich konnte man ihm schon damals einen gewissen Charme nicht absprechen mit seinen brüchigen Samtportieren und von Motten zerfressenen Treppenläufern, auf denen Felice so leicht ins Stolpern geriet, seinen Milchkännchen und Zuckerdosen aus angelaufenem Silber, seinem ramponierten Wedgwood-Frühstücksgeschirr. Dass die Wasserhähne Rost spuckten, die Fahrstühle wackelten und die Klimaanlagen Hitze produzierten und sich nicht abschalten ließen, machte das Gramercy in den Sommermonaten allerdings zur Folter. Zumal es im Juni 1974 unerträglich heiß gewesen war, so tropisch drückend, dass sie nachts alle zehn Minuten im Nachthemd unter die Dusche ging und sich bibbernd vor Kälte aufs Bett legte, bevor sie es in Schweiß gebadet wieder verließ. Es war so heiß wie jetzt, mit dem Unterschied, dass Ulrich noch gelebt hatte, wenngleich er sich damals schon von ihr zu entfernen begann.

Vielleicht wäre es draußen im Park nicht ganz so unerträglich schwül gewesen. Aber Felice, noch jung und schüchtern damals, konnte sich nie entschließen, den Portier um den Schlüssel zu bitten. Obwohl es dort duftende Rosenstöcke gab, wie sie wusste, da sie sich morgens gerne – während ihr Ehemann noch schlief und bevor die große Hitze ausbrach – unter einen der weit auskragenden Magnolienbäume setzte, und überhaupt die klösterliche Atmosphäre in diesem einzigen Privatpark Manhattans liebte, wo ein jeder für sich blieb und man nicht miteinander sprach, selbst Ulrich und sie nicht, weil sie sich sofort in ihre Bücher oder ihre Zeitungen vergruben. Von außen betrachtet, schnitten die kniehohen Buchshecken den Leuten die Beine ab, hatte Felice festgestellt, wenn sie – was häufig vorkam – auf Ulrich wartete und sich aus lauter Langeweile die Gramercy-Park-Regularien vorlas, um ihre Aussprache zu schulen. Jetzt aber, weit nach Mitternacht, auf der Flucht vor dem Backofen, der ihr Hotelzimmer war, musste sie entdecken, dass man die Gaslaternen in dem mit kostbaren Pflanzen bestückten Gartenkarree bereits abgeschaltet hatte. Wahrscheinlich war es auch nicht erwünscht, dass man sich mitten in der Nacht dort aufhielt. Vermutlich hätte der Portier den Schlüssel gar nicht herausgerückt.

So sah Felice, wenn sie auf die Lexington Avenue hinaustrat, nur die Spitze des Chrysler Buildings in der Ferne glitzern, diese Nadel, die in den Himmel stach, diese aneinandergefügten Radkappen aus Edelstahl, die auf so witzig naive Weise dem in den dreißiger Jahren endgültig ausgebrochenen Autowahn Amerikas huldigten. Nachdem sie erkannt hatte, dass es das *Lieblingshochhaus* der meisten New-York-Besucher war, wollte sie es zwar vor anderen Leuten nicht mehr so nennen, hörte aber nicht auf, es zu lieben. Vielleicht weil seine schlanke, sich scheinbar in Luft auflösende Silhouette der am wenigsten unangenehme und zugleich passendste Ausdruck für ihre schlaflosen New Yorker Wochen war. Ein Symbol fast für ihr so nett eingefasstes Elend als unbedeutende Frau eines – wie alle behaupteten – bedeutenden Wissenschaftlers. Eines Mannes, genauer gesagt, der häufig erst im Morgengrauen wiederkam und sich vorsichtig auf den äußersten Rand des großen, schwankenden Bettes gleiten ließ, um sie nicht zu stören. Manchmal hörte sie ihn stöhnen und schluchzen und erstarrte dabei. Wartete ab, während die Helligkeit durch die dicken Vorhänge sickerte. Holte ihre Hand zurück, die sich ein paar Mal auf dem Weg zu seiner Schulter befand.

Im Nachhinein bedauerte sie es, dass sie nie den Mut aufgebracht hatte, im klatschnassen Nachthemd am staunenden Portier vorbei auf die Straße zu rennen. Sie hätte schreien und toben, ja eine Art Veitstanz aufführen können. Stattdessen trug sie eines von diesen langweiligen Hippie-Gewändern mit Blümchenmuster, wie sie damals üblich waren. Und kehrte stets verzagt und brav zurück, nachdem sie sich wenigstens dazu gezwungen hatte, durch die belebte 23rd Street hinauf einen Spaziergang zum *Flatiron* zu machen, einem der ältesten Hochhäuser Manhattans, das wegen seiner ungewöhnlich spitz zulaufenden Form ebenfalls zu ihren Favoriten zählte. Es war auch um Mitternacht noch von Touristen umlagert. Und wie immer umbrauste Felice, je näher sie ihm kam, aufgrund seiner besonderen aerodynamischen Beschaffenheit ein so heftiger Luftstrom, dass sie ihr Kleid festhalten und um ihr Gleichgewicht fürchten musste.

Morgen um die Mittagszeit, so lautete die bereits schriftlich getroffene Verabredung, würden sich Felice und Sue, die nur noch ein paar Praktikanten zu verarzten hatte, *Shelley's Ghost* anschauen, bevor sie sich zum Lunch in den Bryant Park verkrümelten und Sue sich auf den Weg zu den Festspielen am großen Wasserfall machte. Sie habe die Übernahme der Ausstellung aus der Bodleian Library in Oxford mit vorbereitet, hatte sie ihr stolz berichtet, und bei dieser Gelegenheit nicht nur einen Brief von Lord Byron, sondern auch eine Seite aus dem *Frankenstein*-Manuskript von Mary Shelley in ihren mit weißen Handschuhen versehenen Händen getragen. *Verarzten, verkrümeln*, dachte Felice, niemand drückt sich noch so aus. Irgendwie merkte man Sues Mails an, dass sie ihr Deutsch nicht mehr täglich benutzte. Wer weiß, wie es klang, wenn sie den Mund aufmachte und ihre in hohen Lagen leicht überkippende Stimme hören ließ, an deren ausgeprägt norddeutschen Klang sich Felice noch erinnerte.

Ob Sue überhaupt noch nach Deutschland kam? In Berlin jedenfalls war sie nach dem Mauerfall nicht wieder gewesen, wie sie erst kürzlich geschrieben hatte. Ihre Eltern waren inzwischen verstorben. Sie hatten in Niebüll gewohnt, fiel Felice ein, und dort einen mit Reet gedeckten, geradezu keimfrei wirkenden Bungalow besessen, der von einem riesigen, mit akkurat beschnittenen Obstbäumen und Blumenrabatten bestückten Garten umgeben war. Um gute, jodhaltige Luft einzuatmen, weil sie unter den Abgasen eines nicht funktionierenden Kachelofens litt, wie sie entschuldigend sagte, fuhr Sue in den

Herbst- und Wintermonaten jedes Wochenende nach Hause und nahm einmal auch Felice mit, die sich – unter dem Eindruck von Siegfried Lenz' *Deutschstunde* stehend und Niebüll mit Seebüll verwechselnd – nur allzu gerne einladen ließ.

An dem fehlenden Nolde lag es freilich nicht, dass es zu keinem weiteren Besuch kam, sondern an Sue. Schon damals konnte sie es nämlich nicht lassen, allen Eventualitäten vorzubeugen. So durfte Felice in Gegenwart ihres Vaters, eines pensionierten hohen Bundeswehr-Offiziers, weder die Studentenunruhen noch die Wehrdienstverweigerer im Wohnheim und schon gar nicht Deutschlands Vergangenheit erwähnen. Dass ihre Tochter phasenweise Hasch rauchte und nicht ungern Lambrusco trank, sollte wiederum die Mutter nicht erfahren. Und sogar eine Nachbereitung gab es im Auto auf der holprigen Fahrt durch die DDR. Der damals noch Susanne, gelegentlich auch Susi genannten Sue war es peinlich, dass ihr Vater die Ränder des Rasens mit der Papierschere schnitt und die Teppichfransen mit einem Kamm frisierte, weshalb sie Felice bat, in Berlin bloß nichts davon verlauten zu lassen.

Immerhin, Sue war die Einzige gewesen, die Felice vor Jahr und Tag zum Erscheinen ihres ersten und letzten Gedichtbandes gratuliert und ihr einen liebevollen und sogar sehr kundigen Brief geschrieben hatte. Weiß der Himmel, wie die in keinem Feuilleton besprochene lyrische Talentprobe *Raue Seelen* in die Public Library geriet. Mails gab es damals noch nicht und auch keine Websites, auf denen literarische Neuigkeiten angekündigt wurden. Womöglich war das Bändchen ja nur als Mitbringsel zu Sue gelangt, überbracht von einer durch die USA reisenden ehemaligen Kommilitonin, die ihr bei der Gelegenheit erzählte, was zehn oder mehr Jahre vor der Publikation mit Ulrich, Felices Mann, geschehen war. Vielleicht mutete Sues handgeschriebener Kommentar sie deshalb so wundersam tröstlich an, so wissend irgendwie und übergenau. Obwohl Sue gar nicht auf Ulrichs Selbstmord zu sprechen kam. Auch nicht fragte, ob sie sich schon immer als Dichterin gefühlt habe. Und wann diese zutiefst traurigen Gebilde überhaupt entstanden seien.

Wahrscheinlich hätte sie Suizid gesagt oder Freitod, dachte Felice, nachträglich irritiert von der psychologischen Korrektheit, mit der man in den letzten zwanzig Jahren des vorigen Jahrhunderts die vermeintliche Autarkie eines Lebensmüden schönreden wollte. Das war Mode gewesen in jener Zeit der grassierenden Sehnsucht nach Selbstverwirklichung. Das Wort diente nicht nur als technischer Begriff für das von eigener Hand herbeigeführte Ende einer weder durch Psychopharmaka noch Therapie aufzuhellenden Gemütslage. Aber Ulrich hatte wirklich einen Mord begangen, fand Felice, so rabiat, wie er sich vom Leben in den Tod befördert hatte, der sanftmütige Ulrich, nicht nur einen, sondern mehrere Morde sogar, weil er nichts, aber auch gar nichts dem Zufall überlassen wollte.

Heute schämte sich Felice für das dünne, in ihren Augen viel zu luxuriös mit einem Lesebändchen ausgestattete Büchlein, mit welchem sie – wie sie dachte – auf geradezu skandalöse Weise ihr Innerstes nach außen gekehrt hatte. Dass dies die meisten taten, die sich in Poesie versuchten, wie Adolf, ein ihr seit einem Mittelalter-Tutorium zutiefst ergebener und durch keinerlei Schroffheit abzuhaltender Studienkollege behauptete, wollte sie nicht als Entschuldigung gelten lassen. Er war es jedenfalls gewesen, auf dessen Veranlassung hin eines ihrer Gedichte – ein gut gebautes Sonett mit komplizierter Binnenreimstruktur – in eine wichtige, jährlich erscheinende Anthologie aufgenommen wurde. Und ihm gelang es auch, den Kontakt zu dem renommierten kleinen Verlag herzustellen, in dessen bibliophilem Programm viele von ihr bewunderte Schriftsteller ihre lyrischen Nebenprodukte auf den Markt brachten. Vermutlich wollte Adolf, der sich für seinen Vornamen schämte, aber dennoch nicht vor ihm davonlaufen wollte, nur ihre Eitelkeit kitzeln, wenn er ihr in seinen öden Ansprachen abwechselnd entweder falsche Bescheidenheit oder Koketterie unterstellte. In

Wahrheit war er nur scharf auf mich, als er mich eine neue Mascha Kaléko nannte, dachte Felice, während sie ihre Blicke über Sues aufgerüstete Küche gleiten ließ und eine Sekunde lang überlegte, sich die glutenfreie Pizza aus dem Tiefkühlfach zu holen. Tapfer und trotzig, mit einer Spur von Destruktion im Humor. Hatte er gesagt. Trotzig und tapfer! Dass sie das war, wusste sie selbst – wenn auch sternenweit davon entfernt, poetisches Kapital daraus zu schlagen.

Der Stolz, den sie anfänglich empfand, wenn sie in ihren Gedichten blätterte, verflüchtigte sich jedenfalls schnell, nicht nur, weil beim Verlagsempfang keiner der Kollegen ein Wort mit der späten Debütantin wechselte und der Verleger sie links liegen ließ. Sie selbst konnte es bald kaum mehr ertragen, über den *Ausdruck* ihrer ureigensten Gedanken zu reden, auch mit Adolf nicht, der sie noch einige Zeit mit den abwegigsten Interpretationen belästigte und zu neuen Versuchen ermutigte. Nie wäre sie auf die Idee verfallen, jemandem *Raue Seelen* zu schenken. Bei Einladungen brachte sie lieber eine Flasche Portwein mit. Und in den tristen Räumen der Stadtteilbüchereien, wo sie nach Ulrichs Tod arbeitete, nachdem sie sich auf seiner Beerdigung entschlossen hatte, die akademische Welt zu verlassen, bestand ohnehin keine Gefahr, dass man sie darauf ansprach – weder auf den Gedichtband, noch auf ihren Ehemann, dessen Suizid eine Zeitlang die Klatschgeschichten der Dahlemer Institute beherrscht hatte, wie Felice zu wissen glaubte. So lange wenigstens, bis sich nur zwei Wochen später Ingrid, eine von Ulrichs Kolleginnen, vom Funkturm stürzte. Sie selbst hatte in einem Bericht der *Berliner Abendschau* davon erfahren. Auch Ulrichs Freitod wurde darin erwähnt und die Frage gestellt, wie es komme, dass sich an der Freien Universität so viele vielversprechende junge Wissenschaftler das Leben nähmen.

Felice fand Ingrid sofort überwältigend, damals im September 1973 bei der Vernissage in der Knesebeckstraße, schon weil sie so ungeniert über Leute herzog, die sich im gleichen Raum aufhielten. Sie hatten sich in die Augen geschaut und zugezwinkert, erinnerte sie sich jetzt in Brooklyn, während der *mockingbird* blökte wie ein Schaf und dann wieder scheppterte wie das Telefon aus einem frühen Ingrid-Bergman-Film. Es war von der Gattin eines Professors die Rede gewesen, die – in Ermangelung eigenen Geldes und eines eigenen Bankkontos – frühmorgens den *Tagesspiegel* austrug und sich so ein paar Mark dazuverdiente. Und Ingrid hatte ihren Spott natürlich nicht – wie die meisten anderen – über die solcherart gegen ihre Ohnmacht kämpfende Frau ausgegossen, sondern über deren stockkonservativen, im Grunde noch tiefbraun gefärbten Mann, der keiner Auseinandersetzung mit den militanten Studentinnen des Fachbereichs aus dem Weg ging und ihretwegen mit schöner Regelmäßigkeit und gegen das Votum seiner Kollegen die Polizei ins Institut rief. Wobei Felice bezweifelte, ob Ingrid wusste, mit wem sie gerade das Einverständnis hergestellt hatte. Vielleicht reagierte sie auf jeden so, mit dem sich zufällig ihre Blicke kreuzten. Felices Ehemann jedenfalls hatte sie sich kurz zuvor vehement in die Arme geworfen, seinen Kopf zwischen ihre beiden Hände genommen, ihm zu seinem Forschungsstipendium in Harvard gratuliert und mit Kassandra-Stimme eine große Veränderung in seinem Leben prophezeit. Den Durchbruch sozusagen. Die Lösung. Darauf würde sie ihr Leben verwetten. Und seines auch.

Wie konnte eine Frau, die sich so selbstbewusst, ja, fast herrisch als kühle Intellektuelle inszenierte, einfach so Schluss machen, hatte Felice sich damals – auf den Fernsehmoderator starrend – gefragt, nur um dann nächtelang von Ingrids Höhensturz zu träumen. Eine Politikwissenschaftlerin, die sich so wenig um Konventionen scherte, ein so loses Mundwerk besaß, sich die Haare wie ein Junge schneiden und den Nacken ausrasieren ließ. Ihr schwarzer Hosenanzug hatte gewiss ein Vermögen gekostet, er war von unvergleichlicher Eleganz, das weiße Krägelchen, das ihren schlanken Hals umschloss, von schneidender Akkuratesse. Und für das Augen-Make-up, das ihr durch die kunstvolle Verlängerung der Lider das Aussehen einer ägyptischen Prinzessin verlieh, musste Ingrid einige Zeit vor dem Spiegel verbracht haben. Ihre Erscheinung bekam etwas so furchterregend Entrücktes dadurch, dass Felice Mühe hatte, ihre Irritation zu unterdrücken und sie nicht einfach nur hemmungslos anzustarren.

Damals, in der Galerie, machte Ulrich seiner Frau das erste Geschenk nach der Hochzeit: eine Radierung des ausstellenden Künstlers, der nicht nur der *Schule der Neuen Prächtigkeit* angehörte, sondern auch der Erfinder einer Sprache namens *Starckdeutsch* war, die sich vor allem durch exzessive Diphtongierung und Konsonantenhäufung auszeichnete. Felice aber hatte nur Augen für Ingrids Extravaganz gehabt und kaum für Matthias Koeppel, dem sie später – nach der Rezitation seiner Gedichte – noch vorgestellt worden war. Sollte Ulrich sich über ihre Gleichgültigkeit geärgert haben, so ließ er es sich nicht anmerken. Nach der Veranstaltung kehrten sie auf dem schnellsten Weg nach Hause zurück und landeten ohne Umstände im Bett. Um in schöner Ausführlichkeit die Leute auseinanderzunehmen, die sie gerade getroffen hatten. Aber auch, um sich zu verlustieren, wie sie es gerne nannten. Unausgesprochene Konflikte lösten sich da noch ganz einfach in Luft auf. In Luft auch insofern, als vor allem die gemeinsam gerauchte Zigarette *danach* dazu beitrug, die gute Stimmung wiederherzustellen. Es konnte sogar vorkommen, dass Ulrich zu singen anfing bei solchen Gelegenheiten, irgendwelche Opernarien, so laut, so fröhlich und so falsch, dass Felice noch heute die Tränen in die Augen traten, wenn sie daran dachte.

Damals, vierzehn Tage vor ihrem Abflug in die Vereinigten Staaten, hatte er auch *Nur nicht aus Liebe weinen* vor sich hingesummt und sie mit Karten für das letzte Zarah-Leander-Konzert im Theater des Westens überrascht. Felice war sofort ein Zitat aus *Tonio Kröger* dazu eingefallen, eines, das sie beide gerne benutzten, wenn in ihrem Bekanntenkreis wieder einmal eine Beziehung bröckelte. *Wer am meisten liebt, ist der Unterlegene und muss leiden*, sagte sie also, betont langsam. Wobei sie es dieses Mal wagte, schnell eine – in ihren Augen – rhetorische Frage nachzuschieben: Bei uns scheint es diesbezüglich noch ziemlich ausgeglichen zuzugehen, nicht wahr, mein Liebster? Zur Zeit jedenfalls ist es nicht ausgemacht, wer von uns beiden mehr leiden muss. In ferner Zukunft. Irgendwann vielleicht einmal.

Ulrich zwickte sie leicht in die Brustwarze und antwortete mit einer Gegenfrage. Ob sie darunter leide, dass sie immer die Jüngste sei, wollte er wissen. Unter den alten Zauseln, denen sie heute begegnet seien, beispielsweise. Unter all den Professoren, vor denen er selbst sich immer noch am meisten fürchte. Und ob sie, nunmehr mit ihm verheiratet, nicht ihre Freunde vermisse? Den Revolutionär mit dem Prinz-Eisenherz-Schnitt und den knarrenden Schaftstiefeln womöglich, dem sie ja vielleicht sogar ein bisschen näher als nahe gekommen sei. Ja, der, der mich in meinem eigenen Komintern-Seminar einen Volksverräter genannt hat, wurde er deutlicher, als Felice ihn ratlos anschaute. Wie hast du nur seinen Fanatismus ertragen? Und sein grässliches Schuhwerk?

In einem zwar geplanten, beziehungsweise Tage vorher gut ausgekundschafteten, dann aber wohl doch spontan vollzogenen Sprung habe Ingrid F. ihrem Leben ein Ende gesetzt, behauptete der Sprecher in dem ramponierten kleinen Fernsehgerät, das Felice nicht sehr viel später zum Elektromüll gab. Das lasse sich aus den Äußerungen des Fahrstuhlführers schließen, der tags zuvor erlebt hatte, wie sie mit einem alten Ehepaar in Streit geriet und dessen kläffenden Königspudel eine *widerliche Töle* nannte. Und an einigen Nachmittagen war Ingrid auch einer Kellnerin aufgefallen, weil sie sich partout nicht ihren Regenmantel hatte abnehmen lassen und einfach so sitzen blieb an immer demselben, eigentlich reservierten Tisch am Fenster.

Durchnässt, mit tropfendem Haar, Rotwein trinkend, rauchend. Dabei verlor der Moderator natürlich kein Wort darüber, an welcher Stelle der Aussichtsplattform sich Ulrichs Kollegin entschlossen hatte, die Welt zu verlassen. Und wo genau sie aufgekommen war.

Da hatte Felice sich schon entschlossen, auf die sogenannte Trauerpost, die ihr täglich den Briefkasten verstopfte, nicht zu reagieren, ja überhaupt den Kontakt zu den Menschen einzustellen, die sie bei Ulrichs Begräbnis so dicht umringten, dass sie nicht hätte umfallen können. Ingrid war auch da gewesen, zwei Wochen vor ihrem Sprung, drei Wochen vor ihrer eigenen Beerdigung. In der Schlange, die sich durch die schmalen Friedhofswege wand, hatte sie geduldig darauf gewartet, ihr – nur ihr – die Hand zu drücken, bevor sie mit Verve eine Schaufel Erde auf den Sarg warf und an der Phalanx der übrigen Trauernden vorbei dem Ausgang zustrebte.

Adolf, der ihr damals zur Stütze seine Fäuste ins Kreuz gebohrt hatte, ohne dass sie sich dagegen wehren konnte, traf sie hin und wieder noch in der Philharmonie, da sie ihm Ulrichs Abonnement überlassen hatte. Seinen Umarmungen wich sie dabei jedoch ebenso aus wie seinen überflüssigen Fragen: Wie es ihr gehe, wie sie sich ablenke, wie sie zu überleben gedenke? Die Konzerte neben ihm empfand sie als Qual. Irgendwann ging er fort aus Berlin, der lästige Mitwisser ihres Unglücks. Ohne sich noch einmal bei ihr zu melden verschwand er regelrecht, was sie zwar ein bisschen kränkte, sich letztlich aber als entlastend erwies.

Als sie sich vor ein paar Monaten aufraffte, einen eigenen PC zu kaufen, tagelang vor dem Monitor saß und widerstandslos in der Unendlichkeit des World Wide Web versank, fiel ihr nicht ein, nach Adolf zu googeln. Er war ihr einfach zu nichtssagend, zu wenig bemerkenswert, sie konnte sich nicht einmal mehr an sein Gesicht oder seine Stimme erinnern – an seine Kulleraugen höchstens, die immer so vorwurfsvoll blickten –, ganz abgesehen von seinem wissenschaftlichen Fachgebiet oder Musikgeschmack. Er hatte sich zu viel Nähe herausgenommen, das war es, was sie nach wie vor erboste. Auch wenn er es gewesen war, der ihr – selbst ein Raucher – in der Nacht von Ulrichs Suizid die Zigarette verweigerte, nach der sie plötzlich nach langer Abstinenz gierte, und damit verhinderte, dass sie sich wieder ihrer Sucht ergab. Wofür sie ihm heute noch dankbar war, zynischerweise. Nicht jedoch dafür, dass er ihr den letzten Blick auf Ulrichs Gesicht verwehrt hatte, als er sie aus dessen Wohnung zerrte und ihr dabei fast die Schulter auskugelte. Wie dreist er sich vor Ulrichs Tür aufgebaut hatte im Rausch seiner angemaßten Verantwortung! Dass sie immer wieder auf ihn losging, ja ihm dabei das Gesicht zerkratzte, nahm er stoisch und mit vorgereckter Brust in Kauf, er ließ sie einfach an sich abprallen. Und als die Polizei endlich eintraf und die Rettungssanitäter die Treppe hochstürmten, drückte er sich mit ihr zusammen – sie von hinten an den Ellbogen festhaltend – an die Wand, bevor er sie wie eine Gefangene die Treppe hinab und auf die Straße hinaus führte.

Gut, wenn Sue sich allzu sehr verspätete heute Abend, könnte sie vielleicht doch nach Adolf forschen. Das MacBook auf dem gläsernen Couchtisch – samt allen erforderlichen, auf einem Zettel notierten Zugangsdaten in Sues mikroskopisch kleiner Schrift – wirkte wie eine Aufforderung. Schließlich hatte er sich lange genug am Rande jenes Kraters aufgehalten, in dessen schwarzer Tiefe Felices Erinnerungen versunken waren, dieser unerträgliche Tröster, dieser falsche Altruist, dieser Voyeur ihres Elends. Vor annähernd vierzig Jahren. In jener absurden Zeit, als auch sie nicht umhin konnte, nachtblauen Lidschatten aufzulegen, sich die Wimpern zu tuschen und die Haare zu toupieren. Als sie für die *Beatles*, die *Stones* und *Ton, Steine, Scherben* schwärmte, indes Ulrich sie für *Tristan* und *Walküre* zu begeistern suchte. Als sie ein solch unvorstellbarer Ausbund an Dummheit gewesen war. Ein Mensch ohne Sinn und Verstand.

Die Spottdrossel begann mit neuen Gesängen, dieses Mal womöglich mit eigener Stimme. Wenn Felice sich nicht täuschte, hatte sich ein klagender Ton in ihre Lieder geschlichen, etwas Weinerlich-Monotones sogar, das eine ganze Weile nicht aufhörte. Sie musste an den schwarzen Taxifahrer denken, der – mitten aus dem Stau heraus – seinen Zeitverlust mit so aggressiven Überholmanövern wettzumachen versuchte, dass ihr auf der Rückbank übel wurde. Selbst in der Mitte der Verrazano Bridge versuchte er sich laut hupend, mit weit ausgestrecktem Arm und aus dem Fenster gerecktem Kopf, winkend und brüllend durch die Autos zu drängeln. Und auch nach rechts und links, je nachdem, wo sich gerade eine Lücke auftat, scherte er aus, was ihn bisweilen bedenklich nah an den Rand der Fahrbahn brachte und Felice in die Nähe der mehr als armdicken Seile aus Stahl, an denen – weit oben im Dunst – die Konstruktion aufgehängt war. Obwohl sie sich diese Nähe wahrscheinlich nur einbildete, hielt sie sich die Augen zu. Sie hasste es, über Brücken zu fahren, so ganz und gar der Statik ausgeliefert zu sein, die sich größenwahnsinnige Ingenieure für ihre technischen Wunderwerke ausgedacht hatten. Dieses zudem nahm kein Ende. Die Brücke war so lang, dass Felice die Erdkrümmung zu spüren meinte unter der riesigen Wasseroberfläche, die sie und ihr Fahrer gerade überquerten. Ob der Fahrstuhl im Empire State Building sich weniger schrecklich anfühlte? Oder der Rundgang in der Krone der Freiheitsstatue, den sie auf sich nehmen musste, weil Ulrich damals nicht darauf verzichten wollte? Wie merkwürdig, dass sie als junges Mädchen keinerlei Anzeichen von Schwindel gekannt, ja, es geliebt hatte, sich weit über Brüstungen zu lehnen oder kopfüber über Mauern zu hängen zum Schrecken von Eltern und Freunden. Die Freiheit, die sie damals dabei empfand, oder die Sucht danach, es immer wieder zu tun, ließ sich später nicht einmal ansatzweise wiederherstellen. Vielleicht war es ja genau die Freiheit, in deren Sog Ulrichs Kollegin vom Funkturm segelte. Ingrid, in deren Armen er es so lange ausgehalten hatte. Ein bisschen zu lange vielleicht. Sie teilten sich denselben glamourösen Doktorvater. Wobei Felice glamourös heute als das falsche Wort erschien. Glamourös waren eher dessen Schüler, jene, die als Sherpas hinter den Politikern standen, Tagungen für internationale Organisationen ausrichteten, Grundsatzprogramme für Parteien entwickelten oder sich zu Chefs von Markt- und Meinungsforschungsinstituten emporarbeiten konnten. Für Professor L. müsste sie über ein adäquateres Etikett nachdenken. Eines, das seine Bescheidenheit und seinen Stolz miteinander verband und vielleicht auch sein Aussehen berücksichtigte, das allen, die ihm zum ersten Mal begegneten, einen tiefen Schrecken einjagte.

Dass es so grau und feucht war und sich auch das Ende der Brücke in Nebel hüllte, als wollte das *Yellow Cab* sie direkt ins Nichts transportieren, passte in ihr Reisekonzept, darüber beklagte sie sich nicht. Es gab allem, was sie sah, etwas Schwebendes, Unheimliches. Sogar die Spitzen der *skyscraper* von Manhattan verbargen sich hinter dahintreibenden schwarzblauen Regenschleiern, wenn sie denn überhaupt auftauchten vor oder neben dem Kopf des ständig die Spur wechselnden, vor sich hin fluchenden Fahrers. Warum nur hatte sie einen Fixpreis ausgemacht? Sue, die ihr dies empfohlen hatte, hätte wissen müssen, dass Felice zwangsläufig in die Rushhour geraten würde. Ohne Fixpreis und mit einer regulär tickenden Uhr hätte der Mann sich nicht so aufgeregt und sie wäre in Brooklyn angekommen, ohne so lange über dem Abgrund zu hängen. Ach, sie verabscheute diese profanen, vermeidbaren, von anderen Leuten gar nicht wahrgenommenen Risiken, die nur deshalb, weil sie wieder einmal eine irrationale Angst anfiel, eine so lächerlich große Bedeutung erhielten.

Schon das Eingeständnis, dass die Angst irrational war, strengte sie maßlos an, hier und jetzt, in Sues makelloser Küche. Die jedes Mal heftig einsetzende Sehnsucht nach der Idylle ihrer diversen Stadtbüchereien war deshalb nicht mehr als ein dummer Reflex, ein Vergleich, der hinkte, weil es doch eher eine Grabesruhe war, die Felice sich gleich nach Ulrichs Beerdigung verordnet hatte, vor einer Ewigkeit also. Und auch die Regale aus Blech, die vor ihren Augen auftauchten, die kleinen, wie für Zwerge gemachten Holztische und Stühle, die Pixi-Bücher in den Bastkörbchen für die allerkleinsten Leser, existierten nirgendwo mehr auf der Welt, sondern dienten ihr nur noch als Sinnbild jener anspruchslosen Leere, durch die nichts Bedrohliches zu ihr dringen konnte. Tatsache war, dass es ihr dort, im Staub der immer seltener ausgeliehenen Bücher und Märchen-Langspielplatten, am besten gelang, die Gedichte niederzukämpfen, die sich in ihr regten, jedem einzelnen von ihnen mit gleichgültigem Blick zu begegnen vielmehr, wie einem lästigen Kind, das einen am Ärmel zupft.

Keine Zeile war gut genug gewesen für Felice. Keine durfte die Schwelle zur Schriftlichkeit passieren, schon weil sie glaubte, sich nie in jenen ekstatischen, buchstäblich offenen, um nicht zu sagen: kopflosen Zustand hineinsteigern zu können, den irgendein Poet – sie wusste nicht mehr wer – voraussetzte, um so etwas Absolutes wie Poesie zu erschaffen. Abgesehen von den dreißig mehr oder weniger formlosen Gebilden, die sie Adolf unvorsichtigerweise zu lesen gegeben hatte und in gedruckter Form jetzt auch in Sues so spärlich bestücktem Bücherschrank entdeckte, neben Max Frischs Erzählung *Montauk* ausgerechnet, die sie kurz nach ihrer Rückkehr aus Cambridge verschlungen und enttäuscht weggelegt hatte. Es existierte ein Foto von ihr und Frisch, aufgenommen nach der Lesung im Frühling 1974 im Goethe-Institut in Boston vor dem großen Kamin im historischen Festsaal, fiel Felice ein. Es musste in einer jener übervollen Mappen stecken, die sie aus der alten in die neue Wohnung mitgenommen und immer schon hatte ordnen wollen. Leutselig, wie er war, hatte Frisch nichts dagegen gehabt, mit den Käufern seiner Bücher für ein Bild zu posieren, das ihnen dann später zugeschickt werden sollte. Auch mit ihr also, der schüchternen jungen Frau in kariertem Minirock und weißer Bluse, die mit ihrem wie ein Schulbub aussehenden Ehemann zufällig an einer der berühmtesten Universitäten der Welt gelandet war. Ulrich hatte ihr einen Stups gegeben, damit sie neben dem Dichter zu stehen kam, er selbst konnte sich dem Fotografen im letzten Augenblick entziehen und wollte sich auch nicht unter die Gäste mit den Cocktailgläsern mischen, die in einiger Entfernung auf ihre eigene Ablichtung warteten.

Er hasste es, fotografiert zu werden, vielleicht weil dann auch er diesen niemals erwachsen werdenden Knaben entdeckte, das Baby vielleicht sogar, das seine Mutter einst zeichnen ließ von den Studenten der Kunstakademie am Steinplatz, in deren Nähe sie mit ihren Söhnen gewohnt hatte. Natürlich saßen auch seine Brüder Modell. Sie waren allesamt so niedlich mit ihren blonden Haarschöpfen und ihren strahlenden blauen Augen, außerdem gab es Geld fürs Sitzen, das die verwitwete Mutter von sechs Söhnen gut gebrauchen konnte. Dass man Roberts abstehende Ohren so stramm wie möglich mit Heftpflaster an seinen Kopf geklebt hatte, merkte man den Skizzen nicht an, auf die Rötungen, die dies hinterließ, schmierte man anschließend Vaselinsalbe drauf. Allerdings gelangte nur Ulrich, der Jüngste, als *Karlchen* in die Erziehungskolumne einer NS-Frauenzeitschrift. Er wurde sogar auf dem Töpfchen fotografiert und später auf einem hölzernen Tretroller, um den ihn seine Brüder beneideten.

Noch am Morgen nach Ulrichs Freitod hatte sich Felice von dem fassungslosen Adolf Jean Amérys *Hand an sich legen* besorgen lassen und es in den vier Tagen vor der Beerdigung durchgelesen. Amérys Argumente blieben jedoch unbenutzt in ihrem Kopf beim Gespräch mit dem alten Jesuitenpater, der sich – als Einziger von den vielen Geistlichen, die Ulrichs Brüder darum gebeten hatten – bereit erklärte, die Aussegnung zu übernehmen, obgleich er wusste, dass Ulrich nicht mehr der Kirche angehört hatte. Er betrachte diese Toleranz als Freundschaftsdienst einem ehemaligen Schüler gegenüber, schränkte er sogleich ein. Ulrichs Witwe gegenüber aber bestand er darauf, dass Selbstmord die schlimmste aller Sünden sei, ja die grässlichste Form des Hochmuts darstelle, da ein Selbstmörder doch wissen müsse, dass es in diesem Leben keine Vergebung mehr für ihn gab und er sich somit der Hölle ausliefere. Als schwere Verfehlung gegen die rechte Eigenliebe, so beschreibe man den Anschlag auf sich selbst im Katechismus, das Gebot *Du sollst nicht töten* gelte auch für die eigene Person. Und da schließlich Jesus Christus, der Sohn Gottes, gleichfalls den Kelch des Leidens bis zur Neige habe austrinken müssen, gehe es nicht an, dass ein Mensch sich seinem Leiden eigenmächtig entziehe. Dies wiederum sei die Meinung des heiligen Augustinus, der kenne sich aus, denn er sei bekanntlich ein großer Sünder gewesen.

Der Pater hatte nicht aufgehört, Felice zu belehren, und sprach von all jenen Selbstmördern, die früher vor der Stadtmauer verscharrt worden seien, in ungeweihter Erde sozusagen, und dass man ihnen nicht einmal einen Grabstein zugestanden habe. Wobei er sich frage, was den Ausschlag dafür gegeben habe, dass Ulrich sich umbrachte, und warum er in solch einen Sturm der Verzweiflung geraten sei. Ganz sicher habe er schon lange vorher seinen Glauben verloren, sonst hätte er sich nicht einfach *mir nix, dir nix* aus dem *Schlamassel* gezogen und seiner Mutter und seinen Brüdern große Schmerzen zugefügt. Ganz abgesehen davon, dass auch Judas ...

Felice wusste nicht mehr, ob der Jesuit sie angeblickt hatte, während er redete, damals im Wohnzimmer ihrer Schwiegermutter, katholische Priester schauen an Frauen gerne vorbei. Auch kamen ihr seine Ausdrücke *mir nix, dir nix* und *Schlamassel* in Anbetracht der zuvor geübten Dialektik fehl am Platz vor. Aber er war ein so schöner alter Mann, dass sie ihm ihrerseits gern zusah, wie er sich vor ihr produzierte in seiner Soutane aus fließendem Stoff, der rauschte, während er – mit seinen Armen die Luft zerhackend – auf- und abschritt, so gut es ging. Flüchtig dachte Felice daran, dass Ulrich erzählte hatte, der Pater, der auch Leiter des Schulchors gewesen war, habe jahrelang versucht, ihn zum Beitritt zu bewegen, weshalb kurzfristig das Bild eines engelsgleich singenden Knaben vor ihr auftauchte. Lieber jedoch wollte sie sich auf jenen blauen Tag im Mai konzentrieren, als sie und Ulrich – drei Wochen vor der Hochzeit – aus der Kirche ausgetreten waren, und wie sie in einem der langen Flure des Amtsgerichts Charlottenburg linksherum Wiener Walzer getanzt hatten, bevor sie in ein Café am Lietzensee weiterzogen und dort gemeinsam einen gigantischen Eisbecher auslöffelten. Die Spatzen pickten die Krümel von den Tischen, was Felice nervös gemacht hatte, weshalb sie den Rest des Nachmittags im Tiergarten verbrachten, wo gerade der Rhododendron explodierte. Aber sie dachte natürlich auch an Ulrich in seinem von der Familie ausgesuchten Sarg, der den wuchtigen Gründerzeit-Möbeln ähnelte, zwischen denen der Priester in seinem flatternden Gewand sich seinen Weg bahnen musste. Und daran, dass sie nicht wusste, wie Ulrich jetzt aussah, weil man sie ja nicht zu ihm gelassen hatte. Ob ihm die Hände gefaltet worden waren zum Beispiel, oder welchen Anzug er trug.

Bevor der Priester den Raum verließ, hob er die Hand und segnete die trauernden Hinterbliebenen, wie er sich ausdrückte, auch Felice. Was für ein strenger Winter, was für ein beißender Wind, sagte er unerwartet milde und fast kokett, als ihm einer von Ulrichs fünf Brüdern in den Mantel half und ihm – wie in einer heiligen Handlung – seine Lederhandschuhe und seinen Schal reichte. Ja, das ist nichts für alte Knochen! Es war Februar 1975 in Berlin, und Felice hatte für den Bruchteil einer Sekunde wirklich erwartet, dass sie Knochen knacken hören würde, als er seine hoch aufgerichtete Gestalt mit einem Ruck zur Türe drehte. Eine Sensenmann-Vision ohne Sense durchfuhr sie plötzlich, die ihr den Alten als Skelett präsentierte. Stattdessen trug er ihr

– bereits im Flur stehend – mit vor frischem Pathos vibrierender Stimme auf, sich um Ulrichs Mutter zu kümmern, die – am Ende ihres Lebens stehend – nicht begreifen könne, warum ihr Sohn das seine so leichtfertig weggeworfen habe.

Ja. Wer sollte wen trösten? Eine schwierige Frage, die Felice in ihrem Trotz unmöglich beantworten konnte. Damals. Und auch heute nicht. Abgesehen davon, dass der eifernde Priester und die Ehrerbietung, die man ihm entgegengebracht hatte, nur noch bizarr auf sie wirkten.

Die Realität richtet sich nicht danach, ob man sie aushalten kann, das immerhin wusste Felice. Vor allem erkannte sie genau, was sie nicht aushielt. Das heißt: ihr Körper, ihr Hirn, ihr Nervensystem. Vielleicht rauschten deshalb die Tage und Wochen nach Ulrichs Tod an ihr vorüber wie ein im Zeitraffer abgespielter Film, dessen Details sie später nur noch als Fetzen in ihrem Gedächtnis wiederfand. Wobei sie sich fragte, womit man wohl in früheren Zeiten solch fragmentierte Bewusstseinszustände verglichen hätte. Mit den Bildern eines heftig geschüttelten Kaleidoskops? Mit einem Ringelspiel? Oder einem Karussell, das – durch höhere Mächte angetrieben – außer Rand und Band gerät und damit auch die Sinne außer Kraft setzt? Die Stunden, die sie mit Adolfs Hilfe Ulrichs sogenanntes Flucht-Domizil ausräumte, ihr wütendes Bemühen, ihn daran zu hindern, mit einem nach Salmiak stinkenden Reinigungsmittel das Blut ihres Ehemanns vom Teppichboden zu entfernen. Die miteinander flüsternden Studenten in der offiziell noch gemeinsam benutzten Wohnung, die wenige Tage später in Plastiksäcken und Orangenkisten seine Bibliothek davontrugen. Dieser lange schmale Mensch unter ihnen, der wie der junge Albrecht Dürer aussah mit seiner aschblonden Mähne und ihr bekannt vorkam. Er hatte honiggelbe Augen und er warf Honigblicke zu ihr hin, in einer seltsamen Ausdrücklichkeit, die sie Adolf gegenüber später erwähnen wollte, es dann aber vergaß. Er als

Einziger behandelte die Bücher als Bücher, holte sie mit Bedacht aus dem Regal und entzog sich dem allgemeinen Kommen und Gehen, indem er bisweilen einfach stehenblieb, zu blättern und zu lesen begann und sich die Merkzettel in die Taschen stopfte, die Ulrich stets so freigiebig zwischen die Seiten gelegt hatte. Andere mussten ihn umkreisen, die Möbelpacker oder Ulrichs Brüder, die seine Kleider unter sich aufteilten. Den Sommer-Burberry, den dunkelblauen Dufflecoat, die Pullover aus Alpaka und Kaschmir, seine Seidenhemden, englischen Pyjamas, ungarischen Schuhe, seinen Smoking, das gefältelte Hemd dazu, all die schönen Dinge, mit denen er versucht hatte, sich zu trösten. Felice saß nur da und sah dem Abtransport zu. Nahm alles gleichzeitig wahr, während sich die Eindrücke in ihr aufeinandertürmten. Schob hin und wieder Adolfs Hand von ihrer Schulter. Und überlegte krampfhaft, wie die Leute es aufgenommen haben mochten, dass sie mit feuerrot geschminkten Lippen vor Ulrichs Sarg getreten war. Nicht dass es ihr wichtig gewesen wäre, sie wollte nur ihre flackernden Gedanken auf ein Ziel lenken. Adolf empfand es als Entgleisung, und das sagte er ihr auch, als sie ihn fragte.

Damals hatte sie ihren Laden dichtgemacht, so hätte das ihre Mutter genannt, die sich als erfolgreiche Geschäftsfrau nur materialistisch ausdrücken konnte, aber immerhin nach Berlin gekommen war, um mit ihrer Tochter die Trauergarderobe einzukaufen, in einem Geschäft, das sich *Trauermagazin* nannte, wenngleich sie am Begräbnis nicht teilnehmen wollte. Spätestens nach dem getrennt von Ulrichs Familie stattfindenden Kaffeetrinken mit seinen wenigen Freunden, das zu einem Saufgelage ausgeartet war, weil einer von ihnen ein paar Flaschen Slibowitz mitgebracht hatte, der sie allesamt in einen derart weinerlichen, schwer erträglichen Zustand versetzte, dass sie sie in den frühen Morgenstunden aus der Wohnung drängte, konnte man Felice nicht mehr erreichen. Und sie wollte auch nicht mehr erreicht werden, schon am Tag danach, als sie das Telefon klingeln ließ, während sie die Flaschen und Gläser wegräumte, die Aschenbecher leerte und den restlichen Alkohol in den Ausguss kippte, damit sie nicht in Versuchung geriet. Die zitternde Erregung, die seit Ulrichs Tod in sie gefahren war, wich allmählich aus ihrem Körper. Ganz ohne das Valium, das ihr der Hausarzt regelmäßig verschrieb, ohne dass sie je das Rezept einlöste, fiel sie in eine jahrelange Reglosigkeit. In ein tiefes inneres Schweigen. Und bemerkte nicht, dass ihr Gedächtnis sie längst von allem befreit hatte, was sie belastete. Schlief gut und träumte nicht. Knirschte höchstens mit den Zähnen nachts, was sie morgens im Bus, wenn sie zur Arbeit fuhr, an ihren schmerzenden Kieferknochen spürte. War aber kaum je gerädert beim Aufwachen. Funktionierte bestens in diesem freundlich durchlässigen System der Berliner Stadtbüchereien, wo – zumindest in ihrer Wahrnehmung – der Bedarf an Skandalen verschwindend gering blieb und sie sich ansonsten alles, was danach roch, mit dem geretteten Rest ihrer Ironie ganz leicht vom Halse hielt.

Dass eine zufällig wiedergefundene Kiste ihr so gänzlich die Ruhe rauben konnte und ihre Gleichgültigkeit von einem Tag zum anderen verschwand, lag jenseits dessen, was sie sich vorstellen konnte. Es mussten die Möbelpacker gewesen sein, die ihr das hölzerne Behältnis in die neue Wohnung schleppten, zusammen mit den Büchern, die sie aus den alten Zeiten behalten wollte. Sie hatte nicht gesehen, wer die Kiste in den rollenden Bettkasten tat, der zu dem neuen breiten Bett gehörte, in dem Felice fortan ganz allein schlief. Ihn ganz nach hinten schob vielmehr, den Kasten, bis an die Wand, wo sie mit ihren Armen nicht mehr hinreichen konnte, noch hinter die zahlreichen, in Plastikfolie verpackten Jahrgänge der *Historischen Zeitschrift*, die Ulrich abonniert hatte, weil er sich auch für abseitige Probleme wie die Kurfürstenwahl der frühen Neuzeit interessierte. Vielleicht war es ja Adolf, der ihr in jenen Tagen alles aus der Hand nahm. Womöglich sogar sie selbst.

Dabei hätte sie schwören können, dass sie nicht nur die Journale weggeworfen hatte, in ihrem Furor, in dieser ihre kleine Person fast sprengenden Raserei, sondern auch die Kiste. Lange Zeit hatte sie deren Eliminierung regelrecht vor Augen: wie sie das schwere Ding unten vor dem Haus in den Container warf, weil es sich für den Müllschlucker als zu sperrig erwiesen hatte. Sich reckte und streckte, um es über die Kante zu hieven. Ohne noch einmal hineinzuschauen. Ohne das geringste Gefühl, es später bereuen zu müssen. Wohingegen sie die drei in rotes Leder gebundenen *Who-is-Who*-Bände mit Goldschnitt durch den Schacht hatte rumpeln lassen: einzeln, neun Stockwerke tief. Darunter den Band *Or–Z*, wo unter *We* Ulrich auftauchte mit kurzer Biografie, aber langer Publikationsliste. Der eitle Ulrich. Von einem Vertreter im Synthetik-Anzug, der ihm schmierige Komplimente machte, hatte er sich zu einem Siebzig-Zeilen-Artikel überreden lassen und dafür fünfhundertfünfzig Mark berappt, selbst seine Mutter und die Studentin Felice kamen darin vor. Witzigerweise ähnelte der Mann dem Besucher aus Pullach, der nur wenige Wochen später in die Angerburger Allee kam, die Aussicht lobte, niemals in seinem Leben etwas vom Corbusierhaus gehört hatte, das man vom Balkon aus sah, und Ulrich für den BND anwerben wollte.

Eigentlich war Afra, ihrer Zugehfrau, die Kiste erst in die Hände gefallen, nachdem sie sich zu dem längst fälligen Hausputz entschlossen hatte, der – wenigstens alle paar Jahre – auch das Innere der Schränke und Schubladen umfassen sollte. *Was haben wir denn da?*, hatte sie Felice fröhlich gefragt und das mit Spinnweben überzogene Behältnis mit gespieltem Abscheu betrachtet, bevor sie es aus dem Bettkasten hob. Und eilig noch *Wollen Sie nicht wenigstens einen Blick hineinwerfen?* hinzugefügt, als sie Felices Stirnrunzeln bemerkte. Aber obwohl die künftige, nur noch auf ihr Abiturzeugnis wartende Medizinstudentin aus Rabat die aus Danzig stammende Miniatur-Schatztruhe voller Hingebung mit Möbelpolitur bearbeitete, sodass deren kunstvolle Bernstein-Intarsien wiederzuerkennen waren, hatte Felice sie noch einige Tage stehen lassen: auf dem Fußboden mitten im Wohnzimmer, sodass sie einen Bogen um sie machen musste, wenn sie aus dem Raum ging. Als sie sich dann endlich vor ihr niederließ, gab sie vor, die verschlungenen Bordüren zu studieren, die an den Kanten entlangliefen und sich auf der Mitte des Deckels überkreuzten. Sah sich selbst – in einem hilflosen Aufzucken von Ironie – wie im Gebet vor einem heiligen Schrein. Und musste doch in Wirklichkeit mit all ihren Kräften gegen die Panik kämpfen, die plötzlich in ihr aufstieg, das irre Herzklopfen aushalten vielmehr, das ihren Brustkorb erschütterte.

Diese lächerliche Kiste, die Ulrich und ihr als eine Art von Dokumentenmappe gedient hatte! Nichts enthielt sie, was Felice nicht wusste. Alles war ihr bekannt. Ulrichs noch ungebundene, längst als Buch existierende Dissertation, in der er mit seiner Kinderschrift die letzten Korrekturen eingetragen hatte. Das sogenannte bei der Eheschließung überreichte Stammbuch. Seine Promotionsurkunde, sein Abiturzeugnis, die Schulzeugnisse, auf denen so häufig *Versetzung gefährdet* stand. Nachweise seiner Polnisch- und Russischkenntnisse, erworben an der Urania. Sein SPD-Parteibuch. Der Ariernachweis seiner Eltern. Garantiert würde sie auch auf Ulrichs Abschiedsbrief stoßen, auf diesen ihr erst Tage nach seinem Tod von der Polizei zugeschickten blauen Umschlag vielmehr, in dem – auf einen Fetzen Papier gekritzelt – Ulrichs letzte Worte an sie steckten. Hingeworfene, unvollständige Sätze. Informationen, Anweisungen. Wo sein Testament lag, die Sparbücher, der Bausparvertrag, die Seminarscheine, die er seinen Studenten noch hätte aushändigen müssen vor Semesterschluss und die Felice nun in sein Institut bringen sollte. Keine Anrede. Keine Erklärungen. Keine Vorwürfe, keine Küsse, keine Grüße. Keine Unterschrift.

Was wusste sie und was wusste sie nicht? Sie wusste nur, dass ihr der Name des Friedhofs, auf dem Ulrich begraben war, nicht mehr einfallen wollte, schon seit Jahren nicht mehr, was sie anfänglich verstörte, dann aber verständlich fand. Sie hatte geträumt während Ulrichs Beerdigung, sie war von irgendwelchen Leuten wie eine Puppe durch die Gegend dirigiert worden. Wie also sollte sie sich den Namen des Friedhofs merken, auf dem ihr selbstmörderischer Ehemann ohnehin nicht willkommen gewesen war? Sie erinnerte sich an Ingrid, allenfalls an Ulrichs Mutter, die sich zu ihrem Sohn ins Grab hinein hatte stürzen wollen. Nicht aber an den Präsidenten der Freien Universität, die Fachbereichsvorsitzenden und einige ASTA-Studenten, die ebenfalls anwesend waren, wie Adolf ihr später erzählte, und Kränze mit beschrifteten Schleifen abgelegt hatten, die sie umständlich zurechtrückten. Natürlich hätte ein Anruf bei Ulrichs Familie genügt, die Gedächtnislücke zu stopfen. Bei Bernd, Robert, Erich, Albrecht, Wilfried, den Brüdern, die sie zuletzt bei der Wohnungsauflösung gesehen hatte, die Arme voll mit von Kleiderbügeln rutschenden Anzügen und Mänteln. Sie wohnten alle noch in Berlin, wie sie in den folgenden Jahren anhand des jeweils neuesten Telefonbuchs festgestellt hatte, ohne dass sie sich je entschließen konnte, eine der Nummern zu wählen. Nur noch die kleine grüne Bank rechts oder links neben der Grube konnte sie sich vorstellen, eine jener merkwürdigen Trauerbänke, die es auf Berliner Friedhöfen so häufig gab. Nach ihrem Gefühlsüberschwang war ihre Schwiegermutter während der ganzen Zeremonie darauf sitzengeblieben ohne sich zu rühren. Und Felice hatte es weder über sich gebracht, sich neben sie zu setzen, noch sie hochzuziehen, wie ihre Söhne es versucht hatten.

Nein, es war nicht schlimm, die Kiste zu öffnen, glaubte Felice ein halbes Jahr vor ihrer Amerika-Reise, während sie auf dem Boden kauerte und hoffte, dass ihr Herzschlag sich beruhigte. Was sollte ihr auch geschehen? Nichts konnte ihr mehr geschehen. Es gab nichts Schlimmeres als den Moment, in dem sie Ulrich entdeckte. Nichts war schlimmer, als vor einer Tür zu stehen, hinter der das Wasser rauschte, und darauf zu warten, bis es darunter hervorrann. Wie in jener Nacht vom 3. auf den 4. Februar 1975, bis Felice sich traute, den Schlüssel zu zücken, den sie nie im Leben hatte benutzen wollen, jetzt da Ulrich und sie getrennte Wege gingen und er in diese hässliche möblierte Wohnung in einen anderen Stadtteil gezogen war.

Noch bevor sie wahllos alle Klingelknöpfe gedrückt und irgendjemand sie ins Haus gelassen hatte, musste sie Adolf angerufen haben, die Telefonzelle stand direkt vor dem Haus, heute gab es sie nicht mehr. Wie lange hatte sie dem Wasser zugehört? Zehn Minuten, zwanzig Minuten, eine halbe Stunde? Bis es ihre Schuhe umfloss und dann die Treppe hinunterlief? Und wie konnte sie mit ihren flatternden Händen die Türe öffnen? Und den Wasserhahn im Badezimmer zudrehen? Ulrich lag dort auf den Fliesen, sie musste über ihn steigen. Nackt, blutüberströmt, mit abgewandtem Gesicht, die Arme eng am Körper. Auch im Waschbecken Blut. Um den Haltegriff über der vollgelaufenen Wanne war ein Seil geschlungen. Die Stille nach dem Rauschen empfand sie als Wohltat. Und der süßliche Müllgeruch überwältigte sie erst vor dem Polizeiwagen, zu dem Adolf sie führte. Er hielt sie fest, während sie sich erbrach. Er ließ sich wirklich durch nichts schockieren.

Felice schaute auf die Uhr. Es würde noch mindestens zwei Stunden dauern, bis Sue kam. Wie spät war es in Berlin? Sie hatte vergessen, Afra ihren Lohn auf die Flurkommode zu legen, fiel ihr ein. Missmutig begann sie in *Montauk* zu blättern und nahm sich vor, das Buch in den nächsten Tagen mitzunehmen. Immer dann, wenn sie Zeit totzuschlagen hatte, könnte sie darin lesen, wenn ihre Gesprächspartner sich verspäteten also oder sie selbst – wie fast immer – überpünktlich war. Sie widerstand deshalb der Versuchung, sich Sätze zu notieren, schöne Sätze, Merksätze, Inseln des sprachlichen Glücks, die ihr seit Langem die Gedichte ersetzten, die sie nicht schrieb.

Wie einfach es doch gewesen war, sich mit den wenigen Studenten und Wissenschaftlern, denen Ulrich und sie in New York oder Cambridge nähergekommen waren, zu verabreden, ein paar Mails hin und her zu schicken hatte genügt. Es gab zwar auch Fehlschläge, einige der alten, allerdings eher ferneren Bekannten waren in Sydney oder Mumbai, als sie antworteten, und würden auch die nächsten Monate dort bleiben. Bei den wichtigsten aber hatte sie bloß Ulrichs Namen erwähnen brauchen, niemand wunderte sich, warum sie sich erst jetzt meldete. Nach vierzig Jahren. Keiner vermittelte Felice das Gefühl, dass das Gespräch mit ihr unerheblich sein könnte. Wobei sie trotz der Herzlichkeit, die ihr entgegenschlug, und der Unbekümmertheit, mit der man sie immer noch beim Vornamen nannte, damit rechnete, auch dieses Mal warten zu müssen. Ihre in den USA verbrachten Zeiten waren immer mit Warten verbunden gewesen. Und warum sollten die vielbeschäftigten Forscher und Publizisten, die Ulrichs junge, meist stumm gebliebene Ehefrau damals kaum wahrgenommen hatten und sie auf der Straße nicht wiedererkennen würden, pünktlich sein? Wenn sie doch Wichtigeres zu tun hatten und ihretwegen vielleicht sogar andere Termine verschieben mussten? Ihre Spuren im Netz waren unübersehbar, ihre Vorträge, *abstracts* und Eröffnungsreden hatte Felice – soweit sie verfügbar waren – alle gelesen, auch die Preise und gut oder schlecht ausgefallenen Rezensionen ihrer Bücher registriert, inklusive deren Verkaufszahlen bei Amazon.

Sogar bei YouTube tauchte die eine oder andere dieser damals in Harvard weilenden Koryphäen auf. Ein inzwischen uralt gewordener Professor etwa, der schon damals ein bisschen wie Alfred Brendel ausgesehen hatte, war inzwischen so legendär, dass ihm seine Zuhörer frenetisch zujubelten, als er während der Vorlesung eines seiner Schüler – warum auch immer – als Überraschungsgast auftretend vor ihnen erschien. Felice sollte ihm damals, im Oktober 1973, vor Antritt seiner ersten Reise ins westliche Deutschland ein paar umgangssprachliche Nachhilfestunden geben, war er doch erst zehn Jahre alt gewesen, als er Österreich verließ, und machte mittlerweile schreckliche Grammatik-Fehler. Genau in diesem Zusammenhang allerdings kam es dann zwischen ihr und Ulrich zur ersten Verstimmung. Felice hatte nämlich zufällig erfahren, dass der Experte für europäische Nachkriegsgeschichte der Mann jener Frau war, die man ganz in der Nähe ihrer Wohnung ermordet hatte, und weigerte sich – zugegebenermaßen mit einer gewissen Hysterie in der Stimme – den Unterricht fortzusetzen.

Ulrich konnte nicht verstehen, warum sie die Traurigkeit des Professors nicht aushalten konnte, der ihr nicht zuhörte, wenn sie ihm Fragen stellte, und durch sie hindurchschaute, wenn sie es wagte, seine Verben zu korrigieren. Wo sie ihm, Ulrich, dem *Kennedy-Fellow* aus Westberlin, doch damit einen so großen Gefallen täte. Und sie wollte nicht begreifen, warum er sich darauf versteifte, dass unbedingt sie diejenige sein musste, die Brendel, wie sie ihn bei sich nannte, wieder auf die Sprünge half. Jeder x-beliebige andere deutschsprachige Student oder Kollege hätte die Aufgabe übernehmen können. Ulrich selbst übrigens auch.

Es war eines der wenigen Male, dass Felice ihren Willen durchsetzte. Zum dritten festgesetzten Termin ging sie einfach nicht mehr hin, das heißt, stieg nicht mehr hinauf in die verwinkelte Gelehrtenstube im Obergeschoß des *Institute for Westeuropean Studies* in der Brattle Street in Cambridge, wo sie schon zweimal daran gescheitert war, mit dem ein zum Weinen schönes Wiener Deutsch sprechenden Gelehrten Banalitäten über das Wetter, das Essen und die deutsche Nachkriegsliteratur, wie sie sich in den Werken der Gruppe 47 zeigte, auszutauschen. Schweren Herzens entschloss sie sich dann auch, in den folgenden Wochen den *Luncheons* an der großen Tafel fernzubleiben, wo sich Kind und Kegel und eben nicht nur Institutsangehörige im Garten oder Foyer des Hauses versammelten und Felice sich manchmal etwas lockerte, weil man sie so selbstverständlich ins Gespräch zog und es stets genug aus Europa stammende Menschen gab, die einer Frau die Hand schüttelten. Gott sei Dank dauerte die Selbstbestrafung nicht lange, der Professor brach bald nach Europa auf. Ulrich nahm Felice die Verweigerung übel. Es dauerte eine Weile, bis er zu seiner üblichen Sanftheit zurückkehrte. Er ließ sie schmoren. Der nachtragende Ulrich.

Nein, es gab keinen Grund zur Pünktlichkeit, Felice runzelte die Stirn und versuchte, Sues Zugangsdaten ohne Brille zu lesen. Es gab immer Wichtigeres. Sie konnte froh sein, dass sich die Bekannten von früher überhaupt bereit erklärt hatten, ihr ihre Zeit zu opfern. *Filitschi* hatten sie Felice damals auf gut Amerikanisch angesprochen, was aber wohl Italienisch sein sollte. Geradezu zärtlich klang das und war bloß gedankenlos.

Was wollte sie hier? In New York, in Boston? Die Schlaflosigkeit kurieren, die sie seit dem Fund der Kiste quälte? Diese lächerliche Nervosität, die sie seither aus dem Gleichgewicht brachte? Das Pathos eliminieren, das die Überwachheit in ihr anrichtete? Was hatte sie sich aufgeladen? Was nützte es, mit den Menschen von früher zu reden? Was konnte sie von ihnen erfahren, das sie selbst nicht wusste? Was brachte es, Erinnerungen miteinander zu vergleichen? Uralte, vermoderte, vierzig Jahre alte Erinnerungen? An Ulrich, an Felice, an ein unsicheres junges Ehepaar, dem jegliche Fähigkeit zum Small Talk abging? Sie hatte keine Ahnung. Sie hatte sich erst einmal einen Plan ausgedacht. Termine vereinbart. Sogar nach Montreal wollte sie reisen, wenn das eine anvisierte *Date* doch noch zustande kam.

Gedankenverloren riss sie die Tüte mit *Pretzels* auf, die Sue neben das MacBook gelegt hatte. Die gute Sue! Schön salzig schmeckten sie und waren genau das Richtige, wenn man so schwitzte. Dann ging sie hinaus auf die Terrasse, hakte die Fliegengittertür sorgfältig hinter sich zu und legte sich auf die rotweiß gestreifte Sonnenliege, die sich noch feucht vom Regen anfühlte. Die Luft roch etwas weniger nach Kerosin als am Nachmittag, wenngleich es unverändert heiß und windstill war.

Ein einsames, verhalten goldgelbes Hochhaus schimmerte durch den Dunst, die Kleingärten hinter den Häusern lagen im Dunkeln. Als sie einschlief, umschwirrten sie kleine Fledermäuse, manchmal vibrierte ein Flugzeug auf ihrer Haut. Alles blieb ruhig, ein Wunder, wenn man bedachte, dass sie sich in Brooklyn, der angeblich zweitgrößten Stadt der Welt, befand. Nur die Spottdrossel hörte nicht auf zu räsonieren, vielleicht waren es ja mehrere Spottdrosseln, wer konnte das wissen.

Als sie Sue *Felice* rufen hörte und bald darauf von ihr in den Arm genommen wurde, kam es ihr vor wie lange nach Mitternacht. Ein Selbstmörder habe sich vor die Subway geworfen, entschuldigte sich die Freundin, das komme immer häufiger vor, den New Yorkern gehe es schlecht. Eine ganze Stunde lang habe sie auf dem Bahnsteig gewartet und dann doch einen zeitraubenden Umweg in Kauf nehmen müssen.

Das tut mir so leid, Felice! Ich hätte früher aufbrechen müssen. Warum hast du die Klimaanlage nicht angestellt, hier ist es ja unerträglich heiß. Wie schön, dass du hier bist. Wie erschöpft du aussiehst. Morgen müssen wir irgendwas mit deinem Handy machen, damit du mich anrufen kannst und ich dich. Lass uns was trinken! Worauf hast du Lust?

In der Tat, stellte Felice fest, als sie sich von der Liege aufrappelte, Sue überragte sie wie eine Riesin. Und ihr dichtes Haar war grau und wallend und reichte ihr bis zum Po.

Kapitel 2

Als Felice am nächsten Vormittag aus der Subway Station die Treppe zur 42nd Street hochstieg, den Kopf nach oben gewandt, wie es sich gehörte für jemanden, der lange nicht mehr oder nie in Manhattan gewesen war, hielten sich die Hochhäuser noch immer bedeckt und verweigerten sich der Identifizierung. Die Hitze aber war schon da in den Straßenfluchten, und Felice spürte sie wie eine Gummiwand, gegen die sie mit ihrem Körper kämpfte. Grauschwarz hingen die Wolken über ihr, nach oben hin kein einziges blaues Fleckchen. Farbig waren nur die Yellow Cabs in diesem Nebelwald aus Glas und Stahl. Während sie sich vor der Ampel stauten, wurden sie von den Menschen, die aus der Starbucks-Filiale strömten, so selbstverständlich bestiegen, als wären sie genau an diese Ecke bestellt.

New York wirkte nicht wie New York auf Felice – in diesem wattierten Zustand. Gut, ein paar Blocks weiter südöstlich erkannte sie das Chrysler Building, wenngleich es seine charakteristische Spitze verbarg. Alle anderen Riesen jedoch, die den Bryant Park flankierten, waren ihr neu. In den siebziger Jahren galt der ehemalige Reservoir Park – auf dessen Areal man 1853 für die Weltausstellung einen gigantischen Kristallpalast errichtet hatte, der bereits 1858 abbrannte – noch als Treffpunkt für

Dealer und Fixer, erinnerte sie sich. Stets hatte sie einen großen Bogen um den Ort gemacht und sich doch nicht vor ihm schützen können, wenn sie in ihren Gramercy-Nächten davon träumte, durch die Scherben der geborstenen Glas-Konstruktion waten zu müssen – mitten durch die hohläugigen Abhängigen hindurch, die sich mit Gummischläuchen gegenseitig die Oberarme abbanden und ihre Spritzen zückten. Immer wenn einer von ihnen auch ihr zu Leibe rücken wollte, wachte sie auf. Nur um festzustellen, dass sie allein war und unbedroht. Und den Rest der Nacht auf Ulrich warten durfte, der wieder einmal bei einem Treffen mit polnischen Emigranten in Queens die Zeit vergessen hatte.

Von der Subway Station aus musst du nur geradeaus bis zur Fifth Avenue laufen und dann links, hatte Sue ihr heute Morgen noch zugerufen, bevor die Wohnungstür hinter ihr ins Schloss schnappte. Als ob Felice das nicht mehr wüsste. Geh schön zwischen den beiden Löwen hindurch und lass mich vom Pförtner rufen. Ich komme dann in die Halle. Weißt du, dass sie *Patience* und *Fortitude* genannt werden, diese behäbigen Tiere? Ja, Geduld und Tapferkeit, die brauchen wir alle ...

Und Sue hatte sie zwar tatsächlich in der Halle in Empfang und in die Arme genommen, mit jenem routinierten Überschwang, den Felice ihr in der kurzen Zeit ihres Aufenthalts vermutlich nicht mehr abgewöhnen könnte, genauso wenig wie den salbungsvollen Ton, in dem sie meinte, ihren Mitmenschen die Welt erklären zu müssen. Fertig aber war sie längst noch nicht mit der Einweisung der Praktikanten, die während ihrer Abwesenheit mit dem Scannen spezieller Buchbestände fortfahren sollten. Einen mit komischer Verzweiflung die Augen gegen die Decke rollenden jungen Mann hatte sie gleich mitgebracht, als Beweis dafür quasi, wie wenig sinnvoll es war, die Freundin aus Deutschland mit in die Katakomben zu nehmen. Er hüpfte vor Nervosität, die Arme voller Aktendeckel. Und auch Sue schien weit weg in ihren Gedanken und unaufhaltsam von ihr fortzustreben.

Eigentlich hätte ich bei einem solchen Unterfangen nie mitmachen dürfen, hatte sie Felice in der Nacht noch erzählt, sie dabei streng in den Blick nehmend, obwohl sich die Freundin vor Müdigkeit kaum mehr auf dem Stuhl halten und Sues von etlichen Gläsern Champagner befeuerte Redseligkeit nur noch mit Mühe ertragen konnte. Ich hätte kündigen müssen, sofort, auf der Stelle, als ich die feinen Pinkel von McKinsey durch die Gänge schleichen sah. Die Abfindung kassieren und meinetwegen auch den Wisch unterschreiben. Ich meine diese Verpflichtung, der Bibliothek nichts Böses nachzusagen. Viele haben das gemacht, kein Mensch hält sich daran. Ich aber arbeite an meinem eigenen Untergang mit, sehe zu, wie ein Spezialgebiet nach dem anderen verschwindet, nehme in Kauf, dass ganze Themenbestände ausgelagert werden, nur damit die hehre Halle der buchstäblich nachgetragenen Bücher markwirtschaftlichen Gesetzen genügt.

Du kannst im Lesesaal auf mich warten, wenn du willst, sagte sie jetzt zu Felice. Mit ihrem zu einem Dutt hochgezwirbelten, kaum zu bändigenden Haaren sah sie ein bisschen verwahrlost, aber auch verwegen aus. Den musst du gesehen haben, der ist spektakulär. Falls es doch etwas länger dauern sollte, komme ich zu dir hinaus in den Park. Ich find dich schon, keine Angst.

Felice aber verspürte wenig Lust, ausgerechnet in diesem Lesesaal in Wartestellung zu gehen, wenngleich sie immer noch so etwas wie Dankbarkeit empfand, dass sie hier – ganz ohne akademischen Nachweis – hatte lesen und studieren dürfen und jede Zeitschrift und jedes Buch innerhalb von zehn Minuten in ihren Händen hielt, so sie es wünschte. Für ein paar Sekunden kehrte auch die alte Verlorenheit zurück, während sie unter der mit Schnitzereien geschmückten Eingangstür aus Eichenholz in einem Luftstrom stand, der von der Straße her wehte und sie in den Raum hineinzutreiben schien. Ja, dort vorne, unter dem dritten Lampenschirm rechts, war sie tagelang wie festgenagelt sitzen geblieben. Hatte Bücher um sich herum aufgebaut wie eine Festung, mit blinden Augen zahllose *National Geographic*-Hefte durchgeblättert und so getan, als wollte sie die Amerika-Rundreise vorbereiten, die Ulrich und sie dann nicht antraten. An keinen Aufsatz, den sie hier gelesen hatte, konnte sie sich erinnern, an keine Erkenntnis. Nur an ihre rasende Wut, die wuchs und wuchs, bis sie sie im Hotel dann doch unterdrückte.

In Ordnung, antwortete sie deshalb auf Deutsch und eine Spur zu laut. *Take your time, Sue. Ich komme schon zurecht.* Ihrer Verlorenheit blinzelte sie dabei zu wie einem abgehalfterten Gegner. Aber Souveränität sah natürlich anders aus. Ihr verspäteter Trotz hätte sich nicht gegen Sue richten dürfen, so schrecklich die Beobachtung war, dass die Vergegenwärtigung einmal gehabter Gefühle wie ein Reißwolf wirkte, der nicht nur die Vergangenheit auffraß, sondern sogar die Gegenwart entleerte. Ob ihre Erinnerungen auch nur im Entferntesten der Realität entsprachen, würde Felice wahrscheinlich nie überprüfen können. Wie ein Wissenschaftler, der auf Verträge, Statistiken, Tonbänder oder Filme zurückgriff. Auf Berge von Quellen und Sekundärliteratur. Oder geheime Protokolle, die aus dem Dunkeln auftauchten und jahrelang als richtig akzeptierte Fakten endlich zurechtrückten. Sie musste mit einer Kiste vorliebnehmen, deren Inhalt sie beunruhigte, obwohl sie ihn zu kennen glaubte. Die Dissertation also sowie die ersten Aufzeichnungen und Thesen zur Habilitation, die Ulrich in den USA anhand der Interviews mit den polnischen Emigranten untermauern wollte. Das *Lapidarium*, wie sie Ulrichs gefühllosen Abschiedsbrief nannte. In Gottes Namen auch die Hochzeitsfotos auf der Treppe zum Standesamt Wilmersdorf, wo der Wind so heftig geweht hatte, dass ihr der Rock hochflog. Ja, sie fand alles, was sie vermutete, als sie sich endlich entschloss, das Behältnis zu öffnen. Dazwischen, daneben, darunter jedoch hatte noch etwas anderes überdauert, jener ominöse Papierwust nämlich, den sie damals mit beiden Armen auf dem Schreibtisch ihres toten Ehemanns zusammengeschoben und einfach zwischen den übrigen Dokumenten verteilt hatte.

Dem Impuls, alles in eine Plastiktüte zu stopfen und – wie so vieles aus Ulrichs unübersichtlichem Besitz – in den Müllschlucker zu werfen, war sie nicht gefolgt, was ein Fehler gewesen war, was sich rächte. Denn nun tauchten sie doch wieder auf, jene Notizblöcke, Kalender, Schnipsel und Beipackzettel, die genauer anzusehen ihr im Frühjahr 1975 die Kraft gefehlt hatte. Sie warteten auf sie in dieser von Afra so schön polierten Schatztruhe, ach was, sie lauerten Felice auf, Tage und Nächte, bis sie Ulrichs Doktorarbeit zu Ende gelesen hatte, die Frühform davon jedenfalls, aus deren erweiterter Fassung dann ein Buch entstanden war, aus dem noch immer zitiert wurde, wie ihr die Suchmaschinen bewiesen.

Allein die Vorstellung, dass er die Arbeit noch mit der Hand geschrieben und danach nicht einmal auf einer elektrischen Schreibmaschine, sondern auf seiner alten Erika abgetippt hatte, machte sie wehmütig. Unter welchen Zweifeln die annähernd 400 Seiten entstanden waren. Die Mühe, für seine Forschungen Russisch, Polnisch und Tschechisch zu lernen, obgleich er doch kein bisschen sprachbegabt war, wie er von sich behauptete, nur um das Parteichinesisch verstehen zu können, mit dem man sich unter den Bündnispartnern des Warschauer Pakts verständigte. Die deprimierenden Reisen nach Prag und Moskau, wo man ihm in den Archiven über Wochen ein Aktenbündel nach dem anderen zugeschoben hatte, niemals aber das Ganze. Ulrichs Niedergeschlagenheit, als sein Professor nach langem Schweigen befand, *dies hier* sei nur eine Materialsammlung, der die Thesen fehlten.

Das alles wusste Felice. Bis hierher bewegte sie sich im Bereich der selbst erlebten oder ihr mitgeteilten Fakten. Sie tat also nichts Verbotenes, wenn sie die Fragezeichen und Anmerkungen zu entziffern suchte, die Ulrichs Doktorvater an die Seitenränder gekritzelt hatte. Auch Ulrichs mit spitzem Bleistift darunter geschriebenen, für seine Verhältnisse ausgesprochen heftigen Widerworte meinte sie noch zur Kenntnis nehmen zu dürfen, ohne sich als indiskret zu empfinden. Jene Argumente also, die der Doktorand dieser kolossalen Respektsperson, diesem Übervater, der einst den wissenschaftlichen Jagdinstinkt in ihm geweckt hatte, zumindest schriftlich entgegenhalten wollte. Unter einen Kommentar hatte Ulrich *Unsinn* geschrieben in seiner Kinderschrift und zwei große, langstielige Ausrufezeichen hinzugefügt. Zwei- oder dreimal auch: *Mist* oder *Das seh ich anders.*

Das Durchforsten seiner Taschenkalender allerdings – dieser in Kunstleder eingeschlagenen Büchlein, welche die Sparkassen zum Jahresende ihren unbedeutendsten Kunden spendierten – war ein Sakrileg. Was ging es Felice an, mit wem sich Ulrich getroffen hatte, in Berlin, in München, Boston, New York. Und auch das Lesen des offensichtlich nie abgeschickten Briefs an einen Herrn M., den Ulrich auf die Rückseite eines sich noch im Rohzustand befindlichen Aufsatzes über Chinas Abhängigkeit von der Sowjetunion geschrieben hatte – kein Stück Papier ließ er verkommen –, erschien Felice zutiefst verwerflich. Beides ging weit über das hinaus, was sie sich an Nähe zugestanden hatten. Ohne je darüber gesprochen zu haben, galt es als abgemacht, dass keiner von ihnen in den Sachen des anderen wühlte, dass persönliche Notizen ebenso tabu waren wie die Post früherer Freunde oder Freundinnen, so sehr man sie auch – platonisch oder nicht – geliebt hatte. Dass keiner den anderen im Badezimmer störte, keiner dem anderen beim Waschen zusah.

Ich habe Ulrich nie pinkeln gesehen, dachte Felice und musste auflachen, weil sie im letzten Moment von einem schwarzen Wachmann zurückgehalten wurde, sich auf einen der immer noch nassen Gartenstühle im Bryant Park zu setzen. Mit dem großen Tuch, mit dem er unterwegs war, wischte er ihr auch das dazugehörige Tischchen ab, damit sie ihren Coffee to go und ihre Tüte mit Bagels darauf ablegen konnte. Er war höflich, lächelte sie an und sagte *There you go*. Und da sie sich unter einem der Sonnenschirme im sogenannten *Reading Room* befand, wo er soeben die schweren Plastikplanen von den Regalen gezogen und geschickt zusammengelegt hatte, hätte eigentlich nur noch gefehlt, dass er den *New Yorker* brachte, um ihr Frühstück komplett zu machen, oder die *New York Times*. Später würde sie feststellen, dass es hier, in diesem Freiluftlesesaal hinter der Public Library, vorwiegend Anzeigenblätter zu lesen gab und die nicht sehr appetitlich aussehenden Bücher sie eigentlich nicht interessierten. Aber das machte nichts. Irgendwann, an ihrem dritten oder vierten Morgen, blätterte sie klaglos in der *Metro New York*, einem Anzeigenblatt. Nicht nur, weil sie auf diese Weise ihr Englisch trainierte, sondern weil sie es sich inzwischen angewöhnt hatte, ihre Tage im Bryant Park zu beginnen. Auch die *Village Voice* verschlang sie, unter besonderer Berücksichtigung der Rubrik *Free Stuff*. Und widerstand der Versuchung, zum nahegelegenen *Grand Central Terminal* zu gehen, wo es bestimmt jede Menge deutscher Zeitungen gegeben hätte.

Als sie die Public Library verließ und die Treppen hinunterlief, um sich im Telefon-Laden auf der anderen Straßenseite eine SIM-Card für ihr Handy zu kaufen, wie Sue es ihr aufgetragen hatte, schien bereits wieder die Sonne, sie hatte das Schauspiel, als sich die Nebel lichteten, leider verpasst. Der Park glitzerte vor Nässe, es tropfte noch immer heftig aus dem hellen Grün der Platanen, was die Angestellten aus den umliegenden Büros allerdings nicht davon abhielt, die Sitzmöbel in Beschlag zu legen – aus allen Richtungen herbeiströmend und zielstrebig wie unter der Anleitung eines Choreografen. Wenn sie unglücklich waren, so sah man es ihnen nicht an. Sie öffneten ihre Lunchpakete, sogen an ihren Trinkhalmen, lasen ihre Zeitungen, trugen brav ihren Abfall zu den Containern. Hielten ihre Augen geschlossen und blickten mitnichten zu den gläsernen

Käfigen empor, denen sie für kurze Zeit entronnen waren, so wie es Felice tat, die sie mit Hilfe eines bebilderten Stadtplans nun endlich identifizieren konnte. Den *Bank of America Tower*, das *American Radiator Building* mit seinen Terrakotta-Zinnen. Das *W. R. Grace Building*, in dessen angedeutetem elliptischen Schwung sich heute Morgen noch der Nebel verfangen hatte.

Es tat wohl, hier zu sitzen, in der gelassenen Atmosphäre dieses von eleganten Hochhäusern umgebenen grünen Rechtecks, die Freundlichkeit zu beobachten, mit der sich die Leute zueinander setzten, ohne sich zu kennen, die Heiterkeit zu spüren, die selbst die sonst so grimmige Gertrude Stein ausstrahlte, die Felice als Bronze-Buddha gegenübersaß. Die unbegreifliche, durch kein auftrumpfendes Geräusch unterbrochene Stille dieser Oase war es auch, die ihr das Warten halbwegs erträglich machte, diesen stets nur mit zusammengebissenen Zähnen ertragenen, meistgehassten Zustand ihres Lebens. Denn noch war Sue nicht aufgetaucht, noch befand sie sich im Untergrund, wälzte Bücher und Zeitschriften und litt wahrscheinlich unter den von einer Stauballergie ausgelösten Niesattacken, die sie in jüngster Zeit quälten. Deshalb befanden sich keine Bücher in ihrer Wohnung, auch dies hatte Sue Felice in der Nacht noch unbedingt erklären wollen, keiner sollte ihr literarisches Desinteresse nachsagen. Wohingegen sie vorhin, beim Abschied in der Astor Hall, kurz angebunden gewesen war. Geschäftsmäßig geradezu. Ihren schweren Körper fast schon abgewendet, hatte sie ihrer Freundin nur noch ein halbherziges *Bye-bye, honeypie* gegönnt. Dass sich ihr Praktikant exakt im gleichen Rhythmus wegdrehte, sah komisch aus. Er war nur halb so breit wie seine Chefin, aber ungefähr genauso groß, und an der Hilflosigkeit, mit der seine Blicke an Felice abrutschten, erkannte sie jetzt auch, wie stark der Arme schielte.

Ulrich hat mir die Augen zugehalten, wenn er einen Orgasmus hatte, ich durfte ihm nicht ins Gesicht sehen, erinnerte sich

Felice, während sie angelegentlich dem fettleibigen, zwischen den bunten Tischchen umherwandernden Wächter des Reading Room hinterherschaute und sich prompt dafür schämte. Kaum je haben wir uns nackt gesehen, wir konnten mit unserer Nacktheit nichts anfangen. Wir genierten uns. Die sexuelle Revolution, die uns angeblich umbrandete, hat nicht einmal an unseren Zehen geleckt. Über die Schönheit nackter Körper tauschten wir uns im Museum aus, ohne einen Funken Ironie. Höchstens Sehnsucht gestanden wir uns ein, die Sehnsucht, mit unseren warmen Händen über die kühlen Hinterteile der Marmor-Statuen zu streichen. Im obersten Stockwerk der Dahlemer Gemäldegalerie, im Pergamon-Museum drüben im Osten, wo die Alarmanlagen noch nicht so ausgefuchst waren und die Museumsdiener die überhandnehmende Sucht nach Berührung gleichgültig übersahen.

Felice war sich nicht einmal sicher, ob Ulrich vor ihr mit anderen Frauen zusammengewesen war, sie selbst hatte zwar ein gewisses Quantum an Männern absolviert, als Pflichtübung in permissiven Zeiten freilich, nicht mit Begeisterung. Und dennoch verfiel sie Ulrich unglaublich schnell. Kaum dass er ihr in seiner Erstsemester-Sprechstunde die Literaturliste ausgehändigt hatte, fühlte sie sich wie vom Blitzschlag getroffen. Vielleicht kam es daher, dass sie ihm, dem Unbekannten, ein paar Nächte zuvor im Traum begegnet war, ganz deutlich von dem Schnitt geträumt hatte vielmehr, den er sich beim Rasieren am Hals zugefügt hatte und auf den er sich jetzt, in der Realität, immer wieder zwei Finger presste, als wollte er verhindern, dass er vor ihren Augen blutete. Ja, sogar den blau-weißen, offensichtlich handgestrickten Norwegerpullover kannte sie, in dem er so jung aussah, auch wenn er so väterlich tat. Seine rutschende Brille. Er siezte sie, obwohl die Assistenten und Assistenzprofessoren schon lange dazu übergegangen waren, die Studenten zu duzen und sich ihrerseits duzen ließen, im Otto-Suhr-Institut zumal, dem revolutionärsten aller Institute. Fürsorglich kreuzte er ihr all jene Titel an, die sie sich erst einmal sparen konnte, und schrieb ihr die Kapitelnummern der anderen auf, die unabdingbar waren – was er wirklich nicht hätte tun müssen. Riet ihr, sie solle am Anfang bloß nicht zu viele Veranstaltungen belegen, das stifte nur Verwirrung. Und er begleitete sie hinauf in die Cafeteria im dritten Stock, trank einen dünnen Kaffee mit ihr und fragte sie, wie sie zurechtkomme mit den aufmüpfigen Kommilitonen in diesem Fachbereich.

Und doch hatte sich Felice seine Eroberung leichter vorgestellt. Meistens nahm er sie gar nicht wahr, wenn sie sich im Treppenhaus begegneten, er nach oben oder unten hastete, an den Wandzeitungen entlang, die zur Zerschlagung des Monopolkapitalismus aufriefen. Rauchte und dabei völlig geistesabwesend schien. Einmal wechselte er ihr einen Zehnmarkschein, ohne sie zu erkennen. In seinem Seminar, in dem er dazu neigte, häufig auf die Uhr zu schauen und auf Fragen allzu ausführlich einzugehen, beachtete er sie nicht mehr als die anderen jungen Frauen. Wer weiß, was und ob überhaupt etwas zwischen ihnen geschehen wäre, wenn sie ihn in einem russischen Lokal in der Nähe des Charlottenburger Schlosses nicht zufällig wiedergesehen hätte. Auf der Examensfeier eines Studienkollegen, dessen Eltern es sich leisten konnten, für die Freunde ihres Sohnes Kaviar als Vorspeise zu bestellen. Lange saßen sie nebeneinander und zupften an ihren Stoffservietten, ohne ins Gespräch zu kommen. Dann aber erwähnte irgendjemand an der Tafel, dass Ulrich ein Thomas-Mann-Spezialist sei, einer, der sämtliche Romane dieses Oberlangweilers gelesen habe und ganze Passagen daraus zitieren könne. Keiner seiner fürchterlichen Schachtelsätze habe ihn je ins Stolpern gebracht. Und so war es denn der neurasthenische Großschriftsteller aus Lübeck, der Felice die Zunge löste und sie ihrerseits bekennen ließ, dass sie Ulrichs so skandalös aus der Zeit gefallene literarische Vorliebe bedingungslos teile. Damals war noch nicht bekannt, dass Manns spöttische Schwiegermutter ihn den *leberleidenden Rittmeis-*

ter genannt hatte. Und auch nicht das, was sonst noch in Manns erst in den achtziger Jahren veröffentlichten Tagebüchern stand. Ulrich aber hätte sich wahrscheinlich nicht darüber gewundert. Dachte Felice. Weil er intuitiv Bescheid wusste. Weil er alles richtig zu deuten und umzudeuten wusste: Hans Castorps Liebe zur Türen schlagenden Madame Chauchat. Rudi Schwerdtfegers Flirtnatur. Die Sehnsucht von Potiphars Frau nach dem keuschen Joseph. Weil er sich auskannte mit der Camouflage. Und auch er wusste, dass man die Hunde im Souterrain am besten an die Kette legte.

Letztlich aber waren es wohl doch die vielen Cocktails namens *Weltfrieden*, welche die Studentin und den Assistenzprofessor einander näher brachten an jenem Abend, in jener Nacht, an jenem grauen Morgen mitten im Kalten Krieg, als die rebellierenden Studenten Westberlins noch lange nicht ans Aufstehen dachten, weil sie in der Nacht zuvor *bis in die Puppen* diskutiert hatten. Felice jedenfalls war beschwipst genug, um kurz entschlossen Ulrichs Kopf zu sich herunterzuziehen, als man auf der Straße stand und sich verabschieden musste, der Abstand zwischen ihr und ihm erschien ihr plötzlich nicht mehr unüberwindlich. Und sie küsste ihn auf den Mund, immer wieder, während der Weltfrieden mit seinem unvergleichlichen Pfefferminzgeschmack zwischen ihnen dampfte. Nach kurzem Zögern gab er die Küsse zurück, ja auch die seinen wurden nachgerade feuchter und entschlossener, bevor er sich mit einem Ruck von ihr löste und ihre Hände so fest in die seinen nahm, als wollte er sich vor ihr schützen. Etwas vom *Aufsparen* hatte er ihr noch ins Ohr geflüstert, bevor er sich davonmachte, ohne wissen zu wollen, in welche Richtung sie zu gehen beabsichtigte. Wahrscheinlich war es ein Zitat seines literarischen Hausheiligen, ein Satz, den sie nicht kannte. Ob er das Aufsparen seiner Leidenschaft gemeint hatte? Die Sublimierung seiner Triebe, wie man dies damals vermutlich genannt hätte? Sie wagte nicht nachzufragen, auch später nicht, schon weil Ulrich weiterhin zurückhaltend blieb, wenn sie sich zufällig trafen. Der Kommilitone aber, der nach dem Examen als Volontär zur *Welt* ging und irgendwann begann, Kommentare im Stil von Matthias Walden zu schreiben, ja dessen gelehrigster Epigone wurde, sagte über Ulrich, er sei eine Kanone. Eine Leuchte der Wissenschaft vielmehr. Einer, den man keinesfalls unterschätzen dürfe, nur weil er so harmlos und jungenhaft aussehe.

Ja, Ulrich blieb jungenhaft bis zum Schluss. Bestimmt sah er noch im Sarg wie ein Tanzstundenjüngling aus, nicht anders als bei der standesamtlichen Trauung, auf die keine kirchliche folgte. Sie waren sechsunddreißig und zweiundzwanzig Jahre alt, als sie heirateten, der Altersunterschied erschien selbst ihr enorm. Niemand aber störte sich daran; seine Brüder, seine Mutter, sein Doktorvater, sie alle frohlockten geradezu darüber, dass Felice, diese nicht weiter bemerkenswerte, ja sogar eher blasse Studentin, ihm so hartnäckig auf den Fersen blieb und sich traute, ihn, den Unberührbaren, diesen den Reproduktionsbedingungen der bürgerlichen Welt eigentlich schon rettungslos verloren gegangenen Junggesellen, Stück für Stück aus der Erstarrung zu holen. Im Nachhinein erschien es ihnen dann so, als hätten sie ihr etwas Kostbares geschenkt, dessen sie sich nicht als würdig erwies. Dachte Felice. Vielleicht räumten die Brüder nach Ulrichs Tod deshalb so unbekümmert die Schränke aus und holten sich all das wieder, was sie als Familienbesitz betrachteten. Sahen Ulrichs Wohnung als die ihre an, ignorierten seine Frau und vergriffen sich auch an ihrer Habe.

Dabei war sie nicht halb so wagemutig gewesen, wie sie auf Ulrichs Umgebung gewirkt haben mochte, dachte Felice, während sie ihren zweiten Bagel verspeiste und sich zwang, langsam zu kauen. Fest stand, dass sie nur Ulrich gewollt hatte und keinen sonst. Dass sie rettungslos in ihn verliebt gewesen war. Und dass sie am Anfang ihres Verliebtseins nicht ein Fünkchen jener Qual in Ulrichs Augen entdecken konnte, die sie später so unerträglich fand. Die Spottlust hatte sie geliebt, die darin aufblitzte, und die Art, wie er seine kräftigen Brauen hob. Kurz vor seinem Tod war er zu direkten Blicken allerdings gar nicht mehr fähig gewesen, ein Tic hatte sich zudem seiner Mimik bemächtigt, der es einem schwer machte, ihm länger ins Gesicht zu schauen. Lexotanil, Tavor oder Prozac hießen die Beruhigungspillen, die diese Nebenwirkungen verursachten. Felice konnte sie riechen durch Ulrichs Haut. Und auch aus der Kiste drang ihr Geruch, weil er den Beipackzetteln anhaftete, die sie nach seinem Begräbnis hektisch darin verstaut hatte.

Ich hätte ihm nicht nachstellen dürfen, ihn nicht festhalten dürfen, ihn nicht erobern, ihn nicht vergewaltigen dürfen. Dachte Felice. Habe ich ihn vergewaltigt? In diese Richtung ging es schon, als ich ihn nicht mehr verlassen wollte an jenem Abend, als er mir auf seinem Schneewittchensarg immer wieder Glenn Goulds *Goldberg-Variationen* vorspielte, auf diesem teuren Designer-Ding der Firma Braun, das er sich kurz zuvor – zusammen mit zwei gigantischen, seine kleine Wohnung fast sprengenden Lautsprecherboxen – geleistet hatte. Ich wollte einfach nicht gehen, so betrunken wie ich war, so sehnsüchtig, so gierig, ich habe ihm sein Hemd aufgeknöpft und ihm die Schuhe ausgezogen, ich war Felice, wie sie den widerstrebenden Kafka hätte entkleiden können, damals in Marienbad. Zwischendurch hörten wir diesen verrückten Pianisten, wie er grummelte und stöhnte. Er war der Dritte im Bunde.

Ja, Ulrich hat sich mir ergeben und sogar *Wenn es denn sein muss* geseufzt, bevor er sich niederlegte und die Arme ausbreitete. Es war eine Kapitulation. Vielleicht hätte ich ihm das Leben retten können, wenn ich nicht so versessen darauf gewesen wäre, ihn für mich einzunehmen. Seine Unschuld nicht so aufreizend gefunden hätte, sein nie nachlassendes Widerstreben. Seine Gescheitheit und seinen Witz nicht so geliebt hätte und die Melancholie, mit der er die Welt betrachtete.

Heißt du wirklich Felice?, hatte Sue noch mitten in der Nacht gefragt, da war sie schon dabei, ihre Zähne zu putzen, und ging in BH und Slip zwischen der Küche und dem Badezimmer hin und her. Sie besaß wirklich kein Schamgefühl. Ist das nicht die, mit der Kafka sich ewig ver- und entlobte? Haben sie nun miteinander geschlafen oder nicht? Ich kann mich an ein Seminar erinnern, wo man darüber stundenlang diskutierte.

Ach, was weiß ich denn. Und was weiß sie. Felice schaute wütend auf ihre Armbanduhr und nahm sich vor, aufzubrechen, wenn Sue in einer halben Stunde nicht zur Stelle wäre. Morgen Abend sollte ihre erste Verabredung stattfinden, heute war sozusagen ihr letzter freier Tag, wenn sie davon ausging, dass sie sich morgen ihren Vorbereitungen für die Unterredung widmen würde, einen Fragenkatalog entwickeln, ihre Reaktionen auf unerwartete Antworten antizipieren wollte. Sie musste ihr Programm bewältigen. Die Kiste forderte ihr Recht. Die Kiste, die sich als *Blackbox* entpuppt hatte. Als jene Blackbox, nach der die Taucher fahnden, wenn ein Flugzeug ins Meer gestürzt ist. Als jene unzerstörbare Kapsel, in der die letzten Sekunden vor der Katastrophe konserviert sind. Die Auskunft gibt über die Versäumnisse der Piloten und die Fehler der Messinstrumente. Weiter hatte Felices metaphernsüchtiges Hirn erst einmal nicht denken wollen, als Afra das Behältnis aus dem Bettkasten hervorzog. Aber natürlich hatte sie sofort gewusst, wer Herr M. war, als ihr Ulrichs Schreiben in die Hände fiel. Der Psychoanalytiker. Drei Jahre oder länger war Ulrich zweimal in der Woche zu ihm nach Schmargendorf gepilgert. Als Felice und er sich kennenlernten, war die Therapie allerdings längst abgeschlossen gewesen. Warum also hatte sich Ulrich ein paar Tage vor der Trauung noch einen Gesprächstermin bei Herrn M. geben lassen und eine Verabredung mit ihr deswegen verschoben? Brauchte er den Segen seines Therapeuten? Bereute er die Entscheidung, Felice zu heiraten? Hatte er plötzlich Angst vor der eigenen Courage? Wollte er vielleicht doch lieber allein nach Harvard gehen? Irritierte ihn sein Nasenbluten, das immer auftrat, wenn Felice ihn besuchte und über Nacht bleiben wollte?

Weil es ein ungeschriebenes Gesetz war, über das, was in einer Therapie geschah, Stillschweigen zu bewahren, verkniff sie sich jedoch jede Frage. Und unterdrückte auch den Wunsch, herauszufinden, warum Ulrich sich überhaupt einer Analyse unterzogen hatte. Weil sein Professor ihm die Doktorarbeit retournierte? Weil er sein Bombentrauma loswerden wollte, die brennenden Weihnachtsbäume, die vom Himmel herabzuregnen begannen, sobald er die Augen schloss? Versuchte er, sich von seiner kokettierenden Mutter zu befreien, die ihre Söhne wie ihre Liebhaber behandelte, ihn selbst am allerheftigsten? Wollte er von seinen Brüdern loskommen, die ihm sagten, wie er sein Leben zu führen hatte? Damals, als er sie so kurzfristig versetzte, hatte sich Felice gewünscht, dass Ulrich Herrn M.s Couch vollblutete, auf die er sich wortlos legen musste, nachdem er den Raum betreten und auf dem Schreibtisch den Umschlag mit dem Geld deponiert hatte – so viel immerhin war ihm über die Abläufe seiner nach den klassischen Regeln verlaufenden Behandlung abzuringen gewesen. Auch dass die Couch mitnichten dem längst ins kollektive Gedächtnis eingegangenen Sofa Freuds glich, sondern eine schäbige, mit schwarzem Kunststoff überzogene Bahre war, hatte Ulrich ihr erzählt, und dass Herr M. wirklich und wahrhaftig direkt hinter seinem Kopf saß, in einem verschlissenen Ohrensessel, so dicht, dass der zu Analysierende die schwitzende Fülle seiner Oberschenkel spüren und ihn atmen hören konnte. Mehr aber nicht.

Den Niedergang wie vieler Bomben, den Anblick wie vieler Leichen konnte ein Kind ertragen, um später ein halbwegs gesunder Erwachsener zu werden? Machte Todesangst stark, wenn sie einen öfter überkam? War das frühe Gefühl von *Schlimmer kann es nicht mehr kommen in meinem Leben* hilfreich oder nutzte es sich irgendwann ab? Trug dieses eine kleine Drama innerhalb der großen Weltgeschichte – dass Ulrich, das blondgelockte Engelskind, seine Mutter nach dem Besuch bei ihren in Ostpreußen evakuierten Kindern gezwungen hatte, ihn wieder mit nach Hause zu nehmen – die Schuld an ihrem gemeinsamen Elend? An Felices Unglück? An seinem? Waren sie einander zum falschen Zeitpunkt begegnet? Hatte Felice eine Lawine ins Rollen gebracht?

Zumindest über das kleine Drama war Ulrich ja bereit gewesen zu reden. Wie er seine Mutter durch die feindlichen Linien hindurch zurück nach Berlin begleitete. In Zügen, in denen auch Soldaten unterwegs waren, an Krücken, mit verbundenen Köpfen und zerstörten Gesichtern. Und wie er an ihrer Hand in die Luftschutzkeller trottete, in der Fasanenstraße, in der Hardenbergstraße. Nacht für Nacht, ausgerüstet mit Decken und Töpfen, die sie als Schutzhelme zweckentfremdeten. Bis alles vorbei war, steckte man Ulrich zusammen mit anderen Kindern in eines der dort aufgestellten Gitterbetten, deren durchgelegene Matratzen nach Urin stanken. Mehr als einmal habe ihn seine Mutter unter den Mörtelbrocken hervorholen müssen, die durch die Erschütterung von der Decke gefallen waren. Erzählte Ulrich. Ja, doch, sie hätten überlebt, seine Mutter und er. Nicht aber die Studenten im Konzertsaal der Musikhochschule und die Flügel und Cembali in der Berliner Niederlassung der Firma Steinway & Sons nahebei. Am Morgen nach dem Luftangriff schwelten noch vereinzelt Feuer zwischen den Klavieren. Und ein paar der aus den Kellern gekrochenen, inzwischen vielleicht längst ausgebombten Leute trauten sich auf ihrem Heimweg in das Geschäft hinein, legten zaghaft die Finger auf die staubigen Instrumente und versuchten, ihre Deckel zu öffnen. Durch das zerstörte Dachgebälk habe die Sonne geleuchtet, alles sei von einem goldenen Schimmer überzogen gewesen. Berichtete Ulrich. Ja, dies habe er noch im Gedächtnis. Nicht aber die Leichen in den Ruinen. Ein fünfjähriges Kind könne doch einen toten Körper nicht von einem lebendigen unterscheiden, wenn er einfach nur still zwischen den Schuttbergen liege.

Natürlich hatte Felice versucht, sich Ulrich vorzustellen. Eine Zeitlang war sie ganz versessen darauf gewesen, dem kleinen Jungen nahe zu sein, diesem auf den Holzbänken der Eisenbahnwaggons sitzenden Kind, das mit den Beinen baumelte und am Daumen lutschte vielleicht – wie auf den Zeitungsausschnitten, die sie von ihm kannte. Trübselig, hungrig, durchgeschüttelt. Weinend und verrotzt zwischen den mürrischen Erwachsenen in irgendeiner Warteschlange. Auf dem Sprung zwischen Wohnzimmer und Bunker. Damals, am Anfang ihrer Liebe, als sie auf der Flucht vor den linksradikalen Studenten durch die Berliner Cafés zogen und sich gutgelaunt zwischen die ihre Sahnestückchen vertilgenden Wilmersdorfer Witwen setzten, war Felice wirklich und wahrhaftig davon überzeugt gewesen, Ulrich von seinen Wunden heilen zu können. Wieder ganz hatte sie ihn machen wollen und die gefräßige Vergangenheit zähmen, damit die Gegenwart licht und schön wurde.

Welche Naivität. Und welche Hybris. Vierzig Jahre später würde sie ein rein zufällig wieder aufgetauchter Briefentwurf eines Besseren belehren. Niemals, nicht eine einzige Sekunde lang hatte Felice Anlass zu Optimismus gehabt. Und hier, im Bryant Park, trotz der stärker gewordenen Hitze zitternd vor Ungeduld und voller Groll darüber, dass sie abermals in der Warte-Falle saß, fiel ihr auch wieder ein, wie stark der Abscheu vor diesen mit Kaffeeflecken übersäten Blättern gewesen war, vor diesen losen Seiten eines abgeschlossen geglaubten Kapitels. Wie stocksteif sie dagestanden hatte und wie krampfhaft bemüht sie gewesen war, die Rückseite des ominösen Schreibens zu lesen. Auf der guten alten Erika getippte Sätze wie:

Mao Tse-Tung und seine Mitarbeiter waren durchaus bereit gewesen, den die letzten Lebensjahre Stalins kennzeichnenden weltpolitischen Konfrontationskurs zeitweilig abzubauen und friedliche Koexistenz mit ihrer unmittelbaren staatlichen Umwelt zu üben.

Oder:

Mit Recht erkannte die Pekinger Führung, daß sich die neue sowjetische Friedensstrategie zuerst in außereuropäischen Räumen, damals also vor allem in Asien, auswirken würde und daß eine Minimalvoraussetzung für ihr Gelingen die längerfristige Anerkennung des territorialen und politischen status quo sein müßte.

Nicht aber Ulrichs über Herrn M. ausgeschüttete Vorwürfe, die Tiraden über diesen *Falschmünzer*, wie er ihn an einer Stelle nannte, dem er Herz und Feingefühl absprach, Geldgier unterstellte, ihn als Manager der Seele bezeichnete, nicht etwa nur als Seelenklempner, wie man Psychoanalytiker in den siebziger Jahren nannte, wenn man sich dumme, aber gemütliche Witze über diesen Berufsstand erzählte. Es war ein schwieriger Text, Felice musste ihn wie eine alte Handschrift studieren, nicht nur, weil sich die wild ineinander verschlungenen Buchstaben gegen Ende kaum mehr entziffern ließen. Auch als sie ihn seufzend, ihren inneren Widerstand überwindend, in den PC tippte und ausdruckte, wurde er nicht sehr viel verständlicher. Als Gewissheit erhärtete sich höchstens, dass es Professor L. gewesen war, der Ulrich zu einer Therapie überredet hatte, ganz wie Felice vermutete, es aber nie auszusprechen wagte. Ihn beschimpfte Ulrich gleichfalls als Manager, einen Manager der Wissenschaft, dem jegliche Güte abgehe. Nur ihm zuliebe habe er sich auf die Couch gelegt und sich diesem *Monster mit der vitalen Zentnerstimme* ausgeliefert. Wobei *vital* das Schimpfwort war, nicht *Monster* und nicht *Zentnerstimme*, selbst die kleine und schmale Felice bekam häufig zu hören, wie erschreckend vital sie doch sei. Und immer wieder ging es um Ulrichs Arbeitsfähigkeit in diesem vor Rechtschreibfehlern und durchgestrichenen Wörtern wimmelnden Schreiben, um die Arbeitsfähigkeit, zu der die Analyse dem Analysanden verhelfen sollte, es aber offensichtlich nicht ausreichend tat. Dass er nun endlich Sex habe, vielmehr *Sexualverkehr praktiziere*, wie er es ausdrückte, sage doch nichts über seine Lebensfreude aus, schon gar nichts über den Sinn des Lebens, wenn man diesen mit beruflichem Erfolg oder wissenschaftlichem Ehrgeiz gleichsetze. Haha, habe er, der Analytiker, in unbegreiflicher Erregung erwidert, als sich Ulrich endlich traute, ihn darauf anzusprechen. Das sei ja wohl ein Witz. *Für Transzendenz bin ich wirklich nicht zuständig.*

Für so etwas wie Liebe aber offensichtlich ebenso wenig, hatte Felice gedacht und den Deckel der Kiste, aus der die Psychopharmaka-Düfte strömten, heftig zugeklappt. In was für einer verdrucksten Zeit sie beide doch jung gewesen waren – mehr und weniger jung. Es war eine Zeit, die nichts aussprechen wollte, aber sich selbstherrlich von allen Zwängen frei erklärte. Ulrich hatte für seinen Brief bestimmt alles mobilisiert, was er an Wut und Empörung aufbringen konnte. Und trotzdem sprach er nur in Andeutungen. Was hieß Arbeitsfähigkeit? Dass er fähig war, seine Dissertation mit *summa cum laude* abzuschließen, wie es ihm dann auch gelang? Dass er Seminare abhielt? Auf Tagungen redete? Bei den berühmten Soireen seines Professors öfter als nur einmal den Mund aufmachte? Ja, sich sogar – als sein bester Schüler – mit einem seiner schlimmsten Kontrahenten auf einen Streit einließ? Für seinen Lehrmeister in den Ring stieg also und ihm bewies, dass er die Regeln der geistigen Auseinandersetzung beherrschte? Dabei aber eine Leidenschaft vortäuschte, die er nicht einmal ansatzweise empfand, wie Felice sogleich bemerkte? Und was bedeutete *Sexualverkehr*? Meinte Ulrich damit ihrer beider Liebesgeschichte? Seine Verführung durch Felice, die immer wieder statt und unter den Klängen von *Isoldes Liebestod* praktisch nie ein Ende fand? Sein Verhältnis zu Frauen? Sein Verhältnis zu Männern? Oder generell, wie er mit anderen Körpern verkehren wollte?

Der Therapeut mit der Zentnerstimme hätte den Brief sofort verstanden, so viel stand fest für Felice. Wahrscheinlich auch Professor L., an den er indirekt ja ebenfalls gerichtet war. Der aus England zurückgekehrte Gelehrte mit den großen schielenden Augen förderte Ulrich, weil er seine Intelligenz erkannt hatte, wohl aber auch die psychischen Lasten, die ihn beschwerten. Bestimmt wollte er ihm etwas Gutes tun, als er den Kontakt zu Herrn M. herstellte, einem der bekanntesten Psychoanalytiker Westberlins, wahrscheinlich meinte er sogar, dass nur eine Analyse – die avancierteste Art der Therapie damals – diesen skrupulösen, überreflektierten jungen Mann aus seinen Hemmungen reißen könnte. Vielleicht wollte er ihm dadurch ja eine besonders wirkungsvolle jüdische Denkmethode ans Herz legen. Womöglich liebte er Ulrich wie einen Sohn. Sicher aber war es auch das Höchstmaß an Privatheit, das er sich seinem Assistenten gegenüber gestattete. Seine Frau immerhin ging mit Ulrich seinen ersten Smoking kaufen, bei *Arnulf* am Kurfürstendamm, dem teuersten Herrenausstatter der Stadt, wobei sie sich an den Kosten beteiligte. Und hin und wieder, so erzählte Ulrich, habe sie ihm im Café am Hagenplatz, ganz in der Nähe der Villa, die ihnen die Universität zur Verfügung gestellt hatte, sogar eine ihrer furchterregend selbstbewussten Nichten aus England vorgestellt.

Nicht der eine oder andere Adressat jedoch, sondern Felice musste nun diesen irritierenden, seltsam geschlechtslosen und irgendwie in der Luft hängenden Brief entschlüsseln: ähnlich wie Ulrich die codierten Programme seiner kommunistischen Parteien, was ihm mit seiner am Katholizismus geschulten Fähigkeit zur ideologischen Empathie bemerkenswert gut gelang. Oder wie Freud die mühsam herausgewürgten Generalbeichten seiner Patienten, für deren unterschiedliche Neurosen er – genial, wie er war – sich mit Namen aus der griechischen Mythologie behalf. Wer aber war Felice? Damals: eine mittelmäßige, mit einem Minderwertigkeitskomplex geschlagene junge Frau, die sich in einen hochgelobten Wissenschafter verliebt hatte und lange nicht aus dem Staunen heraus kam, dass er sie auch heiratete. Natürlich war es übertrieben, wenn nicht gar pathetisch, zu sagen, die nun ihr überlassene Exegese sei die Strafe dafür, dass sie nie gefragt hatte, als sie noch fragen konnte. Dass sie stumm geblieben war wie Parsifal, als er den blutenden Amfortas sah. Es also partout nicht wahrhaben wollte, als sich die Qual in Ulrichs Augen eingenistet hatte, obwohl sie es doch wusste, den genauen Zeitpunkt sogar, was ihre eigene Person betraf. Parsifal war dumm gewesen, naiv allenfalls. Sie jedoch hatte bewusst an ihrer Feigheit festgehalten. Dachte Felice hier im Bryant Park. Dachte sie seinerzeit, beim Öffnen der Blackbox und während der Wochen danach, als der Plan in ihr wuchs, nach Amerika zu fahren. Sie hatte es nicht fertiggebracht, Ulrich zu fragen, warum er sie auf Abstand hielt, sie kaum mehr küsste, den Beischlaf vermied. Ob er anderweitig verliebt war. Oder vielleicht nur Angst vor Frauen hatte. Warum er stöhnte und schluchzte, damals im Gramercy. Sie wollte einzig und allein verhindern, dass sich etwas änderte an der Oberfläche ihres leichten ironischen Lebens. Dass Ulrich sie verließ, wenn sie ihn auf seinen Schmerz ansprach.

Es war an einem strahlend blauen Januartag des Jahres 1974, als sie den Schmerz entdeckte. Daran gibt es nichts zu deuten, dachte Felice, während sie – staunend wie in einem Wachtraum – junge Leute mit weißen Schildern über den Rasen des Bryant Park laufen sah, auf denen *I don't know me* und *I'm desperate* geschrieben stand. Von einer Kurzreise aus Berlin zurückgekommen, hatte sie sich unbändig auf Ulrich gefreut und auf die fantastische Winterlandschaft, die er ihr telefonisch angekündigt hatte. Über Neuengland sei so viel Schnee gefallen wie seit Jahren nicht mehr, sie würden Schlittschuh laufen, Schlitten fahren, Schneemänner bauen. Mit Freunden in Vermont wandern. Nicht ihr Ehemann jedoch holte Felice vom Flughafen ab, sondern Bjarne Svensson, ein jüngerer Kollege, mit dem er – abseits seiner großen Recherchen – an einer kleinen Veröffentlichung arbeitete, die sie beide tagelang zum Quellenstudium in der Bibliothek festhielt. Mit seinem klapprigen Chevrolet fuhr

Bjarne Felice ohne Erklärung, aber für die eisglatten Straßen viel zu schnell von Boston über die Longfellow Bridge über den Charles River, wo die Eisschollen trieben, nach Cambridge ins *Harvard Medical Center*. Ulrich erwartete sie dort, allein in einem Raum. In einem mit Kleeblättern bedruckten Nachthemd aus Papier, an einem Tisch sitzend, vor sich ein kleines Fernsehgerät, die Nachrichten auf CBS verfolgend. Es ging um Watergate, um was sonst, es ging immer um Watergate in den Jahren, die Felice und Ulrich in den USA zubrachten. Nixon weigerte sich, die Tonbänder herauszugeben, auf denen alles aufgezeichnet war, was im Oval Office gesprochen wurde. Und Walter Cronkite, der Kommentator, tat gerade bedauernd kund, an einem Impeachment-Verfahren werde nun wohl nichts mehr vorbeiführen.

Blass und dünn, als hätte er seit Wochen nichts gegessen, erlaubte Ulrich ihr gerade noch, ihm die Wange zu küssen. Zerfurcht und zerschlagen sah er aus, wie jemand, den man gefoltert hatte. Keine Umarmung fand statt, er fragte auch nicht, wie sie den Flug überstanden hatte, obwohl er wusste, wie sehr sie unter Flugangst litt. Sein Lächeln war kläglich. Herzlichkeit verbreitete nur sein aus Minnesota stammender Koautor. Seit dem Beginn ihrer Bekanntschaft sprach er konsequent Deutsch mit Felice und Ulrich, weil er ihnen sein Kartoffel-Amerikanisch – wie er es nannte – nicht zumuten wollte. Das falle ihm nicht weiter schwer, hatte er erzählt. Seit dem Beginn seiner Doktorarbeit befinde er sich sozusagen in deutschen Zusammenhängen. Wenn er sich ein bisschen altertümlich ausdrücke, in der Sprache junger Männer aus den vierziger Jahren vielmehr, hänge dies damit zusammen, dass er sich seit Monaten mit der Korrespondenz deutscher Kriegsgefangener beschäftige. Konkret: Mit deren Briefen an Mütter, Väter, Geschwister, Verlobte und Ehefrauen, die ein die Deutschen hassender Lagerleiter nicht weitergeschickt hatte und auf die er – Bjarne – im Heimatmuseum einer kleinen Stadt in Louisiana zufällig gestoßen war. Keine

Ahnung, sagte er, wie dessen Leiterin, Tante Cathy, die Schwester seiner Mutter, in den Besitz der Briefe gelangt sei, an die Kiste mit Hunderten von Formularen vielmehr, auf denen die *Prisoners of War* in knapp bemessenen Zwischenräumen Nachrichten an ihre Familien versenden durften. Nur zwei oder drei der Briefe habe Tante Cathy in einer Vitrine ausgestellt, zusammen mit dem Kochgeschirr eines Landsers des Afrikakorps, direkt neben seinem aufgeschlagenen Soldbuch und einem Haufen von Lumpen, die wohl seine Fußlappen gewesen waren. Und nur mit Müh und Not habe er sie davon abhalten können, den größten Teil der Korrespondenz einfach wegzuwerfen.

Harald, Horst, Herbert, Holger, Hans, Hubert, Hermann, Heinrich, ach, all diese deutschen Vornamen mit H. Lauter deutsche Jungen, die ihrer Mama Küsse in die Heimat schickten. Einen Brief pro Monat durften sie schreiben. Da ist ganz schön was zusammengekommen.

Deutschenhasser habe es damals viele gegeben, hatte Bjarne der ungläubigen Felice erklärt. Wobei der Offizier nicht einmal Jude gewesen sei, wenn auch zweifellos jemand, der der Forschung einen unschätzbaren Dienst erwies. Auch bei Bjarnes derzeitigen Recherchen ging es um Briefe in deutscher Sprache, amtliche dieses Mal allerdings, um Schreiben der Deutschen Reichsbahn im Zusammenhang mit den Nachschubtransporten an die Ostfront, weshalb er schon einige Male nach Wien, Leningrad und in die Hauptstadt der DDR hatte fahren müssen. Es waren aber nicht nur Waffen- und Lebensmitteltransporte, die da gen Osten rollten, hatte er Ulrich erzählt, der es wiederum Felice erzählte, sondern Menschen, die man in die Konzentrationslager brachte. Nicht dass sie beide dies nicht gewusst hätten. Sehr viel mehr aber wussten sie nicht zu diesem Zeitpunkt. Und sie staunten darüber, dass sich ein junger amerikanischer Historiker ausgerechnet mit dem Holocaust beschäftigte. Warum nicht mit der *Entwicklung diplomatischer Umgangsformen zu Zeiten des Kalten Krieges unter besonderer Berücksichtigung der englischen Sprache als lingua franca?* Oder wenigstens mit den *NS-Rassenfor-*

schungen in Nordeuropa, wenn man schon so skandinavisch aussah und Bjarne hieß? Hatte Ulrich abends im Bett gefragt und sich in Ironie geübt. Er selbst würde sich nie und nimmer an ein solches Thema wagen. Er beschäftige sich lieber mit der Interpretation von Parteiprogrammen und kryptischen Verlautbarungen kommunistischer Kader. Nicht mit Tatsachen, die keinen Ausweg böten, nicht mit Menschheitsverbrechen, die einen in den Selbstmord trieben.

Morgen kannst du Ulrich bestimmt wieder mit nach Hause nehmen, sagte Bjarne zu Felice und lächelte sie an mit seinen strahlend weißen Zähnen – nie zuvor und nie wieder danach hatte sie so strahlend weiße Zähne gesehen wie damals in Amerika, die Zwischentöne bei den Jacketkronen gab es damals anscheinend noch nicht. Es war nur ein Kreislaufkollaps, er hat zu viele Nächte durchgearbeitet. Das kommt davon, wenn du ihn zu lange allein lässt.

Nicht zum ersten Mal stellte sie fest, wie ansehnlich Ulrichs Mitarbeiter war, groß, gesund, sportlich, blond, mit einer kleinen Neigung zur Korpulenz allenfalls. Seine gewaltigen Moonboots hatte er wegen einer streng blickenden Krankenschwester vor Betreten des Zimmers ausgezogen und noch kurz mit ihr geflirtet, bevor sie weiterging. Danach knipste er, ohne zu fragen, den Fernseher aus. Und jetzt lümmelte er sich in seiner wattierten Jacke auf Ulrichs Bett, spielte mit den Ohrenklappen seiner mit dem Sowjetstern versehenen *Uschanka*, die er sich von einer Forschungsreise aus Leningrad mitgebracht hatte, und betrieb das, was alle Amerikaner liebten, wie es Felice damals schien. *Small Talk*.

Wenn du willst, holen wir ihn gemeinsam ab, Filitschi. Falls du inzwischen nicht doch noch ein Auto kaufen gehst. Anschließend könnten wir ins Café Florian nach Boston fahren, das ist der letzte Schrei, dort bekommst du auf mindestens zehn Arten Kaffee serviert. Einspänner, kleine Braune, Fiaker mit und ohne Slibowitz. Allerdings müssten wir dafür ein bisschen Schlange stehen. Oder zieht ihr das Bavarian Beerhouse am Harvard Square vor? Tatsächlich könnte Ulrich eine Schweinshaxe vertragen. Und als Deutsche müsst ihr da schon mal hin, finde ich.

Aber es war kein Kreislaufkollaps, der Ulrich freiwillig – wie er ihr später mitteilte – ins Krankenhaus getrieben hatte. Und wenn, dann wurde er durch etwas ausgelöst, das er ihr verschweigen wollte. Dachte Felice. Nicht damals. Aber vor ein paar Monaten, beim x-ten Lesen des säuberlich ins PDF-Format versetzten Briefs an Herrn M. So wie jetzt. Hier. Im Rücken der Public Library, während sie Sue auf sich zukommen sah, die eine Zeitlang genau zwischen zwei Demonstranten lief, auf deren Schildern *Be yourself* und *Carpe that Fucking Diem* stand. Irgendetwas war passiert in den zwei Wochen, die sie wegen ihrer Kiefervereiterung in Deutschland verbracht hatte, etwas, das Ulrich so sehr verstörte, dass er an jenem Nachmittag kein Wort mehr mit ihr wechselte und nur noch ein *Mach's gut* murmelte, als Bjarne sie aus dem Zimmer führte und nach Hause fuhr. Er musste etwas gesagt haben, er musste. Er musste doch etwas gesagt haben. Aber sie konnte sich nicht erinnern. Da gab es einen blinden Fleck in ihrem Kopf, vielleicht weil Ulrich am nächsten Tag wieder der Alte war, sich so gab zumindest, mit Bjarne herumalberte, als sie im Café Florian saßen, ihm riet, nicht so viel Kakao zu trinken, kein zweites Stück Kuchen zu bestellen oder doch wenigstens auf die Sahne zu verzichten. Auch mit Felice redete er wieder mit normaler Stimme. Und abends, vor dem Fernseher, schauten sie sich – auf dem Bett liegend und eng umschlungen – das Neujahrskonzert der Wiener Philharmoniker an, während Felice mechanisch die Verkrampfung an Ulrichs linkem Schulterblatt massierte, die ihm morgens, beim Aufstehen, immer Schwierigkeiten bereitete. Diesen Knubbel, der sich ihren Fingern widersetzte. Die harte

Stelle. Draußen schneite es unaufhörlich, schon als sie aus dem Café herausgekommen waren, hatten sie Bjarnes Chevy regelrecht ausbuddeln müssen. Es tat nichts, dass die Walzerseligkeit aus Europa sie mit so großer Verspätung erreichte. Sie konnte ja auch die Qual in Ulrichs Augen nicht entdecken. Er war ein Meister der Verstellung. Damals zumindest und dann noch eine kleine Zeitlang. So lange, bis es nicht mehr ging.

Zehn Minuten Pause, wenigstens zehn Minuten, stöhnte Sue, ließ sich auf einen Gartenstuhl in der Nähe fallen, wischte sich den Schweiß von der Stirn und nahm einen Schluck aus Felices Mineralwasserflasche. Nicht mehr. Ich schaff es einfach nicht. Wir müssen uns auf später vertagen. Aber wie lieb, dass du gewartet hast, Felice. Wie lieb. Es gibt heute keine Menschen mehr, die warten. Ist dir das schon aufgefallen? Alle sind so ungeduldig. Gefällt dir übrigens die Performance? Die findet immer mittwochs statt. Und heute sind die Parolen besonders nichtssagend. Weißt du denn, wer du bist? Oder sein willst? Ich nicht.

Ihre graue Haarfülle, die sich trotz der darin befestigten Kämme und Klammern in einem permanenten Auflösungszustand befand, musste eine Tortur sein bei der Hitze. Sie kam zu dem Gewicht hinzu, das Sue Tag für Tag mit sich herumschleppte. Und trotzdem war sie so flink und beweglich, viel schneller als Felice, die sich seit dem Fund der Blackbox wie eine Schnecke vorkam, an der das Leben vorbeiraste. Hastig, allzu hastig riss sie also auch eine Seite von Felices Block ab, der vor ihnen auf dem Tisch lag. Den zaghaft mit Bleistift notierten Anfang eines Gedichts bemerkte sie nicht. Und kritzelte ihrer Freundin den Namen und die Adresse des italienischen Restaurants, wo sie sich in Brooklyn treffen könnten, genau darüber.

Scalino, 7th Avenue, 10th Street, nicht weit von meiner Wohnung. Sagen wir um 19 Uhr? Der Wirt ist zwar Ire und du musst aufpassen, dass er dir am Ende des Tages nicht sein scheußliches graues Stew andreht. Aber sein übriges Essen ist so köstlich, dass auch die alten Italiener kommen, die es wegen der hohen Mieten aus Manhattan vertrieben hat. Sie sitzen da an langen Tischen und wischen ihre Teller mit Weißbrot aus. Manchmal tupfen sie sich damit auch die Tomatensauce aus ihren Schnurrbärten. Wie im Film. Du wirst sehen. Es ist schön. Wunderschön. Bis dann also. *See you. Take care.* Geh ins MoMA. Cindy Sherman hat dort eine Ausstellung.

Und Felice setzte sich folgsam in Bewegung. Sagte dem Wachmann, mit dem sie sich in den folgenden Tagen beinahe anfreunden sollte, *Bye*, widerstand der Versuchung, sich ein Taxi zu nehmen, und beschloss, einfach die Park Avenue und dann die 5th Avenue in Richtung Museen zu laufen. Begegnete dort den Dogwalkers, die die Hunde, und den Nannies, die den Nachwuchs ihrer Herrschaft ausführten. Eine dieser gedrungenen, indianisch aussehenden Lateinamerikanerinnen würde im *La Rochelle*, einem der pompösesten Wohnhäuser von allen, den beiden ihr anvertrauten Kindern die Kehle durchschneiden und versuchen, sich selbst zu erstechen, konnte Felice drei Monate später in einer deutschen Online-Zeitung lesen. Wer weiß, vielleicht hatte sie den Luxus nicht mehr ertragen, in dem die Kleinen aufwuchsen. Die Demütigungen, die ihr selbst zugefügt wurden. Ihren prügelnden Ehemann, das Elend in der Bronx. Die stilisierte Museumsgegend, die Kunstlandschaft, durch die sie täglich spazieren gingen, die Hundehaufen, die ihre Kollegen an der unteren Skala der Dienstleistungsgesellschaft in Plastiksäckchen füllen mussten.

Felice ließ sich Zeit. Immer wieder setzte sie sich zum Verschnaufen auf eine der Bänke, die den Central Park säumten, einmal neben einen älteren Herrn, der zum Missfallen der Vorübergehenden eine dicke Zigarre paffte. Bewunderte Pseudo-Renaissance-Paläste, von deren Mansardendächern Flaggen wehten, die sie – außer der italienischen – nicht zuordnen konnte, die prächtigen Eingänge der Apartmenthäuser, die spiegelnden Drehtüren, vor denen uniformierte Portiers auf- und abgingen. Kam sich vor wie in Paris. Hätte hin und wieder wohl auch prominente Menschen entdecken können, wären sie ihr durch den Konsum einschlägiger Blätter bekannt gewesen. Lief hinter einer Gruppe mit weiblichen Clowns her, die im Gehen mit grünen Äpfeln jonglierten. Sah vor dem *Museum of Modern Art* und vor dem *Metropolitan Museum* die Massen warten. Entschied sich gegen Cindy Shermans überlebensgroße Fotografien und ihre exaltierte Suche nach sich selbst. Verschmähte Albrecht Dürer und die Kunst der Renaissance. Erinnerte sich daran, auch 1974 allein hier gewesen zu sein, wahrscheinlich, weil Ulrich sich auf einen seiner Vorträge an der Columbia vorbereiten musste, zu denen er sich so leichtfertig verpflichtet hatte. Kaufte sich unterwegs einen lilablassblauen Hut, der aus Stroh sein sollte, obwohl er aus Papier war. Sah in den Handspiegel des Verkäufers, fand sich entsetzlich nichtssagend. Wunderte sich. *Da war sie also. Bis hierher war sie gekommen.* Und dachte plötzlich an die feuerrote Baseball-Kappe, die sie Anfang der siebziger Jahre so häufig getragen hatte, immer dann jedenfalls, wenn es schnell gehen musste und keine Zeit mehr war für eine ordentliche Frisur.

Natürlich hatte sie die Mütze auch nach Amerika mitgenommen. Und irgendwann – es war im Battery Park gewesen, kurz vor der Besteigung der Staten-Island-Fähre – war sie ihr dann vom Kopf geflogen. Wie ein Junge siehst du damit aus, hatte Ulrich oft zu ihr gesagt und sie ihr spielerisch ins Gesicht gezogen. Wie einer der Kinder-Kadetten der US-Marine, die Europa vor dem Faschismus retteten. Er half ihr auch beim Suchen, war so untröstlich wie sie. Schaute mit ihr in den Büschen nach, in den Papierkörben und unter den Bänken, zwischen den Beinen der Touristen hindurch. Verdächtigte Passanten, lief Menschen mit roten Hüten hinterher. Aber sie wurden nicht fündig, Felices Kopfbedeckung blieb verschwunden. Und es half auch nichts, dass Ulrich seine Frau immer wieder in Sport-

und Modegeschäfte führte und ihr dort eine Kappe nach der anderen aufsetzte, ja, sie sogar animierte, bei Bloomingdale's in der Kinderabteilung nach Ersatz zu suchen.

Vor dem Guggenheim-Museum wartete keine Schlange, denn es gab gerade keine Ausstellung. Zwar betraten immer wieder Menschen das Schneckenhaus, vielleicht nur, weil sie sich dort abkühlen konnten. Bevor jedoch die neue Schau nicht eröffnet war, durften sie weder die Rampe zur Kuppel hinauflaufen noch die Terrasse betreten, von der man – wie Felice wusste – einen schönen Blick über den Central Park hatte. Alle paar Sekunden geschah es deshalb, dass sie völlig allein war unter dem gläsernen Dach in der Rotunde. Nur die Maler blieben in Bewegung, strichen an verschiedenen Stellen und in unterschiedlicher Höhe die Wände an und trugen ihre Leitern weiter, als seien sie Teile einer beweglichen Installation. *John Chamberlain Choices* stand noch am Anfang des nach oben laufenden Pfads, gerade überpinselte ein junger Kerl in weißer Montur die ersten beiden Buchstaben des Vornamens mit weißer Farbe, wahrscheinlich würde er noch heute Nachmittag den Namen des nächsten Künstlers dort vermerken. Weiter hinten im Foyer, in der Nähe des Aufzugs, verfrachteten einige Arbeiter ein Kunstwerk in eine Holzkiste, unter Einsatz eines Flaschenzugs. Aus der Ferne sah es aus wie die bunt lackierte Verkleinerung eines zusammengepressten Autowracks. Oder wie ein überdimensioniertes Bandoneon, dem nur noch Riesen Töne entlocken konnten.

Keiner redete, es war still wie in einer Kirche. Dass irgendwann nur noch die Leitern zu sehen waren, weil die Arbeiter anscheinend eine Pause machten, und das uniformierte Personal, das damit beschäftigt gewesen war, den Leuten zu erklären, dass zur Zeit keine Ausstellung stattfinde, verschwunden war, bemerkte Felice erst nach einer Weile. Noch immer stand sie mitten im Raum – frierend, mit Gänsehaut an ihren nackten

Armen – und ließ ihre Blicke der Spirale folgen, den die Leere umschließenden weißen Bändern vielmehr, die aussahen, als ob sie sich wölbten und atmeten, sich blähten und in sich zusammenzogen. Blinzelte in die dazwischen aufblitzenden fluoreszierenden Licht-Dreiecke, bis ihr die Augen tränten.

Wie bloß konnte sie die in den letzten Wochen und Tagen aufgetauchten Erinnerungssplitter in einen einzigen Bewusstseinsstrom lenken und ihr so willkürlich arbeitendes Gedächtnis zu einer zeitlichen Ordnung zwingen? Fragte sie sich. Wie ließ sich aus den Fragmenten eine fortlaufende Geschichte machen? Ulrichs Geschichte? Ihrer beider Geschichte? So etwas wie eine Erzählung ihrer gemeinsamen Jahre? Einer so kurzen Zeit, gemessen an den Jahren, die folgten. Vielleicht hätte sie schreiben müssen, um Kontinuität herzustellen, Gedichte verfassen als aufeinanderfolgende Serie von Seelenzuständen. Mit Datum versehene Notizen, die von Ereignis zu Ereignis führten. Den Schlaglichtern immer konkretere Erkenntnisse entlocken. Wie jedoch sollte Felice so etwas fertigbringen, nachdem sie sich fast vierzig Jahre lang totgestellt hatte? Sie war keine Gefühlsarchäologin, sie hieß nicht James Joyce oder Arthur Schnitzler, die ihren Protagonisten innere Monologe erfanden und darauf vertrauten, dass sich in deren Verlauf die Welt schon weiter drehte. Sie saß auch nicht hinter der Couch und analysierte Patienten, indem sie bedeutungsvoll schwieg. So wie Herr M., den sie hasste, weil er Ulrich allein gelassen hatte mit seinen einzelnen, ins Nichts führenden Gedankenfäden und schließlich wohl auch verhinderte, dass er ein Gewebe daraus machte. Ein Gewebe mit einem erkennbaren Muster. Mit allem, was dazugehörte. Mit allem, was er vielleicht selbst noch nicht wusste. Für Herrn M. war nur wichtig, dass Ulrich funktionierte. Selbst wenn er litt.

Herr M. war es jedenfalls gewesen, in den Felice nach dem Öffnen der Kiste die meiste Energie investierte. Sie suchte nach ihm im Netz, was so gut wie fruchtlos blieb, weil Menschen, die in den sechziger, siebziger Jahren tätig waren, dort selten Spuren hinterließen, zumal wenn sie kaum etwas veröffentlicht hatten. Dass sie bei Google immerhin auf den Namen eines seiner Doktoranden stieß, weil er mit Herrn M. und einigen anderen Studenten in den siebziger Jahren eine Studienfahrt zu Anna Freud nach London unternommen hatte und darüber etwas in der *Tageszeitung* zu lesen stand, empfand sie als Glück, auch dass der inzwischen bekannt gewordene Autor, dessen so kluge wie aufmüpfige Artikel und Bücher Felice schätzte, sich zu einem Treffen im Literaturhaus in der Fasanenstraße bereit erklärte. Sein uneingeschränktes Loblied auf Herrn M. war jedoch ernüchternd. Und die halblaut hingeworfene Bemerkung – die Kellnerin stand da schon neben ihm und wühlte in ihrem Wechselgeld –, nein, es sei keine Lüge, wenn man Herrn M. als einen streitbaren, na gut, aufbrausenden, ja, in der Tat autoritären Charakter bezeichne, nicht mehr als eine widerwillige Bestätigung dessen, was Felice schon wusste. Selbst das beim Aufbruch noch rasch weitergegebene Gerücht, dass Herr M. einmal von einem Patienten auf offener Straße attackiert worden sei, half ihr nicht viel. (Hätte Ulrich sich gleichfalls auf ihn stürzen sollen? Wäre dies seine Rettung gewesen?)

Ob Herr M. im Krieg gewesen sei, hatte Felice noch fragen wollen, als sie sich im Garten der schönen Gründerzeitvilla voneinander verabschiedeten, sich dann aber doch nicht getraut. So las sie weiter Bücher und Aufsätze über die Psychoanalyse nach dem Zweiten Weltkrieg, über den Kampf, den die Dagebliebenen mit den Zurückgekehrten ausfochten. Über die besondere Situation in Berlin, wo sich gleich zwei neue Vereinigungen gebildet hatten, die sich bekriegten. Von dem Verdacht getrieben, dass Herr M. – ein Dagebliebener – ein unverbesserlicher Nazi gewesen war, suchte sie immer zuerst nach seinem Namen, bevor sie sich in die schwer lesbare, ihr so geschwollen vorkommende Fachliteratur vertiefte. Und obgleich er nie erschien in den Registern, sich keine Verstrickung nachweisen ließ also, tauchte der Mann, den sie gar nicht kannte, in ihren Träumen in Wehrmachtsuniform auf, in den ersten Tagen nach dem Öffnen der Kiste vor allem. Aber auch später, während der folgenden Monate, als sie schon ihre Reise nach Amerika plante, blieb Herr M. in Felices Augen ein Therapeut der engstirnigsten Sorte, ein Analytiker, der Freud regelrecht ad absurdum führte oder ihn auch einfach zu wörtlich nahm, nun, da man sich wieder auf ihn berufen durfte – wer wollte das wissen? Einer, dem es ausschließlich auf Zucht und Ordnung ankam, auf *theoretische Gesetzestreue* also, ein Dogmatiker, der es – vielleicht weil er es als Kränkung seiner Berufsehre empfand – partout nicht zulassen hätte können, dass einer seiner Patienten dem Verdikt des damals noch gültigen Paragraphen 175 verfiel. Sexuell widernatürlich handelte. Sich gezwungen fühlte, auf der Herrentoilette im Bahnhof Zoo nach Abenteuern zu suchen womöglich. Und deshalb sein Leben – notwendigerweise geradezu – in Unglück und Einsamkeit verbrachte. Wahrscheinlich gehörten unentschlossene Männer wie Ulrich, die Angst vor Frauen und mit sechsunddreißig Jahren ihren ersten Geschlechtsverkehr hatten, zu seiner hauptsächlichen Klientel. Und vermutlich war es in jenen Jahren, als die Studenten anfingen zu rebellieren, immer noch gängige Praxis, gesellschaftlich akzeptierte Surrogate anzubieten, wenn es mit dem normalen bürgerlichen Leben nicht so recht klappte. Sublimierungstechniken. Ersatzziele. Das Herauskitzeln einer angeborenen wissenschaftlichen Neugierde beispielsweise. Die damit verbundene Erfolgsgarantie im universitären Betrieb, wenn man – wie Ulrich – Intelligenz und einen Gönner wie Professor L. besaß. Oder die Heirat mit einer Studentin, die (voraussichtlich) nichts anderes tun würde, als ihren Gatten bedingungslos anzubeten.

Natürlich kam Felice kaum umhin zuzugeben, dass dies die einfachste Sicht der Dinge war. Fast schon so etwas wie die Küchenpsychologie von Frauenzeitschriften, von heute aus betrachtet. Eine Rationalisierung der durchsichtigsten Art. Sie unterdrückte deshalb auch ihren kindlichen Wunsch, die Arme auszubreiten und sich – die Blicke immer schön auf die Spirale geheftet – im Kreis zu drehen. Und lief stattdessen ins Freie, wo sie frontal gegen die Hitze prallte. Ging gemesseneren Schrittes an den Rändern des Central Park entlang zurück in Richtung *midtown*. Nahm den lilablassblauen Hut vom Kopf, weil sie schwitzte. Drang etwas weiter ins Innere ein, beobachtete an einer Wegkreuzung die weiblichen Clowns, die sich weiterhin ihren Äpfeln widmeten, von denen sie sich zwischendurch einen Biss gönnten. Bewunderte die bunten, akkurat gefertigten Commedia dell'Arte-Kostüme auf ihren schmalen, schönen Leibern und bedauerte sie dafür, dass sie so wenig Anklang fanden, ja selbst die Kinder nicht bei ihnen stehen bleiben wollten. Beschloss dann, sich auf einer schattigen Bank niederzulassen. Eine kleine Weile wenigstens. Neben einem dieser kleinwüchsigen Kindermädchen, das dort – heftig einen altmodischen Korbwagen schaukelnd – mit einem vor ihr stehenden Luftballonverkäufer plauderte.

Und zwang sich, an Bjarne Svensson zu denken, mit dem sie morgen ihr erstes Date hatte. Daran, dass sie ihn auf jeden Fall wiedererkennen würde. Nicht von damals, nein, sondern von Fotos aus dem Internet, die zeigten, dass nichts übrig geblieben war von seiner Schönheit. Dass er an Adipositas litt. Und seine Augen in den Fettpolstern seines Gesichts nur noch schwarze Schlitze bildeten. Felice ertappte sich dabei, dass sie hätte weinen mögen über diesen Umstand. Darüber, wie entsetzlich es war, dass aus dem gutaussehenden Bjarne, mit dem sie sich in Cambridge so häufig getroffen, mit dem zusammen sie gekocht, gegessen, gelacht und Musik gehört hatten, ein fetter alter Professor geworden war, ein massiger, statuarischer Mann, der humorlos in die Kamera blickte. Nie war ihm das leiseste Ressentiment anzumerken gewesen gegen die beiden Deutschen, mit denen er sich angefreundet hatte, die ihrerseits das Gespräch über die jüngere deutsche Vergangenheit freilich auch nicht suchten, ja in einer seltsamen Starre befangen und froh darüber waren, dass Bjarne sich ihnen diesbezüglich nicht aufdrängte. Seine Wissenschaft betrieb er *sine ira et studio*, nicht nur weil er wusste, dass Ulrich sich vor englischen Phosphorbomben hatte verstecken müssen und Felice nach dem Krieg geboren war. Offenbar aber hatte er seinen deutschen beziehungsweise europäischen Schwerpunkt beibehalten. Alle seine Publikationen konzentrierten sich darauf, wobei besonders seine schon in Harvard begonnenen und langfristig fortgeführten Interviews mit aus dem Weltkrieg zurückgekehrten amerikanischen Soldaten Aufsehen erregten. Diejenigen, die bei der Befreiung von Mauthausen und Buchenwald dabei gewesen waren, bekamen auf ihrem weiteren Lebensweg ähnliche Schwierigkeiten wie die Veteranen aus Vietnam, lautete das Ergebnis von Bjarnes Recherchen. Wurden alkohol- und drogenabhängig, schreckhaft, bindungs- und zeugungsunfähig, kurz, waren nicht wirklich gerüstet für die kapitalistische Zivilisation. Die größten Probleme hätten die mit mehreren Tapferkeitsorden ausgezeichneten Unteroffiziere gehabt, hatte Bjarne in einem Artikel für den *Christian Science Monitor* dargelegt. Von ihnen sei ein ziemlich hoher Prozentsatz schlicht und einfach kriminell geworden.

Ja, Bjarne war eine gefragte Persönlichkeit, und es hatte vieler Mails und seines besonderen Entgegenkommens bedurft, ihn nach New York zu lotsen, da er eigentlich in Philadelphia lebte und lehrte. Es war so nett gewesen, wenn er *Filitschi* zu ihr sagte. Früher. In jenen Tagen, als sich der Schmerz noch nicht in Ulrichs Augen eingenistet hatte. An Thanksgiving, als er ihnen und einer Gruppe polnischer Studenten an einem gigantischen Truthahn, den er in der Küche seines Wohnheims zubereitet hatte, seine Tranchierkünste bewies. Beim *Christmas Carol Singing* auf dem Boston Common, wo er – anders als seine Berliner Freunde – sämtliche Strophen der deutschen Weihnachtslieder mitsang. Nie war ihr Bjarne anders als charmant und aufmerksam erschienen. Und doch glaubte Felice zu wissen, dass in ihrem Gedächtnis etwas existierte, das ihn auch in einem anderen Licht zeigte. Ja doch, es hatte einmal eine Auseinandersetzung gegeben. Ulrich war unglaublich wütend auf Bjarne gewesen – für seine Verhältnisse –, sie schauten auch einige Tage aneinander vorbei, wenn sie sich auf dem Campus begegneten. Und Bjarne hatte Ulrich als *beleidigte Leberwurst* beschimpft, ein Ausdruck, der wahrscheinlich nicht aus der Korrespondenz der deutschen Kriegsgefangenen stammte. An weitere Details aber vermochte sich Felice nicht mehr zu erinnern. Und war wohl gerade ein bisschen eingenickt in der Hitze, als sie die Finger spürte, die sich am Gurt ihrer Handtasche zu schaffen machten und versuchten, ihn ihr so sacht wie möglich von der Schulter zu streifen.

Vielleicht lag es daran, dass sie in ihrem Halbschlaf trotzdem so präsent gewesen war, so angespannt irgendwie und hellwach in ihren Gedanken an Bjarne, sonst hätte sie nicht im gleichen Augenblick so gellend schreien und so schnell aufspringen können. Wie eine Furie schlug sie auf den Mann ein, der sie berauben wollte. Mit ihrer Tasche, in der sich der Fotoapparat befand, den sie hier noch nie benutzt hatte. Die kleine Digitalkamera, die ihr ihre Kolleginnen zusammen mit einem jener bunten Reiseführer geschenkt hatten, die so voller Bilder waren, dass die Informationen untergingen. Es sei immer noch etwas Besonderes, nach New York zu fliegen, hatten sie Felice gelobt. Allein zumal. Eine Mutprobe.

Es war wirklich unfassbar, was ihr in den wenigen Sekunden durch den Kopf ging, als sie die Tasche schwang und auf den Angreifer eindrosch. Lächerliches, überflüssiges Zeug. Die Namen ihrer Kolleginnen, deren Dienstpläne und Lesevorlieben. Ihr Ehemann, sein Ja sprechend vor dem Standesbeamten, wie verzagt es ihr im Nachhinein klang. Aber auch Bjarne entdeckte sie, wie er vor einem Friseurladen am Harvard Square stand und einen aus dem Geschäft stürmenden Mann an der Jacke festhielt. Ulrich. Sah, wie dieser sich losriss, auf die Fahrbahn fiel, sich aufrappelte, davonrannte. Und Bjarne, der riesige Bjarne, hochsprang und seine Faust wütend in den Aluminium-Teller hieb, der an einer Stange über dem Eingang des Geschäftes hing. Dass Bjarnes Bewegung einen Klang in ihr entzündete, der den Phonzahlen eines riesigen Gongs glich, einen dröhnend vibrierenden Klang, der lange nicht abebbte, wollte Felice später nicht wahrhaben, als sie nach ihrem nächtlichen Fieberdelirium in Sues Wohnung aufwachte und wieder einigermaßen klar denken konnte. Denn auch sich selbst konnte sie sehen, solange der Ton währte. Wie sie Ulrichs aufgeschürftes Knie mit einer Tinktur abtupfte und ihm in eine frische Hose half. Wie sie in ihrer Aufregung die Flasche mit dem Desinfektionsmittel umwarf ... wie sie lachten und weinten und sich die Nase zuhielten. Damals. In diesem Zimmer, das sie nicht kannte. Auf diesem Bett sitzend, in dem sie nie geschlafen hatten. Keine Sekunde dachte sie daran, dass der Mann im Park sie ihrerseits hätte verprügeln können. Er war ja auch gleich weg, hatte sich von ihrem Zorn vertreiben lassen. Eigentlich war er noch ein Junge.

Are you okay, Ma'am?, fragte der Luftballonverkäufer und konnte nur noch auf die am Boden herumkriechenden Schachspieler blicken, deren Spielfiguren der erfolglose Dieb auf seiner Flucht durch die Luft geschleudert hatte. Nicht dass er Felice sonderlich aufgeregt vorkam, dennoch führte er sie fürsorglich, fast so, als könnte er ihre Gedanken lesen, auf die 5th Avenue hinaus und winkte ein Taxi heran. Während sie – plötzlich am ganzen Körper zitternd – auf die Rückbank schlüpfte, blieb er am Straßenrand stehen und half ihr, den schweren Wagenschlag zu schließen. Natürlich winkte er nicht. Aber der Taxifahrer drehte sich sogleich zu ihr um und lächelte sie an. Es war ein mandeläugiger Inder mit buschigen Augenbrauen und einem schwarz-weiß gelockten, spitz zulaufenden Bart. Irgendwie ähnelte er dem Yogi auf den Plakaten für *Transzendentale Meditation*, mit denen man in den siebziger Jahren ganz Westberlin zugepflastert hatte. Allerdings trug er einen Turban, vielleicht war er ein Sikh. Als er sie nach ihrem Ziel fragte, sprach er mit der Stimme einer Frau, seine Brüste und sein Bauch pausten sich durch sein bonbonfarbenes Hemd. Und als er den Taxameter einstellte, meinte sie, die silbernen Reifen an seinem Handgelenk klirren zu hören.

Scalino, 7th Avenue, Ecke 10th Street, war alles, was Felice einfiel, nicht mehr Sues Adresse. Dass sie ihren Hut liegen gelassen hatte, merkte sie erst tief unter der Erde, in einer der beiden bläulich ausgeleuchteten Röhren des Brooklyn-Battery Tunnels genauer gesagt, in die ein paar Monate später der Wirbelsturm Sandy das Wasser des East River hineintreiben würde.

Kapitel 3

Einen Tag vor Ulrichs und Felices Abreise nach Amerika, am 6. Oktober 1973, eroberten Zehntausende ägyptischer Soldaten mit Hunderten von Panzern im Handstreich das von Israel angeblich so felsenfest gesicherte Ostufer der Sinai-Halbinsel. Zeitgleich begann die syrische Luftwaffe im Bereich des Berges Hermon ihren Angriff. Hubschrauber beförderten eine Kommandoeinheit des 82. Fallschirmjägerregiments auf den 2800 Meter hohen schneebedeckten Gipfel, wo sich ein Horchposten des israelischen Militärgeheimdienstes mit einundvierzig Technikern befand, der nur von dreizehn Infanteristen geschützt wurde. Vermutlich in der Endphase dieser Kämpfe schwebten Felice und Ulrich wegen des damals schon fünf Monate währenden Fluglotsenstreiks über anderthalb Stunden lang in der Luft, bevor ihre Maschine in Frankfurt landen durfte. Für den Weiterflug nach Boston wartete eine Boeing 747 der Lufthansa auf die verspäteten Passagiere.

Der Angriff überraschte die Israelis, sie feierten gerade Yom Kippur. Was ihren Mythos von Kraft und Unbesiegbarkeit zweifellos erschüttere, sagten die Professoren, denen Felice und Ulrich in den folgenden Tagen bei allen möglichen Empfängen begegneten. Man könne allerdings nicht behaupten, so fuhren sie listig fort, dass sich das Versöhnungsfest negativ auf die Mobilmachung ausgewirkt habe. Im Gegenteil. Da das öffentliche Leben fast vollständig ruhte und kein Straßenverkehr die Militärtransporte behinderte, hätten die Reservisten in ihren Häusern oder in den Synagogen schnell ausfindig gemacht werden können. Selbst im Stadtteil Me'a Sche'arim sei es ein Leichtes gewesen, sie zusammenzutrommeln. Abgesehen davon, dass Henry, der frisch gekürte Außenminister, noch bis kurz vor Ausbruch der Kampfhandlungen nicht nur mit Golda Meir, sondern auch mit den Chefs der Nahost-Missionen bei der UNO telefoniert habe. Richtig erfolgreich aber sei er dann nur beim Fundraising gewesen, schnell und unbürokratisch kamen 120 Millionen Dollar zu Israels Unterstützung zusammen. Und ähnlich reibungslos habe die Verlegung von Phantombombern aus Europa geklappt.

Vielleicht wollte sich Israel ja gern überraschen lassen, äußerten einige der Herren unverblümt. Auf diese Weise sei das Land um einen Präventivschlag herumgekommen und müsse deshalb nicht mit Sanktionen rechnen. Dem widersprachen andere. Es kursierten Gerüchte, so erzählten sie, dass sowohl Golda als auch Mosche Dajan nicht glaubten, dass ein Krieg bevorstünde. Noch am frühen Morgen des 6. Oktober, vorgestern also, hätten sie sich dagegen gewehrt, die Streitkräfte zu mobilisieren. Und nicht zuletzt die Fernsehbilder von heute – Golda inmitten ihrer Berater sitzend, mit der Zigarette in der Hand und Tränen in den Augen – würden beweisen, dass zumindest sie mit einem Angriff nicht gerechnet habe.

Felice und Ulrich waren schockiert über die Wissenschaftler, die scheinbar so en passant über echte oder falsche Staatsgeheimnisse plauderten. Locker eingebunden in den Halbkreis, der sich vor dem leise glimmenden Kaminfeuer im Tagungsraum des Institute for Westeuropean Studies in der Brattle Street immer wieder neu formierte, gaben die Gäste aus Europa zwar vor, sich nicht im mindesten zu wundern, also auch nicht über die Anwesenheit des erst vor wenigen Wochen ernannten CIA-Chefs William Colby, der – die ganze Zeit über an die Kaminbrüstung gelehnt und schweigend ein Whiskeyglas in seiner Hand drehend – wie ein Bürokrat aussah mit seiner Brille und den feinen Gesichtszügen. Oder eher doch wie der minderbegabte Dramaturg eines Stadttheaters, der davon träumt, Fidel Castro in seinem nächsten Stück Gift in die Zigarre zu schmuggeln, wie Ulrich flüsternd zu bedenken gab, jedenfalls nicht wie der Haudegen, den Felice im Sinn hatte naiverweise, weil sie an den Militärputsch in Chile dachte, dessen Inszenierung vermutlich direkt aus dem *Brain Trust* des Secret Service stammte. Sie waren heiter gestimmt, wie sie so beieinander standen, und drückten sich nur gelegentlich die Hände, als bräuchten sie Zeugen für das, was sie gerade hörten und erlebten. Und noch machte sich Ulrich nicht bemerkbar bei diesen Gesprächen, weil ihn so bald nach seiner Ankunft ja auch keiner nach seiner Meinung fragte. Wenige Wochen später allerdings hatte er die Pflicht zur Einmischung verinnerlicht und erfüllte sie mit gut platzierten, wenn es sein musste, messerscharf parierten kurzen Sätzen, die Lacher hervorriefen oder beifälliges Gemurmel für die darin auffunkelnde Ironie. Wahrscheinlich dachte Ulrich, es den Sponsoren des so großzügig dotierten *Kennedy Fellowship* schuldig zu sein, sich hin und wieder dezidiert zu äußern. Dass es auch Stipendiaten gab, die stundenlang wortlos blieben und deswegen nicht unglücklich aussahen, wie Felice gelegentlich – so spitz, wie es ihr möglich war – anmerkte, beeindruckte ihn nicht.

Natürlich wäre es kein Problem gewesen, sich erst einmal zu verstecken in dem Gedränge der wechselnden, sich gleichwohl ähnelnden Empfänge, wo die zumeist in braunmelierten Tweed und kleinkarierte Button-Down-Hemden gekleideten Professoren die Neuankömmlinge zu Semesterbeginn begrüßten. Man sprach zwei bis drei Sätze, stellte zwei bis drei Fragen – darunter reflexhaft die nach dem jeweiligen Forschungsschwerpunkt –

und wandte sich, ohne eine Antwort abzuwarten, einer anderen Gruppe von Leuten zu. Zwar wurde das Paar aus Westberlin, direkt aus der Frontstadt gekommen und sozusagen vom Hauch des Kalten Krieges umweht, besonders herzlich willkommen geheißen und Ulrich sogleich mit Ulrich angeredet, wobei man das L in seinem Namen großzügig vernachlässigte. Felice aber, für deren Vornamen das Interesse erst allmählich wuchs, musste lernen, dass man Frauen nicht automatisch die Hand schüttelte an ihrem neuen Wohnort, einer Frau zumal, die wie ein träumendes junges Mädchen aussah, das erschrak, wenn man es anredete.

Damals, beim Gespräch über den nicht vorhergesehenen Krieg, nutzte Ulrich die erstbeste Gelegenheit, ihr zuzuflüstern, dass mindestens die Hälfte der Wissenschaftler, mit denen sie gerade gemeinsam in einer großen Schale mit Cashewnüssen gewühlt hatten, – der oder der und vielleicht ja auch der – schon einmal an Golda Meirs Küchenkabinett teilgenommen und gewiss auch von ihrem Apfelstrudel gekostet hatte. Von ihrem Käsekuchen. Oder vom *gefilten fish*. Dies wisse er aus verlässlicher Quelle. Die Quelle glaubte Felice sogar zu kennen. Aber Ulrich nannte vorsichtshalber keinen Namen, als sie in den Garten hinausgingen, wo sie frösteltn in der herbstlich kühlen Luft und sich – ein Cocktailglas in der Hand – im Kontakteknüpfen üben sollten, indes Felice darüber staunte, wie schnell Ulrich Anschluss und auch Anklang fand bei seinen amerikanischen Kollegen.

Aus Gründen, die sie nicht wirklich durchschaute, schien ihm das bei den Empfängen übliche Geplauder zu gefallen, und besonders wohl fühlte er sich offensichtlich dann, wenn er – erst einmal in Fahrt gekommen – jenes altmodische britische Englisch sprechen konnte, das er in einem noch in Berlin besuchten *Crash Course* trainiert hatte, wohl wissend, sich den falschen Lehrgang und den falschen Sprachlehrer – einen Trevor Howard ähnelnden ehemaligen Offizier, der in der Stadt geblieben war – ausgesucht zu haben. Auch sein Augenspiel betrieb Ulrich – wie immer, wenn es ihm gut ging –, sein Augenspiel, das darin bestand, bedeutungsvoll die Brauen zu heben und zu senken, manchmal auch die Lider flattern zu lassen. Neugierde zu zeigen, Verwunderung. Oder so zu tun, als müsse er ausgiebig nachdenken mit verschleiertem Blick, bevor er die richtige Formulierung fand. *How interesting*, sagte er häufig mit einer Liebenswürdigkeit, zu der er sich in Berlin nicht aufraffen konnte, oder *aren't you, don't they* und *won't we?*, weil er die einfach so in den Raum gestellte Verneinung liebte, für deren so lässig geübte, die Konversation flüssig machende Rhetorik er im Deutschen keine adäquate Entsprechung fand. Nicht zuletzt *so what* integrierte er in seinen Wortschatz, indem er die Schultern hob und mit komischer Verzweiflung kundtat, wie wenig man doch am Lauf der Dinge ändern könne. Und bald wurde auch *by the way* Bestandteil ihrer Unterhaltungen. By the way, ich liebe dich, sagten Felice und Ulrich abends vor dem Einschlafen. By the way, wovon hast du letzte Nacht geträumt? Doch nicht von mir?, sagten sie beim Aufwachen. Und auch wenn sie sich nur für kurze Zeit trennten, konnten sie sich dem kindischen Ritual nicht entziehen und litten – als es sich eines Tages von selbst erledigt hatte – stärker unter dessen Verlust, als sie es sich eingestehen wollten. By the way, wir leben getrennt, benutzte Ulrich nur ein Jahr später die Floskel noch immer, wenn sich Felice in seinen Augen zu stark in seine Angelegenheiten mischte. Und wen liebst du heute?, hatte Felice ihn daraufhin gefragt, aber keine Antwort erhalten.

Nicht dass Ulrich sich bei seinen Konversationen je um einen amerikanischen Tonfall bemüht hätte. Er sprach das Englisch, das er von Professor L. gehört hatte, der seinerseits nur mit deutschem Akzent zu kommunizieren fähig war und seine hinreißenden, druckreif und völlig frei gesprochenen Vorlesungen gewiss nie in einer fremden Sprache hätte halten wollen. In Harvard fand man Ulrichs deutschen Zungenschlag charmant, wie Felice feststellte, nicht grob und unbeholfen. Es tat ihm wohl, nicht gegen die Ressentiments kämpfen zu müssen, die ihm als L.s Hätschelkind in Berlin entgegenschlugen, es entspannte ihn, dass niemand auf sein Scheitern hoffte, sobald er Anstalten zeigte, in den Ring zu steigen. Er liebte die Lockerheit der angelsächsischen Wissenschaftler, die sich – wie er behauptete – zwar schwer mit Theorien taten, dafür aber auf so brillante Weise Pragmatismus walten ließen und jene Würde und maßvolle Leidenschaft ausstrahlten, die ganz und gar ohne Fanatismus auskamen. Ihre historische Neugierde abseits des akademischen Trotts, ihr unbedingter Wille, Geschichten zu erzählen, überhaupt die Annahme, dass Geschichte erzählbar sei. Ihre Selbstironie. Ihre Vorurteilslosigkeit, die sich durch nichts irritieren ließ. Die Bereitschaft, einem vergleichsweise jungen Kollegen zuzuhören und sich von ihm – potenziell wenigstens – überzeugen zu lassen.

Und auch das jüdische Element inspirierte Ulrich, dieser schnelle, helle Witz, den es in Deutschland nicht mehr gab, weil mehr als zwei Juden dort kaum mehr zusammentrafen, selbst am Otto-Suhr-Institut nicht, dem doch die wichtigsten Remigranten – Staatsrechtstheoretiker, Zukunftsforscher – angehörten. Anders als Felice ging Ulrich auch ganz ohne Verkrampfung mit den Emigranten um bei den Luncheons in der Brattle Street und fror nicht ein, wenn er auf der Innenseite des Unterarms eines Tischnachbarn Ziffern entdeckte. Locker wechselte er ins Deutsche, falls dies seine Gesprächspartner – mitten im Satz und vielleicht entgegen ihrer ursprünglichen Absicht – wünschten. Erzählte vom Kurfürstendamm und der Gedächtniskirche, die man nun den *Hohlen Zahn* nannte. Nein, Bänke stünden keine mehr auf der Tauentzienstraße, und ja, das Café Kranzler sei grässlich, man begegne dort nur noch gesichtslosen Larven. Aber auch die große graue zweite Hälfte der Stadt, für deren Betreten man als Westberliner oder Bundesbürger große Mühen auf sich nehmen müsse, sparte er nicht aus. Schilderte die Staus am Grenzübergang, die Kontrollen, die Schikanen, die gelegentlichen Leibesvisitationen. Und kam dann wie aus dem Nichts auf die aus allen Nähten platzenden Veranstaltungen von Professor L. zu sprechen sowie – zwangsläufig geradezu – auf dessen ehemaligen Kollegen beim *Observer*, Sebastian Haffner, der eigentlich Raimund Pretzel hieß und dessen Bruder – witzigerweise – Ulrichs Lateinlehrer gewesen sei. Pretzel – gleichfalls in London zum Journalisten und außenpolitischen Leitartikler geworden, einer auch, der sich für Geschichten nie zu schade war und sich gerne selbst ins Spiel brachte – habe sich oft hitzige Debatten mit L. geliefert, über die Bedeutung des Atlantischen Bündnisses und die Verwirklichung eines demokratischen Sozialismus, über Europa und Amerika, über Amerika und die Sowjetunion, mit Rix vielmehr, wie er hier hieß und den sie wohl alle kannten aus seiner Zeit am Russian Research Center. Ja doch, sagte Ulrich, er wisse, dass L. in Harvard weilte, als ihn der Ruf auf den ersten Lehrstuhl für Außenpolitik an der Freien Universität erreichte. Wohingegen Haffner eine steile Karriere als Publizist absolvierte. Stets für eine überraschende Wendung gut, von rechts nach links und wieder zurück flottierend, immer bereit zur Provokation.

Fast ein bisschen zu hastig redete Ulrich, hatte Felice das Gefühl, als müsste er möglichst schnell viele innere Hürden überwinden, um im Fluss zu bleiben, während sie ihrerseits – wie dumm sie damals war und voller Hemmungen – vorgab, sich nur für die vor ihr auf dem Tisch stehenden kleinen Schüsseln mit Dips aus Feta, *Sour Cream*, *Lemon Curd* und Bärlauchpaste zu interessieren, über deren Zugehörigkeit zur amerikanischen Kultur sie mit einem sprachlosen polnischen Stipendiaten sogar versuchte, ein Gespräch in Gang zu bringen. Im Grund hätte sie den älteren Herrschaften die Teller auffüllen sollen am Büffet, und nicht Ulrich, der sich, um seinen Gesprächsfaden wiederaufzunehmen, jedes Mal schrecklich beeilen musste, wenn er aufgesprungen war, um seine Nachbarn zu bedienen.

Nur so aber konnte es ihm gelingen, irgendwann auch auf die berühmte Podiumsdiskussion im Audimax der FU zu sprechen zu kommen: als L. – nur wenige Wochen nach dem tödlichen Schuss auf Benno Ohnesorg – mit Herbert Marcuse und Rudi Dutschke über das Phänomen des Totalitarismus diskutierte und den Studentenführer so schön auflaufen ließ. Das Attentat auf Dutschke neun Monate danach und die Rolle, die die Springer-Presse dabei spielte, erwähnte Ulrich nur nebenbei, fiel Felice auf, die sich mittlerweile mit dem etwas redseliger gewordenen Polen in einer Unterhaltung über Canalettos Warschauer Veduten befand, die der junge Mann, der sich als Maciej Berlin vorstellte und ein wildes, schwer verständliches Gemisch aus Deutsch und Englisch sprach, noch kurz bevor er sein Schiff nach Amerika bestieg, in der Hamburger Kunsthalle bewundert hatte. Ohne den akribischen Canaletto, fügte er hinzu, hätte die Stadt nicht wiederaufgebaut werden können. Ob sie denn schon einmal in Warschau gewesen sei. Er selbst wisse nicht, ob er seine Geburtsstadt je wiedersehe, er habe sie 1968 verlassen müssen. Und natürlich fragte sie ihn höflich, warum, schon weil sie wirklich nicht wusste, was fünf Jahre zuvor in Polen geschehen war.

Zusammen mit vielen anderen Studenten habe ich vor dem Mickiewicz-Denkmal gegen die Absetzung einer Inszenierung protestiert, in der die Zensur antisowjetische Hetze entdeckt haben wollte, antwortete er also, gedankenverloren seinen Finger in eine Schüssel mit rosa gefärbter Paste tauchend. Mit seinem Pilzkopf sah er aus wie der Beatle, der *My Sweet Lord* gesungen hatte. Ich bitte Sie, ausgerechnet in Mickiewicz' *Totenfeier*! Dazu gehört nicht viel, wenn man bedenkt, dass an deren Ende die Vision eines freien Polen steht.

Seine Freundin habe ebenfalls demonstriert, auch sie sei verhaftet worden, konnte aber schnell wieder nach Hause gehen. Die Glückliche! Oder vielmehr: die Unglückliche! Denn daheim wartete ihr Papa auf sie, ein widerlicher Typ, ein Tyrann, ein Gesichtschirurg in Diensten der Abwehr, der Spione unkenntlich und damit wieder verwendungsfähig machte, wie sie ihrem Freund in einer schwachen Stunde gestanden hatte. Im Hinterhof des Hauses, wo die Familie in einer wunderschön restaurierten Altbauwohnung lebte, standen ein schwarzer Wolga und ein dunkelgrüner Mercedes, erzählte Maciej noch, und seine Freundin habe manchmal – weit vor den Toren Warschaus – mit dem Mercedes ein paar Runden drehen dürfen. Weil sie dessen Lenkradschaltung nicht richtig handhabte und mit der Feststellbremse nicht zurechtkam, sei es allerdings zu einem Zusammenprall mit einem Panjewagen gekommen, ihr Vater habe dabei einen Herzinfarkt erlitten.

Ulrichs mittlerweile angestimmte Klage, dass die Studenten seit 1967 noch viel fanatischer geworden seien, war Felice trotzdem nicht entgangen. Zum Essen kam er kaum, sein Makkaroni-Auflauf wurde kalt, während er dozierte. Hier, an dieser wunderbaren Universität, wo ein Sitzstreik am Harvard Square allenfalls den Verkehr ein bisschen lahmlege, könne man es sich vermutlich nicht vorstellen, dass linke Gruppen die Institute stürmten, überfallsartig den Lehrbetrieb störten und ein so herausragender Forscher wie etwa Ernst Fraenkel als Apologet des Monopolkapitalismus beschimpft und mit Eiern und Tomaten beworfen werde. Der alte Herr sei inzwischen regelrecht traumatisiert von der Aggressivität, die ihm entgegenschlage, und bedaure es zutiefst, wieder nach Berlin zurückgekehrt zu sein. Wohingegen L. doch *tougher* sei, nicht wahr? Nicht zuletzt durch die Gründung des *Bundes Freiheit der Wissenschaft* wolle er dem Radikalismus ... Am liebsten hätte Ulrich nur über seinen Doktorvater geredet, Felice war das schon in Berlin aufgefallen. Dieses Mal aber sprach er mit Leuten, die L. von früher kannten. Mit Leuten, die sich vor seinem legendären Scharfsinn weniger fürchteten. Mit Leuten, die Ulrich nun freilich bedächtig erwiderten, Rix sei früher doch selbst links gewesen, früher, bevor er sich zum Sozialdemokraten mauserte. Wahrscheinlich würde auch hier, in den Tiefen irgendeiner Institutsbibliothek, seine Schrift *Jenseits des Kapitalismus* herumgeistern. Er habe sie unter dem Namen Paul Sering veröffentlicht.

Dass nach seinen Ausführungen auch Fragen nach dem Antizionismus der wilden jungen Leute auftauchten, die bei ihren häufig vor dem Amerikahaus in der Hardenbergstraße endenden Demonstrationen nicht nur den USA, sondern auch Israel den Tod wünschten, konnte nicht ausbleiben. Steckt da nicht doch ein neuer Antisemitismus dahinter, wollte also einer von Ulrichs Tischnachbarn wissen, beiläufig und in freundlichem Ton. Wie sei es möglich, dass sich kaum dreißig Jahre nach Kriegsende schon wieder eine solche Intoleranz, eine solche Wut gegen Andersdenkende zeige?

Es war Erich Goldhagen, der Vater des späteren Verfassers von *Hitlers willige Vollstrecker*, der diese Frage stellte, und es konnte gut sein, dass auch Daniel – damals dreizehn oder vierzehn Jahre alt – bei den Luncheons in der Brattle Street dabei gewesen war, Felice meinte sich daran zu erinnern, einige Kinder gesehen zu haben, die durch den Garten des Instituts galoppierten. Deutlicher im Gedächtnis geblieben aber war ihr, dass Ulrich abgewiegelt hatte nach ein paar Sekunden des Schweigens, dass er die antisemitische Glut leugnete, welche die Studenten damals erhitzte, vielleicht aber auch nicht wahrhaben wollte, weil sie ihm die schöne, sanfte Utopie verdorben hätte, in der er gerade lebte, diese Wolke aus Gelassenheit und Wohlwollen, die ihn umgab, diesen Schonraum, in dem man jungen Deutschen nicht automatisch die Kollektivschuld zuwies.

Sein Hinweis, dass es doch gerade die Studenten seien, die auf einer Auseinandersetzung mit ihren echten oder vermeintlichen Nazi-Vätern und -Müttern bestanden und den Konflikten keineswegs aus dem Wege gingen, klang seltsam lustlos deshalb, und geradezu erleichtert schien er zu sein, als Goldhagen sich Felice zuwandte, Goldhagen, dessen schönes, fernöstliches Deutsch das Deutsch Paul Celans war, den er – in Czernowitz aufgewachsen – wahrscheinlich nicht erst im dortigen Ghetto kennengelernt hatte, wie Felice später am Abend von ihrem Ehemann erfahren sollte. Goldhagen riss sie aus der wachsenden Verwunderung, mit der sie Ulrichs Berliner Geschichten gelauscht hatte, aus dem surrealen Gefühl, nie und nimmer in dieser merkwürdigen Stadt gelebt zu haben, von der Ulrich erzählte. Angelegentlich, als interessiere er sich tatsächlich dafür, erkundigte sich Goldhagen nach ihrem Namen, ihren Fächern und ihren Schwerpunkten. Und zeigte sich beglückt, als Felice – woher nur ist mir Ihr Name bekannt? – ihm mitteilte, dass sie demnächst mit einer literaturwissenschaftlichen Dissertation beginnen wolle und Politologie nur als zweites Fach studiere. Endlich einmal keine Politik!, rief er. Sie müssen sich hüten vor diesen schwadronierenden Männern, die Ihnen überall auf der Welt den Unterschied zwischen Krieg und Frieden erklären wollen!

Ob sie sich denn schon das *Longfellow House* angesehen habe, begann er sie auszufragen, jenen Ort, wo der Schöpfer des *Song of Hiawatha* mit Hawthorne und Dickens nächtelang am Kamin gesessen habe. Oder das Anwesen des Psychologen William James, hier in unmittelbarer Nähe. Der habe den Bewusstseinsstrom erfunden, von einer Art *talking cure* geschwärmt, lange vor Freud. Und einen Bruder gehabt, dessen Romane eine Offenbarung seien. Sagen Sie bloß, dass Sie Henry James nicht kennen! Seinen Roman *The Bostonians*, der auch hier in Cambridge spielt! Darin steht die schönste Feminismus-Persiflage, die ich kenne. Unglaublich modern. Großes Amüsement. Aber auch nach Amherst müsse Felice unbedingt fahren, kaum fünfzig Meilen von hier. Zum Anwesen von Emily Dickinson, vielleicht auch hinein, wenn gerade eine Führung stattfinde. Dickinson habe ihre Gedichte nur für sich selbst geschrieben, Zettel für Zettel in die Schubladen gestopft, bis die Kommode voll war. Und sei darüber heimlich zur wichtigsten Poetin Amerikas gereift.

Ich weiß nicht, ob ihre Verse ins Deutsche übersetzt worden sind. Aber zum nächsten Luncheon kann ich Ihnen einen ihrer Gedichtbände mitbringen, sagte Goldhagen und hielt seinen Dessertteller fest, den Ulrich wegräumen wollte, weil sich die Tischgesellschaft aufzulösen begann. Wobei ich sagen muss, dass ich zuerst gar nichts von ihrer Poesie verstanden habe, gar nichts, rein gar nichts. Erst durch wiederholtes Lesen fühlte ich mich von ihr erleuchtet. Und durch das Dazutun meiner eigenen Gedanken. Seither bin ich ihr rettungslos verfallen.

Vermutlich ist das ähnlich wie bei Celan, wagte Felice einen Brocken eigener Erkenntnis zwischen Goldhagens Sätze zu schmuggeln, wobei auch sie – aus Solidarität vielleicht – für ein paar Sekunden ihren Teller nicht loslassen wollte, während sie krampfhaft versuchte, Ulrich, der hinter ihr stand und sie sanft am rechten Ohr zog, zu ignorieren. Celans Verse sind genauso dunkel und rätselhaft, genauso fremd und so codiert … Goldhagen aber schaute sie nur kurz an mit seinen sanften braunen, etwas vorquellenden Augen und erwiderte: Naja, *ihn* versteh ich schon. Er stand auf und ging in die Herbstsonne hinaus, vielleicht um seinen Sohn zu suchen. Wie seltsam, dass ihr der dickliche, nicht sehr groß gewachsene Wissenschaftler so viel älter als Ulrich vorkam, obgleich die beiden doch nur sechs Jahre trennten. Womöglich lag es daran, dass er sein weißes Leinenhemd über der Hose trug und es verkehrt zugeknöpft hatte, vielleicht auch daran, dass er sich so extrem langsam bewegte und mit beiden Händen immer wieder über seine Schläfen strich. Felice war jedenfalls traurig darüber, dass sie danach nie wieder ins Gespräch kamen, obgleich wenige Tage später tatsächlich für sie ein zerfleddertes Exemplar von *Dickinson's Poems* in Ulrichs Fach lag. Leider habe auch ich nicht alles begriffen, hätte sie Goldhagen gerne bekannt und sich von ihm erklären lassen, was das Besondere an diesen Gedichten war. Das Verstörende, das Unerträgliche, das, was alle Menschen gleichermaßen angeht, jedoch nur die Dichter sagen können. Aber der

Professor war anscheinend krank geworden oder länger verreist, weshalb sie ihm das Bändchen nach ein paar Wochen in sein Fach zurücklegte. Erst kurz vor ihrer Rückkehr nach Deutschland traf Felice ihn wieder, und natürlich hatte sie es nicht geschafft, nach Amherst zu fahren. Genauso wenig wie es ihr gelungen war, sich mit Maciej Berlin über Andrzej Wajdas *Asche und Diamant* auszutauschen, jenen düsteren Film aus den frühen Sechzigern, dessen Originalfassung mit englischen Untertiteln sie bald nach dem bewussten Luncheon in einem Bostoner Studentenkino – zum ersten Mal im Unterschied zu all den anderen jungen Leuten, die sie umgaben – gesehen hatte. Was nicht hieß, dass sie nicht beieinander stehen blieben, wenn sich ihre Wege kreuzten im Harvard Yard. Aber es war Maciej, der redete, und nicht Felice, sodass sie ihm bisweilen auch auszuweichen versuchte, wenn sie sein grünes Lodencape aus der Ferne leuchten sah.

Wegen der Warnung vor den harten Ostküsten-Wintern habe er sich den Umhang vor seiner Überfahrt noch schnell aus einem Rot-Kreuz-Container herausgeangelt, erklärte er, tatsächlich habe keiner der ehrenamtlichen Helfer sich vorstellen können, wie die bayerische *Kotze* in die Hansestadt gekommen war. Und später, auf dem Zwischendeck, so bekannte er, amüsierten sich alle über ihn, den jungen Polen in bayerischer Tracht, wenn er windzerzaust an der Reling stand. Aber auch hier, auf dem Campus, fiel Maciej aus dem Rahmen und sah aus wie einer der sieben Zwerge aus Walt Disneys *Schneewittchen*, mit seiner ins Gesicht gezogenen Kapuze, so klein, schmal und dünn durch den Schneeregen tänzelnd, der nach dem schönen Indian Summer bereits Anfang November eingesetzt hatte und fast bis Weihnachten andauern sollte. Fehlt nur noch, dass er rote Strümpfe trägt und Haferlschuhe statt der Knöpfstiefel mit den dünnen Sohlen, die vermutlich aus demselben Container stammen, dachte Felice. Wobei sie nicht umhin konnte, Maciej eine gewisse Weltläufigkeit zu attestieren, so formvollendet küsste er älteren Damen – nicht ihr – die Hand. Dass das Gerücht umlief, er heiße nicht Berlin, sondern sei in Wirklichkeit der Spross einer enteigneten Adelsfamilie, auf deren Ländereien der Staat ein Zuckerrüben-Kombinat installiert hatte, passte gut dazu. Er selbst redete kaum über sein früheres Leben. Nur wenn sich die Gespräche um die polnische Nomenklatura drehten und der Name Gomułka fiel, hielt er sich nicht zurück. Dann raste er. Verfluchte diesen elenden Knecht der Sowjetunion, dessen Großvater bei Fürst Radziwill noch Stallbursche gewesen war. Und rühmte danach mit leiser, zivilisiert gewordener Stimme Karol Woytila, den Bischof von Krakau, als dessen Anhänger er sich bezeichnete. Wie merkwürdig, dass es so viele katholische Kirchen an der puritanischen Ostküste gebe, wie erhebend, dass ausgerechnet hier, in der Neuen Welt, noch Messen nach lateinischem Ritus gelesen würden.

Da Maciej zu den Emigranten zählte, deren Erfahrungen bei den März-Unruhen Ulrich protokollierte, gewährte er diesem das längste Tonband-Interview von allen. Fünf Stunden voller Abschweifungen mussten danach transkribiert werden, es war mühsam, das Sprachgebräu des jungen Stipendiaten auf einen schriftlichen Nenner zu bringen, Felice verlor schnell die Geduld. Eine Nacht lang aber sang er sie gleichsam in den Schlaf mit dem Sud seiner knorpellosen, nasalen Suada, in den er jede Sprache tauchte, die er zu sprechen versuchte. Um unverständliche Stellen zu enträtseln, spulte Ulrich das Band ewig vor und zurück, ließ Maciej mal kürzer, mal länger zu Wort kommen, schrieb dabei mit und korrigierte sich laufend. Die wichtigsten Fakten, so berichtete er Felice am nächsten Morgen, habe dieser unmögliche Mensch unter einem Wust von Nebensächlichkeiten vergraben, nicht zuletzt die Tatsache, dass man ihn – lange vor der Demonstration – im Mokotów-Gefängnis gefoltert und solcherart *überredet* hatte, für die Staatssicherheit zu arbeiten. Lieber und freier sprach er von Malgorzata, seiner Freundin. Rief sie Hexe, Verräterin und dann wieder Liebling. Verzettelte sich in Ausschmückungen ihrer aparten Schönheit. Nannte nichts und – außer ihr – niemanden beim Namen. Seufzte und verschluckte sich an seiner Spucke, während er sprach. Und Ulrich, der blass aussah und mitgenommen von dieser Nacht mit Maciejs konservierter Stimme, meinte resigniert, dass er ihn wohl noch einmal *einvernehmen* müsse.

Vielleicht musste er so viel reden, weil er es sonst nicht ausgehalten hätte, sagte er. Vielleicht schämt er sich, weil er Kameraden verraten hat. Vielleicht hatte er das Gefühl, noch einmal verhört zu werden. Findest du nicht auch, Felice, dass er an Detlev Spinell erinnert, an den *verwesten Säugling* aus der *Tristan*-Novelle? Obwohl er keine kariösen Zähne hat, sondern ein ausgesprochen schönes und kräftiges Gebiss? Auf alle Fälle ist er eine Thomas-Mann-Figur. In seiner komischen Tragik, in seiner tragischen Komik. Der kleine Maciej. Wenn man ihm näherkommt, merkt man, dass seine Kleider nach übergelaufener Milch riechen, süß und ein bisschen brenzlig. Seltsam, sehr seltsam ...

Wie unbekümmert Ulrich damals war, so unbekümmert, wie Felice ihn nie zuvor und nie danach erlebt hatte. Viel gelöster und fröhlicher als sie selbst, die sich besonders nach den gemeinsamen Mittagessen, wo ihr die letzten siebzig Jahre der europäischen Geschichte in all ihren Verwicklungen im Originalton serviert wurden, bedrückt fühlte und unter ihrer Unbedarftheit litt. Diese Schicksale, denen sie begegnete, wie sie sich ausgedrückt hätte, wenn ihr Pathos noch möglich gewesen wäre nach der Heirat mit Ulrich. Die Vorkriegsemigranten, die Nachkriegsemigranten. Die Dissidenten aus Osteuropa und der Sowjetunion, die KZ- und Gulag-Überlebenden, die Söhne und Töchter von Widerstandskämpfern und Kriegsteilnehmern. Selbst dass die quirlige Institutssekretärin den gleichen Familiennamen trug wie der schwedische Diplomat, der Zehntausenden von ungarischen Juden das Leben gerettet hatte, gab zu denken. Jeder – außer Felice – geriet automatisch ins Grübeln, wenn er gewisse Namen hörte, trotz der allseits herrschenden Desillusionierung. Dachte an frühere Parteizugehörigkeiten oder kaum nachprüfbare Heldentaten. An unangenehme oder angenehme Bekannte aus vergangener Zeit. Nur selten äußerte jemand Genugtuung darüber, seine Haut gerettet zu haben. Heimatlosigkeit diente als geistige Quelle. Ideologische Erhitzung existierte nicht. Und das Hin und Her des Kalten Krieges wurde von Herren im fortgeschrittenen Alter in Sandkastenspielen kultiviert, über die Ulrich sich gerne mokierte.

Wie jung Felice damals war, und wie rasend schnell alles ging. Kurz nach ihrer Ankunft in Cambridge, weniger als vierundzwanzig Stunden nach Beginn der Kampfhandlungen im später so genannten *Yom-Kippur-Krieg*, erfuhren Ulrich und sie, dass die ersten Truppenteile zweier israelischer Reservedivisionen bereits Baluza und Tasa erreicht hatten. Da saßen sie im Eingangsbereich eines Gästehauses in der Irving Street in mit Schottenkaro überzogenen Sesseln vor dem Fernseher und warteten auf ihre Zimmerschlüssel. Vier Tage später, in der Nacht zum 10. Oktober, kapitulierte die syrische Armee. Am 16. Oktober gelang es den Israelis unter General Scharon, den Suezkanal zu überqueren und die auf dem Ostufer verbliebenen Teile der ägyptischen Armee einzukesseln, sodass die Israelis nur noch hundertzwanzig Kilometer vor Kairo standen. Und am 22. Oktober wurde auf Druck des Sicherheitsrates der Vereinten Nationen mit den Ägyptern und am 24. Oktober mit den Syrern ein Waffenstillstand abgeschlossen. Was so viel hieß, dass drei Wochen nach Felices und Ulrichs Ankunft in den USA der Krieg bereits vorüber war.

Dass der Konflikt weiterschwelte und vor allem die Sowjetunion nicht nur den westlichen Politikern, sondern auch den Politikwissenschaftlern in Harvard Sorgen bereitete, konnte allerdings sogar Felices Aufmerksamkeit kaum entgehen. Da man befürchtete, der östliche Riese würde Truppenverbände entsenden, rief Verteidigungsminister Schlesinger Sicherheitsstufe 3 aus, was dazu führte, dass die US-Truppen in der Bundesrepublik in Alarmbereitschaft versetzt wurden und Stellung an der Grenze zu DDR und ČSSR bezogen. Sogar dem *Boston Globe*, diesem isolationistischen Blatt, das Europa nicht zur Kenntnis nahm, wie Ulrich stets monierte, war dies eine – aus einem größeren Artikel in der *New York Times* abgekupferte – Meldung wert. Ein, zwei Wochen lang jedenfalls führte die diesseits und jenseits des Eisernen Vorhangs sich abspielende Krise zu diversen Arbeitstreffen, zu denen man auch Ulrich einlud. Sie fanden in den Stadtvillen rund um das Massachusetts State House auf dem Beacon Hill in Boston statt, in der Chestnut Street, in der Mount Vernon Street. Und in ein Greek-Revival-Style-Haus am Louisburg Square, in das exquisiteste von allen, wollte ein grün livrierter Butler ihn nicht einlassen, weil er zu spät gekommen war und sich nicht ausweisen konnte, wie Ulrich Felice Wochen später beichtete. Wenn er in den frühen Morgenstunden wiederkehrte, leicht angetrunken und euphorisiert, nach Pfeifentabak und Zigaretten riechend, streichelte er sie gerne wach, und manchmal schliefen sie auch miteinander. Meist aber nahm Felice ihren vom Novemberregen feuchten Ehemann zum Aufwärmen in die Arme. Ohnehin ging es ihm mehr ums Erzählen, um das Ironisieren dessen, was er erlebt hatte.

Wie die Bosheit aufblüht, wenn die Herren sich streiten, das kannst du dir nicht vorstellen, sagte Ulrich. Es ist wunderbar. Die Eitelkeit, der sich auch die klügsten Köpfe nicht entziehen können. Diese skrupellose Klugheit, die ich so liebe. Dieses Fernsein von jeglicher Utopie. Wie geht es Rix, hat mich Nahum Goldmann, der Präsident des Jüdischen Weltkongresses, gefragt. Er weiß nicht, dass L. ihn in seinem Doktorandenkolloquium mit schöner Regelmäßigkeit einen fliegenden Teppichhändler nennt. Und wer weiß, wie er selbst über L. redet. Gewiss nicht schmeichelhafter. Da er in Frankfurt aufgewachsen war, habe er Hessisch gesprochen, was – ehrlich gesagt – etwas aufgesetzt wirkte. Die Rede aber, in der er Israel heftig kritisierte, sei fulminant gewesen, die Art, wie er immer wieder – wie Cato mit seinem Spruch über das unbedingt zu zerstörende Karthago – darauf hinwies, wie wichtig es sei, dass auf palästinensischem Boden auch ein palästinensischer Staat entstehe, unglaublich direkt. Offen verkündete er seine Bereitschaft, sich mit Arafat zu treffen. Prahlte mit den Millionen, die er für Israel – nichtsdestotrotz – jährlich einsammle. Und darüber hinaus lieferte er sich mit Zbigniew Brzeziński, dem kommenden Präsidentenberater, wie alle munkelten, verbale Gefechte, die ihresgleichen suchten. Nie im Leben werde er dies vergessen, nie. Tatsächlich war Ulrich wie im Rausch.

Guido, der Sohn des Teppichhändlers, hat mich in sein Penthouse im Hancock Building eingeladen, fuhr er fort und kitzelte Felice ausgelassen unter den Armen, was ihre Lust anfachte, zu ihrem Bedauern aber nicht die seine. Er sammelt abstrakte Expressionisten. Und Brzeziński will mich nach New York holen, zu ein oder zwei Vorträgen an sein Institute on Communist Affairs an der Columbia University. Demnächst werden wir also mit dem *Greyhound* in die Stadt der Städte fahren. In die Stadt, die niemals schläft. Freust du dich? Brzeziński ist ein Fuchs, und er sieht aus wie ein Fuchs. Versprich mir, dass du ihm nie zu tief in die Augen schaust.

Felice bezweifelte, dass auch Henry Kissinger bei den Treffen dabei gewesen war, vermutlich nicht, sonst hätte Ulrich dessen fränkischen Akzent erwähnt. Drei Monate später jedoch stellte der Außenminister im Sanders Theatre am Harvard Square der akademischen Öffentlichkeit das Truppenentflechtungsabkommen vor, jenen während seiner *shuttle diplomacy* ausgehandelten Vertrag zwischen Israel und Ägypten also, der dazu führte, dass der seit 1967 geschlossene Suez-Kanal wieder für den Schiffsverkehr freigegeben wurde. Und anschließend ließ er sich auch in der Brattle Street blicken, wo er an einem der Luncheons teilnahm, Felice, die verloren neben Ulrich stand, kräftig und ohne zu zögern die Hand schüttelte und sie in dem Eindruck bestärkte, dass man in Harvard Politikern beim Politikmachen zuschauen konnte. Auch Nancy Manginnes, seine ihn um mehr als Haupteslänge überragende löwenmähnige Verlobte, gewesene Lieblingsstudentin ihres künftigen Mannes und damals immer noch Nelson Rockefellers Privatsekretärin, scheute den Händedruck nicht, schien Felice allerdings nicht wirklich wahrzunehmen.

Ansonsten aber bekamen Ulrich und sie in dem schönen Vakuum ihrer angenehmen Gefühle die Auswirkungen des Yom-Kippur-Kriegs – das heißt den Lieferboykott der OPEC – nur durch die Warteschlangen vor den Zapfsäulen der Tankstellen mit. Einmal, als sie mit Bjarne und seinem spritfressenden Oldtimer nach Montreal unterwegs waren, wo Ulrich sich mit einem polnischen Emigranten treffen wollte, auf den Maciej Berlin ihn aufmerksam gemacht hatte, bekamen sie kurz vor Montreal, in einem Ort namens Saint-Jean-sur-Richelieu, nicht einmal mehr genug Benzin für ihren Reservekanister. Wobei Felice schon auf der Rückfahrt nicht mehr wusste, warum sie sich in dem einzig existierenden, wenig anheimelnden Motel so schnell ein Zimmer genommen und nicht versucht hatten, die nächste Tankstelle anzusteuern. Vielleicht lag es daran, dass Bjarne, ein Fan französischer Trivialromane des 19. Jahrhunderts, unbedingt herausfinden wollte, was der berühmte Kardinal mit dem unschönen Kaff an der kanadischen Grenze zu schaffen hatte. Vielleicht war er aber auch nur scharf darauf – da die Sonne nun einmal so strahlte –, seinen deutschen Freunden die geballte Buntheit eines nordamerikanischen Herbstes vor Augen zu führen. Als sie dann loszogen, durch knöcheltiefes Laub wateten und sich damit bewarfen, benahmen sie sich wie Kinder, schrien und johlten. Und wurden still, als sie mitten im Wald, an einem tiefschwarzen Teich jenen seltenen silbrig schimmernden Kranich entdeckten, den Bjarne sofort als *grus Canadensis* identifizierte. Als wären sie irgendeiner Gefangenschaft entronnen, so erleichtert fühlten sie sich und waren ergriffen von der Schönheit des mächtigen Vogels, was Felice mindestens ebenso lächerlich fand wie das sie plötzlich überfallende Gefühl, keine Augenlider mehr zu besitzen und so durchlässig zu sein, dass die gold-schwarz gemusterten Schmetterlinge, die ihr entgegenkamen, durch sie hindurchfliegen konnten, ganz abgesehen von den Myriaden von Libellen, die über dem Wasser schwebten, und dem Schwindel, der sie erfasste, obwohl sie doch eingehakt zwischen Bjarne und Ulrich auf ebener Erde lief. Die extreme Idee mit den fehlenden − abgeschnittenen? − Lidern zumal stammte ja gar nicht von ihr, sondern von Kleist. Oder von Büchner? Tatsache aber war, dass der lange Spaziergang durch die kühle frische Luft sie alle drei so sehr ermüdet hatte, dass sie sich aufs Doppelbett fallen ließen und nebeneinander einschliefen, ohne sich zu berühren. Eigentlich wolle er nur zum Duschen mitkommen, da er im Auto übernachte, hatte Bjarne angekündigt. Weswegen sich Felice und Ulrich später nicht wunderten, als sie Wasser rauschen und Bjarne singen hörten. Es war dunkel geworden inzwischen und warm im Zimmer, und es roch nach Torfmull und feuchter Erde wie im Palmenhaus des Botanischen Gartens in Berlin, wo sich Ulrich und Felice vor urdenklichen Zeiten gegenseitig aus den *Bekenntnissen des Hochstaplers Felix Krull* vorgelesen hatten. Felice konnte Ulrich nicht sehen, als er mit ungewohnt heller, bestimmter Stimme sagte: Bjarne ist kein Intellektueller, weißt du. Er ist einer, der heute lebt. Er ist ... vital. Deshalb stellt er auch nur naheliegende Fragen. Er will hören, was er hören will. Zweifellos wird ihm morgen früh also jemand erzählen, dass Richelieu hier heimlich eine Familie gründete und zum Protestantismus übertrat. Der Gemeindevorsteher, der Pfarrer, die Nachfahren des Kardinals. Nein, ich denke, wir sollten Bjarne nicht hinaus in die Kälte schicken. Was meinst du?

Die Ölkrise machte sich jedenfalls noch wochenlang bemerkbar. Es kam zu Hamsterkäufen, nicht wenige Benzinräuber wurden angeschossen oder mussten in die Hospitäler, wegen der Bleivergiftungen allerdings, die sie sich durch den Sprit – den sie sich mittels spezieller Ansaugschläuche beschafften – zufügten. Während aus der Bundesrepublik Briefe und Zeitungen mit Fotos von leeren Autobahnen und Rollschuh fahrenden Kindern auf dem Kurfürstendamm ins Haus flatterten, die Felice so wunderbar deutsch fand, dass sie sogar ein bisschen Heimweh bekam ob des ängstlichen Rigorismus, der sich darin ausdrückte. Autofreie Sonntage gab es nämlich nicht in den USA. Es schien alles wie immer, außer dass die Warteschlangen vor den Tankstellen bald auch die Straßen und die Autobahnauffahrten verstopften. In den Instituten, wo man von den geheimen Treffen in Beacon Hill nichts ahnte, herrschte die übliche Stille. Höchstens Ulrich hatte in jenen Tagen etwas häufiger als sonst die gereizten Kommuniqués zu entschlüsseln, die ihm die Parteiorgane der Volksdemokratien quasi direkt auf den Schreibtisch lieferten. Dabei verheimlichte er schon damals nicht, wie lächerlich er die Exegesen fand, derer er sich da befleißigte. Leider lebte er nicht lange genug, um sich darüber freuen zu können, wie oft er und seine Kollegen danebenlagen, auch damit, wie weit weg, ja völlig unmöglich die deutsche Wiedervereinigung den allermeisten *eggheads* in Harvard erschien.

Ohnehin befanden sie sich auf Wohnungssuche in jenem Herbst 1973, besichtigten – mit einer Adressenliste der Universität in der Hand – Luxus-Apartments in den Hochhäusern von Boston, die sie sich nicht leisten konnten, und mindestens ebenso viele schlimme Löcher in den Souterrains im Stadtzentrum von Cambridge, wo sie von hier nach da flitzenden Silberfischchen und manchmal auch ganzen Ameisenstraßen begegneten. Schließlich mieteten sie sich ein mit Möbeln im *New England Style* vollgestelltes Zimmerchen in der Gorham Street, bei einer kleinwüchsigen, nie verheiratet gewesenen, sehr fidelen Dame mit wulstigen Lippen, die sogleich mit ihrem Vornamen angesprochen werden wollte. Dass Muriel bereits Anfang November mit Stechapfelmotiven und dem Text von *Jingle Bells* bedrucktes Klopapier in die Gästetoilette legte und mit brüchigem Sopran und in nicht zu bremsender Vorfreude *Christmas Carols* trällerte, zu denen auch *O Tannenbaum* und *O du fröhliche* gehörten, konnte Felices und Ulrichs gute Laune nur wenig trüben, schon weil sie zu wissen glaubten, dass es nach Epiphanias spätestens mit den Weihnachtsliedern vorbei sein würde. Damit allerdings, dass ihre Vermieterin praktisch überhaupt nie aufhörte zu singen, hatten sie nicht gerechnet. Und auch das mit einer Wagner-Büste bestückte Klavier in ihrem mit Nippes vollgestellten Wohnzimmer, das sie gleichfalls – sich selbst begleitend – mehrmals täglich traktierte, war ihnen bei ihrem Vorstellungsgespräch als Gefahrenquelle nicht aufgefallen.

Ein Vierteljahr immerhin hielten sie es aus bei Muriel. Ulrichs Institut lag um die Ecke, was praktisch war. Und Felice fand es irgendwie erhebend, an Henry Wadsworth Longfellows im Palladio-Stil erbauter Villa vorübergehen zu können, wenn sie Ulrich nach seinen Vorlesungen abholte. Zwar stimmte er auf dem Rückweg, vor der säulengeschmückten Fassade stehend, immer mal wieder sein nerviges Lamento über die oberflächliche Baukunst der Amerikaner an, die, selbst wenn sie klein, ja sogar bescheiden bauten, doch immer zu groß dachten für ihre jeweiligen individuellen Verhältnisse, das heißt, einen nicht zu kurierenden Hang zu Megalomanie besaßen, der sich nicht zuletzt in Washington bemerkbar mache, siehe Kapitol, siehe Repräsentantenhaus. Er war aber auch stets bereit zuzugeben, dass es im generell schmalbrüstigen, eigentlich so eleganten Cambridge Gebäude gab, auf die sein Verdikt viel besser passte, die gigantische Memorial Hall etwa, die einige Professoren zynisch als *Revenge of the South* bezeichneten, weil man sie zwar einst zu Ehren der im Bürgerkrieg gefallenen Harvard-Studenten erbaut hatte, sich in der Gegenwart aber nur noch mit ihren hässlichen Übermaßen plagen musste.

Kurios war zweifellos, dass man, sobald man Muriels Haus verließ, ganz ohne Mühe dem einen oder anderen von Ulrichs

Kollegen begegnen und mitten auf der Straße, umflort von dem auch in den Vorgärten ausgebrochenen Indian Summer, einen Schwatz halten konnte, selbst wenn sich dieser von den Kamingesprächen in der Universität nur wenig unterschied. Die Luft war frisch, es roch gut, vielleicht schon nach dem Schnee, der kommen würde. Für Menschen aus Berlin, die sich spätestens ab Oktober an den Braunkohlegeruch aus dem Osten gewöhnen mussten, hätte es nicht besser riechen können. Während man stand und redete, beleuchtet von der mild gewordenen Herbstsonne und umtost von plötzlich aufdrehenden Winden, wie sie vorkamen, wenn man in Meeresnähe wohnte, wehten einem bunte Blätter auf den Kopf und auf die Schuhe, je länger, desto mehr. Fast so beschaulich wie auf dem Dorf kam Felice sich vor in solchen Momenten, in diesen stillen Straßen voller hellblau, grün oder rot angestrichener, mit Erkern und Türmchen versehener Häuser, kaum vorstellbar, dass vor nicht allzu langer Zeit in nicht allzu großer Entfernung eine Frau umgebracht worden war, die Frau jenes Professors ausgerechnet, dem sie hätte Deutschunterricht erteilen sollen, bevor er in das Land der Mörder seiner Großeltern reiste. Ob sie vergewaltigt worden war, hatte Felice viele Jahre später auch mit der Hilfe von Suchmaschinen nicht herausfinden können, abgesehen von der Tatsache, dass sich 1991 in der Brattle Street noch einmal ein Mord ereignete. Wieder war es eine Frau gewesen, eine Gender Studies lehrende Professorin der *New England School of Law*. Natürlich rätselten die Journalisten darüber, ob die Fachrichtung mit der Gewalttat in irgendeiner Beziehung stand. Als ob Frauen, die sich mit Gender Studies befassten, Frauenmörder besonders reizten, ja als könnte man ihnen ihr Erkenntnisinteresse ansehen.

Felice, die eines Abends unvorhergesehen allein unterwegs war, weil keiner daran gedacht hatte, dass der Mörder ja immer noch nicht gefasst war, fühlte sich dagegen als das perfekte Opfer, nachdem ihr die Gefahr bewusst geworden war. Schmal, klein, unselbständig, unsicher, abhängig. Wie wild begann sie durch die dunklen Sträßchen zu rennen, verlief sich ein um das andere Mal, weinte und stolperte, kurz bevor sie in die Gorham Street einbog, noch dazu über eine Baumwurzel. Als Ulrich nach Hause kam, saß sie unten bei Muriel im Wohnzimmer, trank Ingwertee, der ihr zuwider war, und kam seltsamerweise nicht auf die Idee, Ulrich oder einem der anderen Männer, die im Institute for Westeuropean Studies nach einem Vortrag über *Die Breschnew-Doktrin und die beschränkte Souveränität der Staaten des sozialistischen Lagers* gern unter sich bleiben wollten, Vorwürfe zu machen. Nur sich selbst beschuldigte sie der Dummheit, niemanden sonst. Neigte den Kopf und sah und hörte Muriel staunend beim Zetern zu. Und wie sie zeterte, während sie Ulrich beschimpfte und dabei immer wieder genüsslich das Wort *Filitschi* zwischen ihre wulstigen Lippen nahm.

Fest stand, dass es für die Dauer zu beengt war bei der alten Dame, für Felice vor allem, die mit ihrer Dissertation anfangen oder zumindest so tun wollte und nicht einmal über einen eigenen Schreibtisch verfügte. In der Widener Library durfte sie nicht arbeiten, nur ein paar Augenblicke lang hatte sie sich in dem prächtigen Lesesaal umschauen können, bevor sie weitergeschoben wurde bei der Führung für die Angehörigen all jener Stipendiaten und Fellows, die im Herbstsemester nach Cambridge gekommen waren. Und im Kaminzimmer des Instituts, wo auf einem langen, mit grünem Leder überzogenen Tisch die internationale Presse auslag, fühlte sie sich nicht nur gestört durch das permanente Zeitungsrascheln all derjenigen, die im Stehen ihre tagespolitische Neugier befriedigen wollten, sondern durch die in ihren Augen häufig mit Spott oder Mitleid getränkten Blicke, die man der Frau des arbeitswütigen deutschen Assistenzprofessors zuwarf, regelrecht herabgewürdigt.

Selbst das einzige, nicht sehr breite, jedoch mehr als die Hälfte des kleinen Raums einnehmende Bett tat der Stimmung irgendwie nicht gut, obwohl es wie ein Himmelbett aussah mit seinen gedrechselten Säulen und weißen Musselin-Vorhängen, die man zuziehen konnte. Ulrich war ein unruhiger Schläfer, einer, der mitunter laut aufschrie und um sich schlug, wenn er von den Bomben über Berlin und den Luftschutzkellern seiner Kindheit träumte, weswegen Felice häufig mit dem Bettvorleger vorliebnahm, wenngleich sie dort – zumal als die Herbststürme heftiger wurden – fror und zitterte. Im Grunde zog es überall durch die Bretterwände dieses nach außen hin so herrschaftlichen Hauses, nicht nur durch die kassettierten Scheiben seines schönen Wintergartens, wo man sich ebenfalls – trotz zweier prachtvoller Zwillings-Schaukelstühle, deren einer wohl für Muriels nie aufgetauchten Ehemann bestimmt gewesen war – kaum aufhalten konnte. Eigentlich hätte man das fragile hölzerne Gebilde im Winter gar nicht bewohnen dürfen, es war ein Sommerhaus von der Sorte, in der sich Tschechows Theaterstücke abspielten, zumindest wie sie von Peter Stein inszeniert wurden, wie Felice fand. Muriel aber, die von sich behauptete, direkt von den *pilgrimfathers* abzustammen, konnte sich eine Sanierung ihres kolonialen Domizils nicht leisten, nicht einmal einen neuen Anstrich oder die Reparatur der schadhaften Regenrinnen, damit die Niederschläge auf den blechernen Fenstersimsen nicht ein solches Getöse verursachten und Felices und Ulrichs Nachtruhe störten. Wahrscheinlich wäre es ihr aber auch ein Graus gewesen, Fremde auf ihrem Grundstück dulden zu müssen, so autark und autoritär wie sie war, Leute, die durch ihren Garten schlenderten, Farbeimer und Leitern stehen ließen, der verrotteten Hollywoodschaukel ganz hinten neben der Teppichstange im Garten einen Stoß versetzten und ihr womöglich noch neugierig – durch die Küchenfenster starrend – beim Aushöhlen der Kürbisse zuschauten, die sie für die Halloween-Umzüge der Kinder unter Einsatz all ihrer Kräfte mit den wüstesten Fratzen versah.

Sie beide, Ulrich und Filitschi, seien ja durchaus okay, ließ sie ihre Untermieter wissen. Wenn sie sprach, bildeten ihre Lippen einen feuchten Trichter; nicht an einen Karpfen zu denken, fiel schwer. Sie beide ließen sich gerade noch ertragen, zumal sie so viele schöne Schallplatten aus Europa mitgebracht hätten, die ihrem alten Grammofon noch nachträglich einen Sinn verliehen. Selbst wenn Ulrich im Bett rauche – sie wisse es, sie wisse es, *you can't deny it* – und sie stets befürchte, dass er dabei einschlief und ihr das Haus überm Kopf abfackelte, bleibe er ihr doch immer noch sympathisch. Als Ausgleich bestand sie aber dann doch darauf, die eigenen Schätze vorzustellen, Opern von *Gilbert and Sullivan*, den *Mikado* oder *Ivanhoe*, die sie besonders liebte. Und auch Medleys von *Kiss Me, Kate* und *Annie Get Your Gun* mussten Ulrich und Felice über sich ergehen lassen und es aushalten, dass ihre Vermieterin *Why can't you behave* und *Tom, Dick or Harry* sang, während sie Ulrich schöne Augen machte.

Ein paar Fotos aus jener Zeit hatte Felice zwischen den Seiten ihrer aus Amerika zurückgebrachten Bücher entdeckt, gewiss hätte es andere, bedeutungsvollere gegeben, aber die befanden sich vermutlich in jenen prall gefüllten Umschlägen, die sie in der kopflosen Wut, die nach Ulrichs Tod in sie gefahren war, in den Müllschlucker geworfen hatte. Banaler konnten die Schnappschüsse wirklich nicht sein: Felice mit Trockenhaube und Lockenwicklern in einem von Ulrichs karierten Baumwollhemden, Cottage Cheese aus einem Plastikbecher löffelnd, Felice im Himmelbett, im Fokus eines durchs Zimmer ragenden Lichtstrahls, der nur ihr Gesicht und ihre nackten Schultern erfasste. Der Staub, der dort tanzte, reizte sie zum Niesen, weder Ulrich noch sie hatten es je über sich gebracht, den von Muriel bereitgestellten Wedel aus Straußenfedern zur Reinigung der Möbel und Nippes zu benutzen, bis zu ihrem Auszug lehnte das eklige Ding unberührt hinter dem Kleiderschrank an der Wand. Auch Ulrich war zu sehen, lächelnd, stolz, erstaunlich entspannt, mit einem aus dem Institut geklauten *Zeit-Magazin* vor der nackten Brust, in welchem er vor wenigen Minuten in unfassbar kurzer Zeit ein *Um die Ecke gedacht*-Kreuzworträtsel gelöst hatte.

Felice posierte mit Muriel mitten auf der Gorham Street, unter deren buckligem Asphalt sich unaufhaltsam die Wurzeln der uralten Bäume vorwärtskämpften. Sie hatte einen dunkelblauen Daunenmantel und Stiefel an und trug eine rote Kappe auf dem Kopf, jene Baseballkappe, die dann in New York verloren ging. Es lag viel Schnee auf den Bürgersteigen, wenn auch nicht so viel wie nach dem Sturm im Januar 1974. Es waren nur noch wenige Wochen bis zu dem Zeitpunkt, als sich alles änderte. Und Felice hatte bereits jenen verzerrten Ausdruck im Gesicht, der auf die Zahnschmerzen hinwies, die sie vierzehn Tage später – weil eine Wurzelbehandlung dort viel billiger war – zurück nach Berlin treiben würden. Muriel hing schwer an Felices Arm. Gerade waren sie von der Besichtigung einer verkohlten, vielleicht sogar noch rauchenden Ruine zurückgekommen, und Ulrich, dem das Verständnis für die Faszination ihrer *landlady* für brennende oder abgebrannte Häuser fehlte, hatte spontan die Klickklackkamera gezückt und die beiden übernächtigten Frauen noch vom Wintergarten aus fotografiert, bevor er zu seinem nächsten Interviewtermin aufbrach. Vielleicht steckt sie die Häuser selbst in Brand, hatte er Felice mehr als einmal gewarnt, wenn sie sich wieder hatte überreden lassen, Muriel zu begleiten. All diese wie Zunder brennenden Holzschuppen, zu denen sie dich schleppt. Sie stehen in seltsamem Widerspruch zu den aufgemotzten Feuerwehrautos, die man hier überall sieht. Deren blank gewienerten Messingglocken und übergroßen Hupen. So knallrot und schön sind die Vehikel bei uns nicht. Was für eine Robustheit im Vergleich zur Fragilität der hier üblichen Bauweise! Es handelt sich um eine *contradictio in adiecto*, wenn du verstehst, was ich meine. Macht dich das denn gar nicht stutzig?

Muriel jedenfalls hatte ein untrügliches Gespür dafür, wohin die Fahrzeuge unterwegs waren und wie viele Blocks weiter entfernt der Klang der Sirenen erstarb, das hatte mit ihrer Schönheit nichts zu tun. In angespannter Haltung stand sie am geöffneten Fenster und witterte in die Nacht hinaus. Und wenn Felice am nächsten Morgen mit ihr zum Einkaufen ging – was sich eingebürgert hatte, da Muriel an Arthrose litt und nicht schwer tragen sollte –, musste sie im Supermarkt nur *We had a fire last night* kreischen und alle Leute, die mit ihren Einkaufswagen vor der Kasse warteten, ließen sie widerspruchslos an sich vorbei. Einmal meinte Felice, ein *burn, burn* gehört zu haben, als sie spät abends neben Muriel unter den Schaulustigen stand, die wirklich ein sehr lustiges Volk waren, so engagiert und sachverständig, wie sie hinter der Absperrung mit Polizisten und Zugführern über die Art des Feuers sowie dessen Schnelligkeit, Farbe und Ausbreitung diskutierten. Männer und Frauen jeglichen Alters, manchmal ganze Familien, schwarze und weiße Menschen aus sichtlich armen Verhältnissen, die aus Roxbury herübergekommen seien, wie Muriel behauptete, gaben sich in Funken stiebender, knisternder Helligkeit ein Stelldichein. Und Muriel mitten unter ihnen, wild gestikulierend, aufgeblüht und aufgelöst, schien ihre schmerzenden Gelenke völlig vergessen zu haben. Aus ihrem Trichtermund kamen aufgeregte Laute, die Felice nicht verstand, vielleicht hatte sie sich das *burn, burn* ja doch nur eingebildet. Grandiose neue Erfahrungen waren das für sie, die sie nicht missen wollte und denen sie gern neue hinzugefügt hätte. Aber sie konnte auch nicht übersehen, dass Ulrichs Verdrossenheit über Muriels Exzentrizität zunahm. Und so wunderte sie sich nicht, als er ihr eines Abends mitteilte, dass er Sonia Wallenberg, die Institutssekretärin, gebeten habe, sich nach einer neuen Bleibe für sie umzusehen.

Ach weißt du, Filitschi, sagte er und strich ihr mit dem Daumennagel die Falten von der Stirn, weil er wohl instinktiv den Schmerz begriff, der sie in diesem Augenblick erfasste. Meine Hübsche und Schöne. Die Enge hier ist doch wirklich kaum zu ertragen. Nie sind wir unbeobachtet. Es ist, als lägen wir mit Muriel im Bett. Wir hören sie stöhnen und ächzen, was klar ist, da sie wohl permanente Schmerzen hat. Wir hören sie aber auch, wenn sie auf der Toilette sitzt. Und sie hört uns, wenn wir uns lieben. Ich muss dir den Mund zuhalten, wenn du bestimmte Laute von dir gibst, das Bett quietscht, wenn wir in Fahrt kommen.

Er redete ihr zu wie einem störrischen Kind. Obgleich er doch das Kind blieb bei der Angelegenheit, von der er sprach. Noch immer war sie es, die ihn auszog und seine Kleider zusammengefaltet auf einen Stuhl legte, noch immer sie, die die Initiative ergriff bei dem, was sie ihr Doktorspiel nannten, weil sie es selbst als so beschämend harmlos und nicht auf der Höhe der Zeit empfanden. Sie schwiegen, während sie sich streichelten, sie gestatteten sich keinerlei Überschwang und keine Fantasie. Erst lang nach der Trennung wagte Felice sich einzugestehen, was sie damals schon gespürt hatte: dass Ulrich einer lästigen Pflicht nachgekommen war, wenn sie sich liebten, dass es klischeehaft anders bei ihnen zuging als in den üblichen Ehen. Wohingegen sich Felice nach der Sekunde verzehrte, da Ulrichs Widerstand erlosch und sich die Starre in seinen Gliedern löste. Mit dem Rollentausch arrangierte sie sich, falls es überhaupt einer war. Sie liebte ihren Mann mit aller Schmerzlichkeit, die in ihren Augen dazugehörte, und hatte zugleich das Gefühl, nach einem geheimen Plan zu handeln.

Nach wessen Plan aber? Nach dem ihrer Schwiegermutter, die inmitten ihrer Söhne zu Hause in Berlin nach wie vor an die heilige Gottesmutter und die Macht der katholischen Kirche glaubte, ohne zu ahnen, dass sich ihr Nachwuchs längst von dieser Institution verabschiedet hatte? Nach dem von Professor L., der nur wollte, dass sein Schützling forschen und schreiben konnte, ohne von fehlgesteuerten Trieben abgelenkt zu werden? Oder gar im Sinne von Herrn M., der vorhatte, irgendwann mit einem optimistischen Aufsatz über Ulrichs nunmehr stabilisierte Gemütslage wissenschaftlich zu brillieren? Eigentlich wartete Felice nur auf den Moment, in dem Ulrich sich dazu hinreißen ließ, sie – selten genug – *Mein Schiffsjunge* zu nennen. Was ja nun nicht hieß, dass er die Nähe zu Felices Körper hasste, die ihm Muriels enge Bettstatt aufzwang. Oder dass Felice sich etwa unglücklich fühlte. Es war genau das strenge Glück, das sie von Ulrich erwartet hatte, als der Weltfrieden-Cocktail zwischen ihnen dampfte in diesem merkwürdigen russischen Lokal und sie sich im Morgennebel voneinander verabschiedeten. Vielleicht hatte sie es gemerkt an der Art, wie er seine Serviette auseinanderfaltete, vielleicht daran, dass er um nichts in der Welt bereit gewesen war, mit seinen Thomas-Mann-Kenntnissen zu prunken. Nein, die Melancholie, die sie miteinander teilten, tat nicht weh. So wie es war, so konnte es bleiben. Sie legten die Beine übereinander und redeten. Nächtelang, wenn es sein musste. Mit leisen Stimmen, ihr Gehör war unheimlich geschärft, jeden Einbrecher hätten sie gehört, der im Garten umherstrich, den Frauenmörder sowieso. Redeten. Über die Maske, die Bjarne Ulrich besorgen wollte, weil sie bestimmt gegen seine Schlaflosigkeit half. Was für einen Spaß es Felice gemacht hatte, Ulrich beim Lobster-Essen zuzuschauen, wie unglaublich beherzt er sich zeigte beim Aufbrechen des Schalentiers, wie genüsslich er es zerlegte und dessen Scheren mit genau der richtigen Handbewegung knackte.

Neulich, als wir mit Bjarne zum *grus Canadensis* unterwegs waren, sagte Felice, der da, wo er war, mitten im Wald also, gar nicht hätte sein dürfen, da habe ich gedacht, ich hätte keine Augenlider mehr und Schmetterlinge würden mich durchqueren. Und gestern, allein mit dir auf der windumtosten Terrasse im *Barnacle*, am Ocean Point in Marble Head, scheinbar mitten auf dem Meer, kam es mir vor, als würde das ganze Gasthaus davonfliegen, an schwingenden Seilen, die nach oben hin im Nebel verschwinden. Mit dir und dem roten Lobster. Während ich von unten zuschaue. Gerätst du auch manchmal so völlig außer dir? Kennst du auch solche Zustände?

Ich? Nein, lachte Ulrich, nein. Ich kann nur von brennenden Städten träumen. Die Schmetterlinge waren Monarchfalter, weißt du; Bjarne hat mir das erzählt. Wir haben nur eine kleine Kohorte gesehen. Anderswo, zur gleichen Zeit, waren Millionen unterwegs. Nach Mexiko. Gen Süden. In ihr Winterquartier. Dennoch: Du solltest Gedichte schreiben, wenn du zu solchen Eindrücken fähig bist. Du musst es sogar. Unbedingt.

Worauf Felice *Das tu ich doch schon* antwortete, *lange bevor ich dich kannte*. Weißt du, dass Ingeborg Bachmann gestorben ist? Letzte Woche, in Rom. Es stand im *Spiegel*. Wobei mir einfällt, dass Max Frisch nächstes Jahr im Goethe-Institut auftritt. Hatten die beiden nicht etwas miteinander? Hat er nicht mit ihr zusammengelebt?

Wir sollten dir unbedingt eine Reiseschreibmaschine kaufen, entgegnete Ulrich, Frischs Affäre mit der Lyrikerin interessierte ihn nicht. Aber er beauftragte Bjarne, eine Schreibmaschine zu besorgen. Und tatsächlich stand der Freund, der sich mittlerweile zum unentbehrlichen Helfer für die beiden *weltfremden Deutschen* – wie er sie nannte – entwickelte hatte, eines Abends mit einer Olivetti Lettera 22 vor der Tür. Da wohnten Felice und Ulrich allerdings schon in Somerville, wohin sie kurz nach Neujahr umgezogen waren. Drei Tage später flog Felice nach Berlin, ihre Backe war angeschwollen und sie ernährte sich nur noch von Togal, einer aus Deutschland mitgebrachten Arznei, mit der schon ihre Großeltern gegen Schmerzzustände gekämpft hatten.

In Somerville gab es mehr Stein- als Holzhäuser, klingelnden und hupenden Feuerwehrautos beggneten Ulrich und Felice deshalb nur noch selten. Auch Professoren, die zu Fuß zu ihren Instituten unterwegs waren, existierten hier nicht, ganz zu schweigen von den liebenswürdigen, mit Muriel befreundeten älteren Herrschaften, die sich einen Spaß daraus gemacht hatten, Felice zu fragen, ob sie und ihr Mann aus *Berlin, New Hamp-*

shire, Berlin, Maryland oder – noch schlimmer – aus West- oder Ostberlin kämen. Dafür aber besaß sie nun endlich einen Schreibtisch, einen großen Küchentisch vielmehr, den sie zu einem solchen machen konnte, was sie zumindest ein bisschen den Ärger darüber vergessen ließ, dass die Einrichtung ihrer neuen Wohnung aus billigen Sperrholzmöbeln bestand. Ein Umzug mitten im Semester – so hatte Sonia Wallenberg ihnen erklärt – sei leider nur unter Zugeständnissen möglich. Im nächsten Semester könne man ja weitersehen.

Im Erdgeschoß des hellblau gestrichenen Holzhauses, das schmal und einsam unter lauter dreistöckigen Backsteinhäusern stand, befand sich eine Immobilienfirma, jeden Vormittag hängte ein schmerbäuchiger Makler ein mit *Real Estate* beschriftetes Schild an einen Galgen im Vorgarten. Wenn er – meistens am Telefon – potenziellen Mietern und Eigentümern lautstark und aggressiv seine Wohnungen anpries, musste Felice kapitulieren und ihre mühselig einem mickrigen Kofferradio abgerungene Klassiksendung ausschalten. Wohingegen Hope, seine Sekretärin, keinen Lärm machte, sondern umgekehrt immer nur einem Diktiergerät lauschte, das sie manchmal sogar auf die Veranda mit hinausnahm. Die Männer pfiffen ihr nach und starrten ihr auf Busen und Po, wenn sie in ihrem kanariengelben oder kakadugrünen kurzen Wickelrock die Mystic Road entlangstöckelte, sogar Ulrich, obgleich er sich vielleicht nur dazu zwang. Wie einen Turm dirigierten ihre muskulösen Beine ihren großen schlanken Körper an den Schlaglöchern vorbei, die es in Somerville noch häufiger gab als in Cambridge. Auf das *Hi love,* mit dem die Sekretärin die meisten Menschen begrüßte, reagierte Felice zwar erst einmal reserviert, weil sie es übertrieben fand. Wenn sie aber oben saß, in dem zwischen Küche und Wohnzimmer eingezwängten Erker, von dem aus sie einen Blick auf die zerklüftete Straße hatte, an deren Ende man die Hochhäuser am Charles River erkennen konnte, freute sie sich, wenn Hope zu ihr heraufwinkte. Manchmal zog sie neckisch an dem Kaugummi, den sie gerade zwischen ihren Zähnen zermalmte, und lud Felice zu einem Ice Tea ein. Voraussetzung war, dass sich ihr Chef zu diesem Zeitpunkt schon auf dem Weg zur nächsten Filiale befand.

Hier, am Küchentisch, nicht selten die stöckelnde Hope vor Augen, las Felice auch die Berichte über die tobenden Studenten in Berlin, die Professor L. – und nicht nur ihn – mit Eiern und Tomaten beworfen hatten, wie seine empörte Sekretärin schrieb und den beiden *Amerikafahrern* damit ein schlechtes Gewissen machte. Felices Bekannter, der mit den Schaftstiefeln und der Prinz-Eisenherz-Frisur, der Fanatiker, der ihren Ehemann als Volksverräter beschimpft hatte, sei auch dabeigewesen und habe sich ungut hervorgetan, was Ulrich allerdings nicht kommentierte. Auch ein paar ihrer besseren Gedichte entstanden auf dieser von abgelegten Zigarettenkippen überall angekokelten Resopalplatte, wohl weil sie damals noch nicht glaubte, dagegen ankämpfen zu müssen. Im Gegenteil, eine Seite nach der anderen füllte sie mit ihren elegischen, vagen Ideen, denen sie – manchmal nur durch Zeilenbruch – einen poetischen Dreh zu geben versuchte. Schrieb wie Mascha Kaléko, ja, ganz so unrecht hatte Adolf nicht. Versuchte sich im Bachmann-Ton. Kopierte Rilke oder den frühen Enzensberger. Voller Selbstvertrauen. In aller Heimlichkeit. Die von Ulrich aus der Bibliothek mitgebrachten Bücher für ihre Dissertation, deren mögliches Thema häufig wechselte, baute sie um sich herum. Eine Zeitlang zog sie ernsthaft in Erwägung, eine Arbeit über Hermann Broch zu schreiben, wozu sie hätte nach Princeton fahren müssen, weil er dort – als zeitweiliger Nachbar von Albert Einstein und Thomas Mann – gelebt und gelehrt hatte. Was sie aber nicht tat. Sie las seine *Schlafwandler*-Romane und *Tod des Vergil*, bewegte sich in seinen zermürbenden psychoanalytischen Gedankengängen. Fühlte sich jedoch bald abgestoßen von seinem Pathos, unangenehm berührt sogar, was ihr fast noch schlimmer erschien. Die Vorstellung, Brochs Bombast Ulrich gegenüber verteidigen zu müssen, ängstigte sie regelrecht. Lieber wollte sie in der Ironie verharren, die ihr vorgaukelte, dass nichts so war, wie es schien. Zumindest üben wollte sie sich darin. Sich auch ablenken lassen dadurch. Ironie bedeutete, immer neue Möglichkeiten zu denken, selbst wenn man deren Realisierung nicht ernsthaft in Erwägung zog. Das machte das Leben leicht, das half gegen Einsamkeit.

Also begleitete sie Hope – mit einer kleinen heiteren Verachtung für sich selbst – zu McDonalds und aß dort ihren ersten doppelten Cheeseburger mit Piccalilly, dem etliche andere Variationen folgten. Saß stundenlang mit ihr auf der Feuerleiter und übte ihr amerikanisches Englisch. Oder verabredete sich spontan mit Maciej Berlin zu Lesungen und Konzerten, wenn sie ihn zufällig – in seinem Lodencape leuchtend – am John-Harvard-Denkmal im Harvard Yard traf, wo sich den ganzen Tag über zur vollen oder halben Stunde Studenten aufhielten. Fernmündlich, wie man das in den siebziger Jahren nannte, wäre der junge Pole nie zu erreichen gewesen. Überhaupt hatten damals die wenigsten Leute Telefon, was die Bedeutung dieses Areals, das man mehrere Male am Tage durchqueren musste, quasi ins Unermessliche steigerte. Selbst Leonard Bernstein konnten Ulrich und Felice dort einige Male begegnen, wenn er – nicht einmal von einer Menschentraube umgeben – zu seinen *Lectures* ins Sanders Theater lief, nein, spurtete, mit wehendem Mantel, ein Papierkonvolut und einige Schallplatten unter den Arm geklemmt. Vor dem Eingang wand sich dann doch die unvermeidliche Warteschlange um die Memorial Hall, in die Felice und Ulrich sich drei Mal einreihten, bevor sich nach ein paar Stunden vergeblichen Wartens direkt vor ihren Nasen die Türen schlossen. Für die vierte Vorlesung der Reihe *Delights & Danger of Ambiguity* erhielten sie jedoch vom Präsidenten des Jüdischen Weltkongresses zwei Freikarten, nicht direkt und persönlich zwar, sondern über gute deutsche Freunde von guten amerikanischen Bekannten, die Besseres zu tun hatten, als sich Bernsteins Plaudereien über Poesie und Musik anzuhören. Wobei das sogar stimmte irgendwie, Bernstein plauderte in der Tat, er redete frei und ohne Konzept über die zuerst von Mozart und dann vor allem von Mahler verletzte Symmetrie musikalischer Strukturen, er setzte sich an den Flügel, spielte eine Beethoven-Sonate, die weder traurig noch heiter war, weshalb er – auf Englisch natürlich – *Wir wissen es nicht, wir können den Maestro nicht anrufen* ins Publikum rief. Ging zurück an den Schreibtisch, setzte sich eine der damals üblichen riesengroßen Hornbrillen auf, schaute pro forma auf eine gelbe Karteikarte, redete weiter, zupfte an seiner bunten Fliege, sprach von E. T. A. Hoffmann und Jean Paul und von den großen chromatischen und semantischen Veränderungen, die sich zwischen Klassik und Romantik vollzogen.

Felice und Ulrich saßen in der ersten Reihe, was Ulrich seinen Studenten gegenüber, die nur Stehplätze ergattert hatten, peinlich fand. Aber Ulrich waren viele Dinge peinlich, schon für Muriel den Müllsack auf die Straße zu bringen war ihm peinlich, er hielt es auch kaum aus, anderen Männern auf der Toilette zu begegnen, was ihm bei längeren Reisen einen ungeheuren Blasendruck bescherte; genauso wenig konnte er es ertragen, mit einem Wäscheständer voller Unterwäsche allein in einem Zimmer zu sein. Woraus aber bestand *Delight of Ambiguity* letztlich, und warum war der Zustand so gefährlich? Felice wusste es nicht, das englische Wort besaß sehr viel mehr Kraft als jede deutsche Entsprechung. Doppeldeutigkeit, Zweideutigkeit, Mehrdeutigkeit, Doppelsinn, das alles konnte *ambiguity* sein, und nichts traf wirklich den Punkt. Was sie aber auf jeden Fall wusste, war, dass das Wort etwas mit ihnen zu tun hatte, mit Ulrich und ihr, etwas, was sie nicht auszudrücken vermochte, wofür es keinen Namen gab. Eindeutig war nur ihr Wunsch zu tanzen auf dem Nachhauseweg, obwohl von Strauß und Konsorten bei Bernstein nicht die Rede gewesen war. Vielleicht weil ihr die

Erkenntnis von der Ambiguität, die auf Deutsch so hässlich klang, ähnlich befreiend erschien wie die Lösung von der katholischen Kirche, damals, an jenem glücklichen Tag in Charlottenburg, vielleicht aber auch, weil Bernstein ihr einen sinnlichen Schock versetzt hatte. Da Ulrich sich jedoch weigerte und in einem Amtsgericht Walzer zu tanzen viel weniger peinlich fand als im Harvard Yard, wo ihn jeden Augenblick Rix' Kollegen entdecken konnten, beharrte sie darauf, wenigstens dieses eine Mal an John Harvards glückbringendem linken Schuh zu reiben. Ulrich konnte sie immerhin dazu bewegen, an der Schleife zu ziehen, die diesen zierte.

Gib zu, dass du ihn magst, dass Bernstein gut aussieht, dass er charmant ist, grenzenlos genial, hinreißend. Ich jedenfalls finde ihn unglaublich anziehend. Zum Verlieben. Sogar über die Truppenaufmärsche in Osteuropa hat er gesprochen und wie gefährlich sich *ambiguity* in der Diplomatie auswirke. Weil ein Satz oder eine Bewegung stets auf die eine oder auch andere Weise zu verstehen sei, Missverständnisse aber wiederum ganz leicht zum Krieg führen könnten. Er hat *ambiguity* tatsächlich auf das ganze Leben übertragen ...

Aber Ulrich blieb zurückhaltend und sagte kein Wort. Da sie Ende Oktober, als Bernstein zu seinen Vorlesungen in der Stadt weilte, noch in der Gorham Street wohnten, gingen sie zu Fuß nach Hause. Feuerrote Ahornblätter umwehten sie, goldgelb leuchteten die Gingkobäume in der Dämmerung. Die Gegend, in der sie wohnten, war still und ruhig wie immer am frühen Abend, die Luft noch staubig und trocken vor dem großen Regen, der bald darauf einsetzte. Und da sich Muriel bei ihrer wöchentlichen Canasta-Runde befand, nutzte Ulrich die Gelegenheit und legte unten bei ihr im Wohnzimmer Vivaldis *Vier Jahreszeiten* auf, wobei er sich erlaubte, auf die wilde Chromatik des *Herbstes* hinzuweisen und darauf, dass bei diesem Komponisten wohl noch keine verletzten Symmetrien zu finden seien, oder doch? Die Ironie in seiner Stimme war unüberhörbar, aber etwas zittrig. Und auch eine Spur von Aggressivität glaubte Felice darin zu spüren.

Aus Somerville zogen sie übrigens nicht mehr weg, solange sie in den Staaten lebten. Weshalb es nicht ausblieb, dass unter dem heftigen Geknatter von Felices Kofferradio der portugiesische Estado Novo zusammenbrach. Das allerdings geschah erst am 25. April 1974, fast vier Monate nach dem unbegreiflichen Ereignis, das in ihrer Abwesenheit aus Ulrich einen anderen Menschen gemacht hatte. Die Demonstranten stecken den Soldaten Nelken in die Gewehrläufe!, schrie ein Reporter mit kippender Stimme. Hope schrie von unten hoch, sie solle endlich zum Ice Tea kommen. Kein halbes Jahr später, kurz vor Ulrichs und Felices Rückkehr nach Berlin, würde die Sekretärin nach San Francisco flüchten und dort zum Blumenkind werden. Das jedenfalls behauptete ihr tyrannischer Chef, als sie eines Tages nicht mehr zur Arbeit erschien. Dass sich so etwas Ähnliches ankündigte, hatte Felice allerdings schon bemerkt, waren Hopes Haare doch in den letzten Wochen immer lockiger und voluminöser geworden.

Wie die Zeit raste, wie schnell sich alles veränderte.

Kapitel 4

Dalli, dalli, Samy, befahl Sue und warf sich ihren Wildwuchs an Haaren mit beiden Händen so heftig über die Schultern zurück, dass es knisterte. Nimm Felice die Umschläge ab. Schlag die Decke zurück, da ist doch nichts dabei. Hol das Fieberthermometer. Es liegt im Badezimmer unter dem Spiegelschrank auf der Konsole. Und traktier sie weiter mit Waschlappen und Handtüchern, während ich uns etwas zum Frühstück richte.

Als Sue bemerkte, dass sie Deutsch redete mit Samy, dem schielenden Praktikanten aus der Public Library, unterbrach sie sich und umfasste Felices Handgelenk. Mein Gott, Liebes. Was war denn nur los mit dir! Lange hast du ja mitgehalten, gestern in der Kneipe. Hast Rorys Irish Stew heroisch abgelehnt und stattdessen einen Berg Calamare verschlungen. Die irre Geschichte von deiner Handtasche erzählt und wie tapfer du dich wehrtest. Dann aber bist du buchstäblich von einer Sekunde zur anderen unterm Tisch verschwunden. Waren es zu viele Grappa? Die Calamare zu fett? Ein Sonnenstich? Samy und ich haben dich dann hierhergeschleppt, es ist ja nur um die Ecke. Und erst als ich dich anfasste, hab ich gespürt, wie heiß du bist.

Wenn man das doch immer so regeln könnte, dachte Felice, die sich ganz weit weg von allem fühlte. Sein Leben erzählt zu bekommen, ohne sich selbst zu bemühen. Widerstandslos ließ sie sich von Samy die Waden mit eiskalten Tüchern umwickeln und staunte darüber, wie geschickt es der junge Mann anstellte – nur um Felices halbnackten Anblick zu vermeiden –, mit dem einen seiner fehlgestellten Augen auf den Kunstdruck mit Dalís zerfließender Uhr an der gegenüberliegenden Wand zu starren, derweil er mit dem anderen seine Hände und deren Verrichtungen unter Kontrolle behielt. Sorgfältig strich er den feuchten Waschlappen auf ihrer Stirn glatt, reichte ihr ein Thermometer, das sie sich ins Ohr stecken musste, damit es irgendwann piepste, und breitete mit der Feierlichkeit eines Leichenbestatters ein Laken über sie, ganz so, als hätte er es jahrelang geübt. An der Decke kreiste der Ventilator, es war nicht weniger heiß als vergangene Nacht. Sue trug ein weit ausgeschnittenes, mit Dschungel-Motiven bedrucktes T-Shirt, das kurz unterm Po endete, es konnte auch ihr Nachthemd sein. Und Samy hatte es sich gleichfalls bequem gemacht und lief in Boxershorts durch Küche und Wohnzimmer. Während Felice fror, rann ihnen der Schweiß über die Gesichter. Und Sue hörte nicht auf, vom geöffneten Kühlschrank aus, wo sie Orangensaft in Gläser goss und einige Käsestücke zutage förderte, deren scharfer Geruch sofort den Raum erfüllte, weitere Einzelheiten aus Felices zuletzt verbrachten Stunden zu berichten.

105 degrees Fahrenheit, du meine Güte! Das sind fast vierzig Grad Celsius. Wir haben sogar überlegt, dich ins Krankenhaus zu bringen, Samy und ich. Dann aber sind mir die guten alten Hausmittel wieder eingefallen, mit denen meine Mutter mich einst quälte. Die rohen Kartoffeln auf der Brust, die stinkenden Rettichscheiben um den Hals. Und die Wadenwickel, mit denen sie das Fieber bekämpfte. Tatsächlich saßen wir abwechselnd an deinem Bett, liebe Felice. Samy hat dir alle zwanzig Minuten einen neuen Wickel verabreicht, ich habe deinen

Körper mit Essigwasser gekühlt. Und nach ein paar Stunden ist es dann tatsächlich ein bisschen besser geworden.

Hast du den *mockingbird* gehört?, fuhr sie fort, ihre Stimme kam näher, Felice hörte Eiswürfel klappern. Der war die ganze Nacht über aktiv. Man sollte ihn abschießen ... diesen Stimmenimitator, diesen akustischen Hurenbock. Außerdem hast du um dich geschlagen. Und geredet ... Von Ulrich und einem Bjarne. Ein wenig laut bist du geworden. Und einem gewissen Adolf wolltest du in die Fresse hauen ... Du meintest doch nicht etwa *den* Adolf, oder?

Felice fehlte die Kraft, der Freundin zu bekennen, dass Fieberattacken ihr seit Kindheitstagen vertraut waren und sie in solch einem Zustand immer schon gerne geredet hatte, wie man ihr hinterher erzählte. Auch dass sie mit Bjarne in der *Brasserie* in Midtown Manhattan verabredet war, irgendwann am späteren Abend, nach dessen Vortrag am *International Peace Institute*, wollte ihr nicht über die Lippen. Nur *Bjarne* und *Svensson* und *Cambridge* brachte sie in großem zeitlichem Abstand heraus, bevor ihre Gedanken wieder wegdrifteten. Im Grunde war Fieber etwas Schönes, fand sie, während sie hinter halbgeschlossenen Lidern beobachtete, wie Samy, der sie an Bob Dylan erinnerte, ohne dass sie hätte sagen können, warum, mitten im Zimmer stand und nachdenklich an einem Käsestück knabberte. Fieberträume waren intensiver als andere Träume, vielleicht weil man kaum richtig schlief, sondern nur wachträumte und nicht völlig aus der Wirklichkeit verschwand. Ein Arzt hatte ihre Anfälle einmal als *emotionales Fieber* bezeichnet, ohne dass Felice ihm hätte Auskunft geben können, durch welches Ereignis sie jeweils auslöst wurden. Auch gestern Abend war es ihr ja eigentlich gut gegangen, sie hatte es genossen, mit Sues fröhlichen Freunden zusammenzusein, mit John Michaels, der als Kurator auf Honorarbasis in den verschiedensten Museen Manhattans arbeitete, obwohl er garantiert schon auf die Sechzig zuging, mit Samy, der von Praktikum zu Praktikum wechselte ohne Aussicht auf einen Job, mit Amy Edwardson, der *unbedeutendsten Person in der Redaktion des New Yorker*, wie sie es selbst ausdrückte. Wie nett sie mit ihrem archivalischen Dasein kokettiert, hatte Felice gedacht und Amy für dieses Understatement geliebt und ihr ins Gesicht gelächelt. Sie selbst, die sie vor langer Zeit in die Stadtbüchereien und zu den Pixi-Büchern geflüchtet war, hätte sich über ihre nicht stattgefundene Laufbahn nicht annähernd so unverkrampft äußern können.

Nein wirklich, sie hatte weder an Ulrich gedacht noch an die Gespräche, die sie in den nächsten Tagen führen wollte. Sondern vielmehr staunend der Diskussion ihrer Tischnachbarn gelauscht, die anscheinend alle Unterstützer von *Jeremiah's Vanishing New York Blog* waren und täglich die Einträge in dessen *Book of Lamentation* verfolgten, in denen all jene als städtische Ikonen empfundenen Orte und Dinge aufgelistet wurden, die nicht unter die Räder geraten sollten. Industriedenkmäler aller Art, Wassertürme, Restaurants, Groceries und Drugstores in gentrifizierten Stadtteilen, gusseiserne Brücken oder Neon-Reklame-Schilder. Auch über *Kentile Floors* hatten sie geredet, jene gigantische, wenngleich schon lange nicht mehr funktionsfähige Leuchtreklame, die einen kurz nach dem Auftauchen aus dem East River von der Subway Station der Smith Street aus in Brooklyn willkommen hieß. *So to say.* Sogar Filitschi müsse sie schon aufgefallen sein auf ihrem Weg nach Manhattan und wieder zurück. Meinte Sue. John, der im Internet auf das Gerücht gestoßen war, dass das Monument mitsamt dem alten Fabrikgebäude, auf dem es stand, abgerissen werden sollte, schlug vor, T-Shirts in Auftrag zu geben mit der Schrift des aus dreizehn großen Buchstaben bestehenden Logos, von denen das T in der Mitte noch einmal größer war als die anderen. Amy wiederum gab zu bedenken, dass die asbestverseuchte Auslegware der mittlerweile bankrott gegangenen Firma nicht wenigen Leuten viele Jahre lang die Lungen vergiftet habe. Und Sue entgegnete ihr, dass auch das verrottete *Pepsi-Cola-Ding* in Queens längst auf Becher und Sets gedruckt werde. Genauso wie der *Domino Sugar* Schriftzug in Williamsburg. Und hatte lachend hinzugefügt: *Obwohl Cola dick macht, wie du an mir siehst. Und Zucker doch auch.*

Tatsächlich war Felice drauf und dran gewesen, John zu bitten, ihn in den nächsten Tagen einmal in die *Neue Galerie* begleiten zu dürfen, wo er bei der Vorbereitung der großen Klimt-Ausstellung gerade die Skizzen zum Beethoven-Fries zusammenstellte. So sympathisch fand sie es, wie er lachend und mit blitzenden Augen die hin- und herwogende Debatte zwischen seinen beiden immer hitziger werdenden Freundinnen moderierte. Und dennoch war das Fieber über sie hereingebrochen. Wie ein Keulenschlag. So heftig, dass sie Sue nicht vorwarnen konnte und auch den armen Kunsthistoriker nicht, dem sie – als sie stürzte – ihren Rotwein auf die Designerjeans schüttete.

Wie sie in Sues Apartment kam, war ihr selbst entgangen. Jetzt, hier im Bett, auf dem Ledersofa vielmehr, auf das die Freundin schnell ein Leintuch geworfen hatte, stellten sich erst einmal die alten Symptome ein. Die hohe Körpertemperatur machte ihre Glieder schlaff und das Denken leicht. Alles wurde halluzinatorisch, vielleicht ja wie die Trips, die Sue sich in ihrer Jugend so gerne gegönnt hatte, während Felice abstinent blieb und beobachtete, wie ihre Freundin die Contenance verlor. Die bonbonfarbenen Kitschorgien begannen, in deren Verlauf sie hurtig wie ein Insekt von Blume zu Blume flog, von einer guten Idee zur anderen vielmehr, von Plan zu Plan sogar, wie sie ihr Leben ändern oder auch nur in den Griff bekommen könnte. Wobei sie im gleichen Moment vergaß, was sie denn so euphorisierte. Das bekannte Schweben über einem Klatschmohnfeld, dessen lodernde Farbigkeit wohl vom Innern ihrer Augenlider herrührte. Das Pendeln als von unsichtbarer Hand in Bewegung gesetzter Punchingball zwischen schwarz-weiß karierten Fliesen, das ihr eine merkwürdige Schmerzlust bereitete. Sie fror und schwitzte, schlief und war ruhelos, bewegte sich unten, auf der

Erde, zwischen Felsbrocken, die kaum den Himmel sehen ließen, oder hoch oben, auf Wolkenbergen, die sich als Trampolin eigneten. Stand in tiefem Schatten oder grellem Licht. Alles ließ sich denken und fühlen, das eine oder das andere, es stimmte alles, nichts war verkehrt. Und wie stets, wenn sie fieberte, fühlte sie sich als Kind, als ein Wesen, das sich noch entwickeln konnte, das wuchs und wuchs, aber niemals erwachsen würde. Das reden konnte oder nicht. Das nicht antworten musste, aber viel trinken sollte. Zitronenwasser mit Traubenzucker, Orangen- oder Himbeersaft. Und immer gab es jemanden, der ihr liebevoll die Wange streichelte. So wie Samy jetzt, dem der Käseduft noch an den Fingern haftete.

Nein, so übel war Fieber wirklich nicht. Es nahm einen aus dem Leben heraus. In Felices speziellem Fall hatte es dazu geführt, dass ihre Eltern sie liebevoll an sich drückten, wenn sich das Kind wieder einmal bibbernd und frierend in eine Zimmerecke verkroch, die umtriebige und spröde Mutter, der ewig unterdrückte Vater, der seine Tochter sonst kaum anzufassen wagte. Auch Ulrich war gelassen geblieben beim einzigen Fieberanfall im Verlauf ihrer Ehe, hatte ihr Saft und Aspirin ans Bett gebracht, ihr über die heißen Backen gestrichen, sich allerdings auch nicht verkneifen können *Dass du immer so übertreiben musst, Felice* zu sagen. *Kannst du dich nicht mit Hans Castorps erhöhter Temperatur zufriedengeben?*

Und auch in der Kneipe, mit Sues Freunden, war eigentlich alles richtig gelaufen. John zog sie unter dem Tisch hervor und hielt sie für drei Sekunden fest, bevor Sue, die überwältigende, immer grobschlächtiger auf sie wirkende Sue, sich um Felice kümmerte und sie zwischen ihren großen Brüsten barg. Samy, der großäugige, in der Public Library noch so reserviert gebliebene Praktikant, zögerte keine Sekunde, seiner Chefin beizuspringen. Zwar waren sie beide nicht auf die Idee gekommen, ein Taxi zu rufen, sondern hatten es vorgezogen, die arme Kranke durch die Straßen zu schleifen. Grund genug, die kühlen Tücher um sich herum als Wohltat zu empfinden und den eigenen Herzschlägen zu lauschen wie einer weit entfernt geschlagenen Kindertrommel, bestand jedoch auch hier, in Brooklyn, in der bewohnbaren Schuhschachtel einer ehemaligen Kommilitonin. Warum Samy in Unterhosen durch das Apartment strolchte und sich hier offensichtlich wie zu Hause fühlte, war jedenfalls keine Frage, mit der sie sich beschäftigen musste. Sie durfte nur nicht vergessen, Bjarne heute Abend zu fragen, warum Ulrich damals so wütend aus dem Friseurgeschäft gerannt war ... und warum er in Boston ... und weshalb sie beide in Montreal ... und vielleicht ja auch in New York ...

Tatsächlich aber kam es so, dass die Kindertrommel sich plötzlich in den Klang jenes zentnerschweren Gongs verwandelte, der ihr gestern, im Central Park, fast den Brustkorb zerrissen hätte. Samy verwandelte sich in Maciej Berlin und flüsterte ihr ins Ohr, er sei auf dem Weg, John Harvard im Harvard Yard sein Lodencape über die Schultern zu hängen. Bevor sie jedoch mit ihm, dem Experten, über Leben und Tod reden konnte und über Methoden, wie man Folter überstand oder die Gehirnwäsche totalitärer Regime, stand Adolf vor ihr. Wie damals im Treppenhaus vor Ulrichs Wohnungstür, als das Wasser rauschte. Einem auf seinem Schwanz stehenden Drachen mit weit geöffnetem Maul ähnelte er, bei Licht besehen. Warzig, groß, unüberwindlich. Ein Ungeheuer, gegen das sie auch dieses Mal vergeblich kämpfte. Das nicht wankte und nicht wich. Dass es ihr trotzdem gelang, sich an ihm vorbeizuschmuggeln, erschien ihr sogar im Fieberwahn als ein Wunder. Staunend beobachtete sie sich selbst, wie sie zwischen Müllbergen hin- und herlief, auf zerrissene Manuskriptseiten trat, an leere Cognac- und Martiniflaschen stieß, die wie Kegel durch den Raum rollten. Dragees und Tabletten vom Boden aufsammelte, die sich in ihrer Handfläche wie *viele viele bunte Smarties* ausnahmen. Frische Blutspuren verfolgte, die von hier nach dort, vom Wohnzimmer in die Küche, von der Küche ins Badezimmer führten. Und dennoch das Geheimnis nicht fand, vor dessen Schrecken Adolf sie bewahren wollte. Nur Bjarne entdeckte sie, in Ulrichs Badewanne sitzend, bis zur Nasenspitze im Schaum, lachend, ihr Sätze zurufend, die sie nicht verstand. Den Kranich neben ihm, der immer wieder seinen Schnabel ins Wasser hieb, bemerkte sie erst nach einer Weile. Dass Bjarne ihn aus der Wanne hinausschleuderte und einen Kampf mit ihm begann, erschien ihr folgerichtig, wenn auch gewagt unter den beengten Verhältnissen. Immer wieder versuchte er, das schwere Tier daran zu hindern, sich auf die Beine zu stellen und seine Flügel auszubreiten. Dabei sah er schön aus, der nackte, nasse, junge Mann – ein bisschen wie Caravaggios *Amor* in der Berliner Gemäldegalerie, wenn er jünger gewesen wäre. Die kleine Neigung zur Korpulenz, die Felice schon damals in Cambridge aufgefallen war, passte noch immer gut zu seinem hübschen Gesicht. Alles Weitere jedoch spielte sich in ihrem Rücken ab. Sie hatte nicht gewusst, welch urweltliche Laute Kraniche von sich geben konnten, und sie wusste es ja auch in Wirklichkeit nicht. Sie hörte ein Röhren, Kreischen, Brüllen. Trompeten. Raunzen. Schnattern. Gurgeln. Seufzen. Ob Bjarne mit dem Leben davonkam, interessierte sie nicht, während sie die Treppe hinunterlief und in den vor dem Haus auf sie wartenden blauen Polizei-Bus stieg. Sie leistete keinen Widerstand, als man ihr dort Handschellen anlegte.

Beim zweiten Erwachen war es Mittag und das Fieber weg. Fast jedenfalls. Die Spottdrossel tirilierte wie des Kaisers Nachtigall oder deren Automat. Bestimmt gab es Hunderte von Spottdrosseln hier. Es konnte nicht nur eine geben. Der Ventilator rotierte. Samy war nirgends mehr zu sehen. Und Sue hockte im Schneidersitz – massig wie eine grün-gelb gefleckte Kröte – auf ihrem Pseudo-Bauhaus-Sessel, die Blicke fest auf Felice gerichtet, die Brille in ihrem Haarwust begraben.

Kurz bevor du bei Scalino zusammengebrochen bist, sagte sie streng, hast du noch erzählt – ich glaube nicht einmal mir, sondern John, der an deiner anderen Seite saß –, du seist nach Amerika gekommen, um das Grab deines Mannes zu finden. In New York! Kannst du mir bitte sagen, was du damit meinst?

Felice zog die Schultern hoch, roch sich selbst in ihrem kalten Schweiß und beschloss, die Auskunft vorerst zu verweigern. Das ist eine lange Geschichte, entgegnete sie also langsam und ließ ihre Worte wie Steine fallen, damit sie sich Sues Neugierde in den Weg legten. Gegenfrage. Warum bist du nicht längst auf dem Weg nach Niagara-on-the-Lake? Heute Abend findet die erste Vorstellung statt. Hast du gesagt. *French without Tears* von Terence Rattigan. Soll sehr witzig sein, die Leute lachen sich halbtot. Weiß ich von dir. Hoffentlich bist du nicht meinetwegen hiergeblieben ... Das wäre mir schrecklich ...

Immer noch dröhnte der Gong in ihr, nein, es war nicht der Kühlschrank, der brummte, oder die Klimaanlage im Schlafzimmer unterm Dach. Zwischen ihre Oberschenkel hatte sich eine Kranichfeder verirrt, die sie gerne entfernt hätte, weswegen sie sich einige Male wild hin- und herdrehte. Dem Gedanken, ob ein *mockingbird* imstande war, einen *grus Canadensis* nachzuahmen überließ sie sich dennoch nur kurz. Denn Sues Frage war ja berechtigt. Die Aussage, ausgerechnet in Amerika nach Ulrichs Grab suchen zu wollen, musste ihr völlig irrsinnig vorkommen. Dieser dumme Satz, der alles enthielt, was Felice nicht zu sagen vermochte, dieser vermeintlich kecke Spruch, mit dem sie sich lästige Fragen ersparen und zugleich ein bisschen verrückt und anarchisch wirken wollte. Natürlich steckte da vor allem Hoffnung drin. Hoffnung darauf zum Beispiel, dass ihr spätestens nach der Rückkehr nach Berlin wieder einfiele, wo man Ulrich begraben hatte. Einfach so. Plötzlich. Von ganz allein. Ohne Bürokratie, ohne die Nachfrage bei Friedhofsverwaltungen und Meldeämtern. Ohne demütigende Anrufe bei den Brüdern und ohne die Verachtung, die ihr dann entgegenschlüge. Die Hoffnung auch, dass ihr Gedächtnis endlich sein Wissen freigäbe und sie das Bild begreifen könnte, aus dem das Puzzle bestand. Dass sie wieder Macht hätte über ihre Erinnerungen, sähe, was ihr entgangen war. Und so endlich akzeptieren könnte, dass Ulrich, ihr Ein und Alles, ihr ironischer Gefährte, ihr Gedankenleser, ihr Befreier aus der katholischen Gefangenschaft, ihr männlicher Zwilling, ihr *partner in ambiguity*, sie zwar verlassen hatte, indem er Hand an sich legte. Dass er sie aber schon lange vorher nicht mehr haben wollte. Dass ihre Verführungskünste, die Versuche, sein Schiffsjunge zu sein, immer häufiger scheiterten. Weder Tränen noch Trotz halfen. Weder Warten noch Wartenlassen, weder Sprödigkeit noch Zärtlichkeit, weder Leidenschaft noch Kälte. Weder Strafe noch Belohnung. Weder stundenlange Telefongespräche noch störrisches Schweigen. Einmal hatte sie sich nachts vor Ulrichs Wohnungstür gelegt in dem hässlichen Gebäude aus den Fünfzigern, in das er vor ihr geflüchtet war, vor die Tür, unter der später das Wasser hindurchgeflossen war, und nahm in Kauf, dass Leute, die ein Stockwerk höher hinauf wollten, im engen Treppenhaus auf sie traten. Und mehr als einmal kaufte sie mit gefälschten Rezepten Psychopharmaka für ihn ein, in vielen, über die Berliner Stadtteile verstreuten Apotheken. Alles nur, damit er sie wieder liebte. Alles nur, weil sie sich nicht von ihm zu trennen vermochte.

Bloß keine Psychologie, ermahnte sich Felice, während sie so lange, wie sie es aushielt, unter der Dusche stand, nicht nur, um Sues Hartnäckigkeit zu entgehen, sondern auch den Gerüchen, welche die italienisch-irische Kneipe und die vielen in Essig getränkten Handtücher der vergangenen Nacht auf ihrem Körper hinterlassen hatten. Freuds Katharsis gibt es bei Hitchcocks *Marnie*. Die Psychoanalyse ist tot, die Griechen sind perdu. Du heißt nicht Berta von Pappenheim, du bist nicht der Wolfsmann, du kannst es nicht aufnehmen mit diesen beiden

Pappkameraden, die sich irgendwann einmal selbst auf die Schliche kamen. Und nicht nur sich selbst. Du bist kein Fall aus der Neurosenlehre, nein. Erst wenn du die Gleichzeitigkeit von Erinnerung und Gegenwart aushältst, lassen sich Schlüsse ziehen. Erst wenn du die richtigen Fragen stellst, erhältst du die richtigen Antworten.

In knapp zwei Stunden würde sie Bjarne wiedersehen, der berühmt, aber fett geworden war, sofern das Internet nicht log. Und übermorgen war sie in einem Lokal in Harlem namens *Dinosaur* mit Jonathan Paradise verabredet. Dem schwarzen Arzt aus dem Harvard Medical Center, der seinen jüdisch tönenden Namen einem Sklavenhändler verdankte, der im späten 18. Jahrhundert vom Senegal aus die Baumwollplantagen im Süden des amerikanischen Kontinents mit Erntehelfern beliefert hatte. Das jedenfalls meinte sofort die allwissende Sue, die einmal über *Jüdische Namen und damit verbundene Stigmata* hatte promovieren wollen, dann aber nur allzu schnell in der Fülle des Materials ertrunken war. Am Abend jenes Vorkommnisses, das Felices Leben veränderte, hatte Dr. Paradise auf der Notfallstation Dienst gehabt. Und er war es dann auch, der in seinem winzigen, bis zur Decke mit Diplomen gepflasterten Ordinationszimmer seinem Patienten die Unterlagen aushändigte. Er missbillige es außerordentlich, dass Ulrich das Krankenhaus auf eigene Verantwortung verlassen wolle. Er könne ihn jedoch jederzeit anrufen. Wirklich jederzeit, sagte er und reichte ihm die Hand, nicht aber Felice und auch nicht Bjarne, der draußen, vor der geöffneten Tür, seine Pelzmütze in den Händen drehend, auf sie wartete. Er stehe mit seinem Chevy im Halteverbot, hatte er seine Freunde wissen lassen, bevor sie zu Dr. Paradise hineingingen, Beeilung also bitte. Und er habe auch bereits einen Tisch im Café Florian reserviert. Um die Schlange zu umgehen, die sich trotz der mittlerweile die Stadt unter sich begrabenden Schneemassen täglich davor bilde. Um nicht zu erfrieren bei dem klirrenden Frost, der seit Wochen hier herrsche. Jeden Tag aufs Neue frage er sich, wann sich die beiden Deutschen endlich angemessene Kopfbedeckungen kauften. Auch in Ostberlin könne man schließlich eine schöne Uschanka kaufen und sich damit die Ohren wärmen.

Wahrscheinlich hätten sie Paradise nie wiedergesehen, wenn er Felice nicht ein paar Wochen später in der Nähe der Boston City Hall aus einer Demonstration gerettet hätte, in die sie zufällig – auf dem Weg hinunter zur U-Bahn, in die Gegenrichtung laufend – geraten war. Felice hatte ihn danach angerufen und zum Essen eingeladen; sie lud gerne Leute zum Essen ein, wenn sie meinte, sich für einen Gefallen revanchieren zu müssen, und hatte sich dazu – eigenmächtig wie selten – die Visitenkarte des Arztes aus Ulrichs Brieftasche verschafft. Aus der Einladung wurde jedoch kein erquicklicher Abend. Nicht nur, weil Ulrich im Vorfeld so entsetzt reagiert hatte und nicht einsehen wollte, dass Felice unter den auf die Straße strömenden Protestlern etwas Schlimmes hätte passieren können. Nein, es lag vielmehr daran, dass es ihr wieder einmal nicht gelang, sich von Ulrichs Stimmung unabhängig zu machen, sie sich unbehaglich fühlte, weil er sich unbehaglich fühlte. Und deswegen wohl auch nicht fähig war, mit Dr. Paradise so unbefangen Konversation zu machen wie mittlerweile mit den meisten Harvard-Leuten bei den Luncheons in der Brattle Street. Dass weder Ulrich noch sie ihren Gast richtig verstanden und sich nicht trauten nachzuhaken, kam hinzu, wenngleich dies Felice im Nachhinein fast als das kleinere Übel erschien.

Am schlimmsten nämlich war das versteinerte Gesicht gewesen, mit dem Ulrich Felices Retter begrüßte, ganz abgesehen von der überflüssigen Entschuldigung für die primitiven Umstände dieses Dinners, das sie mit gemieteten, das heißt, nicht gerade gut erhaltenen Tellern, Schüsseln und angeschlagenen Gläsern hinter sich bringen mussten. Sein Hüsteln und Räuspern, wenn er nicht umhin konnte, das Wort an Paradise zu richten oder auf seine Fragen einzugehen, quälten sie. Er wand sich, er litt. Und Felice mit ihm. Als der Arzt begann, betont langsam sprechend und auf eine sehr liebenswürdige Weise nachsichtig, seinen Gastgebern eine *Lecture* über das Leben zu halten, das sich jenseits ihrer Elfenbeintürme in Cambridge abspielte, fiel ihr jedenfalls ein Stein vom Herzen. Mit sanfter Stimme klärte er sie darüber auf, warum die weißen und die schwarzen Bürger der Stadt Boston aufeinander losgingen. Weshalb sich sowohl die einen wie die anderen dagegen wehrten, ihre Kinder mit Bussen durch die Gegend fahren zu lassen, ja, es sich zur Angewohnheit gemacht hatten, Steine auf die von Stadtteil zu Stadtteil pendelnden gelb-schwarzen Vehikel zu werfen, in denen *kids* aus weißen *neighbourhoods* in die schwarzen Viertel und solche aus den schwarzen Vierteln in die der Weißen gebracht wurden. Natürlich sei es vordringlich die Wut auf das *busing* gewesen, das die Menschen auf die Barrikaden trieb. Sie protestierten gegen das rigide Transport-System, mit dem ein Richter namens Wendell Arthur Garrity dem *Racial Balance Act* von 1965 Genüge tun und die Aufhebung der Rassenschranken verwirklichen wollte. Tatsächlich aber sei es nicht allein das *busing*, das die Leute empöre, abgesehen davon, dass Garrity mit der erzwungenen Herstellung des schwarz-weißen Gleichgewichts in den Klassen den Schulunterricht in Boston und Umgebung monatelang lahmgelegt habe. Nein, die Ursachen dafür lägen tiefer ...

Als sie sich voneinander verabschiedeten, sahen Ulrich und Felice wie schuldbewusste Kinder aus, denen man die Finger aus den Ohren gezogen hatte, weil sie nicht hören wollten. Wie scheußlich hilflos wir waren, sagte Felice, als sie Paradise noch einmal zuwinkten, bevor er in sein Auto stieg. Wie unbeholfen. Sie standen auf der Treppe zu ihrer Wohnung in Somerville, knapp oberhalb der grauschwarzen Schneereste im Vorgarten, genau unter dem Galgen mit der baumelnden Kette, an dem tagsüber das Schild *Real Estate* hing. Und brachten es partout nicht fertig, den furchtbaren Abend auf ihre übliche leichtsinnige Weise umzudeuten.

Weshalb wollten wir nicht wissen, warum seine Frau nicht mitgekommen ist, fragte Felice verzweifelt, obwohl er doch auch für sie zusagte? Ob er Kinder hat, wo sie zur Schule gehen, ob auch sie mit Bussen in andere Stadtteile gekarrt werden? Warum sind wir so ... so ... wenig souverän? Warum haben wir nichts gefragt und nichts gesagt? Ihn nicht auf Martin Luther Kings *großen Traum* angesprochen? Hast du gehört? Er hat *God bless you* gesagt zum Abschied!

Wir kennen diese Leute halt nur aus dem Fernsehen, das macht uns befangen, gab Ulrich stockend zurück; es war nicht wirklich eine Antwort, und Felice glaubte auch nicht, dass er verstanden werden wollte, so undeutlich, wie er sprach. Sidney Poitier und Harry Belafonte. Ella Fitzgerald. Porgy and Bess. Cassius Clay, der sich Mohammad Ali nennt ... vielleicht hätten wir uns mit denen besser unterhalten können ... Im Grunde erging es uns heute Abend so wie den Kindern im kaputten Berlin, wenn schwarze GIs ihnen Hershey-Schokolade zustecken wollten ... Ich erinnere mich, dass meine Freunde und ich lange zögerten, bevor wir uns von ihnen aus den Ruinen locken ließen ...

Weiter kamen sie nicht. Ulrich schwieg, während sie gemeinsam den Abwasch erledigten. Presste die Lippen aufeinander, hielt Abstand. Schwieg, als sie sich entkleideten und es vermieden – wie fast immer in den ersten Wochen nach seinem Krankenhausaufenthalt –, sich dabei auch nur mit den Blicken zu berühren. Aber obgleich er nicht – wie häufig, wenn sich eine Verstimmung bei ihnen eingeschlichen hatte – im Wohnzimmer auf der Gartenliege schlief, die ihnen Bjarne geliehen hatte, und er sogar ihre Hand ergriff mitten in der Nacht, um sie sich heftig auf den Mund zu pressen, sprach er am Morgen weiterhin kein Wort und weigerte sich, Felice Auskunft darüber zu geben, warum er sich Dr. Paradise gegenüber so unfreundlich verhalten hatte. Gequält und verstrubbelt sah ihr Ehemann aus in diesen Tagen, er hätte sich öfter rasieren müssen, seine Haare standen zu Berge, er hätte dringend eines frischen Schnitts bedurft, wollte aus unerfindlichen Gründen aber nicht mehr jenen Friseur am Harvard Square aufsuchen, dessen fliegende Scheren er sonst so lobte. Ständig musste Felice den Wunsch unterdrücken, ihm über den Kopf zu streichen, so verloren gegangen kam er ihr vor in jenen Tagen, nicht nur ihr, seiner Frau, sondern der ganzen Welt. Selbst Bjarne vermochte es nicht, Ulrich aufzuheitern, nichts konnte ihn aus seiner aggressiven Einsamkeit holen. Das Lob, mit dem man ihn nach der Publikation der ersten Ergebnisse seiner Interviewreihe im *Political Science Quarterly* überschüttete, wies er zurück. Es gab Luncheons, bei denen er sich nicht an einem einzigen Gespräch beteiligte. Er klagte über Kopfschmerzen. Das Wort *Hochstapler* fiel gelegentlich, wenn er über sich und seinen Beruf redete, ohne dass Felice es wagte, Felix Krull zu erwähnen. Alles wies eine rätselhafte Folgerichtigkeit auf. Selbst dass sich vermehrt Gedichte in ihr regten in jenen Nächten, die sie schlaflos neben ihm verbrachte, passte dazu. Hartnäckig machten sich die allerschönsten Verse und Wendungen bemerkbar, durch das Verkehrsbrausen vom nahen Highway hindurch und ohne den Morgen zu erleben. Vielleicht wäre aus Felice eine Dichterin geworden, wenn sie es fertig gebracht hätte, aufzustehen und ihre Gedanken zu notieren. Bereits die erstbeste, weit entfernte Feuerwehrsirene jedoch lenkte sie ab, weil sie sofort an Muriel denken musste, die vielleicht gerade unterwegs war zu einem brennenden Haus. Und nur allzu gerne ließ sie sich dann von der Sehnsucht nach deren Couplets überwältigen, die sie in der Gorham Street noch so genervt hatten. *I have to sing a song, oh.* Oder *Why can't you behave.* Selbst die Andeutung eines Weinens gestattete sich Felice hin und wieder, still und ohne Geräusch, wohl wissend, dass ihr

Heimweh nach der alten Dame für etwas anderes stand und ihm mit Ironie nicht beizukommen war.

Paradise besaß seit nunmehr dreißig Jahren eine Praxis in Harlem, er war kurz nach Ulrichs und Felices Rückkehr nach Berlin seinerseits nach New York gegangen, woher er auch stammte. Und in Cambridge warteten Maciej Berlin und Sonia Wallenberg auf sie, ach, sie hatte noch so viel zu tun. Aus Maciej war ein Antiquitätenhändler geworden, er hatte sich in seinem kleinen Geschäft in der Newbury Street auf italienische Fayencen und Tischwäsche aus Damast spezialisiert. Ihn zu finden, erwies sich als Kinderspiel. Nicht jedoch Sonia, die einstmals so flinke und freundliche, nun aber sich als unleidlich und schwerhörig erweisende Sekretärin des Institute for Westeuropean Studies, mit der Felice einige quälende Telefongespräche führten musste, bis es ihr gelang, einen Termin zu vereinbaren. Hochfahrend hatte ihre Stimme geklungen, ungeduldig. Und obwohl sie immer wieder behauptete, sich an alles zu erinnern, traute Felice ihr nicht. Vielleicht wollte sie nur Besuch in ihrem Seniorenheim. Womöglich war sie alleinstehend wie Felice und konnte sich so für ein paar Stunden aus der Einsamkeit flüchten. Mit recherchierenden Wissenschaftlern hatte sie ihr ganzes Leben zu tun gehabt und es geschätzt, ihnen behilflich zu sein. Warum also nicht auch einmal einer Witwe, die nach fast einem halben Jahrhundert auf die Idee gekommen war, herauszufinden, warum sich ihr Mann ums Leben gebracht hatte?

Was aber ist, wenn keiner von ihnen auf deine Fragen antwortet? Fragte sich Felice, während sie sich mit Sues großem Badehandtuch abrubbelte und gegen den Brechreiz ankämpfte, den der Chlorgeruch des New Yorker Wassers in ihr auslöste. Wenn sie alle nur einen Plausch mit dir halten wollen? Wäre es dann nicht besser, schnell wieder nach Hause zu fahren, zumal du schon mit emotionalem Fieber reagierst? Und Sue dir zunehmend auf die Nerven fällt, Sue, die da draußen in ihrem abscheulichen Sessel nur darauf lauert, dich weiter zu löchern? Mach doch einfach Urlaub in New York. Zieh ins Hotel. Geh in die Met oder in ein Broadway-Musical, in sämtliche Museen, die es gibt. Unternimm einen Segeltörn vor Bostons Küste. Schippere nach Nantucket. Zerleg einen Lobster in Barnacle's Inn ... Nur lass um Himmels Willen die Vergangenheit ruhen, sonst wirst du die Gegenwart nicht mehr ertragen können.

Sue aber hatte sie bloß noch an Manhattans Klimaanlagen erinnert, als sie Felice zum Abschied die Arme um die nackten Schultern legte, im Überschwang der letzten Umarmung trafen ihre Lippen fast auf Felices Mund. Denk dran, Honeypie. Du brauchst hier immer etwas, was du an- oder ausziehen kannst. Schon in der U-Bahn wirst du ja auf Eis gelegt. Viel Glück für deine Recherchen. Find heraus, was du wissen musst. *Have a good time. Don't suffer too much.* Du weißt, wo du den Schlüssel abgeben musst, nicht wahr? Womöglich sehen wir uns ja in Deutschland wieder! In Berlin. Vor der Glienicker Brücke vielleicht, bei der *Großen Neugierde*, von wo aus wir immer so traurig in den Osten geblickt haben ...

Und jetzt saß Felice hier, in der tiefgekühlten Brasserie im Seagram Building, angetan mit dem knapp sitzenden bleigrauen Leinenkostüm, das sie zwei Tage vor ihrer Abreise gekauft hatte, und hätte ohne Sues Rat wahrscheinlich erbärmlich gefroren. Vor ihr lag Max Frischs *Montauk*, gerade hatte sie den Satz *Das Leben ist langweilig. Ich mache Erfahrungen nur noch, wenn ich schreibe* gelesen. Und – nicht weit entfernt davon – den Spruch *Die Wahrheit ist dem Menschen zumutbar* gefunden, den sie ganz schnell aus ihrem Kopf verscheuchte. Dass er von Ingeborg Bachmann stammte, gab Frisch erst ein paar Seiten später zu, vielleicht war er ja tatsächlich in Versuchung geraten, ihn sich einzuverleiben. Hin und wieder blätterte sie auch in Ulrichs Taschenkalendern aus der wiedergefundenen Kiste, vor allem die acht Wochen in New York, als Ulrich an Zbigniew Brzezińskis Department

Gastvorlesungen hielt, wimmelten vor rot angestrichenen Terminen. Und wartete auf Bjarne, den fetten Riesen, diesen Turm aus nicht erregbarem Fleisch, wie Thomas Mann Potiphar, den Finanzbeamten, beschrieben hatte; auf Peteprê vielmehr, wie er auf Ägyptisch hieß, dessen Frau den klügsten und schönsten der Jaakobssöhne so gerne vernascht hätte. Was für ein prätentiöser Blödsinn! Dass ihr der Wedelträger zur Rechten des Pharaos ausgerechnet jetzt in den Sinn kam! Wer sagte denn, dass Bjarne nicht erregbar war? Und was hatte die potenzielle Erregung mit seinem fetten Fleisch zu tun? Kopfschüttelnd beschloss sie, sich zum Festhalten erst einmal einen der neonfarbenen Begrüßungs-Cocktails zu bestellen, welche die emsigen Kellner gerade so freigiebig an den Nachbartischen verteilten.

Wie sie selbst würde auch Bjarne in den nächsten Minuten die breite Treppe herunterkommen, herabschreiten vielmehr auf dem mit Glas eingefassten Gebilde aus grünlich schimmernden, von innen beleuchteten Stufen, das den Leuten suggerierte, durch die Wahl dieses Restaurants zu Stars in einer Show zu werden, deren Erscheinen zumindest die anwesenden Gäste hochgradig faszinierte. Sogar auf einem der fünfzehn LCD-Monitore hinter der Bar, die zeitversetzt Bilder von draußen lieferten – Szenen aus der 53rd Street also und Nahaufnahmen von Menschen, die sich kurz vor ihrem Auftritt in der Brasserie noch einmal sichtlich sammelten – hätte Felice Bjarne entdecken können. Das wusste sie von Sue, die ihre Freundin über dieses merkwürdige, in Orange, Weiß und Grün gehaltene Lokal, das die Welt präsent hielt, obwohl es unter der Erde lag, vor deren Aufbruch noch ausführlich – wie es ihre Art war – instruiert hatte. Felice versuchte sich zu konzentrieren deswegen, behielt also abwechselnd die Treppe im Auge, die links neben ihr lag, aber auch die flimmernde Phalanx der Bildschirme direkt vor ihr. Sie konnte eben nicht schielen wie Samy, der Praktikant. Oder wie Professor L., dessen sich überkreuzende Augen-Blicke ihr im Gedächtnis geblieben waren. Außerdem hatte sie das Fieber stärker geschwächt als sonst, stellte sie fest, in ihrem Brustkorb steckte noch immer das heftige Beben.

Vielleicht hatte Bjarne ja bereits einen Tisch bestellt und sie müsste sich bei einem der Kellner erkundigen, dachte sie, das große Warten vor Augen. Fraglich war auch, wie lange man sitzen bleiben konnte in diesem stark frequentierten Restaurant, das nur kleinere Gerichte anbot, keine Menüs, in deren Abfolge man die Zeit dehnen und langsam miteinander ins Gespräch kommen konnte. Gerade als sie aufstehen wollte jedoch, entdeckte sie Bjarne. Vermutlich hatte sie ihn schon auf der Treppe gesehen – ohne ihn zu erkennen. Denn er war kein Turm und auch nicht fett, sondern ganz hager geworden. Auch nicht mehr so riesig und hoch aufgerichtet. Wie schwierig es doch ist, sich von einem Bild zu lösen, schoss Felice durch den Kopf, während er leicht hinkend auf sie zukam. Selbst wenn es nur im Internet steht und noch dazu ein Brustbild ist.

Hi, Filitschi, begrüßte er sie. Darf ich mich zu dir setzen? Wie schön, dich zu sehen. Ach, *Montauk* liest du. Interessant. Ja, fast wäre Frisch hier hängengeblieben, der verliebte Gockel. So wie ihr.

Davon konnte natürlich keine Rede sein, Ulrich und sie hatten nie mit dem Gedanken gespielt, für immer in den USA zu bleiben, allenfalls damit, das Stipendium zu verlängern. Und sie waren ja auch bald keine Verliebten mehr gewesen, sondern *Entliebte*, weil Ulrich seine Frau zuerst gemieden und sie dann sogar verstoßen hatte.

Wir haben uns kaum verändert, nicht wahr?, meinte er.

Tatsächlich, das ist wahr.

Ich habe dich gleich erkannt.

Ja, ich dich auch.

Wie gut wir noch immer lügen können.

Ja, doch.

Listen, es ist wirklich sträflich von dir, erst jetzt, nach fast vierzig Jahren, ins *Land der Kriegsverbrecher* zurückzukehren. Schon damals, kurz nach den Pariser Verhandlungen zwischen Henry Kissinger und Lé Duc Tho, für welche die beiden 1973 den Friedensnobelpreis erhielten, obgleich der Vietnamkrieg erst zwei Jahre später endete, hatte Bjarne die Vereinigten Staaten gerne so genannt, erinnerte sich Felice, und die solcherart formulierte Verachtung bei jeder Gelegenheit in seine Sätze geflochten. Nun fiel ihr auch wieder ein, dass er mehrere Jahre quer durch die USA auf der Flucht gewesen war und schließlich nach Kanada emigrierte, um dem Wehrdienst zu entgehen. Wie oft war von Bjarnes Leben auf der Couch fremder Leute die Rede gewesen, wenn sie zu dritt unterwegs gewesen waren. Selbst in Saint-Jean-sur-Richelieu, wo sie während der Ölkrise strandeten, hatte er einmal bei einem wildfremden Ehepaar übernachten müssen, weil die Bundespolizei nach ihm fahndete. Er zeigte Felice und Ulrich auch den Wohnwagen der spanischen Emigranten, wo er mit Todesverachtung das Lungenhaschee verspeist hatte, das ihm die Frau des noch immer mit den Kommunisten sympathisierenden Mannes servierte, der nun die Grünanlagen des Städtchens pflegte, ohne dass man wusste, dass er ein Radikaler war. Während sie argwöhnisch wartete, bis er aufgegessen hatte, habe sie ihm von ihrem gemeinsamen Kampf gegen Franco berichtet und dass ihr Mann viele Gedichte von García Lorca auswendig kenne. Erzählte Bjarne. Und musste Ulrich und Felice nicht auf die Kluft zwischen den ekligen, in Mehlschwitze gebratenen Innereien und der fragilen Poesie eines Widerstandskämpfers aufmerksam machen. Auf die Liste mit den konspirativen Adressen jedoch, die er noch immer in seiner Brieftasche aufbewahrte, hatte er sie wenigstens einen Blick werfen lassen. Und *Wer weiß, wozu ich die noch einmal brauche* gesagt, angriffslustig wie stets, wenn er auf seine *Gran Tour* zu sprechen kam, wie er seine erzwungenen Reisen immer nannte. Oder seid ihr etwa der Meinung, dass man der amerikanischen Demokratie trauen kann? Solchen Gangstern wie Agnew und Nixon, die sie angeblich repräsentieren?

Von Mỹ Lai oder späteren Sünden – Abu Ghraib oder Guantánamo, Waterboarding oder Elektroschocks – mochte Felice jedoch nichts hören. Sie kam sich lächerlich vor in dieser moosgrünen Koje, die sich genau in der Mitte einer Reihe aus anderen moosgrünen, mit gepolsterten Trennwänden versehenen Kojen befand, deren Gesamtheit wiederum einem aufgeschnittenen Eisenbahnwaggon ähnelte. Wie auf dem Präsentierteller kam sie sich vor. Rutschte hin und her auf einer schräg nach hinten gekippten Bank, die ihrer Körperhaltung widersprach. Fühlte sich unwohl in dieser gekünstelten Umgebung aus Plastik und furniertem Holz, die ihr Bedürfnis nach Symmetrie so gründlich ignorierte. Lärm umbrandete sie, es war nicht anders als draußen auf der Straße. Und eigentlich konnte sie auch mit der Farbe Orange nichts anfangen, die in ihren Augen für nichts Halbes und nichts Ganzes stand.

Wieso bist du ausgerechnet auf dieses Lokal gekommen?

Dass sie sich aufraffte, Bjarne einen kleinen Widerstand entgegenzusetzen, musste an dem neuen Mut liegen, der seit ihrem Handtaschenabenteuer in ihr wuchs. Ich komme mir hier unfassbar stilisiert vor, zu alt, zu dünn, zu dick, zu provinziell, overdressed und underdressed, verloren, gefangen, befreit, egal wie, aber immer verkehrt.

Weil du hier automatisch Teil einer Gesamtinszenierung wirst, erwiderte Bjarne, die Lippen kräuselnd, vielleicht wäre es ein richtiges Lächeln gewesen, wenn er wenigstens noch über seine kleine Korpulenz verfügt hätte. Zum Mitspieler in einem sich ständig veränderndem Stück. Und er zeigte auf die gläserne Treppe, wo die Leute nicht aufhörten, sich wie an unsichtbaren Seilen gezogen nach unten und nach oben zu bewegen.

Nicht nur du – alle. Ich kenne kein anderes Lokal, das so radikal auf Wirkung setzt, das so unverfroren mondän ist. Aber im Ernst: Ich wollte dir vor allem Mies van der Rohes *Seagram Building* zeigen, das tollste unter allen tollen Hochhäusern Manhattans in meinen Augen. Sehr europäisch, sehr unterkühlt. Sehr diszipliniert. Klassisch modern. Streng. In diesem Gebäude darf man nicht einmal die Jalousien einstellen, wie man will. Es geht nur halb oder ganz oder gar nicht, hat der Architekt beschlossen, und so wird es noch heute gemacht. Eigentlich wollte ich mit dir ins *Four Seasons* gehen, das Restaurant auf der anderen Seite des Hauses, weil es dort wenigstens annähernd noch so aussieht, wie es einmal geplant war. Dort hättest du unter blühenden Obstbäumen sitzen können und zwischen Originalen von Picasso und Miró. Auch hätte ich dir gewiss die Geschichte von Mark Rothko erzählt, der seine für das Lokal bestimmten Orgien in Rot in dem Moment zurückzog, als er spürte, dass seine subversiv gemeinte Malerei den Anzugträgern und Geldsäcken, die dort verkehrten, nicht im mindesten den Appetit verdürbe. Vermutlich wäre ich sogar auf seinen Suizid zu sprechen gekommen, nachdem er die roten Orgien zehn Jahre später an die *Tate Modern* verkaufte. Und darauf, wie blutrünstig er ihn vollzog. Aber im Four Seasons pflegt man mehrere Monate im Voraus zu reservieren, weißt du. Es war also schlichtweg ausgebucht ...

Er schnappte sich den kleinen Schirm aus Papier, der mit seinem langen Stiel in Felices Cocktail steckte, und ließ ihn zwischen seinen Fingern rotieren.

Falls du aber eine noch genauere Begründung haben willst: Die Praxis meiner Onkologin liegt hier gleich um die Ecke. In einer Stunde habe ich einen Infusionstermin, Gott sei Dank lassen diese Halsabschneider ihre Maschinen die ganze Nacht über laufen, sonst hätten wir uns nicht treffen können. Meinst du, eine Stunde reicht für unseren Countdown? Eine Stunde für eine Generalbeichte? Für meinen Schwanengesang?

Als Felice nicht reagierte, weil sie nicht wusste wie, sprach der fremde hagere Mensch, zu dem Bjarne geworden war, einfach weiter in seinem immer noch vertraut klingenden, aber doch ungemein gestelzten Deutsch.

Ich sehe, du fühlst dich unangenehm berührt. Klar, ein so rücksichtsvoller Mensch wie Ulrich hätte dir die Onkologin verschwiegen. Ich aber will dein Mitgefühl haben, bevor ich auspacke. So viel, wie ich davon kriegen kann. Ich bin nicht so heroisch wie dein Gatte, der dir bis zum Schluss die Wahrheit verschwiegen hat. Zwar wäre es auch mir lieber gewesen, zu schweigen. Ehrlich gesagt. Aber nun bist du da ... und ...

Felice geriet kurzzeitig ins Schwitzen und dann wieder ins Frieren, zog ihre Jacke aus und wieder an. Sie legte die Hände um ihr Glas, in dem die Eiswürfel nicht schmelzen wollten, verfolgte den Strom der Gäste, stellte fest, dass die grüne Beleuchtung von unten sie aussehen ließ, als wäre ihnen übel. Beobachtete Bjarnes rechtes Augenlid, das flatterte. Registrierte den graublonden Flaum auf seinem Kopf, der entweder den Anfang oder das Ende einer Chemotherapie bedeutete. Erklärte sich einverstanden mit dem kalifornischen Rosé, den er bestellte, auch mit dem Steak, zu dem kurioserweise *spaetzles* gereicht wurden. Er selbst ließ sich Südseefisch mit frischem Gemüse bringen. Und draußen, auf der Straße, trieb eine Hitzeböe nach der anderen die Leute vor sich her und klebte ihnen die Kleidung an ihre Körper wie nasses Papier. Man konnte es auf den Monitoren sehen, selbst die Schweißperlen auf den herangezoomten Gesichtern.

Ich hier drinnen dagegen werde wohl bald erfrieren, dachte Felice. Zuerst werden meine Nackenhaare vereisen. Und dann fließt der Kältestrom direkt in mein Herz.

Pack schon aus, forderte sie Bjarne auf. Sprich! Sag mir die Wahrheit.

Mit ihrem neuen Mut hätte sie gerne gesagt *Ich weiß sowieso alles, die Hauptsache wenigstens, wenn auch nicht die Details. Weiß ich es? Oder weiß ich es nicht?* Aber sie sagte nichts. Auf ein Drama mehr oder weniger kam es in diesem so dramatisch hässlichen Lokal nicht mehr an. Alles war ausgeleuchtet bis in den kleinsten Winkel, nichts lag im Dunkel. Niemand sollte auch nur eine Kleinigkeit verbergen können. Man sah jeden Leberfleck im Gesicht seines Gegenübers, jede Narbe, jedes Herpes-Bläschen auf gestressten Lippen. Bjarne konnte also die Tatsachen unbesorgt auf den Tisch legen. Zumal das Essen gut war und auch der Wein. Sie prosteten sich zu. Felice zwang sich zur Entspannung. Okay, ihr Messer hätte schärfer sein können, sie musste ein bisschen säbeln an ihrem Steak. Und sie hatte auch vergessen zu sagen, dass sie es nicht blutig haben wollte. Aber sie verstand Bjarne weniger schlecht, als sie befürchtet hatte. Die Koje bot Schutz vor der Kakofonie. Es war ein bisschen so, als befänden sie sich – phasenweise wenigstens – im Tonstudio eines Radiosenders.

Ach Gott, Filitschi, sagte Bjarne, während er seinen passend zu den Farben des Restaurants zwischen Karotten und Broccoli arrangierten Fisch so sorgfältig von seinem Rückgrat löste, dass er sie nicht anzuschauen brauchte. Ich habe an der gleichen Krankheit gelitten wie du. Ich habe Ulrich geliebt. Vom ersten Augenblick an. Als er mich im Harvard Coop nach den Leitzordnern fragte, die es dort nicht gab. Vor mir stand mit seiner über die Schulter gehängten, mit Büchern und Papieren vollgestopften Lufthansatasche. Mir zerstreut und nervös – als er mein Kriegsgefangenendeutsch hörte – das Wesen von Leitzordnern erklärte und in der gleichen Sekunde bemerkte, dass dieses Wort zu deren Beschreibung nicht taugt. Auch über DIN-Normen, über die Archivierung von Dokumenten und über den Abstand der Löcher in einem Blatt Papier sprachen wir. Bei der Gesprächsrunde im Seminar war es seine hinreißende Art, am Kugelschreiber zu knabbern. Als müsste er erst seinen Hunger stillen, bevor er sich entschloss, uns in Stichworten seine Thesen zur Außenpolitik der Sowjetunion zu diktieren. Meine Kommilitonen fanden das didaktisch nicht sehr geschickt. In Harvard darf man die Dinge nicht diktieren, man muss sie erfragen. Mir aber war das egal. Ich konnte mir sofort vorstellen, dass er an etwas anderem kaute. Dass er überhaupt sehr zärtlich veranlagt war, so, wie er sein Schreibgerät zwischen seinen Zähnen hin- und herbewegte.

Ich weiß nicht, woran man merkt, dass einer homosexuell ist, fuhr Bjarne fort und hatte Mühe, seine Augen von der Treppe abzuwenden, auf der ein schöner Mensch nach dem anderen erschien, kein einziger Adipöser befand sich darunter, es war, als hätte man die Leute vorher durch eine Fettabsaugmaschine geschleust. Bei Ulrich war es jedoch sonnenklar. Nur er selbst wusste es nicht. Und seine Ehefrau, die den Eindruck eines schüchternen jungen Mädchens machte. Wir Studenten und Tutoren sprachen oft darüber, einige von uns schlossen Wetten ab. Es war ja die Zeit des *Outing* hier in den Staaten. Jeder sollte seinen sexuellen Vorlieben folgen können, wir zumindest wollten es wagen. Viele von uns probierten sich aus in jeglicher Richtung. Ohne Festlegung. Nur wenige Jahre zuvor hatte es in der Christopher Street in Manhattan die Befreiungsrevolte gegeben, endlich setzte man sich gegen die widerlichen Polizeikontrollen zur Wehr. In Boston existierten offene Zirkel, die nicht nur die freie gleichgeschlechtliche oder bisexuelle Liebe propagierten, sondern auch die Knabenliebe. Aktivisten setzten sich für die Straffreiheit von Päderasten ein und riefen zu Demonstrationen auf. Stell dir das vor! Irgendwie hegten wir die wirre Vorstellung, dass dieser so linkische und liebenswürdige deutsche Assistenzprofessor mit seinem Bubenhaarschnitt und seinem kläglichen Englisch, dieses uns schon lange vorher angekündigte Wunder der neuen empathischen Kommunismus-Forschung, dieser verschmitzte, sympathische Kerl aus dieser komischen eingemauerten Stadt im Herzen Europas, zu seinem Glück gezwungen werden könnte. Als das Symbol der Ummauerung erschien er uns geradezu, er war die Mauer selbst sozusagen und stand zwischen dem kalten und dem heißen Krieg, dessen Asche in Berlin noch glühte. Es war eine Frage der Zeit, bis wir ihn so weit hätten, dachten wir, wir mussten uns nicht beeilen. Fest stand nur, dass *ich* seine Entjungferung übernehmen sollte, weil ich ihn liebte, offiziell hieß das: scharf auf ihn war. Und ein so gutes Deutsch sprach, dass mir die Annäherung leicht fiele.

Es musste ja auch nicht in Boston passieren, sprach Bjarne weiter in seinem leicht aggressiven Parlando, dem Felice nichts entgegenzusetzen hatte. Es konnte überall geschehen, in Montreal oder in Somerville, im Harvard Yard hinter der Holden Chapel, wo man während der Revolution die Leichen sezierte, neben dem gusseisernen Pissoir direkt an der großen Wiese im Boston Common. In meiner Studentenbude, wann es halt passte, und du, Filitschi, uns nicht im Weg wärest. Bedingung war, dass ich stets berichtete, wie weit ich ging oder wie weit ich kam. Denn dass Ulrich derart gehemmt und schwierig war, damit hätte keiner von uns gerechnet. In welcher Eisenrüstung er steckte, wie starr er war, wie ängstlich und verbohrt. Vor jeder Berührung zuckte er zurück. Einmal flüchtete er hysterisch aus einem Friseurladen am Harvard Square und behauptete hinterher, der Figaro dort habe ihn unsittlich berührt. Fast wäre er unter ein Auto gekommen, ich konnte ihn gerade noch auf den Bürgersteig ziehen.

Ja, Bjarne räusperte sich und versuchte, einen Schleier über seiner Stimme wegzuhusten. Erotik existierte bei Ulrich höchstens in Büchern und Opern, Lustgewinn nur dann, wenn er sich in die Parteiprogramme der polnischen KP vertiefte. Dabei hatte er eine Frau, die wie ein Junge aussah, wenn sie Hosen trug jedenfalls und diese kecke rote Kappe. Wenn du dich nur nicht so auf diese idiotischen Faltenröcke versteift hättest! Sie sahen so grässlich bieder aus. Wobei du nicht zweifeln darfst, Filitschi, ... er liebte dich wirklich. Zweifle bloß nicht. Bloß nicht. Im Grunde wollte und konnte er nie von dir lassen. Das hat er mir auch immer wieder gesagt. Möchtest du noch ein Glas Wein? Oder lieber einen Tee, falls es hier so etwas gibt? Und darf ich dir die Hände wärmen? Du siehst schrecklich verfroren aus. Hörst du mir überhaupt zu?

Ich bin ganz bei dir, antwortete Felice ironisch, doch, doch, ganz bei dir. Es war eine jener grässlichen Floskeln, die in den politischen Talkshows zu Hause gerade en vogue waren. Bjarne mit seinem überkommenen Deutsch kannte sie vermutlich nicht, es sei denn, sie stammte direkt aus dem Englischen und er konnte sie rückübersetzen. So flickte sie hastig ein *Soso, Ulrich konnte also nicht von mir lassen* ... an ihren Satzanfang, um das hinauszuzögern, was er ihr gleich berichten würde. Um ihn zu locken, ihr noch schnell etwas über Ulrichs Liebe zu ihr zu erzählen, bevor das Unheil über sie hereinbrach und ihr die letzten Illusionen raubte. Über diese Liebe, von der Bjarne nichts wissen konnte. Über dieses starke Gefühl, in dessen Schutz Felice im Jahr 1974 das Empire State Building hinaufgeflogen und 102 Stockwerke wieder hinuntergefallen war, ohne dass ihr die Zuversicht abhandenkam. Über diesen oft wiederholten Zustand auf der Staten-Island-Ferry, den die Berliner Studenten und nicht nur sie *Vorlustschwelle* genannt hätten, damals, als das Sonnenlicht noch ein köstlicher Schmerz in Felices Augen gewesen war, weil Ulrich hinter ihr stand und nicht wich, während die Schwingungen des Schiffs sich ihrer beider Körper bemächtigten.

Bjarne hatte jedoch nicht vor, auf Ulrichs Liebe zu Felice einzugehen. Er bewegte sich in die entgegengesetzte Richtung.

Woran merkt man, dass einer schwul ist?, insistierte er also und steckte sich das Schirmchen hinter sein rechtes Ohr und eine Zucchiniblüte von Felices Teller hinter das linke. Schwul oder *gay*, egal, beide Begriffe hat Ulrich bestimmt nie benutzt, sie existierten nicht einmal zu seiner Zeit, zumindest hatten sie sich noch nicht durchgesetzt. In *In & Out*, diesem zugegeben seichten Streifen mit Kevin Kline, der zu sehr vielen einschlägigen Bekenntnissen geführt haben soll, wie ich gehört habe, wird ständig die Probe aufs Exempel gemacht. Der Lehrer, um den es geht, outet sich schließlich, als er erkennt, dass er für Barbra Streisand schwärmt. Vielleicht auch für Judy Garland und *Over the Rainbow*, ich weiß es nicht mehr. Kennst du den Film? Für Ulrich kam er zu spät. Der Arme hätte darin erkennen können, warum er es nicht lassen konnte, Schallplatten von Marlene Dietrich oder Zarah Leander zu kaufen und sich immer wieder deren Filme anzusehen.

In den vier Wochen, als du in Deutschland warst, haben wir meinen Geburtstag gefeiert, in einem einschlägigen Lokal. Und dort sangen wir *Johnny, wenn du Geburtstag hast*, einen Marlene-Song, den uns vor Jahren ein deutscher Student mitgebracht hat. Immer wieder, mit wachsender Begeisterung. *Oh Johnny ... oh ... wenn du doch jeden Tag Geburtstag hätt'st.* Mit vermeintlich ersterbender Stimme. Und natürlich kannte auch Ulrich diesen Schmalz ... sagt man so? Er war sogar bereit, mitzuträllern und dabei die Augen genauso zu verdrehen wie wir, obgleich er sich ganz schnell verdrückte, als dann die Orgie losging. Es ist eine Hymne. Wahrscheinlich hat er sie auch dir vorgesungen oder vorgespielt, ohne zu wissen, dass dies kein Zufall war. Willst du wirklich nichts mehr essen? Dir ist doch nicht dauernd übel, so wie mir, du musst dich gewiss auch nicht so oft erbrechen. Ich möchte, dass es dir gut geht, Filitschi, oder wenigstens nicht allzu schlecht. Komm, trink wenigstens noch ein Schlückchen Wein ... Du solltest dir auch ein Dessert bestellen. Ich würde dich gerne einladen.

Felice starrte auf Bjarnes ausgemergeltes Gesicht, auf seine Wangenknochen, über die sich trockene, rot geäderte Haut spannte. Seine reglose Physiognomie erinnerte sie an Fotos von Paul Klee, kurz bevor er starb. Oder war es Hesse? Er sah so krank aus, dass es sie schmerzte. Und sie, wie sah sie aus, in ihrer blaugrauen Kluft? Wie die heilige Johanna der Stadtbüchereien? Wie eine kleine graue Witwe, die sich die Wahrheit zumuten wollte? *Oder besser nicht?* Draußen schien sich ein Gewitter zusammenzubrauen. Dicke Regentropfen klatschten in kochenden Asphalt. Die Menschen fingen an zu rennen, unaufhaltsam strömten sie in die Passagen, vor dem Eingang zur Brasserie staute es sich, ein Kellner schleppte das Schild mit der Aufschrift *Full*, über das Felice vorhin im Foyer fast gestolpert wäre, hinaus auf die Straße.

Sie dachte an die Sonntagvormittage im Bett, als Ulrich ihr Gedichte von August von Platen und Heinrich Heine vorlas. Ihr vom Krieg zwischen den beiden erzählte, in dessen Verlauf sie sich wechselseitig zum *warmen Bruder* oder *Knoblauchfresser* erklärten. Aber auch aus Heines *Die Bäder von Lucca* und Verse aus Platens *Tristan* zitierte ihr Ehemann, während Felice sich an einem Sektkelch festhielt und ihre Füße unter der Bettdecke mit seinen Füßen spielen ließ. Und von Stefan George sprach er, wie er dem jungen Loris, alias Hugo von Hofmannsthal, nachstieg in den engen Wiener Gassen, die Kaiser Franz Josephs Bauwut verschont hatte, und ihm bedeutungsschwangere Briefe schrieb. Auf die gleichgeschlechtlichen Aspekte der Angelegenheiten wies er nicht eigens hin, Felice konnte sich jedenfalls nicht daran erinnern. Vielleicht aber hätte ihr auffallen sollen, dass Platen homosexuell war und George auch. Wahrscheinlich war es allen bewusst, nur ihr nicht, sie war schon immer zu dumm dazu gewesen, Zweideutigkeiten zu erkennen, sexuelle schon überhaupt, ein vages Wetterleuchten höchstens bekam sie jeweils davon mit. Falls Ulrich Felices Ignoranz entsetzte, so ließ er sich dies nicht anmerken, vielleicht lächelte er sogar insgeheim über sie und wusste ihre Naivität zu schätzen. Die Initiative aber ergriff er schon. War ihr ein großer Lehrmeister im Bereich der Zwischentöne, für die sie das Wort Ambiguität noch nicht kannten. Machte sie mit dem *Rosenkavalier* bekannt, spielte ihr auf dem Schneewittchensarg die Briefszene aus *Eugen Onegin* vor. Dreimal in drei Wochen sahen sie den *Tristan* in der Deutschen Oper, in Wieland Wagners Bühnenbild, wo sich alles auf einer Drehscheibe abspielte und Gefühle sich in Licht verwandelten. Bei *Isoldes Liebestod* liefen Felice die Tränen, sie konnte sich nicht dagegen wehren. Und Ulrich saß neben ihr, streichelte ihren Arm und freute sich. Es war ihre schönste Zeit, Weihefestspiele irgendwie, die sie ironisierten, indem sie vorgaben, Schauspieler zu sein, die Wagners grausame Stabreime üben mussten. Was genau aber war daran homosexuell? Diese nicht nachlassende Schwäche für die unerfüllbaren Varianten von Zuneigung? Dieses süße Gefühl der Vergeblichkeit, das sich ohne Not erneuern ließ? Die Lächerlichkeit, die sich daraus ergab? Das Weder-Noch?

Während sie Bjarne beim Reden zuschaute, fiel Felice das absonderliche Konzert mit Zarah Leander im *Theater des Westens* wieder ein, für das Ulrich kurz vor ihrer Abfahrt nach Amerika noch Karten ergattert hatte. Wie die ganz oder halb blinde Sängerin von ihrem Pianisten an den Flügel geführt wurde und dort, schwer aufs Instrument gelehnt, mit schwarzer Brille und erstaunlich reglos auf dünnen Beinchen verharrend *Nur nicht aus Liebe weinen* und *Ich steh im Regen* sang. War es wirklich ein widerständiger Akt gewesen, dass sie damals, in Kriegszeiten, von einem Waldemar schwärmte, der *weder blond noch kühn* aussah? In manchen deutschen Zeitungen habe man dies lesen können, hatte Ulrich erzählt. Als Zugaben gewährte Zarah *Kann denn Liebe Sünde sein* und *Davon geht die Welt nicht unter*, vielmehr sang sie diese Lieder zum zweiten, dritten oder vierten Mal. Müde und uralt kam sie Felice vor, gruselig wie eine Wiedergängerin. Ihre Stimme knarrte und sie wollte kein Mikrofon. Als sie schließlich – ohne sich zu schämen – mit *Bei mir biste scheen* den Schlusspunkt setzte, kamen nicht etwa Pfiffe. Sie saßen im Parkett, Ulrich und Felice, mitten im prasselnden Applaus, hinter und vor ihnen erhoben sich die Leute. Und Felice hatte erst beim Hinausgehen bemerkt, dass sie von lauter Männern umgeben war.

Komm, trink mit mir, Filitschi, sagte Bjarne, stoß mit mir an. Ich bin ein Sünder. Am Ende habe ich Ulrich verführt, obgleich er sich lange sträubte. Es geschah in Boston, kurz bevor wir zusammen nach Montreal fuhren. Weißt du noch, wie ich mich auf die Suche nach den Nachkommen von Richelieu machte? Natürlich habe ich nicht wirklich daran geglaubt. Als wir im Herbstlaub badeten? Und dann zu dritt ganz keusch die Nacht verbrachten? Du hast nicht gemerkt, dass ich meine Zunge in Ulrichs Ohr steckte, wann immer sein Kopf in meine Nähe geriet, dass ich ihn streichelte, du warst so unschuldig, wie ich gemein war. Man musste ihn allerdings immer wieder verführen, deinen Mann. Unsere Annäherungen fanden in großen Abständen statt. Er fing nie von selbst an, er wollte erobert werden. Er machte mich zum Hanswurst meines Begehrens, ich weiß nicht, ob mit Absicht oder nicht. Wie sagt ihr Deutsche? Er ließ mich am langen Arm verhungern, er machte mich ganz kirre. Einmal wurde ich seinetwegen fast verhaftet, als ich ihm auflauerte bei seinen Terminen, damals in Boston, in Beacon Hill, als er mit den Auguren des Kalten Krieges über den Aufmarsch der Warschauer-Pakt-Truppen an der DDR-Grenze diskutieren durfte. Deshalb blieb die Angelegenheit spannend, er hätte ja nie zugegeben, dass ihn meine Avancen schwach machten, geschweige denn, sich offenbart oder so gelebt, wie er empfand. Er lege seine Hunde an die Kette, so pflegte er sich auszudrücken. Er halte sein Souterrain in Ordnung. Mit einem eisernen Besen. Mein Gott, was für Sätze. Und was für ein Pathos.

Jedenfalls konnte ich ihn nicht davon abbringen, sein Hingezogensein zu Männern als Krankheit anzusehen, in Deutschland hatte er sich deswegen ja auch schon in Therapie begeben, wie du weißt. Nicht nur, weil es ihm sein hochverehrter Professor befahl, dem wahrscheinlich mehr daran lag, dass Ulrich endlich seine Dissertation fertigstellte. Sondern weil er zutiefst überzeugt davon war, verworfen zu sein, wenn er seiner Neigung nachgäbe, dass er zur Promiskuität verdammt wäre dann und zu klirrender, nicht enden wollender Einsamkeit. Und sein Psychoanalytiker? Der tat nichts, um ihn zu trösten. Im

Gegenteil. Er war ein Bulle, cholerisch, unnahbar, selbstgerecht. Laberte von ganzheitlicher Persönlichkeit. Wollte Ulrich *gesund* machen, wollte ihm Disziplin, Ordnung und Pünktlichkeit beibringen. Kannst du dir das vorstellen, Filitschi? Monatelang zofften sich die beiden um die zwei, drei Minuten, die der Patient nach Meinung seines Therapeuten zu spät gekommen war. Darum, wessen Uhr richtig tickte. Es ging nicht um Träume und Alpträume, die man hätte auslegen können. Nicht darum, wie Ulrich glücklich wurde oder auch nur halbwegs zufrieden und angstfrei. Ach Gott, ich könnte ewig fortfahren mit diesen Horrorgeschichten. Wie merkwürdig, dass er dir davon nichts erzählt hat.

Dass er dann in den Staaten und fern von Berlin den Entschluss fasste, sich seine konträren Empfindungen weghypnotisieren zu lassen für viel Geld, und krude Behandlungsmethoden ausprobierte, die ins 19., keineswegs aber ins 20. Jahrhundert passten, scheint mir allerdings ziemlich übertrieben, dir nicht? Nicht nur Kaltwassergüsse gehörten dazu, wie ich läuten gehört habe, sondern auch Tischrücken und sogenannte Materialisationen. Der arme, arme Ulrich. Der auf den bösen, bösen Bjarne hereinfiel. Und auf all die anderen verdorbenen Jungs, die eine Wette auf ihn abgeschlossen hatten und zur Strafe an Aids starben. Später. Viel später. Komm, lass uns auf Ulrich anstoßen. Auf seine Wehrhaftigkeit, auf seine Standhaftigkeit. Dass er sich selbst hasste und mit sich all jene, die niemals eindeutig sein durften, hat damit nichts zu tun. Am liebsten hätte er sich gegeißelt oder Eisenringe ums Herz gelegt, wenn ihm dies nicht zu katholisch oder zu märchenhaft gewesen wäre ...

Ulrich hat sich umgebracht, flüsterte Felice, Bjarne sollte es ihr von den Lippen ablesen, wenn er mochte, lauter konnte sie nicht sprechen. Mehrmals sogar. Damit wirklich nichts schief ging. Er wollte sich erhängen, er hat sich die Pulsadern aufgeschnitten, er hat Tabletten genommen, er hat mehrere Flaschen

Whiskey oder Cognac getrunken ... Sogar Martini, obwohl er den hasste ...

Bjarne erwiderte *Schschsch ... aber das weiß ich doch, Filitschi, das weiß ich doch* und goss sich etwas Mineralwasser über seine linke Hand, als wollte er sie in Unschuld waschen, nur um sie dann ganz schnell mit seiner Serviette wieder abzutrocknen. Die akademische Buschtrommel wird heftiger und zuverlässiger geschlagen, als man denkt. Wissenschaftler sind überhaupt die größten Klatschmäuler. Umbringen wollte sich Ulrich auch schon in Boston, an jenem Abend, als ich ihn unten am Charles River entjungferte, da, wo so etwas halt stattzufinden pflegte, nachdem ich ihm vor dem Haus mit den griechischen Säulen aufgelauert hatte und ihn überzeugen konnte, dass ich – mein schöner Körper, mein Begehren, meine Lust – wichtiger waren als alle seine in Tweed gewandeten Gelehrten. Am liebsten hätte er sich in den Fluss gestürzt. Übrigens kamen wir uns nur ein einziges Mal wirklich nah, musst du wissen, wenngleich es dich nicht trösten wird. Ulrich schien sehr schockiert. Nach dem Vollzug. Wahrscheinlich habe ich alles falsch gemacht, was man nur falsch machen konnte. Vermutlich war deine Art von Liebesspiel sehr viel zartfühlender. Und danach hat er die Sache mehr von der voyeuristischen, wenn du willst auch theoretischen Seite betrachtet ... in Boston, in Montreal, in New York, wohin ich ihm nachgereist war und in einem schäbigen Boarding House hauste, während ihr im Gramercy Park Hotel residiert habt.

Natürlich zeigte ich ihm die einschlägigen Orte, die Darkrooms der Schwulen-Kneipen, Darkrooms von einer Schwärze, die heute wohl nicht mehr nötig ist. Die *Cruising points* in den Parks. Ich wollte einfach, dass er alles kennenlernt, was es gibt. *Stonewall Inn, Snake Pit* im Greenwich Village, die Circuit Partys, auf denen es wirklich heiß herging. Einmal lief Ulrich vor einer Drag Queen davon und gab sich und mich damit der Lächerlichkeit preis. Aber ich ging auch mit ihm ins *Lucille Lortel*

Theatre, wo wir uns die *Threepenny Opera* und die *Moonchildren* anschauten. Und irgendwo, mitten im Big Apple, ich weiß nicht mehr wo, und ich wollte es damals auch schnell vergessen, denn es war ein schlimmes Lokal, haben wir Tennessee Williams getroffen. Was heißt getroffen, von Weitem gesehen, er hielt zwei Jungs im Arm und schaute unendlich traurig.

Wobei Tennessee Williams Ulrich vermutlich nicht viel gesagt hat, fuhr Bjarne fort, mühsam gegen den Reizhusten kämpfend, der ihm während seines Monologs immer wieder zu schaffen machte. In den USA aber war er ein Held, einer, der wie Gore Vidal aus seiner Homosexualität keinen Hehl machte. Selbst wenn er sich keiner Bewegung anschloss und behauptete, unpolitisch zu sein.

Was ist eine Drag Queen?, fragte Felice, obwohl sie es wusste, Felice, die in ihrer Jugend Tränen über die *Glasmenagerie* vergossen und sich mit Laura identifiziert hatte, jenem unsagbar fragilen Geschöpf, das nicht nur gläserne Rehe und Hirsche, sondern auch Schallplatten sammelte und sich nicht traute zu dichten wie ihr Bruder Tom.

Das geht direkt auf Shakespeare zurück, antwortete Bjarne schnell, bevor er sein Glas mit Wasser füllte. Und, nachdem er es in einigen Zügen geleert hatte: So behauptet man wenigstens. *Dressed as a girl*, hat der Gute an den Rand seiner Regieanweisungen geschrieben, wenn ein Mann als Frau verkleidet auf der Bühne erscheinen sollte.

Felice horchte in sich hinein und auf das in ihr abebbende Beben. Schloss die Augen und tat so, als wollte sie sich auf etwas besinnen, als fiele ihr irgendetwas nicht ein. In Wirklichkeit aber dachte sie an gestern, an ihren Kampf gegen den Handtaschendieb, an ihren verlorengegangenen lilablassblauen Hut, an die Fiebernacht und die Essig-Umschläge, an Sue, die ihr erzählt hatte, dass die historisch echte Brasserie 1995 ausgebrannt sei und die Architekten Diller und Scofidio die Räume völlig neu gestaltet hätten. Mit Barhockern, die sich durch ihre Gelfüllung dem Gesäß der Gäste anpassten. Mit einem zwischen Herren- und Damentoilette durchlaufenden Handwaschbecken, das die Trennung zwischen den Geschlechtern aufhob. Rein konzeptuell natürlich nur. *Diller und Scofidio*, murmelte Felice vor sich hin, schaute dem krebskranken Bjarne beim Trinken zu und meinte, die Geräusche seines Kehlkopfs beim Schlucken zu hören. Diller und Scofidio. Dieser Mann bildet sich wahrhaftig ein, wir hätten Berührungspunkte. Er weiß nicht, dass er jetzt schweigen müsste, anstatt immer weiterzusprechen.

Bjarne aber konnte nicht aufhören, er war ein Sprechautomat, der auf *Beichte* programmiert war.

Wahrscheinlich hast du auch nicht gemerkt, dass ich euch immer mal wieder auf den Fersen war, im Lincoln Center bei *La Traviata* etwa, wo ich an der Sektbar ganz dicht hinter euch stand, oder bei den Goldberg-Variationen in einer Balanchine-Inszenierung, wo ich nur den Fußboden knarren hörte, nicht aber den Flügel. Ich hab es nicht so mit Bach, musst du wissen. Obwohl man ihm damals in Harvard zu Füßen lag und sich gerne in abstrakte Räusche hineinsteigerte. Glaubst du mir, Filitschi? Glaubst du mir, dass ich gezittert habe bei eurem Anblick? Dass ich höllenhaft eifersüchtig war? Warum unterbrichst du mich nicht, warum schlägst du mir nicht ins Gesicht? Warum stellst du mir keine Fragen? Oh fuck … ach, Scheiße.

Ein paar Sekunden lang erinnerte Bjarne Felice an den Mann in der Badewanne, jenen Verrückten, der mit dem Kranich gekämpft hatte, schön und gesund gewesen war jedoch und kein Wrack, das sich – verdammt noch mal – zivilisiert benehmen sollte. Sie wollte die Brasserie gern verlassen, ihren Stuhl zurückschieben vielmehr, und konnte es nicht, weil sie auf einer angeschraubten Bank saß und mit einem ihr fremd gewordenen Bekannten, der ihr die Wahrheit zumutete, in die Vergangenheit unterwegs war. Sie sehnte sich nach ihrem Fieber zurück, nach dem dämmerigen Zustand, der die Dinge weniger schmerzhaft machte. Sie hätte sich gerne in Luft aufgelöst oder in eine literarische Figur verwandelt, die aus Buchstaben bestand. Aber sie war es leibhaftig gewesen, welche die Treffen eingefädelt und sich heute mit Bjarne und für morgen mit Dr. Paradise verabredet hatte. Sie musste die Suppe auslöffeln, die sie angerührt hatte. Eine Instant-Suppe nach einem Rezept der Küchenpsychologie, eine Suppe, die wahrscheinlich Gift enthielt. Sie blätterte in dem Sparkassenkalender und entdeckte tatsächlich die beiden Termine im Lincoln Center sowie jede Menge Kürzel für die Tage davor und danach. Dass Ulrich stenografieren konnte, war ihr völlig entfallen.

Verwandle mich doch in einen Menschen, der des Selbstverständlichen fähig ist, hatte er sie einmal, als er im Morgengrauen ins Gramercy zurückkehrte, angefleht. Das klang nach einem Zitat, das klang so pathetisch wie ironisch. Sie kam gerade aus der Dusche, zum dritten Mal schon in dieser Nacht, vor Kälte bibbernd. Und er direkt von der Straße, heiß und verschwitzt. Ihren hilflos verzweifelten Beischlafversuch brachen sie bald ab. Warum hat er nicht gesagt, dass er das Doppelleben nicht mehr aushält, überlegte Felice jetzt, keine zwei Meilen Luftlinie vom Gramercy Park Hotel entfernt. Die praktizierte Zweideutigkeit. Oder die gelebte Ambiguität. Aber ob ich das damals verstanden hätte?

Bjarne schaute auf die Uhr. Tja ..., sagte er zögernd und blickte sie an. Ich fürchte, ich muss aufbrechen. Meine Infusionen warten. Du könntest mich begleiten und wir könnten weiterreden. Ich hätte dir noch das eine oder andere Wichtige zu sagen. Das Wichtigste vielleicht sogar.

Und, nach einer Pause: Du könntest mitkommen und mir die Hand halten.

Das meinst du nicht im Ernst, erwiderte Felice.

Doch, erklärte Bjarne, doch.

Kapitel 5

Vierzehn Tage vor Ulrichs und Felices Abreise von Somerville nach New York, am 24. April 1974, wurde Günter Guillaume, Offizier im besonderen Einsatz der Hauptverwaltung Aufklärung des Staatssicherheitsdienstes der DDR, in seiner Wohnung in einem Mehrfamilienhaus in der Bad Godesberger Ubierstraße verhaftet. Bereits 1957 in die SPD eingetreten und von Markus Wolf, dem ostdeutschen Geheimdienstchef, ferngelenkt, wurde er 1972 – über mehrere Stationen in der hessischen SPD – aufgrund seines großen Arbeitseinsatzes und Organisationstalentes *Persönlicher Referent* von Bundeskanzler Willy Brandt. Als Diener, Butler und Reisemarschall erhielt er nicht nur Zugang zu geheimen Akten, sondern durfte auch an den Gesprächsrunden des sogenannten inneren Kreises teilnehmen. Noch im Sommer 1973 fuhr der damals schon vom Verfassungsschutz verdächtigte Agent mit Brandt und dessen Familie nach Norwegen in Urlaub. Dort hatte er Gelegenheit, bereits entschlüsselte, streng geheime Nato-Dokumente vom Fernschreiber abzureißen und für sich und damit seinen Dienst zu kopieren. Einen Brief des amerikanischen Präsidenten Nixon gab ihm der Bundeskanzler – zur Weiterleitung nach Bonn – direkt in die Hand. Auch dessen zahlreiche Frauengeschichten blieben Guillaume nicht verborgen, bestimmte Damenbesuche soll er sogar vermittelt haben. Da man Brandts Erpressbarkeit befürchtete, trug vor allem die Liste mit den mehr oder weniger heimlichen Geliebten am Ende dazu bei, dass der Kanzler zwei Wochen nach Guillaumes Verhaftung seinen Rücktritt erklären sollte. Zwar hatte Herbert Wehner, der SPD-Fraktionsvorsitzende, von ihm verlangt, um sein Amt und alle damit verbundenen Errungenschaften zu kämpfen, wobei Details aus dem in einem Schulungsheim in Bad Münstereifel stattgefundenen Gespräch nie bekannt wurden. Wehner aber war es letztlich auch gewesen, der bereits im September 1973 begonnen hatte, das sozialdemokratische Denkmal zu demolieren. Mit seiner berühmten Pfeife in der Hand und dem bekannt schiefen Mund beschimpfte der ehemalige Kommunist ausgerechnet in Moskau seinen Genossen als Schwächling, dem Optimismus und Übersicht fehlten. Er drückte es allerdings markanter aus. *Der Herr badet gerne lau ... so in einem Schaumbad*, diktierte er den Journalisten, die ihn vor dem Abflug in die westdeutsche Bundesrepublik umringten, in die Notizblöcke. Und schmähte den für seine Ostpolitik mit dem Friedensnobelpreis Ausgezeichneten in nur unerheblich weniger groben Worten als seine Kollegen Todenhöfer und Wohlrabe, die er im Bundestag *Hodentöter* und *Übelkrähe* genannt hatte.

Die entsprechende *Spiegel*-Ausgabe vom 29. April, in der über die Affäre ausführlich berichtet wurde, gelangte erst drei Tage später, Anfang Mai also, ins Kaminzimmer des Institute for Westeuropean Studies. Da war Ulrich bereits mit der Vorbereitung für seine Vorträge an der Columbia University beschäftigt. Er und Felice sahen sich kaum, und so lasen sie das Magazin, das Felice aus der Brattle Street entwendet hatte und am nächsten Morgen pflichtschuldig wieder zurückbrachte, nachts im Bett. Vielleicht war ja auch die kaputte Antenne ihres Fernsehers daran schuld, dass sie nicht früher von dem Skandal erfuhren. Entsprechende Meldungen in amerikanischen Zeitungen sprangen ihnen jedenfalls nicht ins Auge. Und es kam auch niemand auf die Idee, aus Deutschland anzurufen, um Ulrich über den Spion im Kanzleramt zu informieren, nicht einmal Professor L.s Sekretärin, die ihn sonst über alles, nicht nur über das, was am Otto-Suhr-Institut passierte, auf dem Laufenden hielt, nachdem er sich darüber beklagt hatte, dass er in Amerika so *abgeschnitten* sei. Das *Spiegel*-Titelblatt leuchtete signalrot zu diesem Anlass, Brandt im Vordergrund hielt die Lider gesenkt, wirkte depressiv, so wie er sich wohl schon länger fühlte. Und oben rechts blickte der Spion triumphierend auf sein Opfer herab. So zumindest sah es aus. Felice rief während des Blätterns immer wieder *Was für ein Spießer, mein Gott, was für ein Spießer!*, während Ulrich nur murmelte *Spione sehen eben so aus. Glaub mir, Spione repräsentieren die Gesamtbevölkerung.*

Wenigstens von Brandts *resignation* erfuhren sie am gleichen Tag, annähernd zeitgleich sogar, am 6. Mai auf dem Times Square, gegen 18 Uhr, als sich bei den Abendnachrichten der NCS *Nightly News* die nur aus der nackten Tatsache bestehende Leuchtschrift über ihren Köpfen entrollte. Aber selbst da kam ihr Ulrich nicht allzu erschüttert vor. Er sei dabei, seine Auftritte vor den Studenten des Institute on Communist Affairs halbwegs glimpflich zu überstehen, wies er Felice zurecht, er könne sich jetzt nicht ablenken lassen, ach, wie er diese Lehrtätigkeit hasse, die sich mit seiner Forschungsarbeit überhaupt nicht vertrage. Wahrscheinlich sei er nicht weniger aufgeregt, als Brandt es bei der Verkündigung seines Entschlusses gewesen war, wenn er diesen jungen schlaksigen Amis mit ihren windschiefen Schlipsen gegenübertrat. Sie hätten sich doch immerhin beim großen Zbigniew Brzesiński eingeschrieben und erwarteten nun auch von ihm die diffizilsten Analysen! Nein, Felice habe nicht den leisesten Schimmer, sagte Ulrich eines Morgens, als er sich von ihr verabschiedete, wie hart er gegen seinen Fluchtinstinkt kämpfen müsse, sobald er nur den Campus betrete. Und verbot ihr bei dieser Gelegenheit auch – obwohl sie es in New York und selbst in Harvard noch gar nicht versucht hatte –, ihn je wieder in eine seiner Vorlesungen zu begleiten. Wo auch immer, generell, überhaupt und nie wieder. Es sei ihm unerträglich, dass sie sein Scheitern so hautnah mitbekomme. Auf das schöne hortensiengeschmückte Gelände der Columbia University müsse sie deswegen ja nicht verzichten. Als Studentin oder als Touristin könne sie sich dort stundenlang auf eine Bank setzen und in einem Buch lesen. Seinetwegen auch als Ehefrau, die weiß, dass ihr Mann in irgendeinem dieser säulenbewehrten klassizistischen Gebäude gerade in einer Hölle schmorte.

Felice allerdings hatte zu diesem Zeitpunkt ohnehin wenig Lust auf Ulrichs Vorträge. In den ersten Tagen nach Brandts Rücktritt war ihr die Jagd nach deutschsprachigen Zeitungen viel wichtiger, und sie betrieb sie mit einer Verbissenheit, die sie nicht von sich kannte. Vor jedem Kiosk blieb sie stehen, stieg auch hinunter in die Katakomben der Grand Central Station, wo sie einmal sogar aus Versehen in die Nähe des berühmten Gleises 61 geriet, das für die Gäste des Waldorf-Astoria reserviert war, und deswegen von einem Mann der Sicherheitseskorte fest untergehakt zum Presseladen auf der anderen Seite des Souterrains geleitet wurde. Mindestens zweimal am Tag frequentierte sie die Zeitungsecke im Lesesaal der Public Library, die freilich nicht besser bestückt war als die in Harvard. Und selbst Papierkörbe umrundete sie mit schräg nach unten geneigtem Kopf, wenn sie dort Magazine oder Zeitschriften vermutete.

Eine merkwürdige Unruhe hatte Felice erfasst durch die Ereignisse in der fernen Bundesrepublik, wenngleich Ulrich ihr am Anfang ihrer zwei Monate in New York noch ganz zugewandt blieb, vielleicht weil er noch nicht begonnen hatte, seine polnischen Emigranten aufzusuchen, die in Brooklyn oder an der Lower Eastside wohnten. Als hätte man sie bestohlen durch Brandts Rücktritt, so fühlte sich Felice. Ihr fehlte plötzlich etwas, auf das sie stolz gewesen war seit seinem Kniefall in Warschau, seit dem Beginn der neuen Ostpolitik vielmehr, für die, wie sie wusste, ja nicht zuletzt Leute wie Professor L. eine Art Copyright besaßen. Der Kniefall sei eine Inszenierung gewesen, behauptete Ulrich sofort, als sie ihm von ihren Empfindungen erzählte, das wisse er aus verlässlicher Quelle, und Brandt zu keiner Zeit seines politischen Lebens ein spontan handelndes Individuum, auch wenn man die Ernsthaftigkeit seines quasi für alle Deutschen auf sich genommenen Bußgangs nicht in Zweifel ziehen dürfe. Wie nüchtern ihr Ehemann doch war gegenüber der aktuellen Politik und mit welcher Akribie er ihr die Illusionen zerpflückte! Darüber musste Felice immer wieder staunen. Für ihn schien die Weltgeschichte tatsächlich nur ein kompliziertes, mit den unterschiedlichsten Theorien zu erklärendes System zu sein, dessen jeweils zeitgenössische Ausprägungen er erforschte. Keine Herzensangelegenheit, die mit lebendigen Menschen und deren Bedürfnissen zusammenhing, nichts, woraus man sozusagen fühlend lernen konnte.

So streifte sie weiter durch die Canyons aus Granit mit ihrem kleinen Verlust und wollte nichts wissen von dem viel größeren, der begonnen hatte, sich durch ihr Leben zu pausen. Stellte täglich und aufs Neue fest, dass man sich in der amerikanischen Presse lieber mit dem österreichischen Bundeskanzler Bruno Kreisky und seinem Dauerzwist mit Golda Meir befasste als mit dem westdeutschen, dem die ostdeutschen Kommunisten eine Laus in den Pelz gesetzt hatten. Ärgerte sich darüber, dass das Glas Wasser, das man Golda vor Monaten in der Wiener Hofburg bei ihrem Treffen mit Kreisky nicht reichen wollte, die Kommentatoren immer noch stärker erregte als der akut gefährdete Paradigmenwechsel der deutschen Ostpolitik. Und dass keiner von ihnen – jedenfalls soweit sie es wusste – sein Bedauern darüber ausdrücken wollte, dass mit dem Rücktritt Brandts ein Hoffnungszeichen über der osteuropäischen Wüste erloschen war.

Gut, Kreisky war ein antizionistischer Jude, ein Agnostiker, ein Internationalist, allein diese nach dem Holocaust skandalträchtigen Merkmale sorgten für Publicity. Einige der Meinungsmacher nannten ihn sogar *Jewish Traitor*. Außerdem hatte er die PLO anerkannt und sich diverse Male mit Arafat getroffen. Brandt aber sei es doch gleichfalls gelungen, etwas in Gang zu setzen, das die Amerikaner nicht gleichgültig lassen konnte. Argumentierte Felice, wenn sie Ulrich morgens, beim späten Frühstück im Gramercy Park Hotel, gegenübersaß und der Versuchung widerstand, das grün-schwarz angelaufene silberne Milchkännchen mit ihrer Serviette blank zu polieren. Natürlich kam sie gegen Ulrich nicht an, der ihr mit aufreizender Genauigkeit auseinandersetzte, dass die als Abschreckung wirkenden Automatismen des Kalten Krieges durch eine selbstherrliche Änderung der westdeutschen Politik ins Wanken geraten konnten, die USA genau daran also nicht interessiert seien. Und so blieb sie schließlich allein mit ihrem seltsam abstrakten Schmerz, der sie von ferne an ihre Tränen über John F. Kennedys Ermordung erinnerte, als sie noch ein Mädchen gewesen war. Wahrscheinlich hatte Ulrich auf Kennedys Tod genauso gleichgültig reagiert wie jetzt auf die Spionage-Affäre, nahm sie an, während sie ihn beim Dozieren beobachtete und herauszufinden versuchte, warum bloß er solche Angst vor seinen Studenten hatte. 27 Jahre alt war er 1963 und radelte täglich vom Steinplatz nach Dahlem und zurück, in seiner karierten Knickerbocker-Hose, die noch aus dem Schwarzhandel seiner geschäftstüchtigen großen Brüder stammte. Selbst am Wochenende arbeitete er in der Präsenzbibliothek des Otto-Suhr-Instituts, jener sagenumwobenen, bald aber auch verschrienen Einrichtung, die vier Jahre zuvor aus der Deutschen Hochschule für Politik hervorgegangen war. Nur dort konnte man Politikwissenschaft als eigenständige Disziplin studieren, nur dort systematisch erfahren, was Ideologien und Theorien mit Menschen und Staaten anrichteten, nur dort unterrichteten Remigranten wie Ernst Fraenkel, Ossip Flechtheim oder Richard Löwenthal, die es wagten – nach deren raunend mythischer Erhöhung im Dritten Reich – Politik als demokratisches Handwerk aufzufassen. Vielleicht war Ulrich Professor L. schon aufgefallen in jenen Jahren, und er durfte – neben einem anderen wuschelköpfigen Studenten, der später in Wirtschaft und Politik Karriere machte – für ihn Namen und Jahreszahlen an die Wandtafel schreiben, die russische Revolution, die Sowjetunion oder Maos *Langen Marsch nach Yan'an* betreffend. Ja, so harmlos hatte alles angefangen. Abgesehen davon natürlich, dass dem alten Fuchs, der von seinen Freunden Rix genannt wurde, Ulrichs phänomenale Analysebegabung nicht lange verborgen blieb. Kennedys Behauptung, er sei ein Berliner, hätte Ulrich jedenfalls sofort als Heuchelei entlarvt, da war sich Felice ganz sicher, als Lüge sogar, die ihm ein berechnender Ghostwriter in seine Rede hineingeschrieben hatte, weil er wusste, dass die seit zwei Jahren eingemauerte Stadt nicht nur hin und wieder Streicheleinheiten brauchte, sondern nicht immer nur *Speerspitze der Freiheit* genannt werden wollte.

Dabei befand sich doch auch Ulrich in der jubelnden Menge vor dem Schöneberger Rathaus und blieb von Anfang bis Ende mittendrin in dieser vom Geist des Kalten Kriegs durchwehten Kundgebung, wenngleich aus Studienzwecken und nicht aus Enthusiasmus. Zudem habe er seine Mutter mitschleppen müssen, hatte er Felice bereits ziemlich zu Beginn ihrer Bekanntschaft erzählt, an einem lauen Sommerabend im Tiergarten. Sie wolle den amerikanischen Präsidenten unbedingt leibhaftig gesehen haben, bevor sie an einer ihrer Herzattacken sterbe, erklärte sie ihrem Sohn, da wollte er sich gerade aus der Wohnung schleichen. Wohingegen sie auf Konrad Adenauer, der neben Kennedy auf dem Balkon stand, gut hätte verzichten können, wie sie dann später, von unten nach oben auf die Politiker blickend, verkündete. Denn er sei ein Verräter, der Berlin längst abgeschrieben und es nicht einmal fertiggebracht habe, in die geteilte Stadt zu eilen, als die Kommunisten begannen, die Mauer zu bauen. Wie ein Sioux sieht er aus mit seiner ledernen Haut, habe sie immer wieder ausgerufen. Erzählte Ulrich. Ach, es sei ihm so peinlich gewesen. Der ist doch längst senil. So einer kann doch so einen verantwortungsvollen Posten gar nicht mehr ausfüllen.

Dass Felice täglich mit großen Schritten ihrem Arbeitsplatz in der Public Library zustrebte, hatte etwas mit den Halteseilen zu tun, die sie sich selbst verpassen wollte in dem Meer der Beliebigkeit, in das sie ohne Ulrichs Gegenwart zu stürzen drohte. Wenn sie in der 42nd Street aus der Subway stieg und am Areal des Bryant Park vorbeispurtete, wo die Rauschgiftsüchtigen sich zwar tagsüber nicht blicken ließen, wohl aber ihre Spritzen und Kanülen aus dem Gebüsch heraus auf den Bürgersteig warfen, befand sie sich oft noch im Stimmungstief einer kummervollen Nacht. Schon in der Astor Hall jedoch empfand sie Freude an dem Märchen, das sie für Ulrich, vor allem aber für sich selbst sowie für die freundlichen Bibliotheksangestellten aufführte. Sorgfältig bereitete sie ihre nie angetretene Reise nach Westen vor. Wühlte sich durch Atlanten, stellte mehrere konkurrierende Listen mit Sehenswürdigkeiten zusammen, die sie zu absolvieren hätten, studierte Klima- und Niederschlagstabellen. Auch mit den Hopi-Indianern beschäftigte sie sich, von deren matrilinearen Vererbungstraditionen sie in Berlin in einem Seminar gehört hatte. Nichts sprach dagegen, ihre Reservate aufzusuchen, sie lagen sozusagen auf der Route. Auch ihre künftige Doktorarbeit ließ sie nicht außer Acht, schweifte hierhin und dorthin an die Karteikästen der jeweiligen Fachgebiete und zog die langen Schubladen auf, als wüsste sie genau, wonach sie suchte.

Am späteren Nachmittag allerdings – Ulrich war da längst noch nicht in Sicht – erlaubte sie es sich gelegentlich, am nahen Times Square ins Kino zu gehen, sich Filme anzuschauen wie

The Great Gatsby mit dem wunderbaren Robert Redford, dessen Sommersprossen noch üppig blühten in jenen Jahren, oder *Chinatown* mit Jack Nicholson, der die ganze Zeit über ein Heftpflaster über seiner Nase trug, weil ein Gangster sie ihm gleich zu Anfang aufgeschlitzt hatte. Auch *Godfather Part II* war unter den Filmen, ein Epos von über drei Stunden Länge, aufgeführt in einem ehemaligen Theater, von dessen rot gepolsterten und mit Brandflecken übersäten Sitzen Felice – so weit hinten, wie sie saß – immer wieder leise sich kräuselnde Rauchsäulen in die staubige Luft aufsteigen sah. Al Pacino aus der Schlussszene nahm sie prompt in ihre Alpträume mit, seine aufgerissenen Augen, seinen bebenden Mund, das Gesicht eines am Boden zerstörten Sünders, dessen Selbstverachtung kaum auszuhalten war.

Sie wäre sogar bereit gewesen, sich den Film noch einmal *anzutun*, wie sie es ausdrückte. Zusammen mit Ulrich. Weil ihr die nicht stattgefundenen oder jedenfalls nie offen zutage tretenden Gewissenskonflikte der Hauptfiguren etwas sagten, trotz oder wegen der Kaltblütigkeit, mit der sie sich dann über den Haufen schossen. Vor allem dieses Gefühl künftiger Schuld interessiere sie, versuchte sie ihrem Ehemann begreiflich zu machen, diese nicht zu vertreibende Gewissheit, dass weder Al Pacino alias Michael Corleone noch sonst jemand in der Geschichte Vergebung erhalte.

Was immer man tut, nichts hilft gegen das, was man schon getan hat, sagte sie.

Ulrich schaute sie fassungslos an.

Wie existenzialistisch du plötzlich redest, meinte er. Wie dunkel. Und wohl auch ein bisschen schwülstig. Das kommt davon, wenn man sich einen Film ansieht, der von katholischen Gangstern handelt.

Ulrich war nun öfter mit seinem Aufnahmegerät unterwegs, kämpfte mit dessen Technik und produzierte so häufig *Bandsalat*, dass er es am liebsten in den Hudson geworfen hätte. Wenn er sich nach einem Gespräch erschöpft auf einer Bank niederließ und die darauf konservierten Ergüsse kontrollierte, fragten ihn neugierige Kinder häufig, ob er Journalist oder Spion sei. Was er stets mit Ja beantworte.

Über die Sinnlosigkeit seines eigenen Tuns muss man der Jugend keine Auskünfte erteilen, nicht wahr, Felice? Was haben uns ein paar aus ihrer Volksrepublik vertriebene Polen überhaupt zu sagen? Sie sind nicht wichtig, sie geben mir nur Gelegenheit, mich mit den technischen Tücken eines Tonbands zu beschäftigen.

Dennoch vergaß er bald mit schöner Regelmäßigkeit, sie abends aus der Bibliothek abzuholen, weil ihn seine Interviewpartner immer länger in Beschlag nahmen. Und Felices einsame Nächte begannen, die sich vor allem dadurch auszeichneten, dass sie abwechselnd fror und schwitzte und sich auf diese Weise die Extreme zufügte, zwischen denen sich in jenen Tagen wohl auch Ulrich befand, wie sie im Nachhinein erfuhr. Am Ende ihres Aufenthalts war die Hitze auf ihrem Höhepunkt, die Schwüle kaum mehr zu ertragen. Und die Kirschbäume im Gramercy Park verloren ihren betörenden Duft und warfen in einer einzigen stürmischen Nacht ihre zarten Blüten ab.

Immerhin, einen gemeinsamen Ausflug unternahmen sie, abgesehen von den Opernbesuchen, auf denen Felice bestanden hatte. Am letzten angenehmen Tag Mitte Mai 1974, bei noch frühlingshaften Temperaturen und frischem Wind, fuhren sie zu den Rosenstiels nach Queens hinaus, was eine schier endlose Fahrt mit der Subway bedeutete, unter- und oberhalb der Erde. Nora Rosenstiel, die früher Rosen hieß und sich mit der Heirat einfach nur einen Stiel zugelegt habe, wie sie nicht selten an diesem Nachmittag und ein bisschen zu kokett für ihr Alter ins Gespräch einflocht, war eine Freundin von Ulrichs Mutter gewesen. Und auch Edgar, Noras Mann, den sie erst mit annähernd vierzig auf Ellis Island, in der Schlange direkt vor dem

Tresen bei der Einwanderungsbehörde kennengelernt hatte, war Felice und Ulrich bekannt, weil er mit seiner Frau an einem Programm des Berliner Senats teilgenommen hatte, das ehemalige jüdische Mitbürger wenigstens besuchsweise in die Stadt zurückbringen sollte. Nora zeigte bei dieser Gelegenheit nicht nur ihm sowie Ulrich und Felice den Busch in ihrem Garten in der Bettina-Straße, hinter dem sie sich vor der Gestapo verborgen hatte, sondern auch einigen Sozialpädagogen, die darüber befanden, wer von den Emigranten sich künftighin eignen könnte, Schülern und Studenten ihre Geschichte zu erzählen. Nora aber hatte nicht dazugehört und keine weitere Einladung erhalten. Vielleicht war sie ein bisschen zu schnodderig und zu wenig dramatisch gewesen. Dabei konnte man sie wahrhaftig nicht so beschreiben. Mit Edgar lieferte sie sich nicht nur heiße Debatten über die Palästinenserpolitik der Israelis und Kissingers in ihren Augen völlig sinnlose *shuttle diplomacy*, sondern auch über die Zubereitung der deutschen und österreichischen Gerichte, welche die beiden in ihrer kleinen Catering-Firma nach überlieferten Rezepten kochten und buken. Und ihre Gäste aus Deutschland hatte Nora vor ihrem Reihenhaus in Queens so überschwänglich begrüßt und verabschiedet, dass ihr fast die Perücke vom Kopf geflogen war.

Nein, Nora sei nicht religiös und die platinblonde Perücke nur ein dummer Modefimmel, klärte Ulrich Felice später auf. Da saßen sie in der oben offenen Kabine einer abgewrackten hölzernen Achterbahn am Brighton Beach auf Coney Island. Wenn sie leicht ihre Köpfe drehten, konnten sie – wie gegen den rosa gefärbten Abendhimmel gezeichnet – den *Parachute Jump* erkennen, diesen merkwürdigen, von der vergangenen Jahrmarktsherrlichkeit übriggebliebenen Turm für Fallschirmspringer, dessen Silhouette ihnen im Schattenriss wie die Darstellung einer gerade aufspringenden riesigen Blüte erschien. Ulrich hatte zu Felices Freude an diesem Abend keinen Termin mehr in seinem Notizbuch stehen. Er schaute auch kein einziges Mal auf die Uhr. Seine Blicke wirkten weniger glasig und abgeschottet als in den vergangenen Wochen. Sogar zu Scherzen ließ er sich herbei. Während er selbstvergessen mit ihren Fingern spielte und offensichtlich auch nichts dagegen hatte, dass ihr Kopf an seiner Schulter lag, fragte er sie: Wo ist bloß dein Ehering geblieben, Felice? Durch welchen der New Yorker Gullys hast du ihn fallen lassen? Ach, diese Gullys, sind sie nicht wunderschön? Wie herrlich sie bei Regen dampfen! Als entwichen aus der Unterwelt Geister.

Es war einer der seltenen Abende, an denen Felice keine Angst hatte, etwas Falsches zu sagen. Sie schaute aufs Meer hinaus, entdeckte kein Schiff, nur gelbe Seetangschlieren und unbeholfen schaukelnde, ihr harmlos erscheinende Möwen, weshalb sie leichthin meinte: Apropos Schönheit. Was für eine Erleichterung, dass Nora und Edgar keine Nummern auf ihren Unterarmen tragen! Findest du nicht? Als müsste man dadurch ein weniger schlechtes Gewissen haben.

Und: Meinst du, dass auch Professor L. religiöse Gefühle hegt?

Oder: Woran hast du gemerkt, dass dein Doktorvater jüdisch ist? Außer an seinem Namen? Und an der Tatsache, dass er *zurückgekehrt ist*?

Warum sie sich spontan entschlossen, bis zur Stillwell Avenue weiterzufahren und nicht vorher an einer geeigneten Station in eine Bahn nach Manhattan umstiegen, ließ sich in Felices Erinnerung nicht mehr aufklären. Es war nicht ungefährlich damals, mit der Subway unterwegs zu sein, es ähnelte einer Mutprobe. In den verwahrlosten Bahnhöfen kam es immer wieder zu Überfällen, nicht selten stolperte man auf den schlecht ausgeleuchteten, vom feuchten Schmutz glitschig gewordenen Bahnsteigen über die Beine der Obdachlosen, die mit Sack und Pack und ihren Hunden dort lagerten. Über Essensreste und leere Flaschen. Es gab Schießereien, Morde. Das Innere der mit

Graffiti besprühten Wägen war voller Müll. Türen und Fenster schlossen nicht richtig, es roch nach Fäkalien und Schimmelpilz, niemand fühlte sich für das von vielen New Yorkern längst boykottierte Transportsystem zuständig. Bis Keith Haring mit seinen *Radiant Babies* und seinen anderen strahlenden Figuren aus dem Untergrund-Elend ein ästhetisches Fest machte, würde es noch Jahre dauern. Außerdem ging es auf den Abend zu, tagsüber waren die Temperaturen angestiegen, die große Hitze hockte schon in den Startlöchern, draußen, auf dem Meer, lauerte eine graue Dunstglocke, die am nächsten Morgen über Manhattan liegen würde. Dann wäre es endgültig vorbei mit der klaren Luft.

Manchmal aber taten Felice und Ulrich sich freiwillig etwas Melancholisches an, etwas Schmerzliches sogar, damit sie aus ihrer Gleichgültigkeit herausfanden. Nicht nur, weil die Stillwell Avenue Endstation war und Endstationen in ihren Augen immer etwas Verführerisches besaßen, stiegen sie also aus, sondern weil Nora so angelegentlich und geradezu wehmütig über ihre Zeit am Brighton Beach erzählt hatte. Nicht weniger bewegt seltsamerweise als von ihrem Elternhaus im Grunewald, in dem die Gestapo damals, als sie sich hinter dem Busch versteckte, bereits begonnen hatte, den Schreibtisch ihres Vaters zu durchwühlen. Oder überhaupt von Berlin, der Stadt, wo immer noch ihr Koffer stehe, da sie sich weigere, ihn endgültig in die Staaten zu verschiffen. Ja, wie Marlene Dietrich, ganz genau, sagte sie trotzig und unterhielt sich mit Ulrich über deren Filme, ein paar Minuten lang wenigstens und über Felices und Edgars Köpfe hinweg. Es sei so schade, dass ihr Mann laszive Frauen nicht ausstehen könne. Wo sich die Dame doch partout nicht habe einkaufen lassen von den Nazis und außerdem für die amerikanischen Truppen so herrlich gesteppt und gesungen habe.

Anfänglich sei es jedenfalls unglaublich gemütlich gewesen in der vorwiegend von jüdischen Emigranten bewohnten Siedlung, wo sie von ihrem Balkon im vierten Stock aufs Meer schauen konnten. Kibbuzähnliche Zustände hätten geherrscht geradezu, in denen man sich nicht nur Butter und Eier und Mehl, sondern sogar Männer und Frauen auslieh bisweilen, wie Edgar – des Deutschen nicht mehr ganz mächtig – in bedächtigen Sätzen erzählte, solange wenigstens, wie die Besitzer ihre Häuser nicht verfallen und keine Leute einziehen ließen, mit denen man – in jeder Beziehung – nicht mehr die gleiche Sprache teilte. Erst Mitte der Sechziger, als der Ruin schon weit fortgeschritten war, gelang es Nora und ihm, nach Queens, in die *Sunnyside Gardens*-Siedlung, zu ziehen, wofür sie sich jahrelang beworben und – da dieses an europäischen Maßstäben orientierte Wohnprojekt anscheinend Wert darauf legte – für Edgar sogar eine halbwegs glaubhafte kommunistische Vergangenheit erfunden hatten. (Als sie die Zusage erhielten, habe Nora sich aufgeführt, als hätte Eleonor Roosevelt sie ihnen persönlich erteilt, erzählte Edgar.) Ja, und dort machten sie sich dann selbständig mit ihrem Catering und pflanzten Gemüse und Obst an auf ihrem mit anderen Leuten zu teilenden kleinen Gartenstück. Die Kochplatte, mit der sie noch auf Coney Island begonnen hatten, wich einem soliden Gasherd. Und mit dessen Hilfe bereiteten sie bald die raffiniertesten mitteleuropäischen Gerichte zu.

Eigentlich habe Nora eine Usambaraveilchen-Zucht beginnen wollen, plauderte Edgar dann beim Kaffeetrinken aus. Da er gerade einen Apfelstrudel mit Puderzucker bestäubte, musste er husten. Irgendwo in einem der Krimis von Agatha Christie sei seine liebe *meschuggene* Frau auf den Ausspruch gestoßen, dass Usambaraveilchen extrem dankbar seien. *Dankbar!* Man stelle sich vor: dankbar! Er, Edgar, ihr klar blickender Ehemann, habe sich jedoch Gott sei Dank durchsetzen können. Menschen brauchten keine Blumen. Wohingegen sie zweifelsfrei essen müssten – und durch seine und Noras Dienste sogar die Möglichkeit erhielten, sich von ihrem Heimweh zu kurieren.

Mit Sachen, die sie noch von zu Hause kannten. Linzer Torte, Topfenstrudel, Krautwickel, Schlesisches Himmelreich, Leipziger Allerlei, Königsberger Klopse, Tafelspitz ...

Ihr könnt euch nicht vorstellen, wie schwierig es war, in New York so etwas wie Quark zu finden, rief er und wischte sich seine Hände an einer karierten Schürze ab, die so verschlissen war, dass sie vielleicht noch aus Europa stammte. Den gibt es in ganz Amerika nicht. Und so haben wir es mit Cottage Cheese versucht. Woraus sich am Ende eine völlig neue Mehlspeis' entwickelte.

Vielleicht hatten es die beiden Emigranten übertrieben mit der Schilderung der damaligen Solidarität und dem dann einsetzenden Verfall sowie der Beschreibung der malerisch bröckelnden Schönheit des Jahrmarkts, der gleich vor ihrer Haustür gelegen hatte. Den Ringelspielen, den Reitschulen, den *children's merry-go-rounds*. Den so vielgestaltigen Fahrgeschäften. Den Schieß- und Wurfbuden. Da, wo Ulrich und Felice jetzt saßen, wucherte Unkraut um die rostigen Stahlträger der ehemaligen Achterbahn, das Gerippe einer Schiffschaukel – nicht weit von ihnen entfernt –, ließ nicht einmal die Andeutung jener Fliehkraft erkennen, mit der man damals in den Himmel hatte fliegen können. Ein halbes Riesenrad, geborstene Holzpferde, Eisenroste, riesige Bottiche, in denen vielleicht einmal Zuckerwatte gesponnen worden war, im Hintergrund die Reihen der leeren Häuser, neben ihnen ein blaues Sofa mit einem aufgequollenen Kissen. Alles verrottete einsam und in großem Abstand voneinander im Sand und bot nicht im Entferntesten die kindliche Landschaft, mit der Ulrich und Felice gerechnet haben mochten.

Gut, an der Ecke Stillwell Avenue, direkt an der Stelle, wo sie aus der U-Bahn-Station herausgekommen waren, existierte noch ein Wagen, wo man Plüschtiere kaufen konnte, Bären, Löwen, schwarz-weiße Snoopys und mittendrin einen einzigen angeschmutzten Charlie Brown. Die darin sitzende graugesichtige Frau gönnte ihnen jedoch keinen Blick. Und in dem Laden mit dem blauweißen Schild *Your handwriting is the key of your character* befand sich kein Mensch, stellte Ulrich fest, als er vorsichtig die knarrende Eingangstür öffnete. Dabei habe er wirklich Lust gehabt, endlich einmal seine in den Kinderschuhen steckengebliebene Handschrift von einem Experten untersuchen zu lassen, wie er Felice gegenüber bekannte. Auch die wenigen schwarzen Jugendlichen, die sich in der Garage direkt nebenan schweigend und ganz ohne *ghettoblaster* an einem hellblauen Straßenkreuzer zu schaffen machten, wirkten seltsam leblos. Bevor sie ihre Köpfe heben konnten, zog Felice Ulrich schnell weiter.

Später, in Berlin, in Ansätzen aber auch schon nach der Rückkehr nach Somerville, wenn sie in ihrem Erker saß und abwartete, bis der Makler oder auch Hope zu schreien aufgehört hatte, dachte Felice, dass Ulrich Abschied von ihr nehmen wollte, damals, auf Coney Island. Als er sie am Arm packte und mit ihr von einer plötzlich endenden Straße aus Anlauf nahm und über eine schadhafte Betonrampe direkt aufs Meer zurannte, als er sie mit Sand bewarf, vergeblich versuchte, ein marodes Kettenkarussell in Schwung zu bringen, das ihnen im Weg stand. Vielleicht plante er für ein paar Sekunden sogar Schlimmeres, kam ihr Jahre danach in den Sinn, vielleicht hatte er sich einen riesigen brausenden Ozean vorgestellt und nicht so dünne Wellen mit ganz wenig Schaum, an denen sie friedlich und resigniert entlangliefen, Hand in Hand, mit nackten Füßen, die Schuhe rechts und links weit von sich gestreckt. Ulrich war sofort seine Lufthansatasche vom Arm gerutscht und ins Wasser gefallen, das nahm er nicht tragisch. Nun tropfte sie vor Nässe. Er würde Sand ins Gramercy mitnehmen heute Abend und im Bett verstreuen, wenn er in seinen feuchten Papieren blätterte. Dachte Felice. Und trotzdem rannte er vor der mickrigen Brandung immer wieder davon, in simuliertem Schrecken. Vielleicht hätte er auch gerne mit den roten und gelben Förmchen gespielt, welche die Kinder von einst hier verstreut hatten. Mit den Seesternen, Halbmonden und Napfkuchen aus Plastik, die in der sanft einfallenden Dämmerung zu leuchten begannen.

Als er einmal schnaufend stehen blieb, wollte er wissen:

Ob ich schwimmen kann? Was meinst du?

Was meinst *du* denn?

Ich hab es nie probiert.

Würdest du es denn probieren?

Ich weiß nicht. Es kommt darauf an, von wo aus. Und ob damit ein Sturz verbunden wäre. Oder nur das Gleiten in pipiwarmes Wasser ...

Wie kam es, dass Nora und deine Mutter Freundinnen wurden, fragte Felice ihren Mann, der nicht schwimmen konnte, und fügte, bevor ihr Mut sie wieder verließ, schnell hinzu: Auch warum du mich geheiratet hast, musst du mir endlich einmal sagen. Wann ist dir zum ersten Mal die Idee gekommen?

Auf dem Weg zur Achterbahn befanden sie sich da. Auf der Kante des viel zu nassen Sofas hatten sie sich nur für ein paar Sekunden niederlassen können. Obwohl es romantisch gewesen wäre, sie beide auf einem blauen Sofa am Meer. Und zwischen sich ein Kissen, worauf jemand vor langer Zeit mit Kreuzstichen *Home Sweet Home* gestickt hatte.

Auf diese Frage sollte man nicht eingehen, wenn man sie nicht in einem kurzen, banalen Satz beantworten kann, entgegnete Ulrich wie aus der Pistole geschossen. Auch klang seine Stimme ein bisschen scharf, wie Felice fand. An eine solche Entscheidung ist doch dein ganzes Leben geknüpft, meinst du nicht auch? Alles, was vorher war. Was dir fehlte, was du brauchst. Deine Eltern, deine Großeltern, deine Kindheit, Krieg und Frieden. Ob du deine Mutter geliebt oder gehasst hast. Ob du bei ihr im Bett gelegen bist. In ihrem Arm, an ihrer Brust. Oder in den Betten der Brüder, der großen, der mittleren. Wie viele Versehrte dir begegnet sind. Männer, die auf den Stümpfen ihrer Beine rutschten. In wie viele schwarze Kellerlöcher du gesprungen bist in den Ruinen Berlins. Einmal habe ich mir das Handgelenk gebrochen, und meine Mutter hat es mir mit Holzscheiten geschient, weil wir kein Geld für den Arzt hatten. In Löcher zu springen, ist gefährlich, musst du wissen. Man weiß nie, was passiert. Und so ist es auch mit dem Heiraten.

Ja, warum heiratet man jemanden? Das fragte Felice sich auch. Flüchtig dachte sie an Ulrichs Therapeuten, diesen Psychoanalytiker, über den er nicht sprechen durfte und über dessen Name und Adresse er sich ausschwieg. Hatte er denn dort nicht alles loswerden können? War es nicht so, dass man nach ein paar Sitzungen fast schon kuriert war? Immerhin spielte ihr Ulrich die Frage nicht zurück. Und die anderen Fragen, die sie so mutig gestellt hatte, würde er ihr vielleicht ja noch beantworten, später am Abend. Auf ihren neckischen Ton ging er nicht ein, obgleich er den Arm um sie gelegt hatte, als sie endlich in der geborstenen Kabine saßen, und ihr bisweilen mit dem Zeigefinger über Stirn und Nase strich. Das tat er gern, wie Felice schon gemerkt hatte, an ihr entlangzustreichen mit ausgestrecktem Finger, das schuf Distanz, mindestens acht oder neun Zentimeter. Aber er war bereit, ihr von seiner Mutter und Nora zu erzählen, zwei kleinen Mädchen, die sich über ihre Väter kennengelernt hatten, von denen der eine, ein Bankier, im Grunewald eine Villa besaß, und der andere, ein Koch, im dortigen Speisezimmer die eindrucksvollsten Bankette ausrichtete. Hin und wieder wenigstens, denn er war ein *freier* Koch, wie man in Ulrichs Familie immer wieder betonte, einer, der auch in anderen renommierten Häusern arbeitete, was zwar kaum vorkam zu Anfang des 20. Jahrhunderts, sich in seinem Fall aber damit erklären ließ, dass er zur See gefahren war und sich danach jeder festen Anstellung verweigerte.

Immer wenn er nach einem Jahr an Land kam und für ein paar Wochen blieb, berichtete Ulrich, habe sein Großvater seiner Frau ein Kind gemacht, bei seiner Rückkehr seien sie aber alle verstorben gewesen. Nur Klara blieb übrig. Klara, seine Mutter. Und Klara habe eben überallhin mitgedurft, wo ihr Vater kochte, nachdem er sesshaft geworden war und sich für seine wechselnden Dienstherren die herrlichsten Speisefolgen ausdachte. Wobei Nora und sie sich zunächst nur gelegentlich sahen und sich aufs Schaukeln beschränkten, im Garten, wenn es Sommer war, immer solange, wie man das Menü plante. Als dann aber die große Kocherei losging, bestanden die Mädchen darauf, ihren Puppen gleichfalls ein Mahl zuzubereiten, in alten Töpfen mit abgerissenen Zweiglein und zerdrückten Rosenblättern. Einmal hatten sie es auch mit einer Tollkirschensuppe versucht, was Klaras Papa, der zufällig vorbeikam, jedoch rechtzeitig bemerkte. Und als es dann Herbst und Winter wurde, versteckten sie sich hinter den Schiebeleitern in der Bibliothek, schmökerten in Anatomie- und Eheberatungsbüchern oder trieben das Küchenpersonal zur Weißglut. Es kam sogar vor, dass Klara bei Nora übernachten durfte und Nora dann bei Klara, ein Umstand, der beiden tiefe Einblicke in ihre so unterschiedlichen Lebensverhältnisse bot.

Kurios sei das Aussehen der lieben Kleinen gewesen, sagte Ulrich, während er mit einem Stückchen Schwemmholz Felices Rücken kratzte. Von seinem vorhin so sonderbar ins Grundsätzliche gehenden Gefühlsausbruch war nichts mehr zu spüren. Wie ein leibhaftiges Klischee hätten die beiden gewirkt, so, als seien sie in die falsche Familie hineingeboren. Nora mit ihren rötlichen Haaren und Myriaden von Sommersprossen ähnelte Klaras drahtigem, rotgesichtigem Vater, während Klara mit ihren schwarzen Locken und schwarzen Samtaugen so jüdisch anmutete wie keiner in Noras Clan. Ein rotes und ein schwarzes Köpfchen, von oben betrachtet, so sahen sie aus, wenn sie zwischen den Johannisbeersträuchern hockten und Schnick-Schnack-Schnuck spielten. Weswegen sie manchmal Kuckuckskinder genannt wurden vom Personal, aber auch von ihren jeweiligen Eltern. Ob sie selbst gewusst hatten, was damit gemeint war, bezweifle er. Sagte Ulrich. Das vermeintlich Typische an ihnen, das irgendwie Wechselseitig-Reziproke, das habe sich mit den Jahren verflüchtigt.

Sowieso habe sich alles irgendwann *ausgedünnt*, wie er das Schwinden der Mädchenfreundschaft nannte. Spätestens als Nora das Lyzeum besuchte, Abitur machte und sogar ein Chemie-Studium in Erwägung zog, sich jedenfalls weigerte, einen der Männer zu ehelichen, die ihre Eltern ihr alle paar Monate vorstellten. Und Klara wiederum heiratete mit kaum zwanzig und bald allein dasaß mit ihren rasch nacheinander geborenen sechs Knaben, weil ihr Mann, ein Büroangestellter, der in seiner Freizeit nichts anderes tat als Bücher über Astrologie zu lesen, ganz plötzlich verstarb. Nachts im Bett, direkt neben seiner Frau. Einen mit keinerlei Geräuschen verbundenen und durch keinerlei Symptome angekündigten Tod.

Ich war da schon in ihrem Bauch, sagte Ulrich und grub alle seine Zehen in den allmählich kalt werdenden Sand. Vielleicht habe ich es ja gespürt, als er ging. Als er sich von uns verabschiedete sozusagen. Womöglich habe ich mich ein bisschen zusammengekrümmt. Oder heftiger am Daumen gelutscht. Meine Mutter aber hat erst am nächsten Morgen gemerkt, dass sie neben einem Toten lag.

Fest steht, dass die verwöhnte, weltfremde Nora ohne den praktischen Edgar hier in Amerika nicht überlebt hätte, fuhr er fort. Wer ihr vorher das Leben gerettet hatte? Keine Ahnung. Meine Mutter war es jedenfalls nicht. Als die Rassengesetze schon in Kraft waren, traf sie sich zwar noch einige Male heimlich mit ihr, im Strandbad Wannsee, an der großen Kaskade am Lietzensee, einmal auch im Olympiastadion während der Spiele, wie sie mir viele Jahre später erzählte, kurz bevor Nora die Flucht gelang. Das aber blieb ihr ganzer Mut. Erst nach dem Krieg haben sie wieder etwas voneinander gehört. Nora machte Klara ausfindig, sie wohnte ja immer noch im gleichen Haus, sie hatte Glück gehabt, rund um den Steinplatz waren noch ein paar Häuser stehen geblieben. Und Nora schickte ihr auch Pakete, sobald es wieder möglich war. Wobei Klara geflissentlich verschwieg, wie erfolgreich sich ihre ältesten Söhne inzwischen auf dem Schwarzmarkt betätigten, wie blendend sich die beiden mit den Alliierten verstanden. Dass sie nicht nur Kleidungsstücke aus der britischen Armee verhökerten, Holzkohlebriketts oder ausgeweidete Volksempfänger, sondern auch Lebensmittel. Ja, dass es an einem Abend Kaviar gab bei ihnen zu Hause und am anderen Corned Beef oder Pumpernickel aus der Dose.

Keine von beiden hat je eine richtige Mahlzeit auf den Tisch gebracht, glaube mir. Sie blieben immer auf dem Niveau der ausgequetschten Rosenblätter. Dass Nora inzwischen mit Leidenschaft kocht, kommt mir wie ein Witz vor. Sie kann es nicht, sie tut nur so, für sie sind die von Edgar so liebevoll notierten Rezepte nichts als chemische Formeln. Sie war einmal der kritische Geist ihrer Familie, sie schwärmte für Clara Immerwahr, die Ehefrau des Giftgasentwicklers Fritz Haber, wie sie mir beichtete, bei ihrem ersten Berlin-Besuch, beim offiziellen Rundgang durch Dahlem und Grunewald. Damals zwang sie mich auch dazu, noch einmal zum Fritz-Haber-Institut zurückzukehren, wo sich die erste promovierte Chemikerin Deutschlands nahebei, auf der Wiese vor der Dienstvilla ihres Mannes, erschossen hatte. 1915. Da war Nora gerade fünf Jahre alt. Nun ließ sie es sich nicht nehmen, dort ein paar Minuten zu meditieren, was ich ziemlich exzentrisch fand, ehrlich gesagt, und auch ein bisschen lächerlich. Aber dass sie ihre Freundschaft mit Klara so metaphysisch auflädt, passt dazu. Clara mit C, Klara mit K. Noch heute redet Nora von den magischen, ja den erleuchteten Tagen ihrer Kindheit. Und wie unveräußerlich die Tochter des Kochs dazugehörte. Meine Mutter dagegen ist zu dumm, um dies zu begreifen. Oder vielleicht auch zu hartherzig.

Als Felice und Ulrich zur Subway zurückgingen, geradezu euphorisiert von der positiven Melancholie, die sie am Brighton

Beach, in der Achterbahn-Kabine, erfasst hatte, stand der Straßenkreuzer *vor* der Garage. Man sah erst jetzt, dass ihm ein Kotflügel fehlte. Die Jugendlichen tanzten um ihn herum, abwechselnd setzte sich einer von ihnen ans Steuer und ließ den Motor aufheulen, die Kleinsten mussten sich strecken, um das Gaspedal zu erreichen. Die Besitzerin der Plüschtiere hatte ihren Wagen verrammelt, die Tür des grafologischen Ladens ließ sich nicht mehr öffnen. Wer da wohl abgeschlossen hat?, fragte Ulrich. Hab ich geträumt vorhin?

In der Stillwell Avenue war es so düster, dass sie Mühe hatten, den verrotteten Bahnhof wiederzufinden. Zum Glück kam schnell eine Bahn. Hand in Hand stiegen sie ein und ließen sich in dem beängstigend in den Gleisen schlingernden Zug durch die Nacht befördern, passierten leere Bahnhöfe, hielten sich an den Halteschlaufen fest, wagten nicht, sich hinzusetzen. Lächelten verzagt, zwinkerten sich den Sand aus den Augen. Verstärkten den Druck ihrer Hände, wenn wieder einmal das Licht ausging. Riefen sich über das Rattern und Scheppern hinweg irgendetwas Aufmunterndes zu, das sie nicht verstanden. Stiegen an der nächsten Station aus und um, mussten lange Gänge entlanglaufen, viele Treppen hinauf- und hinabgehen, bis sie die Linie nach Manhattan fanden. Und sprangen im letzten Augenblick auf den Perron zurück, als sie feststellten, dass sie doch die falsche Bahn erwischt hätten. Wie ausgestorben kamen ihnen New Yorks unterirdische Wege plötzlich vor. Womöglich war ja ein Krieg ausgebrochen mittlerweile. Eine Revolution. Oder eine Katastrophe geschehen, deren Beginn sie verpasst hatten. Niemand mehr wollte von Ort zu Ort, selbst die Obdachlosen waren verschwunden. Während jedoch Felice gern hysterisch geworden wäre – vielleicht wie die extravagante Heldin in Truffauts *Amerikanischer Nacht* –, blieb Ulrich unverwandt fröhlich. Das, was man aufgeräumt nennt. Er schien sich wohlzufühlen unter der Erde. Er pfiff sogar, summte und alberte herum. Und als sie am Times Square endlich wieder an die Oberfläche gelangt waren, ja regelrecht ins Leben zurückkehrten, fragte er nur: Wie vielen Menschen sind wir wohl begegnet auf dieser Fahrt durch den Hades? Drei, vier oder fünf? In dieser Millionenstadt! Wenn wir Nora das nächste Mal besuchen, werden wir uns ein Taxi nehmen, schwörs mir, Felice. Schau, wie die Lichter glitzern. Was für ein Glück!

Immerhin kamen sie gerade rechtzeitig, um auf der NCS-Leuchtschrift zu lesen, dass an diesem 16. Mai 1974 in *West Germany* Helmut Schmidt zum Bundeskanzler gewählt worden war. Mit so und so vielen Stimmen. Was Ulrich mit *Sic transit gloria mundi* kommentierte, weil er wusste, dass Felice noch immer um Willy Brandt trauerte und selbst in Zeiten, als sie in die Fänge des linksradikalen, alles Sozialdemokratische verachtenden Studenten mit den knarzenden Schaftstiefeln geraten war, nie auf die Idee gekommen wäre, Willy die Sympathie aufzukündigen. Und obwohl sie hundemüde waren und ihre Füße schmerzten, nahmen sie nicht etwa den Bus zurück ins Hotel, sondern gingen die 6th Avenue hinunter, immer geradeaus. Machten Rast am Flatiron, lehnten sich dort an die vom Tag noch warmen Häuserwände, liefen auf den Platz hinaus und ließen sich mit ausgebreiteten Armen den Wind durch die Kleider wehen. Der war stärker als am Meer. Und Ulrich zum letzen Mal er selbst an diesem Abend. Annähernd. Irgendwie. Soweit Felice ihn überhaupt kannte.

Nachdem sie an der Hotelbar etliche Gläser eiskaltes Seven Up hinuntergestürzt hatten, schafften sie es sogar, dem Portier des Gramercy den Schlüssel zum Park abzuschwatzen, was ihnen nach der bedrohlichen Tour im Bauch von New York als eine weitere Heldentat erschien. Nicht nur das Hotel, auch seine Uniform war schäbig, und an seinem Hemd stellten sich die Kragenecken auf. Ob er ihnen die Laternen anmachen solle, rief ihnen der Mann freundlich nach. Da aber hatten sie die Straße fast schon überquert – den Damm, wie man in Berlin gesagt hätte – und wollten nicht mehr darauf reagieren.

Tatsächlich sahen sie auch so genug, sie setzten sich ja an den Rand, nachdem Ulrich wieder hinter ihnen zugesperrt hatte, direkt vor die Buchsbaumhecke, wo die 21st Street hinter ihnen vorbeilief und sie hin und wieder von den Scheinwerfern eines Autos gestreift wurden und sie Menschen miteinander plaudern hörten. Die Kirschbäume rings um sie her rauschten über den Lärm der Stadt hinweg, wenn man sich konzentrierte jedenfalls. Hin und wieder ließen sie ein paar Blütenblätter fallen. Es roch faulig und dann wieder frühlingshaft süß. Eine Fledermaus flog gelegentlich vorbei, ohne sie zu berühren. Und Ulrich krächzte, wie es häufig geschah, wenn ihn etwas bewegte und er gegen eine innere Barriere ankämpfen musste.

Ich muss dir etwas sagen, mein Schiffsjunge. Den ganzen Abend wollte ich das schon. Vielleicht gelingt es mir jetzt.

Natürlich gelang es ihm nicht, Felice war das von vornherein klar. Er redete über alles Mögliche, nur nicht *davon*. Von Noras fehlenden Kochkünsten also. (Warum ihn etwas in seinen Augen doch gar nicht Existierendes so empörte, fand sie nie heraus.) Von Maciej Berlin, der einen Nervenzusammenbruch erlitten habe, weil er ausgerechnet im Harvard Yard seinem ehemaligen Peiniger, einem polnischen Geheimdienstler, begegnet sei. Schreiend sei er vor ihm davongelaufen in seinem grünen Lodencape, das er bekanntlich auch im Sommer trage. Und nun wolle er die Universität verlassen, bevor ihm so etwas wieder passiere.

Der arme Maciej! Er sei Tagesgespräch derzeit, habe Bjarne gesagt gestern am Telefon. Erzählte Ulrich. Die Institutsleitung habe ihn gebeten zu bleiben. Er solle nun einigen Wissenschaftlern als Übersetzer zur Seite gestellt werden.

Und auch von seiner Sehnsucht sprach Ulrich, von seiner Sehnsucht, wieder einmal in den *Josephs*-Romanen zu lesen. Sie quäle ihn regelrecht und mache ihm das Ausmaß seiner derzeitigen Entfremdung bewusst, diese innere Wüste, die sich aus der manischen Konzentration auf die Auslegung von Fakten entwickelt habe. Aus der Interpretation der nicht enden wollenden Verlautbarungen kommunistischer Idioten, deren krude Details ihm keinerlei Ironie gestatteten, selbst wenn er noch so sehr dafür gelobt werde. Dieses elende, vom Kalten Krieg diktierte Handwerk der Exegese. Viel lieber als in die Parteitagsbeschlüsse der polnischen KP wolle er sich in seine Lieblingsepisoden versenken. Als Jaakob Rahel zum ersten Mal sah, diese *Hübsche und Schöne*, mit ihrer Schafherde im aufgewirbelten Staub. Als Jaakob die Nacht mit der blödgesichtigen Lea verbrachte und sie für Rahel nahm. Im wahrsten Sinne des Wortes. Am allermeisten jedoch lechze ich danach, dir, Felice, uns vielmehr oder auch nur mir selbst, Josephs eigens für Mont-kaw erfundene Gute-Nacht-Geschichten vorzulesen, jene Segenswünsche, die er dem an Nierenschmerzen und schlechten Träumen leidenden Hausverwalter Potiphars allabendlich ins Ohr sprach. In unendlichen Variationen, so neu immer wieder und so herzzerreißend, dass man darüber weinen möchte.

Und Ulrich zitierte, sicher wie eh und je, flüssiger sogar noch seit den Tagen ihres ersten Berliner Frühlings: *Auf tut sich die Kerkergrube deiner Belästigung. Du wanderst hinaus und schlenderst heil und ledig dahin die Pfade des Trostes, die tiefer ins Tröstliche dich führen mit jedem Schritt.*

Eine Sekunde lang dachte Felice, er wolle sie küssen. Aber er bückte sich nur, kramte nach seinen Zigaretten, holte eine Flasche *Gordon Dry Gin* aus der Lufthansatasche, entfernte den Verschluss und hielt sie Felice hin.

Ich hasse es, aus der Flasche zu trinken. Aber der Barkeeper wollte mir keine Gläser mitgeben. Möchtest du einen Schluck?

Felice nahm ihm die Flasche aus der Hand und ließ sich den Gin, dessen Wacholdergeschmack sie mehr als alles andere verabscheute, durch die Kehle rinnen.

Apropos Mont-kaw. Letzte Nacht hast du wieder geschrien. Und gegen Morgen auch geschluchzt. Ich habe versucht, dich aufzuwecken. Aber es ging nicht. Du wolltest den Ort, wo du dich befandest, nicht verlassen. Du hast mich abgeschüttelt. Ziemlich aggressiv sogar.

Ich saß im Luftschutzkeller, im Kinderbett, weißt du, und hab durch die Gitterstäbe geguckt, antwortete Ulrich. Außerdem war mir auch im Schlaf bewusst, dass wir heute Nora besuchen würden. Nora regt mich immer auf, Nora stößt mich in meine Kindheit zurück, keine Ahnung warum, vielleicht weil sie meine Mutter kannte, als sie ein kleines Mädchen war. Vielleicht weil sie aus Deutschland vertrieben wurde und meine Mutter sich so wenig davon beeindrucken ließ.

Das Schlimmste jedoch ist, dass ich glaube, meiner Ironie verlustig zu gehen, sagte Ulrich und schaute so angestrengt in die Dunkelheit hinaus, als wollte er etwas Bestimmtes fixieren. Kannst du dir so etwas Dummes vorstellen? Dabei habe ich mich schon so früh darin geübt, dass ich glaubte, sie für immer zu besitzen. Durch strengste Beobachtung meiner selbst und anderer. Durch die Haltung, alles mit fremden Augen zu sehen, als ginge mich wirklich nichts etwas an. Meine Mutter zum Beispiel, die sich für den Luftschutzkeller und mitten im größten Elend Rote-Bete-Saft auf die Wangen strich, damit sie nicht so blass aussah, hätte ich ohne diese Attitüde verachten müssen. Für ihren letzten Blick in den Spiegel, bevor wir die Wohnung verließen. Auch meine fünf Brüder, wenn sie sie umringten und immerfort streicheln wollten. Weil ich doch wusste, dass *ich* es war, den sie am meisten liebte, mich, den Kleinsten mit den schönsten Locken und den am schönsten geformten Ohren, mich, der dabei war, als ihr der Mann wegstarb. Mich, den sie aus Ostpreußen nach Hause zurückbrachte, während sie in Kauf nahm, ihre anderen Söhne niemals wiederzusehen. Vielleicht aber auch, dass die alliierten Bomben uns beide töten würden.

Sie gab mir Anschauungsunterricht, ohne dass ich auf ihre Liebe verzichten musste. Erst einmal wenigstens. Wir waren ja ein Gespann nach unserer Rückkehr, sie ging nie ohne mich aus dem Haus, immer hatte sie Angst, dass die Flieger kamen, sie hungerte für mich, tat alles, um noch ein paar Lebensmittelmarken mehr zu ergattern, stellte sich auf der Straße vor brodelnden Suppentöpfen an, nur damit ich ein Näpfchen mehr abbekam. Einmal ließ sie mich – bis mir schlecht wurde – Zucker aus ihrer Hand schlecken, den sie portionsweise aus einer braunen Tüte rieseln ließ, weiß der Himmel, woher sie den hatte. Mit einer Engelsgeduld zog sie mir meine sämtlichen Klamotten übereinander an, abends, bevor sie mich ins Bett brachte. Und griff sich – sobald die ersten Meldungen im Radio kamen und die Sirenen zu heulen begannen – ganz ohne zu jammern den kleinen Koffer, in dem sich unsere Dokumente und ihr silbernes Kommunionsbesteck befanden sowie einige andere Dinge, die uns eventuell nützlich sein konnten, falls wir *abbrannten*. Ja, ich hatte sie ganz für mich allein in dieser Zeit, ich schlief an ihrer Brust, niemand anderen, auch keinen der Brüder, ließ sie je wieder in ihr Bett. Aber angenehm waren die Bombenmonate in Berlin natürlich trotzdem nicht. Nur damit man Liebe nicht teilen muss, sollte man nicht jede Nacht in den Luftschutzkeller müssen.

Weißt du, was am wichtigsten für mich war?, fragte Ulrich, trank ein paar Schlucke Gin aus der Flasche und wühlte seine Füße in den Kies unter der Bank. Wichtig war, dass ich nichts ernst nahm. Das wurde mir klar während der Nächte in einem dieser grässlichen Gitterbetten, die hinten im Keller an der Wand entlang aufgereiht standen, mit all diesen Kleinkindern um mich herum, die ins Bett pinkelten, sobald die Bomben pfiffen und die Petroleumlampen an den Wänden zu wackeln begannen. Bloß nichts ernst nehmen, sonst würde ich sterben, sagte ich mir. Bloß nichts ernst nehmen, sonst würde ich sterben vor Angst. Vielleicht ist das ja das Wesen der Ironie. Dass man innerlich vereisen muss, um sich vor der Angst zu schützen. Mit dieser Haltung habe ich meine Familie beobachtet und später meine Lehrer in ihren wallenden Soutanen, diese Männer, die Frauen glichen, wenn man genauer hinsah, und die ich mir gerne nackt vorstellte, ohne auch nur annähernd zu wissen, wie das aussehen könnte. Ihr Pathos, ihre schön manikürten Hände, ihr elitäres Latein, ihr eitles Getue. Das Brimborium der heiligen Messe, auf die meine Mutter selbst im Krieg so großen Wert legte. Mit jeder neuen Bombe wurden die dort verkündigten Heilsversprechen ad absurdum geführt. Solange Hitler lebte. Und danach natürlich auch.

Ulrich steckte seinen Zeigefinger in den Flaschenhals, zog ihn wieder heraus und ließ es ploppen. Trank und ließ es noch einmal ploppen. Längst konnte Felice sein Gesicht nicht mehr sehen, glaubte aber zu wissen, wann er seine Augenbrauen hob und senkte. Was sie ihm sagen würde, morgen früh, wenn sie neben ihm erwachte. Lächelnd und in der Hoffnung, dass auch er lächelte. Während sie seinen Kater behandelte und ihm, der Alkohol nicht vertrug, ein Glas Wasser und zwei Aspirin reichte. Ihm vielleicht ein nasses Tuch auf die Stirn legte. Jetzt aber musste sie ihm nur zuhören, aufpassen auch, dass er nicht zu viel trank. Noch nie hatte sie ihn so ausdauernd reden gehört, so ungehemmt, so pausenlos. Es war wie ein Geschenk.

Ganz genau schauen, ja, darauf kam es an, ließ sie Ulrich also seinen Faden weiterspinnen. Alles registrieren, auf die Perspektive achten. Wie man den Kopf hält, wenn man die Blicke schweifen lässt. Die Verzerrungen aufspüren. Dinge selbst verzerren, wenn es notwendig war, damit sie erträglich werden. Ich sah mehr als andere, dies war mir früh bewusst. Tatsächlich hab ich im Voraus gefühlt, was andere fühlen. Und mein eigenes Fühlen damit verglichen. Zur Relativierung, dass erst gar keine Wehleidigkeit aufkam. Mit meinem *Zwergenscharfblick*, wie Thomas Mann diese besondere Fähigkeit nannte, wenngleich Zwerg Dûdu, dem er sie unterstellte, ein sehr böser Zwerg war und ich noch ein Kind, das wuchs. Unterdrückte Seelenschmerzen lassen jedoch ein Gefühl der Auserwähltheit in einem wachsen, hast du das schon bemerkt, Felice? Diese prekäre Ambivalenz zwischen Ausgestoßensein und Selbstbewusstsein. Zwischen freiwilligem Abseitsstehen und Hochstapelei, die sich als Lebenstüchtigkeit maskieren kann. Vielleicht hat der Schriftsteller ja Ähnliches erlebt als Kind. Wenn auch nicht im Bunker und im Gitterbett. Bei ihm ging es vornehmer zu, das wissen wir ja. Was nicht bedeutet, dass ich alles verstand, was ich sah. Es gab vieles, was meinen Horizont überstieg, damals im Luftschutzkeller. Wobei mir die meisten ja bekannt waren, die da stoisch im Schummerlicht saßen. Wohin ich auch schaute, sah ich vertraute Gesichter, ein jeder hatte seinen Stammplatz. Die Leute aus unserer Straße, aus unserem Haus, die Nachbarn von oben und unten. Dass meine Mutter mich sofort in eines der Kinderbetten verfrachtete und mich nicht neben sich sitzen ließ, verstehe ich bis heute nicht. Keine Ahnung, warum sie in der Öffentlichkeit eine für mich so ungeheuer große Distanz zwischen uns herstellte. Vielleicht dachte sie, sie müsse mir wenigstens eine kurzfristige Trennung zufügen in Anbetracht des Heimwehs, das meine Brüder – weit weg in Ostpreußen – erleiden mussten. Vielleicht hat sie auch nur gehofft, dass ich mit den anderen Kindern spielte und dadurch abgelenkt wäre. Die waren aber alle viel jünger als ich, ich verachtete sie. Entweder schliefen sie sofort ein und wurden sogar durch die Bombeneinschläge ringsum und die Schreie der Erwachsenen nicht wach. Oder sie nörgelten und greinten die ganze Zeit und schmierten ihren Rotz auf die Matratze. Ich stattdessen saß meist aufrecht und schaute. Starrte vielmehr, war selbst erstarrt. Behielt meine Mutter im Blick, die ganze Zeit über. Aber auch ihre aus dem zerstörten Wedding zu uns gezogenen Freundinnen, die nicht ohne einander leben wollten und deshalb eines Tages, als sie das ständige Bombardement nicht mehr aushielten, miteinander starben. Und nicht zuletzt den alten Herrn aus der gegenüberliegenden Wohnung, den einzigen übriggebliebenen Mann im ganzen Vorderhaus, der – warum auch immer – im Keller stets seinen Bademantel trug. Vielleicht weil er es in der Eile nicht schaffte, sich gänzlich anzuziehen, oder weil er gleich nach der Entwarnung in das noch halbwegs funktionierende Charlottenburger Stadtbad wollte. Ein Professor für Insektenkunde war er, der lästigerweise darauf bestand, mir seine Sammlung zu zeigen, wenn er meiner im Treppenhaus habhaft wurde. Auf Stecknadeln gepikste Falter, grau und bröselig aussehende Motten in flachen Glaskästen, nichts Buntes und Schönes. Dass sie noch aus Vorkriegszeiten stammten, wie er mir versicherte, trug nicht zu meiner Begeisterung bei. Aber auch zu seinen Tomatenstauden auf dem Balkon hatte er mich einige Male geführt, dieser schmächtig gebaute Mann, der Kindern so gerne über die Haare strich, in jenem Frühling, in dem alles zu Ende ging, zu seinen Nachtschattengewächsen vielmehr, wie er seltsam anzüglich betonte, an denen ich riechen musste, bevor er mir zwei oder drei mickrige Exemplare für meine Mutter in die Hosentaschen steckte. Als meine älteren Brüder noch im Haus lebten und unten auf der Straße für ihn die Hinterlassenschaften der Brauerei-Pferde aufsammelten, murmelte er, seien die Tomaten prächtiger gewesen. Für ihre Dienste habe er sie immer bezahlt. Fünf Pfennige pro Apfel gab es. Das war doch nicht wenig, oder?

Ich befand mich also fast in einer familiären Situation, eigentlich hätte ich mich nicht fürchten müssen. Vielleicht habe ich aber genau deswegen so heftig reagiert, als ich den fremden jungen Mann entdeckte, der direkt hinter mir in der Ecke, wo sämtliche Rohre und Leitungen des Kellerraums zusammenliefen, in einem Liegestuhl lag. Mit genau der gleichen falschen Fülle aus mehreren übereinandergezogenen Kleidungsstücken ausgestattet wie ich. Den Wintermantel zuoberst. Schwitzend, bleich, erschöpft, den Kopf zur Seite gebogen, die Augen geschlossen. Sofort schrie ich *Maaamaaa*. Ließ die Vokale an- und abschwellen wie eine Sirene und dann in einen durchdringenden, immer wütender werdenden Dauerton übergehen. Keine Sekunde konnte ich es mehr aushalten ohne sie, das spürte ich,

ich wäre sogar bereit gewesen, wie ein Baby ins Bett zu pinkeln, sofern ich sie damit hätte beeindrucken können. Ich glaube, meine Panik war echt. Ich, der ich doch nie Angst gehabt hatte, sie jedenfalls nie zu erkennen gab vor den kleinen Memmen, die sich an mich kuschelten, sobald es krachte und der Kalk von der Decke rieselte, musste für dieses eine Mal erfahren, dass ich ein Kind war wie sie. Meine Mutter allerdings reagierte richtig, sie sprang auf. Erstens, weil sie mich am Schreien hindern wollte, schreiende Plagen waren eine Zumutung im Luftschutzkeller, wo die Atmosphäre ohnehin zum Zerreißen gespannt war und man sich gegenseitig schonen wollte. Und zweitens weil sie den jungen Mann gleichfalls nicht kannte, der sich so frech in Frau Möllers gestreiften Liegestuhl gesetzt hatte, dieses kostbare Stück, das – wie alle hier fanden – viel besser an einen jener Ost- oder Nordseestrände gepasst hätte, die sie in früheren Zeiten so häufig frequentierte. Ob er denn Frau Möller kenne, fragte meine Mutter. Ob ihr etwas zugestoßen sei. Woher er komme, was er hier wolle. Und wer er sei.

Natürlich kann ich nicht behaupten, dass ich mich konkret erinnere, sagte Ulrich. Weder an ihre Worte, noch an ihr Verhalten, auch nicht daran, ob sie mich nach meinem Anfall von Panik in den Arm genommen oder getröstet hat.

Wie klar er spricht, dachte Felice. Obwohl er sich doch einen Schluck nach dem anderen genehmigt. Sie hätte ihn gerne davon abgehalten, traute sich aber nicht.

Vergegenwärtigung ist Neuerfindung, da darf man sich nichts vormachen. Denn wie will man zum Beispiel so etwas wie Einsamkeit rekonstruieren? Die Einsamkeit des Insektenforschers? Die Einsamkeit des jungen Mannes? Meine ... gewiss viel kleinere und unbedeutendere Einsamkeit? Aus dem, was ich noch wusste, habe ich mir später aber alles zusammengereimt. Ich war zwar erst sechs Jahre alt und noch nicht eingeschult, aber doch ein aufgewecktes Kind. Und so konnte mir auch nicht entgehen, dass ihn keiner kennen wollte, diesen Burschen, auf den ich immer wieder zeigte, keiner aus dieser nicht freiwillig zusammengekommenen Gruppe von erschöpften Menschen, die hier dicht gedrängt hinter- und nebeneinander auf allen möglichen Sitzgelegenheiten ausharrten und sich bemühten, die richtige Stellung einzunehmen, damit ihnen die Arme und Beine nicht einschliefen. Und meine Mutter entschuldigte sich nicht für meinen Aufstand. Sie wandte sich stattdessen an den Luftschutzwart, der erst vor wenigen Minuten die Weisung gegeben hatte, lieber den nächsten Angriff abzuwarten und noch nicht in die Wohnungen zurückzukehren. Ich mochte ihn gern, so korpulent und gutmütig, wie er aussah. Denn er hatte nichts dagegen, dass ich mit den an Schnüre gehefteten Hakenkreuzwimpeln spielte, die ich in der Ruine neben der Steinway-Niederlassung in einem durchweichten Pappkarton gefunden hatte. Dass ich sie im Treppenhaus verteilte oder wie Girlanden über die Büsche im Hinterhof unseres wie durch ein Wunder heil gebliebenen Wohnhauses hängte. Aber ein strammer Nazi war er halt auch. Weswegen er den Fremden am Ärmel packte und nach draußen führte. Niemand protestierte. Keiner sagte ein Wort. Und meine Mutter setzte sich wieder hin, schaute böse in Richtung Gitterbett, wo ich selbst jetzt noch bleiben sollte, und legte den Zeigefinger auf den Mund. Das war ihr Zeichen, dass ich endlich Ruhe geben sollte.

Die Beine ineinander verschlungen, die Finger ineinander verflochten, so saßen sie da, Felice und Ulrich, in diesem Paradiesgarten mitten im Big Apple. Manchmal nickte Felice ein bisschen ein, dann hörte sie Ulrichs Stimme aus dem Off. Coney Island lag unvorstellbar weit weg, auf dem Mond, der nicht einmal schien in dieser Nacht.

Nein, ich kann nicht behaupten, dass mir der Zwischenfall die Ironie verhagelte, sagte Ulrich und reichte Felice die Flasche. Im Ganzen gesehen. Ich übte weiter. Davon abgesehen verloren meine Mutter und ich kein einziges Wort über den

Zwischenfall. Zwischenfall. Zwischen. Fall. Zwischen. Wie sich ein Wort entleert, wenn man es mehrmals wiederholt. Der ... der Zwischenfall also blieb ein Geheimnis zwischen uns. Du bist die Einzige, die je davon erfahren hat. Sags nicht weiter, vielleicht stimmt ja alles gar nicht. Ob der junge Mann Jude gewesen war, ein *Taucher* also, einer dieser Getriebenen, die sich auf Dachböden und in Schrebergartenkolonien verstecken mussten, ob er deportiert wurde, ob er umkam, diese Fragen habe ich ihr nie gestellt. Kann schon sein, dass sie Genaueres erfuhr vom Luftschutzwart, der mir irgendwann die letzten Hakenkreuzwimpel wegnahm, weil inzwischen die Alliierten in der Stadt waren. Jedenfalls ist mir die Episode wieder eingefallen, als ich Nora heute sah, Nora, die doch davongekommen ist, Nora, die von nichts weiß, nichts weiß von meiner oder der Schuld meiner Mutter. Den ganzen Nachmittag habe ich versucht, mich auf ihre platinblonde Perücke zu konzentrieren, damit ich ihr nicht in die Augen sehen musste. In ihre schönen grünen Augen, die mir zeigen, dass sie einmal rothaarig gewesen ist. Auf Edgar, der so ein lieber Kerl ist, aber ihr doch nicht im Mindesten das Wasser reichen kann. Ach, wenn ich dir jetzt doch nur die rote Kappe vom Kopf schlagen könnte, Felice, aber sie ist ja nicht mehr da! Sie ist verschwunden wie dein Ehering. Willst du dir nicht einen flotten Kurzhaarschnitt machen lassen, jetzt, wo du ohne dein Markenzeichen auskommen musst?

Als die Vögel zu zwitschern und die Eichhörnchen, die grau waren in New York und nicht rötlich, zu rumoren begannen, erhoben sie sich von ihrer Bank. Unbeholfen und steif, wie eines der alten Ehepaare im Central Park. Dachte Felice. Nicht ohne Schwierigkeiten schloss Ulrich das Gatter auf und wieder zu. Gut, dass sie nur über die Straße mussten. Schwankend betraten sie das Foyer und gaben dem Portier den Schlüssel zurück, stiegen in den vorsintflutlichen Fahrstuhl, dessen formschöne Vergitterung wahrscheinlich vom gleichen Künstler stammte wie die Umrahmung des Gramercy Park.

How embarrassing, murmelte Ulrich, während er sich – auf der Bettkante sitzend – mühsam die Schnürsenkel aufknotete und den Sand aus seinen Schuhen rieseln ließ. Wie peinlich, ja, hochnotpeinlich, sich so sturzbetrunken vor fremden Leuten zu zeigen. Seufzend holte er einen Stoß feuchter Papiere aus seiner Tasche und packte ihn auf den Nachttisch. Felice schloss eine Wette mit sich selbst ab: zehn zu eins, dass er vor dem Einschlafen noch darin lesen würde.

Du musst übrigens nicht meinen, dass ich dir deine Fragen nicht beantworten kann. In diesem Zustand. Wie lauteten sie noch einmal? Erstens: Ob Professor L. religiöse Gefühle hegt? Ich habe nichts dergleichen festgestellt. Zweitens: Woran man merken kann, dass er jüdisch ist? An nichts. Im Gegenteil, er seinerseits nahm an, dass ich jüdisch sei. Eine Zeitlang wenigstens, bis ihn seine Sekretärin aufklärte. Sie hatte meiner Mutter das Pausenbrot aus der Hand genommen, das sie mir eines Tages – aus Angst, dass ich verhungern könnte – ins Institut brachte. Wahrscheinlich roch es nach Leberwurst ...

Ulrich lachte kurz auf.

Nein, wirklich. An nichts. Höchstens daran, dass er seinen in einem New Yorker Taxi vergessenen Hut nur deshalb wieder bekam, weil er sich den Namen des Fahrers und die zehnstellige Nummer des Wagens eingeprägt hatte. So ... en passant. Auch dies weiß ich nur von der Sekretärin. Die betet ihn an und hört nicht auf, Geschichten über ihn zu erzählen.

Ulrich ließ sich rücklings aufs Bett fallen und riss dabei die Papiere mit sich. Und auch Felice lag bald schwer und unbeweglich auf dieser durchgelegenen, viel zu weichen Matratze, auf der sie kein einziges Mal zärtlich miteinander geworden waren. Gleich bei ihrer Ankunft hatte Ulrich sie missgelaunt *amerikanisches Pfühl* genannt und Sehnsucht nach Muriels Himmelbett geäußert, allerdings ohne Schlüsse daraus zu ziehen.

Und ... hast du deinem Schiffsjungen nun gesagt, was du ihm sagen wolltest, fragte Felice und bemühte sich, ihrer Stimme so etwas wie Dringlichkeit zu verleihen. Da die Klimaanlage so rumpelte, war sie sich nicht sicher, ob er sie überhaupt hörte. Sie war so unglaublich müde, dass sie fürchtete einzuschlafen, bevor er sich zu einer Antwort entschloss.

Ulrich hob nicht einmal den Kopf und er sprach auch nicht in ihre Richtung. Aber seine Hand lag an ihrer Wange, als er gerade noch rechtzeitig und laut genug entgegnete: Ach, weißt du, Filitschi ... ich wollte dir von dem Film erzählen, den mir Bjarne eines Abends, als du in Deutschland warst, im Vorführraum seines Studentenwohnheims zeigte. Und von den Fotos. Der Arme hat sich doch mit den Soldaten befasst, die in Deutschland die Lager befreiten. Das waren schreckliche Bilder, und auch, wie ich darauf reagierte, war schrecklich. Skandalös. Grauenvoll. Bloß ... davon kann ich dir nichts erzählen. Niemandem. Dessen bin ich mir jetzt ganz sicher.

Kapitel 6

Am Morgen nach der Nacht im Gramercy Park hatte sie noch einmal versucht, Ulrich zu verführen, erinnerte sich Felice, nach dem Treffen mit Bjarne in der F-Line sitzend, auf dem Weg nach Brooklyn zu Sues Wohnung. Es war das letzte Mal, danach verlor sie den Mut. Sie hatte Meeresluft geschnuppert in seinen Haaren und hinter seinen Ohren, als sie sich zu ihm drehte und ihre Nase wandern ließ. Seine Haut roch frisch, nicht nach Gin, wie sie befürchtet hatte, und auch nicht nach Zigaretten. Wie naiv sie gewesen war! Sich vorzustellen, dass auf den Zustand der grenzenlosen Vertrautheit automatisch die körperliche Vereinigung folgen würde. Als sie ihn zu küssen begann, war sein Mund noch voll Sand, der ihre auch. Und da sie beide gleichzeitig zu lachen anfingen, schien es ihr wirklich so, als ob sie eine Barriere übersprungen hätten im Gramercy Park und ihnen dies helfen könnte für die Zukunft. Was sich als Trugschluss erwies. Denn Ulrich hatte ja geredet die ganze Zeit und sogar gemeint – noch während sie auf dem Weg zurück ins Hotel die 21st Street überquerten –, seine Frau darüber aufklären zu müssen, dass Thomas Mann in den Elogen über Josephs ägyptische Wirtschaftspolitik nicht zuletzt ein Loblied auf Roosevelts New Deal gesungen habe. *Sie* war nur Zuhörerin gewesen, selig über das Vertrauen, das er ihr bewies, und über seine ungewohnte Offenheit. In diesem Privatpark, in den sie sich eingesperrt hatten. In diesem Paradiesgärtlein, in dem Ulrich seine Hölle ausgebreitet hatte. Nur einen kleinen Teil seiner Hölle, wie sie heute wusste. Den allerkleinsten Teil sogar, ohne sich ihrem Glutkern je zu nähern. Ach, und dennoch hatte er so viel geredet in dieser Nacht, nicht weniger entschlossen und rücksichtslos, wie er in dem ihm noch verbleibenden Jahr sein Schweigen verteidigen würde.

Einseitig ging dann auch der Beischlaf vonstatten. Der versuchte Beischlaf, der ihr jetzt wie ein Übergriff vorkam. Nicht einmal seine verschwitzten Klamotten konnte sie Ulrich ausziehen. Zum ersten Mal ließ er Felices Zärtlichkeiten nicht über sich ergehen und war dann zu einem gewissen Zeitpunkt bereit, die Initiative zu ergreifen, die zur Vereinigung von Mann und Frau nötig ist. Nein, er setzte sich vielmehr so abrupt auf, als erwache er aus einem schlechten Traum. Rieb sich die Augen. Streckte die Arme aus, um Felice von sich wegzuhalten. Zog sich seine gelockerte Krawatte über den Kopf. Und schwang dann energischer, als sie es ihm nach seinem Alkohol-Exzess zugetraut hätte, die Beine über die Bettkante. Dass er auf die verrutschten Papierstapel trat, die er vor ein paar Stunden vom Nachtisch gerissen hatte, scherte ihn nicht. Wie auf der Flucht kam er ihr vor. Noch auf dem Weg zum Badezimmer schälte er sich aus seiner Hose. Strampelte sich wild und trotzig wie ein Kind aus seiner Unterhose. Und schaffte es auch, hüpfend und stolpernd sein Hemd aufzuknöpfen, bevor er die Tür öffnete und sich mit vorgestrecktem Oberkörper und an beiden Wasserhähnen zugleich drehend unter die Dusche rettete.

Komisch war das, wenn es nicht so kränkend gewesen wäre. Und das letzte Mal, dass ich seinen Hintern gesehen habe. Dachte Felice. Seinen schönen einsamen Arsch. Ich habe ihn sehr geliebt, seinen Arsch. Nicht mehr oder weniger als alles andere an ihm, was er mir meist vorenthielt. Wobei Bjarne ihn sich öfter als ich angesehen haben dürfte, seinen Arsch, nach allem, was ich weiß vom homosexuellen Geschlechtsverkehr.

Sie saß in der Subway, wo man der ganzen Welt begegnen konnte, wie es hieß. Zusammen mit Leuten, die unglaublich diszipliniert waren, die sich – wie in einer genial gefügten Choreografie – aus dem Weg gingen und sich nicht berührten beim Ein- und Aussteigen, den Kopf an die Wagenwand lehnten, sich mit gleichgültigen Blicken betrachteten. Zwischen zwei Chinesen, die nach billigem Eau de Toilette rochen und sich über sie hinweg leise unterhielten. Vor ihr stand – an der Hand seines Papas – ein kleines schwarzes Mädchen und popelte in der Nase. Felice schräg gegenüber bewegte sich ein älterer Mann mit Hut und Schläfenlocken nach dem Rhythmus der Sätze in dem aufgeschlagenen Buch auf seinem Schoß. Neben ihm saß eine in ein E-Book vertiefte junge Frau. Vielleicht ja nur weil Felice so fror, stellte sich die Sehnsucht nach ihrem Fieber wieder ein, nach ein bisschen erhöhter Temperatur zumindest, die ihr diese Welt und alle Erinnerungen, die daran hingen, verträglicher hätte präsentieren können. Wobei es sich mit der Sehnsucht nach einem Gedicht oder dem Anfang eines solchen ganz ähnlich verhielt. Sie kannte den halbgaren Zustand. Nach ein paar Sekunden hatte die Wirklichkeit sie wieder. Denn Felice war ja kein Sorgenkind des Lebens, das damit kokettierte. Und nicht einmal besonders begabt. Intuitiv veranlagt höchstens, angepasst und – wegen ihrer Belesenheit – extrem anfällig für Assoziationen. Kein Wunder also, dass ihr Dostojewski in den Sinn kam, der seinen Fürsten Myschkin – jenen *Idioten*, der er vermutlich selbst war – nach dem Abklingen eines epileptischen Anfalls einmal hatte sagen lassen, dass es ihn sofort und dringlich nach einem neuen verlange. Ein so schwindelerregendes Glücksgefühl, wie es Myschkin beschrieb, würde ihr zwar nie zuteilwerden vor dem Absturz in die Nacht. Die Hellsicht vor und nach dem Ausbruch dessen, was Dostojewski *Gewitter im Gehirn* genannt hatte, diese Fähigkeit, aus dem Zusammenhang gerissene Augenblicke zu bewahren, war ihr allerdings vertraut. Vielleicht kam ihr Ulrichs Gesicht deshalb so nah. Seine von den Glückspillen noch unversehrten Züge. Sein Kindermund, seine präzis gezeichneten Brauen. Nur diese längst vergangenen Sekunden jedenfalls gab Felices Gedächtnis frei, während sie das Mädchen anlächelte, das gerade einen Popel an den Jeans seines Vaters abstreifte. Vielleicht auch noch, dass Ulrich Felices Blicke erstaunlich lange ertragen hatte an diesem Morgen nach dem Ausflug nach Coney Island, im durchgelegenen Doppelbett im Gramercy Park Hotel, bevor er ihr – wie üblich – die Hände auf die Augen legte und sagte: *Du weißt, dass ich das nicht mag. Du sollst nicht in meine Abgründe schauen.*

Nicht aber, was weiter geschah. Ob er mit nassen Füßen auf seine Unterlagen trat, als er zurückkam. Ob er sie wieder auf den Nachttisch legte. Ob er nackt war. Ob er Felice küsste. Ob er etwas sagte. Ein Date mit dem fuchsköpfigen Brzesiński erwähnte womöglich. Schrie und sie endlich einmal so heftig und grundlos beschimpfte, wie sie es tagtäglich erwartete. Oder ob bereits an jenem Morgen das große Schweigen begonnen hatte. Nichts weiter als Erinnerungspartikel sind das, dachte Felice, sich selbst beschwichtigend und weiterhin die Kleine fixierend, die sich mittlerweile mit den Ringen an den langen Fingern ihres Vaters beschäftigte. Erinnerungspartikel, die kamen und gingen seit ihrer Ankunft in New York und sich immer wieder wie Schuppen auf die Gegenwart legten.

Sie hatte Bjarne noch zu seiner Onkologin begleitet, zwei, drei Blocks weiter südlich, bis hinauf in die 22. Etage. Aus dem Wolkenbruch, den sie auf den Monitoren in der *Brasserie* beobachtet hatten, war ein Nieseln geworden, das ihre Gesichter mit feuchter Wärme bedeckte. Manhattan dampfte. Die Gullys dampften. Als Bjarne sie um einen der gigantischen Kanaldeckel herumführte und ihr dabei erzählte, dass es eine Punk Band gebe, welche die unter den Gullys hausenden Drachen besang, fiel ihr plötzlich wieder ein, wo ihr Ehering verloren gegangen war. Dass sie ihn damals, 1973, gleich nach ihrer Ankunft im Gästehaus in der Irving Street nach dem Händewaschen auf der Toilette vergessen hatte. Und sich weder später, als sie ihn dort nicht mehr fand, noch sonst irgendwann traute, danach zu fragen. Obwohl die Gorham Street gleich um die Ecke lag und sie nur einen kleinen Umweg hätte machen müssen. Obwohl sie Ulrich doch liebte und stolz darauf war, seine Frau zu sein.

Wie empörend primitiv ihr Gedächtnis reagierte! Auf Gullys sprach es an, nicht aber auf Friedhöfe, auf einen bestimmten Friedhof vielmehr, der ihr aufgrund ganz besonderer Merkmale hätte signalisieren können, ob Ulrich dort begraben lag. Sie hatte es ja versucht, es war nicht so, dass sie es nicht versucht hätte. War immer wieder über Berliner Friedhöfe flaniert, mit Adolf sogar teilweise, ihrem damaligen selbsternannten Beschützer, der in einer der vielen Platanenalleen, die sie entlangschritten, lächerlicherweise versuchte hatte, den Arm um sie zu legen. Auf dem Friedhof in der Stubenrauchstraße stießen sie auf Marlene Dietrichs Grab, was wirklich gut gepasst hätte. Und noch viele andere sogenannte Ehrengräber auf anderen Friedhöfen fanden sie. Nicht aber Ulrichs buchstäblich letzte Bleibe, nachdem Felice es nicht hatte verhindern können, dass er in einem Sarg begraben wurde anstatt verbrannt zu werden, wie er es sich wahrscheinlich gewünscht hätte. Ach, sie war zu schwach dazu gewesen, Schuberts *Winterreise* durchzusetzen gegen die süßlichen katholischen Gesänge, den Beginn wenigstens, das Lied vom Fremdsein, das zu dem Beerdigungsritual gehörte, das sie sich ausmalten, abends im Bett, mit ineinandergefügten Füßen, in ihren Anfangszeiten, als Ulrich sich noch weit weg vom Totsein befand. *Fremd bin ich eingezogen, fremd zog ich wieder aus ...* Kein Lied passte besser zu ihm, keines beschrieb genauer, wie er sein Leben verbracht hatte. Und Felice kam sich wie eine Verräterin vor.

Immerhin, seit sie sich in New York aufhielt, glaubte sie weißgestrichene, mit Balkonen versehene Hochhäuser aus den fünfziger Jahren vor sich zu sehen, wenn sie an das Begräbnis dachte. Erbaut an einer Stelle, wo wahrscheinlich eine Bombe auf ein Wohnhaus gefallen war. Mehr aber nicht. Die Trauerbank höchstens, die sie aus ihren Träumen kannte. Dieses Arme-Sünder-Bänkchen, von dem ihre Schwiegermutter nicht hatte weichen wollen. Ulrichs Mutter, für die Felice kein Mitleid aufbringen konnte. Ulrichs Mutter, die damals, in den letzten Kriegstagen im Luftschutzkeller, den Blockwart gerufen hatte. Ulrichs Mutter, die mit ihrem Sohn eine Schuld teilte.

Die Spitzen der Wolkenkratzer hüllten sich in Dunst. Die Luft stand still. Felice war wieder einmal in Schweiß gebadet und ließ sich von Bjarne nur deshalb in die in gedämpftes Licht getauchte Praxis komplimentieren, weil sie wusste, dass es dort eine Klimaanlage gab. Unglaublich erschöpft sei er, seufzte er und zog sie, nachdem er sich bei einer in ihrer Schminke erstarrten Empfangsdame angemeldet hatte, auf eine der vielen im luxuriösen Wartesaal verteilten Couchen. Unter eine Reproduktion von Klimts *Goldener Adele*, die nun mit ihren wässrig schimmernden, schwarz umrahmten Glupschaugen auf sie herabschaute. Das Original habe sie – kurz bevor die Wiener Regierung beschloss, das Gemälde zu restituieren und Ronald Lauder es für seine Neue Galerie erwarb – noch im Belvedere gesehen, sagte Felice, nur um etwas zu sagen, aber Bjarne hatte keinen Blick dafür. Er freue sich auf ein paar Stunden im Liegestuhl, entgegnete er, ohne darauf einzugehen. Nein, die Nadel in seiner Armbeuge störe ihn nicht. Schon seit Langem wolle er auch nichts mehr lesen, wenn er da sitze, oder einen Film anschauen gar, obgleich er sich eigens zu diesem Zweck ein iPad zugelegt habe. Er schaue nur den fallenden Tropfen zu, studiere deren ölige oder wässrige Beschaffenheit und rede ein paar Worte mit den Krankenschwestern, die zum Kontrollieren kämen. Schlafen könne er nicht, obwohl er sich nichts sehnlicher wünsche.

Sie sind alle sehr freundlich hier, weißt du. Zu Todkranken sind alle freundlich. Das bist du doch auch, nicht wahr?

Er hielt Felice an den Handgelenken fest und sah ihr in die Augen. Und als sie sich schon abwenden wollte, weil sie sein ausgemergeltes Gesicht und seinen brennenden Blick nicht mehr ertragen konnte, sagte er: Natürlich kannst du mir nicht verzeihen, und das verstehe ich sogar. Obwohl es eigentlich nichts zu verzeihen gibt. *Shit happens, you know?* Dass ein paar kaum über die Pubertät hinausgekommene *postgraduates* böse Wetten miteinander abschließen, kommt gleichfalls öfter vor. Ich aber war nicht böse, sondern verliebt. Oder meinetwegen verliebt und böse. Was du aber unbedingt wissen solltest, ist, dass auch ich keine Schlüsse zog aus meiner Beziehung mit einem Mann. Aus meinen Kontakten zu Männern. Ich meine, dass ich es nicht wagte, *gay* zu leben. Wenngleich ich es zweifellos bin und gewiss ein bisschen mutiger als Ulrich war. Stattdessen habe ich drei Söhne aus zwei Ehen. Drei Söhne mit deutschen Vornamen, darunter einen Ulrich. *Imagine!* Deutschland blieb ich immer verbunden. Seiner Geschichte und seiner Kultur. Seiner Geschichte mehr als seiner Kultur, um die Wahrheit zu sagen. Ich hab es mehr mit Fakten und Statistiken … Vielleicht wollte ich deshalb immer nur Leute ausfragen, meine GIs, meine deutschen Kriegsgefangenen. Und ihre Antworten in Tabellen eintragen. Ein bisschen wie Ulrich, aber doch nicht ganz … Ich hab kein analytisches Talent …

Ohne zu murren steckte er sich das Fieberthermometer, das ihm eine Schwester reichte, unter die Achsel und sprach weiter, flüsterte vielmehr, sodass Felice Schwierigkeiten hatte, ihn zu verstehen: Ich finde eure Schriftsteller zu kompliziert, sie sind so … so *aufgeblasen* … sagt man so? Oder *aufgeladen?* Mit Philosophie, mit Archäologie, mit Musiktheorie. Mich überfordert das. Thomas Mann jedenfalls, Ulrichs Hausheiligen, habe ich erst in den letzten Monaten zu lesen begonnen. So kurz vor meinem eigenen Tod bin ich dies meinem alten Freund schuldig, findest du nicht? Nur *Doktor Faustus*, um ehrlich zu sein. Aber auf Deutsch immerhin. Und weil dieser Roman am deutschesten ist vielleicht. Mein Gott, was für ein Massaker hat dieser schreckliche Mensch namens Mann darin angerichtet! Diese unmöglichen Figuren, die sich alle wiedererkannt haben sollen! Diese Karikaturen. Diese deutsche Gotik, dieser Geniekult! Wäre ich während des Lesens nicht zufällig im Fernsehen auf eine Dokumentation über diese sogenannte Jahrhundertfamilie gestoßen, ich glaube, ich hätte das Thomas-Mann-Projekt aufgegeben. Auch in der Realität waren das ja lauter Wracks und Neurotiker ...

Er presste sich die Daumen auf die Schläfen und schloss für ein paar Sekunden die Augen.

Hier in den Staaten hat diese *Doku-Soap* übrigens einen Emmy Award erhalten, ich weiß nicht, warum. Vielleicht weil der deutsche Dichter es bereits zu seinen Lebzeiten in den *Book of the Month Club* schaffte. Mehrmals sogar. Sich für Roosevelt begeisterte. Und alles in *God's Own Country* einen gottverdammt patriotischen Bezug aufweisen muss, um anerkannt zu werden.

Herrjeh, Filitschi! Bjarne setzte sich aufrecht, stopfte sich ein Kissen hinter seinen Rücken, versuchte, seinen Reizhusten zu unterdrücken und griff schon wieder nach ihrer Hand. Heutzutage weiß jeder Idiot, was mit diesem Herrn los war. Ulrich hat den Subtext seiner Bücher nur früher begriffen. Hat die Mann'sche Lebensweise zu seinem Instrument gemacht, zu seiner Krücke. Immer wieder die Hunde im Souterrain beruhigt. Eine Art der höheren Sublimierung erreicht. *Poor Ulrich!* Die Ironie vor allem war es, die ihn reizte, dieser innerhalb der Sprache betriebene Beweis höherer Intelligenz, dieses Über-den-Dingen-Stehen, diese überstolze Haltung, die in meinen Augen nur unterdrücktes Pathos ist. Ein falsches Lebenselixier. Meinst du nicht auch? Thomas Mann ist mir zu pathetisch, zu leidend, zu *leberleidend*, wenn du willst. Irgendwie ähnelt er Hans Christian Andersen, der sich hinter seinen Märchen versteckte. Zinnsoldaten paradieren, kleine Mädchen verhungern ließ, während er ihnen Weihnachtsbäume vorgaukelte. Meerjungfrauen die Zungen abhackte oder arme kleine Kinder zur bösen Schneekönigin in die Antarktis schickte.

Wohinter sich Ulrich versteckte, weißt du genau. Hinter seinen Studien über totalitäres Denken. Hinter dem Eisernen Vorhang. Dem Kalten Krieg. Hinter seiner Mutter, seinen Brüdern. Hinter Professor L., den er liebte und hasste. Erst als das alles nicht mehr genügte, war er bereit, sich in psychoanalytische Behandlung zu begeben, in die Hände eines Scharlatans vielmehr, der ihm mit welchen Mitteln auch immer seine sexuelle Orientierung ausreden wollte. Tja, und irgendwann hat er dich kennengelernt. Hat dich geheiratet, wollte Kinder von dir, wie er mir versicherte. Einen Jungen und ein Mädchen, in dieser Reihenfolge, stell dir das vor! Von dir, die du heute noch aussiehst wie ein alt gewordener Jockey. Das Verhängnis war, dass auch du für Thomas Mann schwärmtest. Und dessen Romane mindestens genauso gut kanntest wie Ulrich. Das schien dem Herrn Assistenzprofessor den Kompromiss schließlich wert zu sein, zumal sich alle Leute von seinen Heiratsplänen begeistert zeigten.

Anyway ..., Bjarnes Stimme wurde plötzlich so scharf und laut, dass einige der Wartenden in dieser Parallelwelt der Krebskranken, die sich schon vorher von seiner gedämpften, aber hitzigen Suada gestört gefühlt hatten, ihm nun endgültig hasserfüllte Blicke zuwarfen. Thomas Mann war ein armes Schwein. Ein ganz armes Schwein, wenn du mich fragst, Filitschi. Und seine spätbürgerliche Ironie der Ausdruck reinster Verzweiflung, nichts weiter ... Vermutlich wäre er gern bereit gewesen, darauf zu verzichten, wenn er nur einen der netten kleinen Kellner, denen er in seinem Leben begegnete, in sein Bett gekriegt hätte ...

Felice widerstand der Versuchung, ihm zu sagen, dass die Sache viel größer und tragischer war, als einer wie er sie je beschreiben konnte. Und auch die Indiskretion, ihm zu verraten, wie gering Ulrich den Intellekt seines Freundes Bjarne Svensson eingeschätzt hatte, damals, bei ihrem seltsamen Ausflug nach Saint-Jean-sur-Richelieu, nur seine Vitalität sehen wollte, nicht aber seine wissenschaftliche Neugier, ja ihn an sie verriet, wenn man es genauer betrachtete, beging sie nicht. Gegen die Wut jedoch, die sie plötzlich ergriff und auch ihre Stimme laut und schrill werden ließ, war sie machtlos.

Sag mir lieber, was du mir noch sagen wolltest, zischte sie ihm also zu. Und sie hielt ihn am Jackenärmel fest, nachdem eine Krankenschwester vor ihnen aufgetaucht war, Bjarne das Thermometer abnahm, die Stirn runzelte, während sie seinen Puls fühlte, und ihn in den Behandlungsraum bat.

Was ist passiert, während ich in Deutschland war … Was hast du mit Ulrich gemacht? … Was hast du ihm angetan? Herrgott noch einmal. Du hast doch wirklich nichts mehr zu verlieren …

Aber er hatte sie bloß noch kurz am Kinn gefasst mit seinen dürren Fingern, ihren Kopf zu sich hingezogen und ihr so etwas wie *Was weiß denn ich* … zugeflüstert, bevor er sich mühsam erhob und der Schwester folgte. Die anschließenden Sätze nahm Felice nur bruchstückweise auf, obgleich sie dicht neben ihm herlief und sich auch von einem herbeieilenden, bullig aussehenden Pfleger nicht abdrängen ließ. Du musst jetzt loslassen … Du weißt alles, was du wissen musst … Halte dich an das, was du weißt. *My goodness, how blissfully ignorant you have been. You … you …*

Nein, es waren nicht die beiden Chinesen, die Felices zwischenzeitlich erfolgtes Angebot, mit einem von ihnen den Platz zu tauschen, höflich angenommen hatten und noch immer palaverten. Es war Bjarnes Stimme, die sie hörte, ganz dicht an ihrem Ohr, sogar seinen Atem spürte sie, der – wie Ulrich einst

– nach Medikamenten roch. Den Wunsch, er möge sich wieder in den jungen Mann verwandeln, der er damals war, in den langen blonden Kerl mit der kleinen Korpulenz und den Grübchen in den Wangen, wischte' sie beiseite. Genauso wie die Erinnerung an die lustige Uschanka mit den Ohrenklappen, mit deren Hilfe er mitten in Neuengland sibirische Verhältnisse simulieren wollte, vielleicht, weil sie dann unweigerlich an ihre rote Kappe hätte denken müssen, die ihr im Battery Park vom Kopf geflogen war. Seinen Mund jedoch sah Felice unaufhörlich reden, während sie Richtung Brooklyn fuhr, seine Zähne, die stumpf und rötlich aussahen, als ob er Betel kaute oder sein Zahnfleisch blutete. Immer neue Sätze entwichen ihm, Sätze, die sie nicht verstand und auch nicht verstehen wollte.

Zornig flocht sie ihre Finger ineinander, rieb sich die Oberarme und den Nacken. Stellte den Jackenkragen auf. Ließ die Blicke schweifen, bemerkte, dass das kleine Mädchen mitsamt seinem Papa an der letzten Station die Bahn verlassen hatte, während sie selbst immer mehr zum Eisblock geworden war. Wahrscheinlich würde sie Bjarnes fanatisierten Gesichtsausdruck länger im Gedächtnis behalten als den Unsinn, den er über Thomas Mann verzapft hatte. Diese seine lächerlichen vulgärpsychologischen Ansichten über Ulrichs Lebens- und Todesgeschichte, die auch nicht besser waren als die ihren.

Dennoch, was wusste Bjarne? Was hatte er ihr noch sagen wollen im Restaurant mit den Monitoren? Und was hielt er jetzt zurück? Vielleicht würde Felice morgen mehr erfahren, bei ihrem Date mit Doktor Paradise. Obwohl sie wenig Hoffnung hatte. Mit Paradise, den sie zum letzten Mal bei jenem verunglückten Abendessen in Somerville gesehen hatte, bei dem sie beide, Ulrich und sie, gesellschaftlich so jämmerlich versagt hatten. In ihren Augen wenigstens. Die Bahn bewegte sich auf die Smith Street Station zu, nachdem sie die Röhre unter dem East River verlassen hatte. Wegen einer Baustelle musste sie langsam fahren. *Kentile Floors* erschien und schob sich als riesiges totes Monument vor Brooklyns wenig spektakuläre Skyline.

Bevor es Nacht wird
besitzt der Himmel über Brooklyn
nur noch die Transparenz
von dunkel schimmerndem Perlmutt ...

Den kleinen poetischen Rückfall niederzuringen, der sie unversehens erfasste, war schwieriger als gedacht. Und *A Dream to Clean* – der an dieser Stelle richtig gewesene Spruch, jener extra für den Sauberkeitswahn der amerikanischen Hausfrauen komponierte Jingle, den Amy Edwardson gestern Abend bei Scalino im Gedenken an ihre putzsüchtige tote Mutter vor sich hingeträllert hatte – wollte Felice lange nicht einfallen. Gestern Abend! Ewigkeiten war das her! Nein, keine Ahnung, ob sie deshalb an Lungenkrebs gestorben ist, hatte Amy noch ihre Frage beantwortet, bevor Felice kurzzeitig das Gleichgewicht verlor und unter den Tisch gerutscht war, aber doch so viele andere ... Asbest ist überall. Habt ihr nicht deswegen den Palast der Republik abgerissen? Bei euch in Berlin?

Am Ende der Geisterfahrt von der Stillwell Avenue zurück nach Manhattan waren die sieben Buchstaben mit dem großen L in der Mitte gewiss noch beleuchtet gewesen, als Willkommensgruß quasi für Ulrich und sie in der zivilisierten Welt, nachdem sie sich zuvor, tief unter der Erde in der stickigen und schlingernden Subway dem Ende aller Zeiten nahe gefühlt hatten. Damals, vor annähernd vierzig Jahren. Dachte Felice. Heute stand an der Stillwell Avenue ein neuer Bahnhof aus Sandstein-Ziegeln, eingepasst in eine grün gestrichene Stahlkonstruktion, eine Anmutung wenigstens jener zu Anfang des 20. Jahrhunderts erbauten Herrlichkeit, die man seit den sechziger Jahren so erbarmungslos hatte verrotten lassen. Aus den Fotos im Internet zu schließen. Nur zwei Tage nach ihrer Rückkehr aus Queens, nach dem Kaffeeklatsch bei Nora und Edgar, war die

Strecke stillgelegt worden, wobei Felice auch diese Information dem im Netz wuchernden kollektiven Gedächtnis verdankte. Wahrscheinlich waren deshalb keine Menschen unterwegs gewesen. Aus reiner Vorsicht. Was wäre geschehen, wenn man einfach den Strom abgestellt hätte? Jemand das Datum verwechselt hätte in der Schaltzentrale, die ja noch ohne moderne Elektronik auskommen musste? Die Türen auf ewig verschlossen geblieben wären? Oder sie den Weg nach oben nicht mehr gefunden hätten ... Sie wären verwest wie der schwarze Geliebte der *Southern Belle* aus Faulkners Erzählung *A Rose for Emily*, über die Felice ihre Facharbeit in Englisch hatte schreiben müssen. Und ihre grau werdenden Haare und ihre Fingernägel wären aus den Waggons hinaus über die Gleise gewachsen ...

Von der *Kentile*-Reklame aus waren es nur noch zwei Stationen bis zur 7th Avenue. Sie sehnte sich nach der Einsamkeit von Sues Apartment. Zuvor würde sie einkaufen, Obstsalat, *Pretzels*, Kekse, Pellegrino zum Trinken und Evian zum Zähneputzen, eine Honigmelone – es gab viele kleine Geschäfte auf dem Weg, die alle bis Mitternacht geöffnet hielten. Ja, Sue, die so stolz auf ihr Viertel war, hatte recht, die 7th Avenue sah immer noch so aus wie in *Smoke*, dem Kultfilm für Raucher, obgleich es darin gar nicht ums Rauchen ging. Und es gab dort immer noch Ladenbesitzer, die um zehn Uhr abends die Bürgersteige kehrten. Sofern ihr die Freundin das MacBook dagelassen hatte, könnte sie auch noch einen Blick in die Online-Ausgabe irgendeiner deutschen Zeitung werfen. Nach Bjarne googeln, nach Bjarne, als er noch dick und rund war, um das Skelett, als das sie ihn jetzt empfand, aus dem Kopf zu bekommen. Und sich dann hinlegen, um sich vom nimmermüden *mockingbird* in den Schlaf singen zu lassen. Der Spottdrossel in all ihren stimmlichen Metamorphosen, die selbst den wummernden Kühlschrank übertönen würde, in dem Sues Diet-Coke-Dosen bebten und eine glutenfreie Pizza ihrem Verfallsdatum entgegendämmerte.

Glutenfreie Lebensmittel pflegte die fürsorgliche Sue für Samy zu kaufen, wusste Felice, denn er litt an Zöliakie. Plötzlich verspürte sie Hunger – kein Wunder, nach der Designer-Mahlzeit in der Brasserie – und liebäugelte damit, sich ein Stück Pizza zu genehmigen, hörte aber Stimmen, als sie die Wohnungstür aufschloss, und sah Licht durch die Milchglasscheibe der Küchentür schimmern. Sich vorsichtig nähernd entdeckte sie Sue, die am Tisch saß und ihren Praktikanten fütterte. Ihn mit Pizzastückchen neckte wie einen Hund, der für jeden Bissen Männchen machen und hin und wieder knurren musste. Nicht dass sie erschraken. Beiläufig prosteten sie ihr zu und waren so erkennbar high oder betrunken, dass Felice sich erst einmal so sprachlos wie entsetzt aufs Sofa fallen ließ.

Erst dort fiel ihr auf, dass Samy nackt war. Und auch Sues Dschungel-T-Shirt weit weg von ihr lag, auf der untersten Stufe der Treppe, die zum Schlafzimmer führte. Beide waren nahtlos braungebrannt und mussten sich nicht schämen, wahrscheinlich besuchten sie das gleiche Sonnenstudio. Vor allem Sue, die weder die Arme über ihre Brüste legte, noch ihre langen Haare davor drapierte, obgleich deren Fülle zweifellos ausgereicht hätte, zeigte sich nicht prüde. Sie war barock und schön. Ihre Haut faltenlos prall, in seidigem, leicht schweißigem Glanz. Und ihre Brust nicht blau geädert wie die von Felices Mutter, vor deren Anblick sie sich immer so gefürchtet hatte.

Gemächlich zu Ende kauend, behielt Sue ihre Freundin im Blick und sagte dann so hoheitsvoll und zärtlich, als gewährte sie ihr eine Audienz: Meine liebe Felice! Wie schön! Wir hatten dich gar nicht so früh zurückerwartet. Hat es nicht geklappt, dein Treffen mit dem Freund aus alten Studientagen? Ist er nicht erschienen? Bist du etwa krank? Ist dein Fieber zurückgekommen? Fühlst du dich ansonsten nicht gut? Warst du ... hast du ...

Fragen über Fragen.

Aber sie konnte nicht ernst bleiben und auch Samy nicht. Wie Teenager führten sie sich auf, zeigten auf die geschockte Felice und piksten sich mit allen fünf Fingern in die nackte Haut. Giggelten und schlugen sich gegenseitig auf die Schenkel. Boten Felice etwas von den Resten der Pizza an, die sie direkt vom Rost aus der Mikrowelle gegessen hatten, gossen ihr Rotwein in ein Glas, riefen *Cheers* und *L'chaim, Auf dein Wohl* und *Nastrowje* und wollten nicht bemerken, dass Felice vor lauter Wut und Hilflosigkeit die Tränen in die Augen schossen.

Komm, iss etwas, du siehst hungrig aus, lenkte Sue schließlich ein. Stör dich nicht an unserer Nacktheit. Samy sollte eigentlich längst gegangen sein und ich, ich ... im Theater sitzen. In Niagara-on-the-Lake. Mich totlachen, so wie ich es dir versprochen habe. Aber dann war es zu spät für den Zug, weil wir uns vergaßen, Samy und ich, weil uns die Lust überkam, Samy und mich. Und eigentlich wollte ich ja auch gar nicht fahren, sondern lieber an meinem Bestandskatalog arbeiten, mit dem ich so spät dran bin, dass ich schon eine Abmahnung bekommen habe. Sei mir nicht böse, Felice, dass ich dageblieben bin, ich weiß, es ist gegen die Abmachung. Wir können es ja so belassen, wie es ist. Ich schlafe oben und du unten, und tagsüber sind wir ja sowieso nicht da. Jetzt hör doch auf zu flennen! Komm, komm, *hush hush, my honeypie ... my cutiepie ...*

Sue erhob sich, ging leicht schwankend um den Tisch herum in ihrem wogenden Fleisch und setzte sich zu Felice aufs Sofa. Wiegte sie in ihren Armen und bettete ihren Kopf an ihre Brust, während der Ventilator über ihnen kreiste. Ließ sich Felices Tränen stoisch über die Brüste rinnen. Und hörte nicht auf, *Hush hush* zu summen, im Takt mit Samy, der irgendwann an Felices anderer Seite saß und ihr den Rücken zu kraulen begann. Zuvor hatte er – heftig schielend und nicht ganz so cool wie seine Chefin – die Krümel vom Tisch gewischt und eine schon vorbereitete Marihuana-Pfeife verschwinden lassen. Dafür, dass sie Amerikaner waren, war ihre Freizügigkeit erstaunlich, beide kamen nicht auf die Idee, sich etwas überzuziehen. Und Felice wiederum gewöhnte sich so schnell an die nackten, so verschieden gepolsterten Wesen neben sich, dass sie keine Grenze mehr zwischen sich und ihnen spürte. Es roch nach Cannabis, wie damals in Berlin, was ihr geradezu heimatlich vorkam. Und es störte sie nicht, dass Sues junger Lover bald begann, seine Geliebte an den Ohren zu streicheln, ja, sogar ein bisschen stöhnte dabei, weil ihn die Lust anscheinend wieder gepackt hatte. Irgendwann aber musste Felice doch eingeschlafen sein, von einer Sekunde zur anderen. Und Sue und Samy mussten sie ausgezogen, auf die Couch gebettet und mit einem Leintuch zugedeckt haben. Alles wie gehabt, das zweite Mal nunmehr. Es war ihr nicht unangenehm. Selbst Bjarnes böser Bemerkung vom altgewordenen Jockey gelang es nicht, ihr in den Schlaf hinein zu folgen. Wo denn der *mockingbird* sei und dass sie ihn vermisse, hatte Felice noch gemurmelt, bevor ihr die Augen zufielen. Immerhin. Und zu hören gemeint, dass Sue antwortete: Ich habe ihn erschossen.

Aber natürlich stand der akustische Hurenbock am nächsten Morgen wieder für sie bereit, war mal Klingelton, Schiffsglocke, Schwalbe, Kuckucksuhr oder Trillerpfeife, als sie wach wurde in einem quälend lange sich hinziehenden Prozess, in dem sie sich zuerst im Flugzeug, dann im Taxi auf der Brooklyn Bridge und zum Schluss im Fahrstuhl des Seagram Buildings befand, in dem sie nachweislich nie gewesen war. Sue hatte ihr einen ihrer mikroskopisch beschrifteten Zettel hingelegt, *Treffpunkt 11 Uhr Reading Room, Bryant Park.* Unter dem ersten Sonnenschirm rechts. Wir könnten zusammen zu Mittag essen.

Auf der Fahrt nach Manhattan ging es wieder an der Kentile-Reklame vorbei, dahinter hatten sich dunkle Wolken zusammengebraut, die im Laufe des Nachmittags wohl in Schauer übergehen würden. Und an der 42nd Street schlug ihr – nicht anders als am Tag zuvor und viel schlimmer als in Brooklyn – die bekannte gigantische Hitze entgegen.

Natürlich konnten sie und Sue nicht zusammen essen gehen, jedenfalls nicht hier, in Midtown, denn Felice war ja mit Dr. Paradise verabredet, im *Dinosaur* in Harlem. Aber Sue könnte sie begleiten, wenn sie wollte, wenn es ihr zeitlich ausginge vielmehr. Ihr vielleicht sogar einen Dienst erweisen, ihre Übersetzerin sein also, im Falle, dass Dr. Paradise immer noch so schlecht zu verstehen war wie vor vierzig Jahren. Dachte Felice. In Wahrheit fürchtete sie sich nämlich vor der Unterredung und bereute es, dem Arzt nicht einfach einen Brief mit Fragen geschrieben zu haben, die er dann klipp und klar hätte beantworten können. Das Bedürfnis, ihn zu sehen und sich für den verunglückten Abend in Somerville zu entschuldigen, hielt sie jedoch davon ab. Die liebenswürdige Antwort auf ihre Mail zumal, der sie entnahm, wie gut er sich noch an Ulrich und sie erinnerte.

Sue war fast pünktlich dieses Mal. In einem weitschwingenden knallroten Leinenkleid, das gut zu ihren grauen Haaren passte, kam sie schneller, als es der Schwüle angemessen war, auf Felice zu, setzte sich zu ihr unter den Schirm, warf einen Blick auf den Block und den Bleistift, die sie in ihren Händen hielt, und sagte: Wenn ich nur wüsste, was du treibst und was du vorhast, du verschwiegene Seele. Eines Tages musst du mit mir mein Geheimnisspiel spielen. Das ist eines der schönsten Spiele, die ich kenne. Ein Kinderspiel, aber eines, das es in sich hat.

Und sie erzählte von ihrem zwei Jahre jüngeren Bruder, mit dem sie vereinbart hatte, sich wechselseitig und zu gewissen festgesetzten Zeiten Geheimnisse anzuvertrauen, meist abends im Bett. Reden durfte man über alles, über Mordgelüste, Diebereien, Lügen oder Notlügen. Onanie. Nachhaken war nicht erlaubt, selbst wenn man vor Neugierde platzte. Und am nächsten Morgen sei alles vergessen gewesen, nie seien sie in Versuchung geraten, den Eltern oder anderen Erwachsenen die jeweiligen Sünden zu verraten. Dass man sein Wissen nicht ausnützen durfte, sei vielleicht am schwierigsten gewesen. Und dass man keine Verfehlungen erfand, wenn es einmal langweilig wurde. Ja, tatsächlich! Mein Bruder und ich haben eine Art Psychoanalyse aneinander vollzogen, sagte Sue. Vielleicht sogar eine Beichte, aber ganz ohne Strafaufgaben und ohne den Druck, sich zu bessern. Auch du musst mir eines Tages eines deiner Geheimnisse schenken, Felice! Es muss ja nicht gleich das wichtigste sein.

Und sie nahm, da Felice nicht reagierte, das abgegriffene Taschenbuch in die Hand, das jemand auf dem Tischchen vor ihnen hatte liegen lassen.

Henry James' *The Bostonians*, aha. Das ist doch genau die richtige Lektüre für dich, meine Liebe. Wo du doch nächste Woche nach Boston fährst, nicht wahr?

Aber sie hatte offenbar nicht vor, eine Unterhaltung über Henry James zu beginnen, sondern erklärte nur unvermittelt: Samy und ich, weißt du, Samy und ich haben uns beim *Manhattanhenge* in der 57th Street kennengelernt. Im Juli vor zwei Jahren. Er stand genau neben mir, als die Sonne unterging und der ganze Straßenzug in ein einziges gleißendes Licht getaucht war. Von West nach Ost. Mit dem riesigen roten Ball in der Mitte. Genau zwischen zwei Wolkenkratzern. Klar, das ist ein kosmisches Phänomen, nichts weiter. In jeder Stadt mit einem rechtwinkligen Straßennetz können Menschen an bestimmten Tagen so etwas erleben. Tatsächlich aber ist es so erhebend, dass man kaum die Tränen zurückhalten kann. Samy hat auch geweint, glaube ich. Und ich war nahe dran. Die Leute haben sich umarmt, einfach so, und tanzten auf der Straße. Dass wir uns kaum zwei Tage später zufällig wieder begegneten, hier, im Bryant Park, beim Freilichtkino, kam uns dann allerdings wie ein Wunder vor. Nicht nur für New Yorker Verhältnisse. *All about Eve* haben wir gesehen, ich bin da nur hingegangen, weil ich mich nach den Überstunden in der Bibliothek noch ein bisschen entspannen wollte. Eigentlich kann ich Bette Davis auch gar nicht leiden. Aber zu *Psycho* am nächsten Abend, da waren Samy und ich dann schon verabredet und hielten uns an den Händen, als der Mord unter der Dusche geschah. Und danach sorgte ich schnellstens dafür, dass Samy mein Praktikant wurde ... und ja, ... mein Liebhaber, wie du bemerkt haben dürftest. Ich halte ihn wie einen Sohn, ich liebe ihn, es ist schön, mit ihm im Inzest zu leben ... Den kurz zuvor gefassten Plan, mir eine Katze anzuschaffen, habe ich jedenfalls schnell wieder aufgegeben ...

Seit sie sie nackt gesehen hatte, kam ihr Sue viel schöner vor, stellte Felice verwundert fest, heute Morgen schon, beim qualvollen Erwachen, war der Wachtraum, der Sue als eine leibhaftig gewordene Venus von Willendorf in eine Vitrine befördert hatte, die sie ohne Weiteres öffnen konnte, kein kleiner Trost für sie gewesen. Sie wusste nicht warum. Und auch die Geschichte von ihrem und Samys Kennenlernen mochte sie leiden. Die Art, wie man sich kennenlernte, hatte etwas zu sagen, ob man wollte oder nicht, Kennenlerngeschichten waren Wegweiser ins Glück oder ins Unglück, und nicht jeder konnte schließlich mit einem astronomisch exakt verlaufenden Sonnenuntergang in der 57th Street aufwarten. Ein paar Sekunden lang erwog sie deshalb sogar die Möglichkeit, Sue von dem Cocktail namens Weltfrieden zu erzählen, der zu Ulrichs und ihrem ersten Kuss geführt hatte. Inzwischen aber war irgendwie die Stimmung umgeschlagen. Zwar nestelte sich Sue die Lesebrille aus ihrem Haar und tat so, als wolle sie in den *Bostonians* lesen, die sie nun doch als frauenfeindliches Pamphlet bezeichnete ... bei aller Wertschätzung für diesen großartigen Schriftsteller. Zog sich ihre ins Fleisch schneidenden Riemchensandalen aus, wackelte mit den Zehen und betrachtete kummervoll ihre geschwollenen Füße. Murmelte *diese entsetzliche Hitze* , bemühte sich also um Normalität.

Dann aber sagte sie düster, während sich langsam eine Schweißperle von ihrer Nasenspitze löste, die auch eine Träne hätte sein können: Ich habe gekündigt. Eben. Vor zehn Minuten. Ich habe gekündigt, Felice. Stell dir das vor. Ich habe meinem Chef ins Gesicht gesagt, dass ich ihn nicht mehr ertrage. Ich kann es auch nicht mehr aushalten, wie man diese Bibliothek kaputtspart ... Wahrscheinlich sitzt Samy noch drinnen auf dem Klo und hält sich die Ohren zu. Der Arme! Er war dabei, als ich ausrastete ... Laute Töne kann er nicht ertragen. Tatsächlich arbeite ich schon lange an meiner eigenen Abwesenheit, fuhr sie fort und starrte dabei auf die mächtige Skulptur von Gertrude Stein, deren posthume Präsenz Sues Vorhaben irgendwie Lügen strafe. Das heißt, ich versuche, mir meine Abwesenheit vorzustellen. Wie alle alleinstehenden oder kinderlosen Frauen, die genügend Grips im Kopf haben. Ich stelle mir die Orte vor, wo ich dann nicht mehr bin. Die Menschen, denen ich nicht mehr begegne. Meine Wohnung, mein Bett. Meinen Arbeitsplatz. Den Abdruck meines Arms auf meiner grünen Schreibtischunterlage. Meine schöne einzigartige Bibliothek. Mit der Kündigung habe ich jedenfalls schon einmal damit angefangen. Könnte man sagen ...

Und nachdem Felice nichts darauf erwiderte: Gib zu, dass auch du darüber nachdenkst. Ich habe Elefantenfüße am Abend und einen hohen Rheumafaktor. Und du leidest an Osteoporose, das seh ich dir an. Seit Jahrzehnten erlaubst du dir den Luxus, im Kloster zu leben, das heißt, in der Schockstarre, in die dich Ulrichs Suizid versetzt hat. In der Sterilität einer ständigen geistigen Unterforderung noch dazu. Wohingegen ich mir Samy leiste. Meinen lieben Samy, der seit seiner Kindheit an Schwermut leidet, früh als Genie galt, nie ein Examen zu Ende brachte, keinen Job länger als sechs Wochen ausgehalten hat. Er ähnelt Bob Dylan, findest du nicht? In seiner Traumverlorenheit, in seiner Jungenhaftigkeit. Seinen ewig windzerzausten Haaren. Seit wir zusammen sind, verzichtet er auf seine Tabletten. Und das bisschen Hasch, das er von mir bekommt, tut ihm gut ... du brauchst gar nicht so kritisch zu gucken.

Felice hätte Sue gern erzählt, dass sie sich alterslos fühle derzeit und von keiner Krankheit angefochten, sei sie doch gerade dabei, sich in New York – und danach bestimmt auch in Boston – von den Verblendungen ihrer Jugend zu kurieren. Dass sie ihrer Osteoporose erst später gestatten würde, sich wieder in ihr Leben zu mischen. Vielleicht auch, dass die Schockstarre ihr dasselbe gerettet hatte. Aber sie kam nicht dazu, weil Sue sich plötzlich erhob, panisch um sich blickte und behauptete, soeben ihren Chef und zwei seiner Assistentinnen gesehen zu haben. Sie zog Felice auf die Straße hinaus, wobei sie fast über den rothaarigen Klarinettisten gestolpert wäre, der – auf einem Klappstühlchen vor dem Eingang sitzend – Sues und Felices Gespräch die ganze Zeit über mit seinen schönen Soli begleitet hatte. Hielt kurz entschlossen eines der Yellow Cabs an, die ihnen an der Kreuzung entgegenbrausten, und wollte dem Fahrer vielleicht *Zum Mond* oder *Zum Mars* entgegenschreien. Dann aber überließ sie es ihrer Freundin aus Deutschland, das Ziel zu bestimmen, die *Dinosaur, Harlem* sagte, ohne zu zögern. Und Sue, die Felice nun ausgeliefert war, sprach kein Wort mehr, ließ ihre Haare aus dem Fenster wehen und beklagte sich nicht, dass das Taxi, in das sie eingestiegen waren, alt und dreckig war, keine Klimaanlage besaß und sie auf der Rückbank zwischen leeren Büchsen, ausgelaufenen Pappbechern und zerknüllten Servietten Platz nahmen. Der Aufbruch hatte etwas Theatralisches, ja Kindisches, wenn man bedachte, dass sich da zwei Über-Sechzigjährige auf den Weg machten. Fest stand jedoch, dass Felice plötzlich weniger Angst hatte, mit Sue an ihrer Seite. Obwohl diese doch gar nicht ahnte, was ihr bevorstand, und Felice den ganzen *Riverside Drive* entlang nicht die richtigen Worte fand, sie einzuweihen.

Nachdem der Fahrer sie direkt unter dem Viadukt abgesetzt hatte, in dessen Nähe das Barbecue-Restaurant lag, das Paradise als Treffpunkt vorgeschlagen hatte, standen sie eine Weile schweigend zwischen den scherenschnittartigen Pfeilern am

Rande dieser mächtigen Straßenüberquerung, die aussah wie ein gigantischer, kompliziert gestalteter, stacheliger Lockenwickler mit Bögen aus Stahl. Über ihnen rauschte der Verkehr hinweg. Um ihre Füße spielten dünne, hellblaue Plastiktüten, heftige kleine Böen wirbelten immer wieder Staub auf, kein Mensch zeigte sich in der Mittagshitze. Vor einem grünen Bauzaun parkte ein silbergrauer, wie mit Ofenrohrfarbe überschütteter VW-Käfer.

Vielleicht hätte es Felice, die so empfänglich für Symbolik war, geholfen zu wissen, was Sue ihr später erzählte, als sie lange nach dem Mittagessen, auf dem Campus der Columbia University unter dem Schatten zweier Akazienbäume saßen, nämlich, dass diese 1910 errichtete Konstruktion im Jahr 1987 aufwändig restauriert worden war, indem man ihre Einzelteile nach und nach abmontierte, sie mit dem Sandstrahler behandelte, aufpolierte und danach sofort wieder einpasste. Und dass die *New York Times* wöchentlich über den Fortgang dieses einzigartigen Unternehmens berichtete, was dann an Ort und Stelle regelmäßig für ein Trüppchen treuer Zuschauer sorgte, unter denen auch sie und ihr Ehemann sich gelegentlich befunden hätten – ähnelte diese Stück-für-Stück-Prozedur doch der Akribie, mit der Felice ihr Gedächtnis reparierte, ihre Erinnerungen heraufbeschwor, auseinanderschraubte und neu zusammensetzte. Immer eindeutiger wurden die Erinnerungen der Erinnerungen dadurch. Es gab keine Zeit mehr für unnötige Schleifen. Aber sie begann sich natürlich auch schon zu fragen, was geschehen würde, wenn sie alles wusste. Nichts wird leichter, sagte sie sich. Und auch den Friedhof wirst du nicht finden. Nur immer neue Ehrengräber ... wie kürzlich auf dem Grunewald-Friedhof das von Hermann Sudermann, dessen fürchterliche Romane Felices Mutter zu ihrer Lieblingslektüre zählte.

Noch aber war ja alles offen. Denn Felice sah Dr. Paradise auf sich zukommen, sie erkannte ihn sofort und nur wenige Sekunden später er sie auch. Wobei sie die Enttäuschung darüber, dass er nicht allein kam, sondern seine Familie um sich scharte – seine Tochter vielmehr und deren Töchter, nicht aber seine Frau, die vielleicht gar nicht mehr lebte (er selbst musste über achtzig sein) – fast augenblicklich erfasste. Die Enkelinnen waren Drillinge, nie zuvor hatte Felice Drillinge gesehen. Gewiss kamen sie gerade von ihrer *Graduation*, die Universität lag schließlich nur wenige Gehminuten entfernt, ihr Aufzug und ihre gute Laune sprachen Bände. Als ihr Großvater sich plötzlich aus ihrer Mitte löste und auf eine Unbekannte zuging, waren sie jedoch irritiert. Und Sue, die gerade einen ihrer gewundenen Sätze begonnen hatte, nicht minder.

Dr. Paradise ... an old acquaintance, sagte Felice schließlich, nach weiteren Floskeln suchend und eine vage Handbewegung vollführend, weil sie immer noch nicht wusste, ob sich Männer und Frauen in den USA die Hände schüttelten bei der Begrüßung. Ach, es war eine Qual, ganz so, wie sie es vorhergesehen hatte. Wie eine Inszenierung erschien ihr alles, eine Demonstration von privatem Glück, die nichts zu tun hatte mit ihrem Schmerz und dem Willen, sich davon zu befreien. Diese schönen, jungen, kräftigen Frauen mit ihren gerollten Urkunden. Ihre sich im Wind blähenden, mit grüner, roter und gelber Seide gefütterten Capes. (Die allwissende Sue hätte ihr gewiss auch sagen können, für welchen Abschluss die jeweilige Farbe stand.) Die Doktor- oder Bachelorhüte, deren Bommel sie sich ausgelassen vor den Gesichtern baumeln ließen. Die Zuversicht, die sie ausstrahlten. Dr. Paradise war der einzige Mensch, der wusste, was geschehen war in jener Nacht, als Ulrich sich für immer in einen anderen Menschen verwandelt hatte. Und gleichzeitig der stolze Großvater dieser vor Vitalität berstenden erwachsenen Kinder. Wie sollte das zusammengehen? Es war mehr, als Felice glaubte, verkraften zu können.

Er nahm sie am Arm, führte sie wie eine Schlafwandlerin über die Straße und stellte sie gleichfalls vor, als Freundin aus Harvard-Tagen, was eine gewisse Steigerung bedeutete. Die

Namen der Drillinge nannte er: Jay, May und Kay. Oder so ähnlich. Kurz vorm Eingang machten Sue und sie sich schließlich auch mit der Tochter bekannt, die Millicent hieß. Und dann tauchten sie ein in die kaum zu beschreibende, quirlige Atmosphäre dieses Barbecue-Restaurants, das voll war mit schwarzen Uni-Absolventen und deren Eltern, Geschwistern und Freunden. Die rohe Holzdecke, die gebeizten Balken, die sich durch den Raum zogen, ja selbst das Mobiliar erinnerten Felice an eine Skihütte in den Alpen. Man saß auf Bänken. Die riesigen Tische waren entweder lang oder rund und durch eine Balustrade von den ganz kleinen Tischen getrennt, an denen – einsam und verwirrt – weiße Touristen über Speisekarten grübelten. Das wahrscheinlich studentische Personal, das sich ungeniert und trotz der großen Ventilatoren an der Decke den Schweiß aus den Gesichtern wischte, wann immer es ging, servierte gewaltige Portionen von Grillfleisch und Chips, die man mit den unterschiedlichsten Soßen garnieren konnte. Und man trank Bier, Coke oder Ice Tea aus großen Gläsern, letztere bis an den Rand mit kleingehackten Eiswürfeln gefüllt, die nach Chlor schmeckten, wie Felice befürchtete.

Vielleicht war ja dieses Übermaß an Geräuschen und Gerüchen, das Paradise ihr mit diesem Treffpunkt zumutete, die Rache für den unsäglichen Abend in Somerville. Dachte Felice. Sie spürte einen leichten Ekel in sich aufsteigen, vor dem Holzkohlegeruch, der die Luft schwängerte, vor den Tellern mit den abgenagten Spareribs und Koteletts. Jahrzehntelang hatte sie kein Fleisch gegessen und jetzt, in New York, konnte sie sich schon das zweite Mal nicht dagegen wehren. Wahrscheinlich aber war es nur ihre eigene kindische Fantasie: Das *Dinosaur* sollte keine Schocktherapie sein. Dazu erschien ihr Paradise viel zu höflich. Noch immer umgab ihn jene Aura aus Zugewandtheit und Gelassenheit, die Felice bereits damals – so fremd er ihr auch schien – das Gefühl gegeben hatte, gut bei ihm aufgehoben zu sein. Weil er sich um Ulrich gekümmert hatte in jener Nacht, ja, und kurze Zeit später auch um sie, als er sie vor der Boston City Hall so entschlossen aus der Meute der aufgeregten Demonstranten zerrte. Reglos saß er da, amüsiert und abgeklärt zugleich, die Hände auf den Tisch gelegt, nur den einen oder anderen Finger bewegend. Abwechselnd fixierte er seine Enkeltöchter sowie Felice und deren Freundin. Wobei sich Felice für den naiven Gedanken, dass Paradise dem grau gewordenen Nelson Mandela ähnelte, sofort schämte. Zumal er kein groß gemustertes Hemd, sondern einen dunklen Anzug trug, und außerdem viel feinere Gesichtszüge hatte. Nein, er sah sich selber noch immer gleich, hatte nicht zugenommen in der Zwischenzeit, wirkte schmal und zierlich wie damals und war mindestens einen halben Kopf kleiner als seine Enkelinnen, wie sie vorhin bemerkt hatte. Die randlose halbe Brille höchstens schien neu, über die hinweg er ihr forschend in die Augen blickte.

Wenn ich jetzt, in diesem Moment, zu sprechen versuchte, würde ich sprechen wie das Mädchen, das vor vierzig Jahren Ulrichs Ehefrau gewesen ist. Dachte Felice. Stattdessen krümmte sie ihre Mundwinkel zu einem vorsichtigen Lächeln. Und befahl ihm innerlich: Du wirst und musst mir jetzt alles erzählen. Du musst. Und wirst. Obwohl sie nicht wusste, wie das gehen sollte in diesem lauten Lokal. Mit den drei schnatternden jungen Frauen, die ihr erfolgreich bestandenes Examen feiern wollten, sich fröhlich mit ihren Urkundenrollen auf den Rücken und in den Nacken schlugen, ihre Umhänge ausgezogen und über die Balustrade gehängt hatten inzwischen und nun stolz ihre entblößten Schultern und muskulösen Oberarme zeigten. Sie waren keine Drillinge übrigens, es lag immer ein Jahr zwischen ihnen. Natürlich aber hatten sie aus ihrer unglaublichen Ähnlichkeit schon häufig Kapital geschlagen und das eine oder andere *Casting* hinter sich gebracht, wie ihre grazile Mutter erzählte, die ansonsten kaum zur Unterhaltung beitrug, dieses Statement aber auf jeden Fall hatte abgeben wollen.

Auch mit den Töchtern versuchte Felice Kontakt herzustellen, fragte, worüber sie geforscht oder woran sie gearbeitet hätten und woran sie weiter forschen wollten, stellte all die Fragen, die ihr aus Cambridge vertraut und die ihr selbst so häufig gestellt worden waren. Und Paradise unterstützte sie, indem er wenigstens kundtat, wo genau sie sich kennengelernt hatten. Ja, im Harvard Medical Center. Anfang der siebziger Jahre. Lang ists her. Die ausführlichen Antworten der Mädchen überforderten sie allerdings, und die Witze, die sie dabei über ihre Lehrer und über sich selbst rissen, verstand sie kaum. Eine, die Jüngste von ihnen, hatte Byzantinistik und Mittelgriechisch studiert, und dieser Umstand verursachte bei ihren Schwestern immer neue, völlig unbegreifliche Lachsalven.

Nur mit Sue wechselte Felice keinen Blick, während sie aßen, egoistischerweise und mit schlechtem Gewissen. Mit Sue, der armen Sue, die eigentlich ganz andere Probleme hatte, unglaublich erschöpft wirkte plötzlich, weil sie bestimmt noch *stoned* war von gestern Nacht. Die an Samy dachte wahrscheinlich, den sie in der Public Library so schmählich hatte sitzen lassen. Oder sich darüber ärgerte, dass sie gezwungen war, mit einer unfreiwilligen Anwesenheit zu kämpfen, wo sie doch lieber mit ihrer künftigen Abwesenheit experimentiert hätte. Tatsächlich hatte sie jenen hellwachen Ausdruck im Gesicht, den gescheite Leute sich zulegen, wenn sie innerlich ganz weit weg sind. Aber Felice konnte sie nicht täuschen, sie spürte ihre Körperspannung. Sue war kein Mensch, der sich irgendjemandem verpflichtet fühlte, es war gut möglich, dass sie sich nach dem Essen erhob und wegging. Ihre Kündigung würde ihr wieder einfallen und ihr neuer Stand im Leben. Vielleicht bekam sie doch noch Lust auf die Lustspiele beim Shaw-Festival. Oder sie wollte mit Samy auf die Bahamas fliegen. Und auch die Drillinge würden wahrscheinlich aufbrechen wollen, wenn sie erst einmal ihr Dessert verspeist hätten. Mit ihrem spendablen Großvater shoppen gehen heute Nachmittag in den angesagten

Läden oder einen Ausflug machen, an die Küste, nach Tarry Town oder nach Long Island, wo man segeln konnte.

Felice legte Sue deshalb kurz entschlossen die Hand auf den Arm – wie warm er sich anfühlte, obwohl man auch hier längst die Ventilatoren ab- und die Klimaanlage angestellt und Felice bereits wieder mit dem Frieren begonnen hatte – und sagte so fest und bestimmt, wie sie in ihrem Leben noch nie gesprochen hatte: Frag Dr. Paradise, was los war, damals, als Ulrich zu ihm in die Notaufnahme kam. Frag ihn, warum Ulrich so ungehalten war. Frag ihn, was passiert sein könnte, dass er nicht mehr derselbe war, als ich aus Deutschland zurückkehrte. Frag ihn, ob es etwas Medizinisches war. Ob Ulrich Koliken hatte. Eine Blinddarmreizung, eine Lebensmittelvergiftung. Und was er tat, um ihm zu helfen. Frag ihn, an welche Einzelheiten er sich erinnert. Und ob er das, was er an Ulrich diagnostizierte, in eine Akte geschrieben hat.

Und Sue stellte Dr. Paradise die Fragen, wenn auch nicht so spontan oder scheinbar spontan, wie sie aus Felice herausgebrochen waren. Wobei sich der Unterschied zwischen ihr und Sue rein klanglich als gar nicht so groß erwies, denn selbst nach dreißig Jahren in den Vereinigten Staaten sprach die Freundin noch immer mit ziemlich starkem deutschen Akzent. Auch schien ihr Sues Vokabular nicht unbedingt differenziert, das Wort *ungehalten* übersetzte sie zum Beispiel einfach mit *angry*. Dafür hätte Felice sich irgendwie ein anspruchsvolleres Wort vorgestellt. Wichtig aber war das nicht. Denn Felice hatte Paradise ja angeschaut, während sie sprach, und er hatte sie dabei im Blick gehabt, es gab also keine Verständigungsprobleme. Und so schickte er seine Enkelinnen weg, nachdem er für alle – auch für die beiden Deutschen – bezahlt hatte. *Hollister 5th Avenue*, sah Felice noch May, Kay oder Fay mit großen Druckbuchstaben auf die Rückseite der Rechnung kritzeln, die er sich ergeben in die Hosentasche steckte.

Das Lokal leerte sich allmählich. Die Studenten räumten auf, hinten rechts, neben dem Tresen, wurde eine Tonne aufgestellt, in welche die Fleischabfälle gekippt wurden, die sich auf den letzten Tellern angesammelt hatten. Felice betrachtete das riesige Bild, das – gleichsam über Dr. Paradise' Kopf – auf der anderen Seite des Raums hing. Zwei Schweine, eine Kuh, ein sich lasziv auf seinem Stuhl räkelnder Fisch, eine Ziege, ein Huhn und zwei Dinosaurier mit spitzen Zähnen, die miteinander Karten spielten, waren da in deftigen Farben auf roh zusammengenagelte Bretter gemalt worden. Eines der beiden Schweine – es war tätowiert – saß auf einer gezinkten Karte, die aggressiv schauende Kuh fläzte sich mit ihren Vorderhufen auf den Tisch. Rote und weiße Chips wurden verteilt, brennende Zigarren flogen durch die Luft. Alle hechelten vor Vergnügen. Und aus umgekippten Gläsern rann unaufhaltsam eine Flüssigkeit, die wie Bier aussah. Bis in alle Ewigkeit. Amen.

Ein deutscher Arzt hätte sich vielleicht hinter seiner Schweigepflicht verschanzt. Dachte Felice. Paradise tat es nicht. Kurz nahm er ihre Hand in die seine und legte sie wieder auf der Tischplatte ab. Zog seinen Kopf zwischen die Schultern, so unwohl fühlte er sich anscheinend, räusperte sich, sagte zögernd, fast zärtlich *Filitschi* ... und kam dann doch schnell zur Sache. Pausen, damit Sue dolmetschen konnte, machte er nicht. Wenn Felice nicht auf seinen Mund schaute und auf die Zahnlücke, zwischen der gelegentlich seine Zunge auftauchte, heftete sie ihre Blicke auf das tierische Ensemble. Es war plötzlich still geworden im Lokal, nur ganz hinten, direkt unter dem Gemälde, sah sie eine Touristenfamilie sitzen. Vater, Mutter und Sohn. Aber auch sie brachen bald auf, nachdem der Mann seine Frau und seinen Sohn fotografiert hatte. Und als sie an Felice, Sue und Dr. Paradise vorbei dem Ausgang zustrebten, der Mann mit einer Fototasche bewehrt, die zehn oder mehr Kilo wiegen mochte, konnte sie hören, dass sie Deutsch miteinander sprachen.

Ulrich hat an einem sogenannten Priapismus gelitten. Das heißt, an einer schmerzhaften Versteifung seines Glieds, einer Versteifung, die – laut Lehrbuch – über zwei Stunden andauern kann und nicht etwa auf sexuelle Erregung zurückzuführen ist. Genau dies habe ich ihm auch sofort mitgeteilt, in jener Nacht, als er an der Rezeption der Notaufnahme einen solchen Aufstand machte, dass mich die Krankenschwester herbeiklingelte, weil sie sich nicht mehr zu helfen wusste. Natürlich hatte er ihr nicht sagen wollen, weswegen er kam. Und auch ich musste ganz nah an ihn herangehen, bevor ich das Wort *Erection* verstand, das er immer wieder vor sich hinstammelte. Wobei er auch in meinem Sprechzimmer kaum reden konnte. Fortwährend setzte er sich nieder und sprang wieder auf. Und stand so sehr unter Strom, dass ich ihn kaum zu berühren wagte. Dabei kamen schreckliche Klagelaute aus ihm heraus, von dem Weinen wahrscheinlich, das er vergeblich unterdrückte. Wichtig war, dass wir schnell handelten, damit keine Folgeschäden zurückblieben. Den Wechsel von Kälte- und Wärmeapplikationen in Gang setzen also. Und, als dies nichts half, eine Punktion. Gott sei Dank mussten wir nicht operieren. Denn Ulrichs Priapismus dauerte keine zwei Stunden, verlief also glimpflich im Grunde. Schwieriger war es, Ihren Mann im Krankenhaus zu halten. Er wollte sofort wieder gehen, versuchte mehrmals, das Zimmer zu verlassen, mitsamt der Infusion, die an ihm hing. Und selbst noch in den frühen Morgenstunden wollte er sich davonschleichen. Nein, wir haben ihn nicht ans Bett gefesselt, falls Sie mich das gerade fragen wollten. Aber er hat natürlich Beruhigungsmittel bekommen.

Mühsam versuchte Felice, sich vorzustellen, wie Ulrich damals ausgesehen hatte, während der Untersuchung in Dr. Paradiese' Ordinationszimmer, diesem fensterlosen, holzgetäfelten Gelass mit der grünen Lampe auf dem Schreibtisch. Seine wirren, ungewaschenen Haare, die sich lockten, wenn er sie länger wachsen ließ, seine graublauen, wahrscheinlich weit aufgerissenen Augen. Seine ewig offenstehende Lufthansatasche, aus der die Utensilien quollen. Stets hatte er Felice eine Abfuhr erteilt, wenn sie vorschlug, sie doch einfach einmal auszukippen und neu zu ordnen. Oder wenigstens einen funktionierenden Reißverschluss einsetzen zu lassen. Und nicht selten hatte sie gegen die Versuchung angekämpft, ein bisschen darin zu wühlen, wenn Ulrich ohne Tasche ausgegangen war.

Ob Dr. Paradise einem inneren Programm folgte oder sich gar vorbereitet hatte? Er sprach immer weiter jedenfalls, sah nur gelegentlich aus dem Fenster und zum *Riverdrive Viaduct* hoch, das an dieser Stelle – oben rechts – sozusagen im Nichts verschwand, mitsamt den Autos, die darüberrauschten. Felice verlor er dabei nie aus dem Blick, sondern lächelte sein altes Lächeln, mit jener – warum auch immer – ihn so jung machenden sympathischen Zahnlücke, die ihr in Somerville gar nicht aufgefallen war. Er brauchte kein Bild, keine tierischen Gegenüber, denen er beim Pokern zusehen konnte. Er schaute direkt in die Vergangenheit. In das Jahr 1974, als Boston unter Schneemassen begraben lag und ein deutscher Kennedy-Stipendiat, der vorübergehend in Harvard lehrte, für immer sein Gleichgewicht verlor.

Der medizinische Teil der Angelegenheit war zwar bald in Ordnung gebracht, fuhr Paradise also fort. Für Ulrichs Seelenheil jedoch konnten wir so gut wie nichts tun. Ich meine, ich konnte nichts tun, obgleich ich ihm jedes Mal, wenn ich sein Zimmer betrat, ein Gespräch anbot. Am nächsten Abend kam immerhin ein Freund, Ulrich aber wollte ihn nicht empfangen. Das heißt, es hat eine Zeit gedauert, bis er dazu bereit war. Und natürlich habe ich die Besuchszeit limitiert. Er durfte nicht länger als fünfzehn Minuten bleiben, was ihn sehr verstimmt hat, wie mir eine Schwester später erzählte. Sonst hat keiner nach Ihrem Mann gefragt. Auch die Universität meldete sich nicht, wahrscheinlich weil der Freund Ulrichs Lehrveranstaltungen abgesagt hatte. Von ihm erfuhr ich auch, dass Sie, seine Frau, sich in Deutschland befanden. Und als ich hörte, dass Sie in den nächsten Tagen zurückerwartet wurden, war ich doch sehr erleichtert.

Paradise atmete ein und langsam wieder aus, sah Felice unverwandt in die Augen und suchte nun doch nach den richtigen Worten.

Nie wieder habe ich einen so abgrundtief verzweifelten Menschen gesehen. Einer, dem sein Leben zerbrochen war, ja, der dabei zugeschaut hatte, als es in Stücke brach. Wenn er sprach, zitterte seine Stimme wie die eines alten Mannes. Und auch seine Finger flogen und sein Mund zuckte, obgleich wir ihm nur sehr niedrig dosierte Psychopharmaka verabreicht hatten. Eines Nachts jedoch, ich glaube, es war seine dritte bei uns, ich hatte mich auf meiner Couch ausgestreckt und war gerade am Einschlafen, streckte Ulrich seinen Kopf durch die Tür und wollte mit mir reden.

Wobei es auch jetzt wieder nur darum ging, dass er das Krankenhaus verlassen wolle, möglichst noch bevor Sie zurückkämen. Es sei für ihn unerträglich, dass Sie, Filitschi, ihn hier sähen, sagte er, wie ein gefangenes Tier vor meinem Schreibtisch auf und ab gehend und unter großer Anstrengung, die Ruhe zu bewahren, er fürchte um sein ... sein ... *Image*, wahrscheinlich hätte er einen passenderen Ausdruck gebraucht, um sein Problem anschaulich zu machen. Nie dürfe seine Frau erfahren, warum er sich selbst ins Krankenhaus eingeliefert habe. Während ich mich meinerseits bemühte, ihm zu erklären, dass er unbedingt noch einige Untersuchungen absolvieren müsse, bevor er ging. Penisversteifungen seien häufig Anzeichen für gravierende Krankheiten. Für Multiple Sklerose, Diabetes oder Leukämie. Weshalb ein paar diesbezügliche Check-ups unerlässlich seien. Dann aber setzte Ulrich sich doch. Und unter Aufbietung all seiner Englischkenntnisse, die in seinem Fachgebiet wahrscheinlich glänzend waren, in der Alltagssprache jedoch erbarmungswürdig, versuchte er mir zu erzählen, was an jenem

Abend geschehen war. An jenem Abend, als ihn der Priapismus erwischte. Er hatte einen Freund besucht. Der arbeitete an einer Dissertation über GIs, die dabei waren, als in Deutschland die Lager befreit wurden. Das heißt, er hat sie interviewt, so reimte ich es mir später zusammen. Und dieser Freund muss Ulrich Filme und Fotos davon gezeigt haben, Filme und Fotos der grauenvollsten Art.

Für eine Sekunde oder zwei wusste Dr. Paradise nicht, wohin er schauen sollte, außer auf Felices Stirn, auf der vielleicht etwas geschrieben stand. Oder auf die so unangefochten und proper aussehende Sue in ihrem roten Kleid, die – wie in der Kirche – ihre Hände gefaltet hielt und ihren pseudowachen Gesichtsausdruck aufgegeben hatte. Während Felices Blicke den Studenten folgten, die noch immer dabei waren, die Tische abzuräumen und abzuwischen. In amerikanischen Restaurants war es nicht üblich, nach dem Essen noch lange sitzen zu bleiben, fiel ihr ein. Wahrscheinlich würde man ihnen bald nahelegen, das Lokal zu verlassen.

Dr. Paradise dagegen schien die Geschäftigkeit um sich herum nicht zu bemerken. *Ich weiß, dass es unmöglich ist, sich solche Bilder und Filme anzuschauen!*, rief er aus und hob seine Hände nun doch einige Zentimeter von der Tischplatte. Ich kenne viele Menschen, die sich die Augen zuhalten, wenn sie damit konfrontiert werden. Nicht nur Juden, nicht nur Deutsche. Auch Amerikaner schotten sich ab. Schließlich gibt es das Massaker von Mỹ Lai und die Videos aus dem Irakkrieg. Es ist völlig normal, dass man wegschaut, würde ich sagen. Ulrich aber hat eine Erektion bekommen, wie er mir schilderte, und zwar genau in dem Moment, als er die Fotos in den Händen hielt, während sein Freund hinter ihm den Film zurückspulte. Klar, dass er das Phänomen erst einmal ignorieren wollte. Und es sich irgendwann ja auch von selbst erledigen würde, wie er wusste. Jeder Mann kennt das, jeder Mann weiß, dass das eigentlich die Regel ist.

Wieder hob Dr. Paradise seine Hände, ein bisschen höher dieses Mal, und Felice sah die feuchten Abdrücke, die sie auf der Tischplatte hinterließen. Vielleicht war er gar nicht so ruhig, wie er schien, nicht so ruhig, wie Felice sich gab jedenfalls, die Sues festen Körper und dessen mühsam zurückgehaltenen Fluchtinstinkt neben sich spürte.

Nein, ich kann nicht behaupten, dass ich alles verstand, was mir Ihr Mann erzählte, sagte Dr. Paradise schließlich traurig und schloss seine Finger um ein nicht abgeräumtes Wasserglas. Dazu war Ulrichs Englisch einfach zu mangelhaft. Und seine Panik zu groß. Das, was ich mir danach aufgeschrieben und im Gedächtnis bewahrt habe, lässt sich aber ungefähr so zusammenfassen. Er bestand darauf, dass sein Priapismus nichts anderes aussage, als dass er nekrophil sei. (Tatsächlich hat er es viel krasser ausgedrückt.) Und dies so entsetzlich sei, dass er es nicht aushalten könne, so ekelerregend, dass er damit nicht leben wolle. Er erzählte mir auch von einem von ihm offensichtlich sehr verehrten jüdischen Professor, den er damit verraten zu haben glaubte. Dass er es nun nicht mehr verdiene, von diesem unterstützt zu werden. Dass er ein Antisemit sei am Ende. Und auch von einem anderen Unglück, das ihm in jüngster Zeit geschehen war, sprach er, plötzlich sehr wild und hektisch werdend, ein Unglück, das mit der Erektion womöglich in einem geheimen Zusammenhang stehe ... darüber jedoch konnte ich ihm leider nichts mehr entlocken.

Der Arme. Er war so sehr in sein Verhängnis verstrickt, dass ihm meine Erklärungen nichts nutzten, auch nicht das flaue Eingeständnis, dass ich als Amerikaner wahrscheinlich ohnehin nicht verstünde, was derlei Bilder bei einem Menschen auslösten, der seine Kindheit im zerbombten Berlin verbracht hatte. Wie Wachs schmolz ihm das Herz im Leib, so oder so ähnlich heißt es in der Bibel. Und so erschien er mir. Als würde Ulrich sich auflösen, sterben vielleicht sogar. Weshalb ich aufstand und mir gestattete, ihn zu umarmen, was er sich steif wie ein Stock gefallen ließ. Mein Gott. Es war so elend banal, was ich ihm ins Ohr flüsterte. Dass alles wieder in Ordnung komme. Dass er ganz schnell vergesse, was ihm widerfahren sei. Ich ihm alle einschlägigen Publikationen zeigen wolle. Und sogar dafür sorgen könne, dass er die wichtigsten Passagen übersetzt bekomme, falls ihm dies als Wissenschaftler wichtig sei. Womit er einverstanden schien ... bis er plötzlich zu gähnen begann, sich die Augen rieb. Und offensichtlich nur noch schlafen wollte. So brachte ich ihn ins Bett und deckte ihn zu. Wie ein Kind. Dass mein Nachtdienst endete und ich nun eine Woche frei hätte, vergaß ich ihm zu sagen. Allerdings riefen meine Kollegen mich bereits am nächsten Morgen an. Ulrich sei nicht bereit, auch nur eine einzige Untersuchung zuzulassen, ja er randaliere und bestehe darauf, das Krankenhaus sofort zu verlassen. Was blieb mir anderes übrig, als zu ihm zu eilen und ihm wenigstens noch so etwas wie meinen Segen mitzugeben. Zusammen mit seinen Entlassungspapieren.

Ich hätte ihn so gerne vor dieser Obsession bewahrt, die ihm fortan sein Leben zur Hölle machen würde. Vor diesem Missverständnis, dem er zum Opfer fiel. Ich wäre auch bereit gewesen, die Zeitschriften mit ihm zu durchforsten, einige hatte ich noch von zu Hause mitgebracht. Aber es nutzte alles nichts. Sie, Filitschi, waren dicht hinter ihm, als er mein Zimmer betrat. Als müssten Sie ihn retten, so fest hielten Sie ihn an der Hand. Und draußen auf dem Flur lümmelte dieser schreckliche Freund herum. Nicht einmal seine merkwürdige Pelzmütze nahm er ab – und stapfte mit seinen Moonboots auf und nieder wie ein Elefant. Was hätte ich da tun sollen, frage ich Sie! Ich musste Ulrich gehen lassen. Er hatte das Recht zu gehen.

Ja, so war das, seufzte Paradise und wollte aus dem leeren Wasserglas trinken, an dem er sich festgehalten hatte. Das ist alles, woran ich mich erinnere. Wobei ich dem jungen Mann vermutlich Unrecht getan habe, damals. Denn wenn *er* der Doktorand gewesen ist, den Ulrich an jenem unglücklichen Abend besuchte, dann haben seine nur ein paar Jahre später veröffentlichten Forschungen der Nation die Augen geöffnet, wie ich inzwischen weiß. Keiner vor ihm hat sich die Mühe gemacht, mit den traumatisierten Soldaten zu reden, die da sprachlos am Rande der Massengräber standen, diesen Gruben, in denen die Ermordeten der letzten Kriegstage lagen. Das heißt, die Jungs sorgfältig zu befragen und ihre Aussagen miteinander zu vergleichen. Einige von ihnen jedenfalls müssen Schnappschüsse gemacht haben von dem, was sie da entdeckt hatten und nicht begreifen konnten. Mit den schicken kleinen, damals frisch auf den Markt gekommenen Apparaten. Und natürlich wurden auch offizielle Filme gedreht. Nicht nur der eine also, der in Buchenwald entstand, als man die Leute aus Weimar zwang, sich anzusehen, was in ihrer unmittelbaren Nähe geschehen war. Der ging ja um die Welt, und auch ich habe ihn gekannt. Nein, es müssen andere gewesen sein, und eben auch private Fotos, die man dem Doktoranden überlassen hatte.

Bjarne hieß der Doktorand, murmelte Felice, obwohl es gar nicht wichtig war.

Und Paradise erwiderte, als er sich erhob: Nun, an seinen Vornamen kann ich mich nicht mehr erinnern. Auf seiner Website immerhin wirkt er wie ein gediegener Wissenschaftler, wenn auch übergewichtig. Damals schien er allerdings ein bisschen verrückt gewesen zu sein, oder? Unbeherrscht zumindest. Und links orientiert offensichtlich. Ausgerechnet in Harvard mit einer sowjetischen Fellmütze herumzurennen …

Den Blick geradeaus, mit kleinen vorsichtigen Schritten, denen Felice plötzlich sein Alter anmerkte, ging Paradise vor ihr her dem Ausgang zu. Vorbei am Tresen, wo sich mittlerweile das junge Personal aufgereiht hatte, lauter weiße und schwarze Gesichter, wie ein Chor, der entschlossen war zu schweigen. Es roch frisch, nach Zitrus-Reinigungsmitteln. War nun alles erledigt? Erst auf der Straße sah der Arzt sie wieder an. Und Felice holte tatsächlich tief Luft und wollte ihm endlich sagen, dass

Ulrich sich umgebracht hatte, vor nunmehr vierzig Jahren. Wegen dieses nicht zu behebenden Missverständnisses, von dem die Rede ging. Wegen dieser neurophysiologischen Verwirrung. Oder auch, weil Ulrich das, was ihm zugestoßen war, nicht anders verstehen wollte als ein nicht wiedergutzumachendes Unrecht. Als Sünde. Als Fluch. Als Todesurteil.

Aber sie schwieg. Brachte es nicht fertig, über die so unglücklich verlaufene Einladung in Somerville zu sprechen, obwohl es ja nun doch eine Entschuldigung für Ulrichs schroffes Benehmen gab. Eine, die sie sogar akzeptieren konnte, wenn sie bedachte, dass sie ihm zugemutet hatte, mit dem einzigen Zeugen jenes ungeheuerlichen, ihn aus der Bahn werfenden Ereignisses einen netten Abend zu verbringen. Und auch, Paradise zu berühren oder gar zu umarmen, wagte sie nicht. Ihr Abschied war kurz und sachlich; ohne Bedauern, sich niemals näher kennengelernt zu haben, schüttelten sie sich die Hände. Als Paradise ein Taxi anhielt und etwas steifbeinig einstieg, fuhr gerade der silberne VW-Käfer vorbei. Und die beiden Frauen liefen in Richtung Columbia University, wo sie sich auf einer steinernen Bank niederließen.

Hast du auch gehört, dass er *God bless you* sagte?, fragte Felice Sue, die gerade vergeblich versuchte, Samy zu erreichen.

Ihnen gegenüber, zwischen weiß und blau blühenden Hortensienbüschen, räkelte sich ein überlebensgroßer Pan in einer Art Brunnenbett. Große Ohren hatte er, einen Rauschebart, lange Bocksbeine mit gewaltigen Schenkeln, eine muskulöse Brust. Und einen winzig kleinen Penis. Das Gebäude vor ihnen musste die *Graduate School of Journalism* sein, wo jährlich die Pulitzer-Preise verliehen wurden, die Bronze-Statue vor dem Eingangsportal Thomas Jefferson. Ein gigantisches Wolkentheater darüber kündigte Gewitter an. Und irgendwo hier in der Nähe war wohl auch Brzezińskis Institute on Communist Affairs gewesen, das namentlich gewiss nicht mehr existierte, weil es keinen Kalten Krieg mehr gab.

Sue, die ihr Wissen nie und um keinen Preis zurückhielt, runzelte die Stirn beim Anblick des seine Flöte blasenden bocksbeinigen Gottes. Ich überlege die ganze Zeit, woher ich das Wort Priapismus kenne, sagte sie. Und jetzt fällt es mir auch wieder ein. Es kommt von Priapos, dem Sohn von Dionysos und Aphrodite, der mit seinem gewaltigen Phallus Obst- und Weingärten schützen sollte. Auch Bauern und Winzer natürlich. Und die Männer generell vor Impotenz. Ist dir der Kerl auf griechischen Vasen nie aufgefallen? Auf den Fresken in Pompeji? Oder barocken Gemälden? Ich glaube, es war Annibale Carracci, der …

Ach, Sue, dachte Felice und beneidete sie um ihre Vergangenheit in der Public Library. Ach Sue. Ich müsste dich mehr lieben. Ich müsste mir erlauben, dich mehr zu lieben. Du hättest es verdient. Aber ich bin zu schwach, deine Robustheit zu ertragen, deine Stärke … Laut sagte sie: Dr. Paradise ist seit langer Zeit der erste Mensch, der mir nicht gesagt hat, was ich tun soll. Mein ganzes Leben lang habe ich mich bevormunden lassen. Alle, alle Leute gaben und geben mir unaufgefordert Ratschläge, die Mütter der leseschwachen Kinder in der Stadtbücherei genauso wie mein Obsthändler an der Ecke oder die unter mir wohnende Greisin, deren Azaleen ich gieße, wenn sie mal wieder im Krankenhaus ist. Adolf, ein starrsinniger Freund, den du nicht kennst, hat verhindert, dass ich Ulrichs totes Gesicht sehen konnte. Er hat mich aus der Wohnung gezerrt, in der Ulrich starb. Ich hasse ihn immer noch dafür. Und sogar der Wachmann im Reading Room des Bryant Park hätte vermutlich ein paar ganz neue Alternativen für mich … ganz zu schweigen von dir und deinen so überaus patenten Freunden … Wobei ich nicht aufhören kann, daran zu denken, dass Paradise Ulrich ins Bett gebracht hat. Das hat etwas unvergleichlich Fürsorgliches … Vielleicht hat er ihm über den Kopf gestrichen oder ihm die Kissen zurechtgerückt. Vielleicht hat er …

Felice stemmte die Arme auf die Bank, senkte den Kopf und schaute zu Boden. Als wären ihr ihre Worte auf die Füße gefallen, so kam es ihr plötzlich vor, sukzessive, so wie sie sie aussprach. Lauter prosaische Sätze, kein Gedicht. Als sie wieder hochschaute, entdeckte sie die deutsche Familie aus dem *Dinosaur*. Mutter und Sohn warteten auf den Vater, der vor Gott Pan niederkniete und ihn fotografierte. Sie waren ans Warten gewöhnt, das merkte man ihnen an.

Paradise hat dich nicht bevormundet, weil es keinen Grund mehr dafür gibt, erwiderte Sue langsam, während sie noch einmal versuchte, Samy zu erreichen. Du musst nichts mehr tun oder lassen, verstehst du. Es ist vorbei. Und von wegen ins Bett bringen: Samy und ich haben dich gleich zweimal ins Bett gebracht. Du kannst dich nicht beschweren.

Kapitel 7

Drei Wochen nach ihrer Rückkehr aus New York – es war der Sommer des Jahres 1974 und nun auch in Boston so schwül und heiß, dass man sich kaum bewegen mochte – entschloss sich Felice, Muriel zu besuchen. Sie wusste nicht genau warum; vielleicht aus Sehnsucht nach der geordneten Welt, in der Ulrich und sie in der Gorham Street gelebt hatten. Vielleicht wegen der merkwürdigen inneren Verbindung zwischen ihr und dem zwergwüchsigen Weiblein, das sich so ganz ohne Verstellung den Freuden eines lodernden Feuers hingeben konnte. Gerade als Felice sich nach ihrem vergeblichen Klingeln abwenden und die morsche Veranda-Treppe wieder hinabsteigen wollte, meldete sich vom Nachbargrundstück aus jener schwergewichtige Mann, der sie bei Muriels Opern- und Operetten-Abenden mit seiner schneidend hellen Stimme immer so erschreckt hatte. Aufgeregt gestikulierend bedeutete ihr Harry oder Henry von einer an einen Baum gelehnten Leiter aus, dass sie nicht gehen, sondern auf ihn warten solle. Und nachdem er durch ein zuvor nicht erkennbares Loch im Zaun geschlüpft und mit ihr um das Haus herum in die hinterste Ecke von Muriels verwildertem Garten gegangen war, wartete er geduldig, bis sich Felice in der altersschwachen Hollywoodschaukel zurechtgeruckelt hatte, bevor er ihr mitteilte, dass ihre *landlady* einen Schlaganfall erlitten habe. Ausgerechnet vor einem brennenden Haus sei es passiert, während der Ausübung ihres fragwürdigen Hobbys, sagte der beleibte Mann, sofern Felice ihn in seinem Falsett richtig verstand. Weswegen Muriel zum Kummer all ihrer Freunde und Nachbarn auch nicht mehr in die Gorham Street und in ihr schönes Haus zurückgekehrt, sondern im Krankenhaus verschieden sei.

Nein, die alte Dame habe keine Nachkommen. Ihr Haus falle an die Gemeinde Cambridge, die dort entweder ein Wohnheim für Studenten einrichten oder es der Universität als Institut für irgendein Nebenfach vermieten würde. Sicher sei noch nichts. Er aber habe in der Übergangszeit den Schlüssel für Muriels Domizil und auch die Vollmacht von der städtischen Behörde, ihre recht abstrusen letzten Wünsche zu erfüllen. Die Überstellung ihres Klaviers an eine kinderreiche Familie in Roxbury etwa, die sie regelmäßig des Nachts vor dem einen oder anderen brennenden Haus getroffen habe, und nicht nur das schöne Instrument, sondern auch ihr gesamtes Mobiliar, obwohl diesen Leuten der Platz dafür doch definitiv fehle. Die Weitergabe ihrer Nippesfiguren an ein Obdachlosenasyl in Boston. Er habe auch schon taschenweise Muriels Bücher in verschiedene Altersheime geschleppt und die Wagnerbüste von einem Studenten abholen lassen, der sie hoffentlich nicht selber behalten, sondern inzwischen ins Music Department gebracht habe. Ihr dringlichster Wunsch jedoch sei gewesen, dass sich *the nice German couple* und er, Harry, ihre Sammlung von *Gilbert and Sullivan*-Schallplatten teilten. Ein Ansinnen, das wohl für ihn demnächst einen Gang zur Universitätsverwaltung bedeutet hätte, um dessen neue Adresse in Erfahrung zu bringen. Wenn er nicht zufällig gerade bei der Apfelernte gewesen wäre und Muriels ehemalige Untermieterin entdeckte hätte. Was für ein Glück!

Ja, was für ein Glück. Um zu zeigen, wie sehr er sich freute, klatschte er in seine für seine Größe erstaunlich klein geratenen Patschhände und drehte sich einmal um die eigene Achse, wobei ihm seine ausgeleierte Trainingshose unter den Bauch zu rutschen drohte. Er muss rote Haare gehabt haben, dachte Felice, das sah sie an seinen mit fahlen Sommersprossen bedeckten Armen und seinem grün schimmernden Blick. Und ohne dass sie es recht registrierte – schon weil er die ganze Zeit redete und ihr kaum Zeit zur Formulierung einer Antwort ließ –, hatte er sie eingeladen. Zu einer *Gilbert and Sullivan*-Party, wie er es nannte, zu der sie selbstverständlich auch ihren Ehemann mitbringen könne. Beginnen solle das kleine Fest in seinem Haus, er würde Brownies und eine Apple Pie vorbereiten, seine verstorbene Frau, eine Schulfreundin von Muriel, habe ihm schließlich das Backen beigebracht. Und danach könne man, praktisch von einem Garten in den anderen, zu Muriel hinüberwechseln und sich dort mit den Platten befassen. Sie sich anhören vielleicht sogar. Denn Muriels Grammofon sei immer noch funktionsfähig, wohingegen er das seine erst kürzlich weggeworfen habe. Ja, es handle sich um Aufnahmen von unschätzbarem Wert. Von jeder der immerhin vierzehn Sullivan-Operetten habe seine Nachbarin mindestens zwei Interpretationen besessen. Und immer wieder habe es hinterhältige Leute gegeben, die sie ihr abluchsen hatten wollen. Darunter auch ein Harvard-Professor und die Leiterin einer privaten Musikschule aus New Bedford.

Er giggelte ein bisschen und strich sich seine kaum mehr vorhandenen Haare über den Schädel. Er machte auch Anstalten, sich zu ihr auf die Schaukel zu setzen, und ließ es dann doch lieber bleiben. Fest stand, dass Felice ein Date für die nächste Woche hatte, als sie Muriels Grundstück verließ, notiert auf einer Visitenkarte von Harry Gallagher, der in seinem früheren Leben *Sales Manager* gewesen war, was immer dies bedeuten mochte.

Ulrich reagierte nicht sonderlich aufgeregt auf die Nachricht von Muriels Tod, lachte allerdings kurz auf, als er erfuhr, bei welcher Gelegenheit sie der Schlag getroffen hatte. Nein, mitkommen werde er nicht, erklärte er, Sullivans Operetten seien zwar kurios und besonders kurios, wenn man sich Muriels geschürzte Lippen dazu denke, aber er habe doch sehr viel zu tun zur Zeit, müsse mit Maciej Berlin, seinem nunmehr offiziellen Übersetzer, wichtige Interviews mit Exil-Polen der Zwischenkriegsgeneration vorbereiten. Und stehe zudem bei einigen Zeitschriften im Wort. Wahrscheinlich habe er sich wieder einmal viel zu viel aufgeladen.

Teil Harry Gallagher mit, wir lehnen das Erbe ab. Du kannst das ja schriftlich tun. Wenn du willst, setzen wir den Brief gemeinsam auf, sagte Ulrich, wieder einmal mit einem verhedderten Tonband kämpfend, obgleich er längst ein neues, ihm von der Universität zur Verfügung gestelltes Gerät besaß. Und kam dann umstandslos auf etwas anderes zu sprechen, etwas, womit Felice in New York immer gerechnet hatte, wenn sie abends ins Gramercy zurückkehrte. Was ist eigentlich mit deiner Dissertation? Ich an deiner Stelle würde keine literaturwissenschaftliche Doktorarbeit schreiben. Das ist alles so uferlos. Mach etwas mit Fakten. Mit definitiven Quellen. Wechsle das Hauptfach. Schreib über die demokratische Revolution in Deutschland 1848. Über den Begriff der Volkssouveränität, so wie er in den Paulskirchendebatten auftauchte. Daran hat sich noch keiner gewagt, soviel ich weiß. Literatur ist fürs Schlafzimmer und für die Couch. Für den Gramercy Park, wenn du willst. Oder für den Botanischen Garten ... wenn wir endlich wieder zu Hause sind.

Kühl, gesund und schön kam Ulrich ihr in diesen Wochen vor. (Vermutlich hatte er sich schon damals mit Hilfe von Leuten, die sie nicht kannte, Psychopharmaka besorgt, die ihm das Leben einigermaßen erträglich machten. Beweise dafür gab es nicht.) Hin und wieder sagte er sogar *mein Schiffsjunge* zu ihr in jenem zärtlich verspielten Ton, den sie schon fast vergessen hatte. Noch war sein Körper jünglingshaft unter den Kleidern, noch hätte sie sich nicht vorstellen können, dass er in einigen Monaten schlaff und auch ein bisschen dicklich aussehen würde. Und so wie Potiphars Frau Mut, die Schöne mit der Geierhaube, nach Joseph, dem zweitjüngsten der Jaakobssöhne, so verzehrte sich Felice nach Ulrich. Wenn er nicht da war sowieso. Aber noch viel mehr, wenn er sich in ihrer Nähe befand und sie ihn unbemerkt beobachten konnte. Bei den Gesprächen in der Brattle Street mit den in Tweed und braunen Babycord gekleideten Politikwissenschaftlern, die an ihren Pfeifen kauten und – wie es Felice manchmal scheinen wollte – auf den Kette rauchenden Ulrich ein bisschen herabschauten. Oder in seine Papiere vertieft zu Hause, in Somerville vielmehr, wo sie nach ihrer Rückkehr getrennt schliefen, er auf der Liege und sie im Doppelbett, unterbrochen nur von den kurzen Phasen, wenn Maciej bei ihnen unterkroch, weil er glaubte, im Harvard Yard wieder einmal einen polnischen Agenten entdeckt zu haben. Der charakteristische Milchgeruch des kleinen Polen, der von einem billigen Körperpuder kam, wie Felice herausgefunden hatte, blieb auch Tage nach seinem Fernbleiben in der Wohnung, so intensiv, dass man meinen konnte, dass Ulrich und Felice ein Baby zu versorgen hätten. Dabei war doch ganz genau das Gegenteil der Fall.

Nach wie vor vermied Ulrich jede Berührung, selbst in jenen Nächten, als er – angetan mit der ihm von Bjarne besorgten Schlafmaske – regungslos neben ihr lag, während Maciej nebenan im Wohnzimmer so unangenehm röchelte, dass Felice kein Auge zutun konnte. Vielleicht sah ihr Ehemann im Traum glühende Weihnachtsbäume vom Berliner Nachthimmel herabregnen. Hockte bei Steinway & Sons in der Charlottenburger Hardenbergstraße unter einem mit weißem Schutt überzuckerten Flügel. Oder er begegnete dem jungen Mann aus dem Luftschutzkeller, den seine Mutter und er beim Blockwart verpfiffen hatten. Da, wo er womöglich jetzt war, konnte Felice ihn nicht erreichen. Er lebte in einem Land vor ihrer Zeit. In einer Welt, die gefährlich und düster war und voll der Möglichkeiten, Schuld auf sich zu laden. Vielleicht hatte er aber auch bessere Träume. Oder er träumte gar nicht. (Wegen der Beruhigungstabletten, die er heimlich nahm.) Eine ganze Zeitlang schrie er jedenfalls kaum mehr im Schlaf und wachte morgens häufig genauso still und entspannt auf, wie er sich am Abend zuvor hingelegt hatte, wie er Felice versicherte. Wie hab ich das verdient?, fragte er dann fröhlich, wenn er die Augen aufschlug. *It's a miracle, isn't it?*

Um einem Impeachment-Verfahren zu entgehen, trat Richard Nixon am 9. August 1974 zurück. Noch im Mai hatte er alle Vorwürfe im Zusammenhang mit dem Einbruch in das Hauptquartier der Demokratischen Partei als dreiste Lügen zurückgewiesen. In seiner Ansprache schimpfte er vor allem auf die Massenmedien, deren Hysterie die Aufmerksamkeit der Öffentlichkeit von wichtigeren Problemen abgelenkt hätte. Zum Schaden der Nation. Und Ulrich sagte, während sie zusammen mit Bjarne und Maciej vor dem Fernseher im Schlafzimmer auf der Bettkante saßen und ein Commercial ein neues Waschmittel anpries: Ich weiß gar nicht, was ihr gegen Nixon habt. Er hat sich auf die Ping-Pong-Diplomatie eingelassen, die seine Berater sich für ihn ausdachten, und ist in die Volksrepublik China gereist. Er hat den Atomwaffensperrvertrag unterzeichnet, die Dollar-Bindung aufgehoben. Demnächst werden die USA und die DDR diplomatische Beziehungen aufnehmen ... wie man hört. Und was das Wichtigste ist: Während Nixons Präsidentschaft landeten die Amerikaner auf dem Mond. Ich habe es mit meinen eigenen Augen gesehen, es war in der Nacht vom 20. auf den 21. Juli 1969, ich wohnte noch bei meiner Mutter. Mitten in der Nacht haben wir Bohnenkaffee getrunken, in dem der Löffel stecken blieb ... *Jacobs Krönung*. Dagegen ist Watergate doch ein Klacks, oder?

Nüchternheit war das und keine Provokation, Felice kannte diese Haltung aus der Zeit von Brandts Rücktritt, den Ulrich ebenso kalt kommentiert hatte. Aufregungen in der Politik und deren mediales Echo stießen ihn genauso ab wie seine kreischende Mutter, wenn sie mit dem Teppichklopfer auf ihre Söhne losgegangen war.

Bjarne aber tat so, als ob er sich die Haare raufte, und rief: Schaut doch bloß, wie der grässliche Kerl zugedröhnt ist. Allein mit seinem vergifteten Urin könnte er die Trinkwasserversorgung von ganz Boston lahmlegen. Er ist ja gar nicht mehr fähig, geradeaus zu schauen. Seine flatternden Hände, sein weinerlicher Mund!

Und er steckte sich ein Luxemburgerli aus einer Pralinenschachtel der Firma Sprüngli in den Mund, die Ulrich – wie andere europäische Süßwaren – aus dem Café Florian in Boston mitzubringen pflegte, wohin er in letzter Zeit manchmal zum Arbeiten fuhr, als wollte er vor Felice flüchten. Hmmm, Sprüngli, stöhnte Bjarne wollüstig und verdrehte die Augen. Aber auch Katzenzungen von Sarotti oder Champagnertrüffel von Leonidas verschmähte er nicht, obgleich sie in seinen Augen von minderer Qualität waren, weil sie den langen Weg über den Atlantik weniger gut überstanden.

Harry Gallagher erwies sich als Republikaner, und er argumentierte ähnlich wie Ulrich, als Felice bei strahlendem Sonnenschein zur verabredeten *Gilbert and Sullivan*-Party bei ihm in der Gorham Street erschien. Auch Muriel hätte ihm zugestimmt, von Herzen sogar, unbeschadet der Tatsache, dass sie aus Massachusetts stammte, dem einzigen Staat, der Nixon nicht gewählt hatte. Einige Witzbolde waren damals auf die Idee gekommen, den Spruch *Don't blame me, I am from Massachusetts* auf Buttons und Sticker drucken zu lassen, mit denen Leute wie

Bjarne oder Maciej ihre Autos oder Aktentaschen versahen, auch im Harvard Coop gab es sie zu kaufen. Felice, die von Maciej eine Plakette geschenkt bekommen hatte, klebte sie an die Innenseite ihrer Kleiderschranktür. Sie war schließlich keine Amerikanerin, fand es aber apart, ihren womöglich aus Deutschland stammenden Nachmietern eine kleine Erinnerung zu hinterlassen. Und auf Harrys Tiraden über die beiden verabscheuungswürdigen Journalisten der *Washington Post*, deren Namen er ausspeien müsste, wenn er sie denn in den Mund nähme, reagierte sie ohnehin nur mit einem Achselzucken.

Er hatte auf der Terrasse den Tisch gedeckt, sie saßen auf wackeligen Gartenstühlen unter einem ausgefransten gelben Sonnenschirm, es sah nicht viel anders aus als drüben bei Muriel. Felice aß zwei Brownies, ein kleines Stück von Harrys verunglückter Pie und trank verdünnten Holundersaft aus einem lädierten, mit einem König-Ludwig-Porträt bedruckten Becher, den er und seine Frau bei ihrem letzten Europa-Urlaub aus Neuschwanstein mitgebracht hatten. Ursprünglich seien es zwei Näpfe gewesen, sagte Harry traurig, und plötzlich sei es nur noch einer, er könne den anderen einfach nicht mehr finden, vielleicht sei er ihm auch entzwei gegangen und er wisse es nicht mehr. Weil Wespen sie umsirrten, wagte Felice kaum, die Kuchengabel zum Mund zu führen. Und obwohl die Bäume noch vollständig grün waren, roch die Luft schon herbstlich herb. Vielleicht war es aber auch nur Harry, dessen Achselschweiß aus den Halbärmeln seines karierten Holzfällerhemds hervordrang, wenn er sich beim Reden vorbeugte. Immer wieder nötigte er sie zu einem weiteren Brownie und beteuerte wortreich, wie einfach das bisschen Haushalt doch zu bewältigen sei, wenn man es nicht so ernst nehme wie seine Frau. Solange Gloria gelebt hatte, habe man bei den Gallaghers vom Fußboden essen können. Eine Xanthippe sei sie gewesen. Eine Xanthippe, die ihm vierzig Jahre lang das Leben zur Hölle gemacht habe.

Felice war dankbar, dass sie Harrys verschmutzte Küche erst sah, als sie ihm half, den Tisch abzuräumen. In Muriels mit Klapprollos verdunkeltem und nach kaltem Staub riechendem Wohnzimmer jedoch, wo sie heftig zu niesen begann, als sie sich auf dem Boden niederließ, holte sie ihre Überempfindlichkeit doch wieder ein. Vielleicht war die ja auch nicht nur dem Dreck, sondern dem Mief aus Unglück und Leere geschuldet, den ihre ehemalige Vermieterin hinterlassen hatte. Schweigend begann sie die Schallplatten um sich herum auszubreiten, deren arg zerfledderte Hüllen so gar nicht für Muriels Liebe zu Sullivans *operettas* sprachen. Auf dem Klavier fehlte die Wagner-Büste, in den Bücherregalen klafften Lücken. Und über das auf dem Teppich liegende Prachtexemplar von Frances Hodgson Burnetts Kinderroman *The Secret Garden* wäre sie beinahe gestolpert, auf das knallrot gewandete blondgelockte Mädchen getreten vielmehr, das – vor einer wild wuchernden Hecke stehend – versuchte, eine unsichtbare Tür zu öffnen. Vielleicht ist dieser schöne, mit Blumen übersäte Band eine Originalausgabe, dachte Felice traurig, als sie das Buch zuklappte und außer Reichweite legte, vielleicht hätte Muriel es mir gerne vererbt. Harry aber saß schon in deren Sessel neben dem pompösen Möbelstück, in dem sich der Plattenspieler befand. Mit einer kleinen Bürste reinigte er die Nadel am Tonarm, sah Felice aufmunternd an und begann langsam und prononciert, damit sie es auch ja verstand, *Life's a pleasant institution, let us take it as it comes* zu singen. Das Lied stamme aus *The Gondoliers* und besonders Ed Gensheimer habe damit geglänzt, erklärte er ihr mit der Kinderstimme, die nicht zu seinem Körper passte. Nun solle sie ihm doch bitte die erste Schallplatte reichen.

Felice aber wusste plötzlich, dass der übel riechende alte Operettenliebhaber ihr mit der musikalischen Hinterlassenschaft ihrer verstorbenen *landlady* niemals über den Schmerz hinweghelfen könnte. Nicht über ihren gegenwärtigen und ganz gewiss nicht über den kommenden. Auch Muriel selbst hätte dies nicht gekonnt, Muriel, die sich wie die heimwehkranken Schweizer Dienstmädchen aus dem 18. Jahrhundert, die das Haus ihrer Herrschaft in Brand steckten, damit sie wieder nach Hause durften, gleichfalls auf brennende Häuser spezialisiert hatte. Weil auch sie etwas in sich bekämpfen wollte, das wehtat. Die Hölle ihrer Einsamkeit. Den Verlust ihres Verlobten vielleicht, dessen Schaukelstuhl neben dem ihren immer noch im Wintergarten auf ihn wartete.

Heimweh galt als schwere Krankheit damals, hatte Felice in einem Seminar erfahren, das sich mit Karl Jaspers Dissertation *Heimweh und Verbrechen* befasste. Die Schrift hatte einen so starken Eindruck auf sie gemacht, dass sie mit einigen daraus hektografierten Kapiteln in der Hand eine Reihe von Gedichten schrieb, zu denen sie sich womöglich später noch hätte bekennen können, wenn sie nicht so streng mit sich gewesen wäre und sie sogleich vernichtet hätte. Was aber ist Heimweh anderes als Sehnsucht? Fragte sich Felice. Sehnsucht nach dem imaginären oder realen Ort, an dem man ohne Vorbehalt geliebt worden war?

Leider sehe sie sich nicht in der Lage, Muriels unsagbar wertvolle Tonträger zu ordnen, wollte sie Harry deshalb mitteilen. Keine einzige Schallplatte aus Muriels Besitz beabsichtige sie mit nach Deutschland zu nehmen. Außerdem finde sie *Gilbert and Sullivan*-Operetten überhaupt nicht lustig, sondern geradezu gruselig in ihrem Optimismus. Mit ihrer Art von Heimweh hätten die beiden jedenfalls nichts, aber auch gar nichts zu tun. *To tell you the truth, Harry, I hate Sullivan's Music und Gilbert's silly Libretti.*

Aber natürlich sagte sie das nicht. Sie wäre auch gar nicht fähig dazu gewesen. Denn eine in ihr aufsteigende Übelkeit trieb sie so plötzlich aus dem Zimmer, dass sie die weit entfernte, direkt am Ausgang zum Garten liegende Toilette erst in allerletzter Sekunde erreichte. Dort erbrach sie Harrys Brownies und das Stück Apple Pie. So lang und so laut, dass er ihr irgendwann

folgte und sie – breitbeinig vor der geöffneten Tür stehend –
fragte, ob er einen Arzt rufen solle. Erst nachdem sie sich
hochgerappelt und sich mit Muriels besonderem Klopapier, auf
dem schon die Truthahnmotive für Thanksgiving zu sehen waren, den Mund abgewischt hatte, sagte er tröstend, sie könnten
sich ja noch einmal verabreden. Muriels Sammlung enthalte
auch Platten von Lehár. Während er sie ins Freie führte, trällerte er *Dein ist mein ganzes Herz* und *Gern hab ich die Frau'n geküsst*
... sein Deutsch war erstaunlich gut zu verstehen. Vielleicht habe sich Felice ja ein Virus eingefangen, auch Gloria sei gelegentlich an unkontrollierbarem Brechreiz erkrankt.

Von Felices Besuch bei Harry Gallagher erfuhr Ulrich nie
und auch nicht davon, wie grausam schief der Versuch gelaufen
war, Muriels Erbe anzutreten. Er hatte Muriel vollständig vergessen, sich mit der schäbigen Unterkunft in Somerville arran-
giert und wohl auch den Gedanken aufgegeben, nach Cambridge zurückzuziehen, in die schöne Villen-Gegend rund um
die Brattle Street, wo man auf Schritt und Tritt einem Professor
begegnen konnte.

Die letzten Monate in Amerika verliefen friedlich, wenn
man davon absah, dass Ende Juli 1974 weit weg in Europa Of-
fiziere der zypriotischen Nationalgarde, unterstützt von Grie-
chenlands Militärjunta, die Regierung von Erzbischof Makarios
absetzten, worauf türkische Streitkräfte in der *Operation Attila*
den Norden der Insel besetzten und damit eine Weltkrise auslösten. Amerika ließ den Flugzeugträger *Forrestal* Kurs auf Zypern nehmen, die Royal Air Force bereitete sich auf die Evaku-
ierung britischer Staatsbürger aus Zypern vor, die Sowjets versetzten Luftlande-Divisionen in Alarmbereitschaft. Die UNO
tagte, die NATO tagte. Kissinger wurde aktiv. Und auch Harvards Logistiker probten wieder einmal den Ernstfall in ihren
politologischen Sandkästen, wobei sie auf Ulrichs Assistenz dieses Mal gänzlich verzichteten.

Die Entfernung zwischen Felice und Ulrich indes vergrößerte sich, und Felices Versuche, daran etwas zu ändern, fruchteten wenig. Ulrich kam ihr allerdings gelassener vor, nicht mehr so panisch und geistesabwesend wie in New York. Und es wäre auch eine Lüge gewesen, wenn Felice behauptet hätte, dass sie Mangel litt. Im Gegenteil, manchmal war es fast so romantisch wie in ihrer Anfangszeit. Sie warb um ihn, sie betete ihn an, ohne dass er zu erkennen gab, sich dessen bewusst zu sein. Und er seinerseits blieb gesprächsbereit, neckte sie, was sie besonders liebte, rief sie bei ihrem besonderen Namen, behandelte sie als Kind, als Mädchen oder als Junge, bisweilen aber auch als intellektuelle Sparringpartnerin, an der er die Plausibilität einiger politologischer Thesen erprobte. Und er las ihr aus dem *Joseph* vor – nicht nur die Stellen, wo es um Muts Liebeshunger ging, den sie beide gleichermaßen, wenn auch aus unterschiedlichen Gründen, nachvollziehen konnten. Sondern auch die Geschichte von Tamar, der starrköpfigen Schwiegertochter des Juda, die sich so listig wie lieblich und mit *lauschender Seele*, wie Thomas Mann es nannte, die Sympathie des alten Jaakob erschlichen hatte. Sie erinnert mich an dich, weißt du, Felice, sagte Ulrich. Manchmal sprach er ihren Namen italienisch aus und manchmal amerikanisch. Auch du hast dich heimlich in meinem Leben etabliert. Ehe ich mich recht versah, warst du daraus nicht mehr wegzudenken.

Später, nach der Trennung, als Felice die Universität verlassen hatte, die Pixi-Bücher virulent wurden und sie sich mit Kindern beschäftigte, denen sie diese ausreden wollte, sehnte sich Felice nach Ulrichs intellektueller Unterweisung. Weil ihr jedoch das glucksende Amüsement fehlte, mit dem er ihr vorzulesen pflegte, jenes Liebeswerben um sie, das aus ihr eine Eingeweihte machte, erwies sich die Lektüre von Leszek Kołakowskis *Gespräche mit dem Teufel*, die sie sich bald nach seinem Tod an ihrer Chefin vorbei per Fernleihe in die Stadtbücherei kommen ließ, als freudlos und hohl. Und die darin wogende Spiegelfechterei zwischen marxistischer Theorie und katholischer Scholastik blieb unsinnlich und nahezu ohne Erkenntnisgewinn, obgleich sie sich die Sätze ins Gedächtnis zurückzuholen versuchte, mit denen Ulrich seine Liebe zu Kołakowski begründet hatte. Damals bei Muriel, im Himmelbett unter dem Baldachin. Vielleicht ja auch in Somerville, kurz bevor Felice halb besinnungslos vor Zahnschmerzen nach Deutschland geflogen war.

Dass es Mitte der sechziger Jahre die Werke dieses kritischen Philosophen gewesen seien, mit deren Hilfe er sich vom Katholizismus abgewandt habe, ohne darüber – schon gar nicht notwendigerweise – zum Marxisten zu mutieren. Dass keiner den Zwiespalt zwischen der Suche nach dem Absoluten und der panischen Flucht davor so überzeugend habe beschreiben können. Keiner die jeweils als *Absoluta* empfundenen Maximen so scharfsinnig und böse in Frage stellte. Kein Denker je seine Leser so sehr zum Denken verführte wie Kołakowski. Es sei eine Lust gewesen, gemeinsam mit ihm zu zweifeln. Ohne Erbsünde, ohne Gedankensünden, ohne die Macht der katholischen Gewohnheit. Warum es der Harvard Universität nicht gelungen sei, ihn ins amerikanische Cambridge zu locken, und sie ihn nach Oxford, ans *All Souls College* ziehen ließ, damals, 1968, als er emigrieren musste, weil er sich während der Märzunruhen für die rebellischen Studenten eingesetzt hatte – auch für Maciej also, den demonstrierenden Jüngling vor dem Mickiewicz-Denkmal –, werde ihm für immer ein Rätsel bleiben. Sagte Ulrich. Ob man es überhaupt versucht habe, wisse er zwar nicht. Die Vorstellung jedoch, Kołakowski auf dem Campus begegnen zu können, falls es anders gekommen wäre, einfach so, zwischen zwei Vorlesungen, sei immer noch von so großem Reiz, dass er kurz vor dem Einschlafen gerne daran denke. Manchmal wirke der Anblick des mageren Wissenschaftlers wie ein Schutz gegen die grässlichen Träume, die ihn dann heimsuchten, schon weil er so unkörperlich und sanft bleibe und ihm niemals zu nahe komme. Mehr eine Erscheinung sei mithin als eine der Wirklichkeit entnommene Wunschgestalt.

Stattdessen aber kamen regelmäßig Historiker und Politologen aus Westberlin oder Westdeutschland zu Besuch, denen Felice und Ulrich Harvard und Boston zeigen mussten. Der bedeutendste von allen beklagte sich – während eines Picknicks am Ufer des Charles River mit Blick auf die Skyline von Boston – darüber, dass zu Hause, in einem süddeutschen Universitätsstädtchen, jetzt, in diesem Moment, ein nur unerheblich jüngerer und gewiss nicht besserer Kollege im Begriff sei, ihm die Ehefrau auszuspannen, ja vielleicht soeben mit ihr schlafe im usurpierten Ehebett. Er schaute stirnrunzelnd auf die Uhr, während er das sagte, als wollte er im Hinblick auf den Zeitunterschied die Möglichkeit kalkulieren, wie spät in der Nacht oder auch früh am Morgen einen Mann um die Fünfzig so heftig die Lust überkommen konnte, dass er sie *hic et nunc* in die Tat umsetzen musste. Weder schämte er sich für seine Offenheit, die er Menschen zuteilwerden ließ, die er kaum kannte, noch bat er sie, darüber Stillschweigen zu bewahren. Er zwirbelte sich nur hin und wieder die wildwüchsigen Augenbrauen, die semmelblond waren wie seine Haare, und stippte sein Toastbrot in einen undefinierbaren, bläulich schimmernden Dip, der aus einem *Deli* am Harvard Square stammte. Dass er Felice einmal kurz und grimmig in den Blick nahm, merkte nur sie selbst. Vielleicht hatte ihn der Anschein von Belustigung ärgerlich gemacht, der über ihr Gesicht geglitten war, als sie sich die Gelehrtengattin mit ihrem Geliebten beim Beischlaf vorstellte. (Derartige Konkretisierungsgelüste überfielen sie oft.) Vielleicht findet er Ulrich zu alt für mich, überlegte sie. Vielleicht verachtet er meine Kindlichkeit. Dass der Professor aus Deutschland kein einziges Mal das Wort an sie gerichtet hatte und dies wohl auch weiterhin nicht beabsichtigte, war sie dagegen gewohnt. Ulrichs deutsche Kollegen sprachen nie mit ihr, ein flüchtiges

Lächeln schenkten sie ihr höchstens. Dieser hier allerdings schien sich nicht einmal dazu aufraffen zu wollen.

Es war eine Schnapsidee, bei so stürmischem Wetter im Freien zu essen, und ein Abenteuer, die Papierservietten und den hauchdünn geschnittenen Parma-Schinken am Wegfliegen zu hindern, auch wenn die an einem strahlend blauen Himmel dahinjagenden Wolken großartige Formationen bildeten. Die Jagd nach den Mundtüchern ersparte ihnen aber wenigstens, dem Betrogenen ins gerötete Gesicht zu sehen, während er sich und sie geradezu wollüstig mit den Details der bevorstehenden oder ja auch schon laufenden Affäre quälte. Ulrich jedenfalls hatte anscheinend das Mitleid überwältigt, als er sich beim Abschied an einem Taxistand am Memorial Drive, von wo aus sich der Gast direkt zum Flughafen bringen lassen wollte, zu einer Umarmung hinreißen ließ. Er vermied sonst Berührungen unter Männern und wollte nicht einmal seine Brüder anfassen. Ganz zu schweigen von ihr selbst, seiner Ehefrau, der er sich schon seit Monaten nicht mehr genähert hatte, nur in der Öffentlichkeit sozusagen, wo er ihr gerne den Arm um die Taille legte oder sie am Nacken hielt wie ein Kätzchen, das man vor dem Ertrinken retten musste.

Da fährt er hin, der Arme!, sagte Ulrich. Wie ist er gezeichnet von seinem Herzeleid. Dabei stammt er aus einer berühmten Historikerfamilie. Eigentlich müsste er seine Eifersucht mit der Kraft seiner Gedanken bekämpfen können. Sein Urgroßvater war ein Nobelpreisträger, stell dir vor, Filitschi. Dagegen sind wir ganz kleine Lichter. Ich zum Beispiel bin nur der Enkel eines ambulanten Kochs und der Sohn einer Denunziantin. Und trotzdem sollten auch wir uns ein Taxi nehmen, um den Picknickkorb ins Institut zurückzubringen. Findest du nicht? Wessen Idee war das blöde Picknick eigentlich? Hat Sonia Wallenberg dir das eingeredet? Und wird sie dir das Geld zurückgeben für die schrecklichen Delikatessen, die jetzt wahrscheinlich in der Tonne landen?

Dass einige Vertreter des akademischen Mittelbaus in Cambridge versuchten, Ulrich über seine Gespräche mit dem amerikanischen Außenminister und dem einen oder anderen kommenden oder gewesenen Präsidentenberater auszuhorchen, vergeblich natürlich, weil Gespräche – in *dem* Sinne – gar nicht stattgefunden hatten, erfuhr Felice von Maciej, der den neugierigen deutschen Doktoranden am gleichen Abend in die Hände gefallen war und womöglich dann doch aus dem Nähkästchen geplaudert hatte. Der Herr aus Pullach, der nur einen Tag später beim Luncheon im Institute for Westeuropean Studies auftauchte, zog es dagegen vor, Felice und Ulrich zu übersehen. Es war derselbe mickrige, wie damals in einen billigen Trevira-Anzug gekleidete Geselle, der sie in der Angerburger Allee aufgesucht hatte, Felice erinnerte sich sofort. Der Gedanke, dass er hier, in ihrem geliebten Kaminzimmer, wo sie morgens so gerne ihre stets um ein paar Tage verspäteten Zeitungen las und regelmäßig am Wochenende – wegen des Rätsels – das Zeit-Magazin klaute, sich mit einem für den BND arbeitenden Forscher treffen oder einen neuen Agenten anwerben wollte, war niederschmetternd, das räumte sogar ihr abgebrühter Ehemann ein. Wer weiß, welche Überraschungen einem bevorstünden, wenn man sich einige Tage an die Fersen dieses Menschen heftete, meinte Ulrich. Und wem man dabei begegnen könnte. Schau nicht hin, Filitschi, bestimmt hat er uns längst erkannt. Aber er muss ja nicht wissen, dass wir *ihn* erkannt haben.

Die Stippvisite des Regierenden Bürgermeisters von Berlin, der in den unmittelbaren Nachkriegsjahren selbst in Harvard studiert hatte, ließ Ulrich dagegen seltsam kalt. Dessen Pressesprecher schien er sogar regelrecht aus dem Weg zu gehen und konnte so auch nicht zur Kenntnis nehmen, wie ungeniert dieser mit einem hübschen, ja fast zu hübschen Gesicht ausgestattete, hoch aufgeschossene Mensch immer wieder in Felices Ausschnitt spähte. Es war ein tiefer Ausschnitt, zugegebenermaßen, und ihrer so gut katholischen Schwiegermutter schon bei der Trauung im Wilmersdorfer Standesamt ein Dorn im Auge gewesen, obwohl es sich doch nur um eine staatlich verfügte gehandelt hatte. Gravierender erschien Felice im Nachhinein, dass ihr beim Empfang ein weiteres Mal der sie seit ihrer Ankunft in den Staaten verfolgende Fehler mit dem Händeschütteln unterlief. Sie wollte dem Politiker doch tatsächlich die falsche Hand drücken unter dem glitzernden Kronleuchter im Eingangsbereich der Memorial Hall, die Hand ausgerechnet, die ihm im Weltkrieg kaputtgeschossen worden war. Was sein Pressesprecher verhinderte, indem er Felice – gleichsam als Ersatz – zum zweiten Mal die Rechte reichte. Dabei zog er sie zu sich heran und flüsterte ihr ins Ohr, dass er es nicht habe glauben wollen, als Ingrid ihm von Ulrichs Heirat mit einer Studentin erzählte. Ingrid? Ach ja, Ingrid. Sie war die Kollegin mit dem Knabenschnitt und dem messerscharfen Bubikragen. Sie kannten sich alle untereinander, wie Felice nicht zum ersten Mal auffiel, sie begegneten sich in der ganzen Welt oder zumindest in deren westlicher Hälfte. Das Otto-Suhr-Institut hatte sich zu einer Kaderschmiede der angewandten Politik entwickelt, wahrscheinlich gab es noch viele andere, ihr unbekannte Wissenschaftler aus diesem Biotop, die als Redenschreiber, Pressesprecher oder Büroleiter der unterschiedlichsten Politiker unterwegs waren. Oder selbst welche wurden, und zwar in allen Parteien.

Noch im Krieg geboren, hatten sie wie Ulrich Bomben oder Flucht erlebt und in Ruinen gespielt anstatt auf Wiesen oder in halbwegs heil gebliebenen Hinterhöfen. Wer weiß, was sie ihren Therapeuten erzählten, wenn sie denn welche aufsuchten. Ob sie weinten, wenn sie auf der Couch lagen, und dabei eine Katharsis erlebten, um dann für immer zu genesen. Oder ob sie das ausgestandene Leid – ganz ohne psychologische Hilfe – mit dem Erfolg kompensierten, der ihnen in Wirtschaftswunderzeiten zugewachsen war, dachte Felice und staunte darüber, dass dieser anscheinend so grenzenlos vergnügte Adlatus wahrhaftig versuchte, mit ihr zu flirten. Bestimmt schlief er traumlos und fest, handelte selbstbewusst und eigenverantwortlich und wäre im Leben nie auf die Idee gekommen, seinen Analytiker zu fragen, ob er reif für die Ehe sei. Wie Ulrich damals, nur ein oder zwei Tage vor der Hochzeit. Was wäre geschehen, wenn der ominöse Herr M. ihm geraten hätte, die Finger von ihr zu lassen? Hätte Ulrich dann *April, April* gerufen?

Nein, man durfte das eine mit dem anderen nicht vermengen. Leo, ihr früherer Freund, der so heftig mit Trotzkis permanenter Revolution liebäugelte, dass er sich nicht nur dessen Vornamen zugelegt hatte, sondern sogar eine entsprechend runde Brille, schlug immer um sich in der Nacht. Wie Ulrich, aber ungleich aggressiver, obwohl er viel jünger war. Dass Leo ihr einfiel, so mitten im Small Talk, hing damit zusammen, dass Professor L.s Sekretärin ihn erst neulich in ihrem wöchentlichen Brief erwähnt hatte. Aus einer Vorlesung ihres angebeteten Chefs, die er zusammen mit seinen Kumpanen wieder einmal gestört habe, sei er doch tatsächlich postwendend in ihr Büro stolziert und habe sich frech nach Felice erkundigt. Frech! Da raschelte dann doch eine kleine Verwunderung durchs hellblaue Luftpostpapier. Wohingegen Ulrich – das mit so schwungvoller Handschrift bedeckte, mehrmals gefaltete Papier über ihre Schulter gebeugt mitlesend – trotzig schwieg, allenfalls die Brauen hob, was Felice freilich nur annehmen konnte. Nicht die kleinste Anwandlung von Eifersucht jedenfalls schien ihr Ehemann sich gestatten zu wollen, weder hier, in der pompösen neugotischen Erinnerungshalle, wo Felice so tat, als würde sie nun ihrerseits mit dem charmanten Pressechef des Regierenden Bürgermeisters flirten, noch in Berlin, wo Leo auf dem Weg vom U-Bahnhof Thielplatz bis ins Institut manchmal so dicht hinter ihnen hergegangen war, dass sie ihn *Roter Wedding* singen und seine Schaftstiefel knarren hören konnten.

Nach Felices Heirat hatte sich Leo mit einer Jurastudentin zusammengetan, die in einem Beratungsbüro der Roten Hilfe arbeitete, sie begleitete ihn auch bei seinen Störaktionen. Aber was heißt schon zusammen? Von Treue hielt man nichts in diesen Kreisen. Und vielleicht würde auch Natalja, die er so nannte, weil Trotzkis zweite Frau so hieß, heimlich weinen, wenn er die Nächte alsbald bei einer anderen Genossin verbrachte. Felice nannte er Volksverräterin, als sie sich trennten, obwohl sie nie wirklich zusammengewesen waren. Weil sie nun die Ehefrau eines Volksverräters wurde, der seinerseits einem Volksverräter diente, wie er ihr in plötzlich ausbrechendem Zorn entgegenschleuderte. Ulrich ahnte nichts von Felices Affäre mit dem Agitator, der ein unglaublich zupackender Liebhaber gewesen war. Auch dass sie in Ulrichs Seminar gesessen hatte, als Leo mit einigen seiner Genossen in den Hörsaal stürmte, von hinten ein prall mit Wasser gefülltes Präservativ in Richtung Tafel warf und den Assistenten und dessen nicht anwesenden Professor als Faschisten beschimpfte, erzählte sie ihm nicht. Sie blieb unentdeckt hinter ihrer Aktentasche – Gott sei Dank, hätte sie Leo doch zugetraut, dass er sie dahinter hervorzerrte. Für ihr Bekenntnis, Willy Brandt zu lieben, hatte er ihr einmal vor seinen übernächtigten Freunden, die in Mutter Leydickes Destillierstube im Morgengrauen am Tresen hingen, eine Ohrfeige gegeben. Die brannte tagelang in ihrem Gesicht, obwohl sie ausgewichen war und er sie nur mit den Fingerspitzen gestreift hatte. Und während sie dann davonrannte im Schatten der damals von Graffiti noch fast unversehrten Yorckbrücken und Leo auch später heroisch im Treppenhaus stehen ließ, waren die ersten Risse in der hauptsächlich von Felice forcierten Beziehung zu dem Berufsrevolutionär entstanden, Irritationen vielmehr, die sie für Ulrich anfällig machten, für Ulrich, der Ideologien hasste und alles lächerlich fand, was sich nach Doktrin und Glaubenssatz anhörte.

Felice hätte den Regierenden Bürgermeister und seinen Begleiter gerne gefragt, wie Willy Brandt den Spion im Kanzleramt verkraftet hatte. Die beiden standen doch bestimmt in Kontakt mit ihm. Einen irrwitzigen Moment lang trug sie den Satz sogar fix und fertig auf der Zunge und hätte fast vergessen, wie schüchtern sie war. Da drängte sich jedoch der aus Boston herübergekommene deutsche Honorarkonsul in die Gesprächsrunde, ein übereifriger älterer Herr mit an den Kopf geklatschten Haaren, der vor Minderwertigkeitsgefühlen umkam in der überzüchteten akademischen Welt, in der er gelegentlich verkehren musste. Er hatte in Stalingrad gekämpft, war spät aus der Kriegsgefangenschaft zurückgekehrt und wäre wohl auch bereit gewesen, davon zu erzählen, wenn man derlei Geschichten hätte hören wollen, damals. Womöglich erkannte er in dem Berliner Politiker einen Leidensgenossen, obgleich man ihm selbst keine Versehrung ansah. Ulrich verachtete ihn, seit er sich mit ihm über den deutsch-sowjetischen Nichtangriffspakt unterhalten und bemerkt hatte, welch tiefbrauner Gesinnung der Konsul noch immer war. Er flüchtete deshalb, sobald er ihn kommen sah, und überließ Felice die Unterhaltung, die dann in ihrer Not nach dessen in Deutschland lebenden Kindern fragte, nach dem Sohn, der als Tanzlehrer, und der Tochter, die als technische Zeichnerin arbeitete. Auch Enkel existierten, wie sie wusste, die wohl – anders als ihre Eltern – Neigung zeigten, den großväterlichen Handel mit Schnellkochtöpfen zu übernehmen. Bevor jedoch die Rede auf sie kam, wurde sie meist erlöst, von Bjarne oder Maciej oder auch von Bonnie und Stanley, einem jungen Paar, das im Frühjahr 1974 in Harvard aufgetaucht war. Seit sie die beiden kannten, begegneten sie ihnen auf Schritt und Tritt. Man konnte sich in Cambridge nicht aus dem Weg gehen, selbst wenn man es gewollt hätte. Wobei man den Terror der Intimität am liebsten mit den Ritualen der Distanz bekämpfte; mit der Floskel *Nice to meet you* etwa konnte man die Enge kaschieren, in der man hier lebte. Nice to meet you, sagte manchmal auch Ulrich zu Felice, wenn er spät nachts aus dem Institut nach Hause kam, schlecht gelaunt und sarkastisch, weil er es nicht mochte, dass sie auf ihn wartete.

Bonnie war nicht berufstätig, gab aber auch nicht vor, zu studieren oder für eine Dissertation zu recherchieren, so wie es Felice tat. Und wusste dennoch so viel mehr mit ihrer Zeit anzufangen, knüpfte Kontakte, belegte Deutsch-Kurse am Goethe-Institut, nahm an Demonstrationen teil, engagierte sich für die Demokraten und ihr Wahlprogramm, blieb unruhig und neugierig und rannte – zierlich und drahtig, wie sie war – bisweilen auch dreizehn oder mehr Stockwerke hoch, wenn es ihr in einem Hotelfoyer oder sonst einem Raum, der in einem Wolkenkratzer lag, zu öde wurde. Da verschwand sie plötzlich und war nach einer viertel oder halben Stunde wieder da, nicht einmal sehr außer Atem. Es sei eine Sucht, behauptete Stanley, ihr Mann, den sie vergeblich animierte, es ihr gleich zu tun. Er sei froh, wenn er sich mit ihr in Häusern befinde, die nicht mehr als vier Stockwerke aufwiesen. Dann brach sie in das unbekümmerte, glockenhelle Lachen aus, um das Felice, der schon seit Wochen das Lachen schwerfiel, sie so beneidete, oder ließ ihr mit Wangengrübchen verknüpftes Lächeln spielen. Für die Betreuung der Gäste des Goethe-Instituts setzte sie beides ein und nahm sogar das Risiko in Kauf, als Geliebte des amourösen Max Frisch angesehen zu werden, dem sie behilflich sein sollte, solange er sich in Boston aufhielt. Als einige Jahre später *Montauk* herauskam, verfestigte sich der Irrtum sogar, weil der Schriftsteller Bonnie zu beschreiben schien in all ihrem zarten Liebreiz und nicht die junge Frau, in die er sich in den Dünen von Long Island verliebt hatte. Lynn hieß sie. Sie hatte nicht gewusst, dass sie zum Gegenstand einer Erzählung geworden war, ja wäre vermutlich dagegen gewesen, so stand es später in vielen Feuilletons. Aber auch Bonnie hatte sich ihre Verwechslung mit Lynn nicht ausgesucht, es verhielt sich vielmehr so, dass die *Montauk*-Leser sich von Bonnie wünschten, Lynn zu sein, die doch in Wirklichkeit ganz anders hieß und Bonnie womöglich nicht das Wasser reichen konnte.

Ja, und Stanley war ein vielversprechender Fellow an der Harvard Law School. So vielversprechend wie Ulrich und fast genauso vergeistigt wirkend, wenn er sich sein seidiges blondes Haar hinter die Ohren strich und die Blicke ins Ungefähre schweifen ließ. Mit Stanley, einem Virtuosen des deutschen Konjunktivs, der nicht bereit gewesen war, auch nur ein Wort Deutsch zu sprechen, bevor er es nicht perfekt beherrschte, übersetzte Ulrich zur Übung ausgewählte Passagen aus dem Werk des 1940 in die USA emigrierten, damals erst kürzlich verstorbenen Wiener Verfassungsrechtlers Hans Kelsen, für den Stanley Jahrzehnte später *der* Experte werden und im österreichischen Parlament bei einem Festakt zu dessen Ehren sogar eine Rede halten würde. Ganze Nachmittage und Nächte lang saßen sie am Küchentisch im Erker der Wohnung in Somerville und grübelten über treffende Formulierungen nach, fanden und verwarfen sie wieder. Wenn Hope, die Halbtagskraft aus dem Makler-Büro im Erdgeschoß, vor dem Erkerfenster über den schadhaften Asphalt zu ihrem Auto stöckelte, starrten sie ihr nach, ohne das mindeste Interesse an ihrem Sexappeal. Und auch Felice, die ihnen zwischendurch Hamburger briet und einen Salat zubereitete, bemerkten sie kaum. Gelegentlich machte sie Bilder von Stanley und Ulrich, wie sie – an der gleichen Seite des Tisches sitzend – sich durch dicke Kompendien wühlten. Oder wie sie neben dem von Stanley immer wieder in Bewegung versetzten *Real Estate*-Schild standen, sich eigentlich verabschieden wollten und doch immer weiterdiskutierten.

Seit Ulrich die Pocket-Kamera, mit der er ihren Harvard-Aufenthalt dokumentieren wollte, urplötzlich nicht mehr interessierte, hatte sich Felice ihrer bemächtigt und hielt eine Zeitlang alles fest, was ihr vor die Linse kam. Szenen vor John Harvards Denkmal in Cambridge. Die wagemutigen Schlittschuhläufer auf dem nur unzureichend vereisten *Frog Pond* im Boston Common. Nathaniel Hawthornes Geburtshaus in Salem, das als *The House with the Seven Gables* in die Weltliteratur einging. Das neogotische Hexen-Museum dort. Ulrich, wie er absichtsvoll durch die vielerorts den Weg versperrenden Haufen bunter Blätter lief und zwischen den Baumwurzeln hin- und hersprang, die sich – wie überall in Neuengland – auch in Salem durch den Asphalt fraßen. *The Old Manse* in Concord, das grauschwarze Schindelhaus, in dem Ralph Waldo Emerson und später die Eheleute Hawthorne lebten, für die Henry-David Thoreau einen ihm im Traum erschienenen Gemüsegarten angelegt hatte. Auch zum *Walden Pond* wanderten sie einmal, kleine halbreife Äpfel knabbernd, die sie zwischendurch aufsammelten und wieder wegwarfen, ganz allein und ohne die Freunde, die sie sonst immer begleiteten, Felice wunderte sich im Nachhinein, wie einfach es gewesen war, sie abzuschütteln. Und Ulrich rezitierte, an eine Eiche gelehnt, aus dem Kopf und gewiss nicht korrekt, wie er sogleich einschränkte, die Schlusspassage aus dem Hauptwerk des Verweigerers, Landvermessers und Bleistiftherstellers, der sich im Wald eine Blockhütte gebaut und dort zwei Jahre ohne die vermeintlichen Segnungen der Zivilisation zugebracht hatte.

If a man does not keep pace with his companions, perhaps it is because he hears a different drummer. Let him step to the music that he hears, however measured or far away. So ähnlich ging es, glaube ich, sagte Ulrich, sich zwischendurch räuspernd, wenn ihm die Stimme wegblieb. Auf gut Deutsch also: *Wenn ein Mann nicht Gleichschritt mit seinen Kameraden hält, dann vielleicht deshalb ... dann vielleicht deshalb, weil er ... weil er einen anderen Trommler hört.* Meinst du, dass wir den gleichen Trommler hören, Filitschi? Befinden wir uns in derselben Kompanie? Hörst du überhaupt eine Trommel? Ich weiß nicht, ob ich Thoreau gerne kennengelernt hätte. Wahrscheinlich wäre er mir furchtbar auf die Nerven gegangen. Er hat einfach keine Steuern bezahlt, stell dir vor. Und eine Theorie des zivilen Ungehorsams entworfen, die sich unsere Berliner Rabauken unbedingt einmal zu Gemüte führen sollten ...

Zugänglich und gelöst erschien ihr Ulrich, wie er sich so an den Stamm lehnte, das Gesicht von den Lichtpunkten übersät, welche die tief stehende Sonne durch das Blätterdach schickte. Und er hatte auch nichts dagegen, dass Felice ihre Arme um ihn schlang und den Kopf an sein Herz legte, während der Wind die Kronen der Bäume in Bewegung setzte. Es war der erste kühle Tag in ihrem zweiten Indian Summer in Amerika. Vergeblich wünschte sie sich die Schmetterlinge aus ihrem ersten Indian Summer herbei, jene gelb-schwarz gemusterten Monarchfalter, die damals, als sie mit Bjarnes Chevy in Saint-Jean-sur-Richelieu strandeten, auf ihrem Weg nach Mexiko vor Felice herflatterten und sie – so erschien es ihr jetzt – zu dem silbrigen Kranich geführt hatten, von dessen Schönheit sie alle so bestürzt gewesen waren. Jetzt fror sie ein bisschen, als sie ihre übliche Litanei in das Seidenfutter von Ulrichs kratzigem Tweedjacket murmelte. Dass sie ihn liebe und immer lieben werde. Und dass er ihr Schönster, Bester und Klügster sei. Ganz hinten in ihrem Kopf, wo ihr nicht wirklich eine Sprache zur Verfügung stand, regten sich allerdings andere Erkenntnisse wie *Ich bin nicht bei Trost. Ich bin verhext. Mein Gefühl hält dem Leben, das ich führe, nicht mehr stand.* Und auch die stets niedergekämpfte Frage nach dem, was Ulrich ihr damals im Gramercy Park hatte erzählen wollen, machte sich diffus bemerkbar. Als er sie noch *Mein Schiffsjunge* nannte, als sie noch in einem Bett schliefen. Was für einen Film und was für Fotos hatte Bjarne Ulrich gezeigt? Und was war währenddessen so Schlimmes geschehen, dass Ulrich partout nicht darüber reden konnte?

Felice wusste nicht, warum sie es jedes Mal aufs Neue versäumte, ihn danach zu fragen. Warum sie nicht die Kraft aufbrachte, die Sache mit dem Film und den Fotos gedanklich festzuhalten. Genauso wenig, wie es ihr je gelang, sich an die KZ-Nummern auf den Unterarmen der Wissenschaftler zu gewöhnen. Nach wie vor kam sie fast um vor Verlegenheit, wenn man sie beim Luncheon im Institute for Westeuropean Studies zufällig neben einen von ihnen platzierte. Und schämte sich während des ganzen Essens dafür, dass es die Überlebenden waren, die sie daraus erlösten und sie gleichsam von der Schuld freisprachen, unter der sie als Nachgeborene doch gar nicht hätte leiden müssen. Indem sie Gespräche anfingen, und zwar mit der größten Liebenswürdigkeit. Über die Berliner Luft oder den berühmten Koffer flachsten. Oder sich höchstens gestatteten zu fragen, ob Felices Mutter Trümmerfrau, nicht aber, ob ihr Vater Parteimitglied gewesen sei.

Am Walden Pond hatte jedenfalls Ulrichs neues Sakko aus Donegal-Tweed verhindert, dass Felice Genaueres wissen wollte. Weil sich dessen Kauf als optimistisches Zeichen interpretieren ließ, als kleine Oase in der gelben Depressionswüste, in der Ulrich seit Felices Rückkehr aus Deutschland sukzessive versank. Den Schmerz, dass Bjarne und nicht sie Ulrich zu dem sündhaft teuren Herrenausstatter begleitet hatte, den angeblich sogar die Kennedys frequentierten, nahm sie in Kauf. Genauso wie sie klaglos die Tatsache akzeptierte, dass Bjarne Ulrich ohne ihr Wissen zu einem Schwimmkurs angemeldet hatte. Noch bevor sein Freund nach Deutschland zurückkehre, werde er nicht nur schwimmen, sondern auch kraulen können, prophezeite Bjarne. Ist das nicht Wahnsinn, Filitschi?, hatte er gerufen und sich auf die Schenkel geklatscht. Dass es heutzutage noch Menschen gibt, die Nichtschwimmer sind?

Die Lust am Fotografieren verlor sie erst, als sie bemerkte, dass Ulrich es immer mehr zur Kunst erhob, sich nicht von ihr erwischen zu lassen, das heißt, erst in der allerletzten Sekunde, wenn sich Felice schon in Sicherheit wiegte, aus dem Bild heraustrat. So entstand ihr letztes Foto von ihm auf dem *Boston Book Fair*, wo Ulrich und sie zusammen mit Maciej, Bjarne und dreitausend anderen Zuhörern Bob Woodward und Carl Bernstein erlebten, die über *The Last Hundred Days*, ihr demnächst erscheinendes Buch über die Watergate-Affäre, redeten und allen Ernstes behaupteten, dass sie im Falle des Einbruchs in das Hauptquartier der Demokraten qualitativ nicht anders recherchiert hätten als bei jeder anderen kriminellen Causa. Über ihre Quelle namens *Deep Throat* ließen sich die Journalisten mit stoischen Gesichtern ausfragen, ohne nur den Hauch einer Antwort zu geben. Und auch auf den Vorwurf, dass sie die ihnen doch so nützliche Person wohl insgeheim verachteten, wenn sie ihr den Namen einer anrüchigen Oralsex-Variante und zugleich den Titel eines Pornofilms verpassten, gingen sie nicht ein. Nur Maciej, der in der ersten Woche nach seiner Ankunft in Boston – weil er in *Cabaret* mit Liza Minelli wollte – hineingeraten war, hatte ihn gesehen. Er sei in einem ganz normalen Studenten-Kino gelaufen, versicherte der Kleine und konnte nicht umhin, einen Kratzfuß zu machen in seinem grünen Cape, weil er es im Nachhinein so komisch fand, bei seinem ersten Kinobesuch in den prüden Vereinigten Staaten ausgerechnet mit offenem Sex konfrontiert worden zu sein. Wo er doch – noch immer übrigens – ein guter Katholik sei, der seine Mutter lieber nicht im Unterrock sehen wolle und auch Katzen oder Hunde nicht, wenn sie es miteinander trieben. Übrigens habe man nach der Vorstellung über Sinn und Unsinn selbstbestimmter Prostitution diskutiert, was immer man darunter verstand, sein Englisch sei damals noch miserabel gewesen. Ohnehin wisse er nichts Konkretes mehr, außer der Tatsache, dass der Streifen mit einer Hammond-Orgel-Version der *Ode an die Freude* eröffnet wurde. Davon abgesehen: Hat nicht auch Kubrick sein *Clockwork Orange* mit Beethovens *Neunter* übergossen?, fragte Maciej. Wenn überhaupt, dann hätte man *darüber* diskutieren sollen, darüber, ob es erlaubt war, Sex und Gewalt mit klassischer Musik zu illustrieren. Mundell Lowes dezenter Soundtrack zu Woody Allens *Everything you always wanted to know about sex, but were afraid to ask* habe ihm da viel besser gefallen. Wobei er jetzt, nach halbwegs überstandenem Kulturschock, ruhig zugeben könne, dass er sich auch David Reubens Sex-Ratgeber gekauft habe, als dessen Persiflage Allen ja seinen Film gedreht hatte. Für einen stalinistisch erzogenen polnischen Katholiken sei dieses Buch eine Offenbarung gewesen. Wirken Aphrodisiaka? Was ist Sodomie? Was ist Perversion? Was geschieht bei der Ejakulation? Sind Transvestiten homosexuell? Das sind doch die Fragen, die die Welt bewegen, krähte Maciej. Ab einem gewissen Zeitpunkt war er wirklich nicht mehr zu bremsen. Du hast ja recht, sagten seine Freunde dann nur, ihn beschwichtigend in ihre Mitte nehmend. Du hast ja so recht. Aber könnten wir nicht trotzdem endlich das Thema wechseln?

Seit dem Nachmittag im überhitzten Foyer des *Hynes Veterans Auditorium* jedenfalls – es war Oktober und kaum zwei Monate her, dass Nixon zurückgetreten war – wollte Ulrich auf keinem Foto mehr erscheinen. Weder mit den Helden Bernstein und Woodward, die für Schnappschüsse durchaus zur Verfügung gestanden hätten, noch mit Bjarne, der versuchte, ihn freundschaftlich in den Arm zu nehmen. Und auch dem kleinen Polen kam er nie so nah, dass Felice sie hätte gemeinsam aufnehmen können, im Gegenteil, Ulrich schien so genervt von Maciej, dass er immer dann, wenn dieser in seiner schleppenden Sprachmixtur aus Englisch, Polnisch und Deutsch zu einer seiner Elogen ansetzte, das Weite suchte und dabei schmerzlich das Gesicht verzog.

Felice fotografierte Ulrich deshalb allein und ohne dass er es merkte. Im Gedächtnis haften blieb ihr höchstens, dass sie alle schlecht gelaunt waren an diesem Tag. Maciej, weil er eine Klausur verhauen hatte, die für die Verlängerung eines Stipendiums wichtig gewesen wäre und die er jetzt wiederholen musste, und Bjarne, weil ihn Ulrich – mitten auf der Longfellow Bridge, hoch über dem Charles River in dem von ihm gelenkten Chevy – für Flüchtigkeitsfehler in einem Text gerügt hatte, der nächste Woche in Druck gehen sollte. Dass sie durch den Teppichboden in der Ausstellungshalle elektrostatisch aufgeladen waren und Blitze sprühten, sobald sie sich anfassten, verstärkte ihre Nervosität. Missmutige Menschen aufzunehmen aber widerstrebte Felice. Obgleich Ulrich dann gar nicht unglücklich aussah auf dem allerletzten Foto, das sie von ihm machte. Stolz trug er *Webster's New Dictionary* unterm Arm, eine in weinrotes Leder gebundene, antiquarische Ausgabe mit goldenen Lettern, die er an einem Stand ganz hinten in der Halle gekauft hatte, wahrscheinlich freute er sich schon auf Stanley, mit dem er sich für den nächsten Tag – endlich mit dem richtigen Handwerkszeug versehen – zum Übersetzen verabredet hatte. Immer dann, wenn Ulrich in Gedanken nicht dort war, wo ihn die Realität gerade festhielt, sah er ohnehin am wenigsten unglücklich aus, fand Felice. Weswegen sie das Foto, ohne es ihm je zu zeigen, jahrelang in ihrem Portemonnaie trug und es hinnahm, dass der Mann, der darauf zu sehen war, zwischen Scheckkarten und Geldscheinen allmählich zerbröselte.

Das kleinere Buch, das Ulrich gleichfalls erworben, aber vor Felice hatte verbergen wollen, war auf dem Foto nicht zu sehen. Er ließ es sich von ihr auch nicht entwinden damals, so neckisch sie dies ins Werk zu setzen versuchte, ja wurde ernsthaft böse, als Bjarne ihn schließlich, gleichsam stellvertretend für seine Frau, in den Schwitzkasten nahm, die Beute hochhielt, Titel und Verfasser des Büchleins vorlas und über seinem Kopf, hoch in der Luft, darin zu blättern begann. Albert von Schrenck-Notzing ... äh ... Kennen wir den Burschen? Ich jedenfalls habe nie von ihm gehört. *Grundfragen der Parapsychologie*, Berlin 1929 ... Beweise für eine überindividuelle, im Materiellen funktionierende Wirklichkeit ... Hypnose und Bewusstsein ... und noch mehr solcher zweideutiger Termini. Kann das denn möglich sein? Ist unser Freund Ulrich etwa anfällig für das Leben hinter den Spiegeln? Hegt er Hoffnungen, die wir andern Sterblichen nicht zu denken wagen?

Felice glaubte, etwas Bösartiges in Bjarnes Zügen zu entdecken, als er so redete; er genoss es sichtlich, Ulrich in Wut zu versetzen. Vielleicht hätte er das Buch aber auch ganz schnell wieder herausgerückt, ohne dass Felice an ihm hochsprang, ihn kitzelte und dadurch ins Stolpern brachte. Tatsache war, dass damals der Abgesang begann und keiner von ihnen es bemerkte. Thomas Mann, in dessen *Zauberberg* sie sich versenkten, wenn Maciej wieder einmal die Liege im Wohnzimmer okkupierte und sie das Bett teilen mussten, hätte diese Phase vielleicht den *Großen Stumpfsinn* genannt, was die Sache in vielerlei Hinsicht besser traf, wenngleich Ulrich und Felice keineswegs die Umrisse von Schweinchen miteinander zeichneten oder sich so albern gebärdeten wie die Bewohner des Berghof in den letzten Kapiteln des sich der Schwindsucht in jeglicher Form widmenden Romans. Denn die Schwermut, die sich in den letzten drei Monaten des Kennedy-Fellowship bei ihnen einstellte, hatte mit kreativer Melancholie nichts mehr zu tun. Sie bestand vielmehr aus Langweile, aus rabenschwarzer Verdrossenheit, aus einem großen inneren Gähnen, das man geflissentlich voreinander zu verbergen suchte. Bjarne ließ sich für ein paar Wochen nicht sehen, vielleicht weil er eifersüchtig auf Stanley war, mit dessen von keiner Genusssucht angefochtenem Forscherdrang er nicht konkurrieren konnte. (Aber auch nach seinem Wiedererscheinen wollte sich die alte Unmittelbarkeit nicht mehr einstellen.) Maciej schloss sich endlich Leuten seines Alters an, verzichtete auf seinen lächerlichen grünen Umhang, obgleich es Winter zu werden begann, und zog in ein Wohnheim, wo er stumm und verbissen in einem Schlafsaal mit sehr viel jüngeren Kommilitonen seine Angst vor den polnischen Agenten in Schach hielt. Professor L.s Sekretärin wiederholte stoisch ihre Anfragen nach Ulrichs nächsten Lehrveranstaltungen, das neue Vorlesungsverzeichnis befinde sich in Vorbereitung, er könne sich zwischen zwei oder drei möglichen Schwerpunkten entscheiden, dies aber bitte bald.

Und Ende Oktober 1974 trat im Goethe-Institut Maria Becker als *Penthesilea* auf, wobei sich ihre Stimme als ein Instrument erwies, in deren Modulationsfähigkeit ein ganzes Orchester steckte. Wie ein altes Kind oder ein junges Mädchen sah sie aus und war doch ganz und gar Amazone. Das gelbe Reclamheftchen fest in ihren großen arthritischen Händen rezitierte sie auswendig Kleists dahinbrausende Bildersprache, raste und girrte, zischte und schrie, und am Ende ihres Vortrags lag ihr das Publikum zu Füßen und wollte all ihre Schallplatten kaufen, die Bonnie an einem eigens aufgestellten Tisch vorrätig hielt. Jeder Kunde bekam dafür ein eigenes hinreißendes Lächeln, Bonnie war unermüdlich.

Auch von Oskar Werner wurden Tonträger angeboten, obzwar er mit seinem Rilke-Programm *Du musst das Leben nicht verstehen* erst ein paar Wochen später auftreten sollte. Felice, die eine Schwäche für Oskar Werner hatte, auch wenn sie es vor Ulrich nie zugegeben hätte, wusste, als sie die Ankündigung sah, sofort, dass ihr Ehemann ihn hassen würde. Er verabscheute pathetische Schauspieler, auch Will Quadflieg gehörte dazu. Sie war deshalb erstaunt, als Ulrich sie Anfang November dennoch begleitete, dann aber doch sehr erleichtert, als sich in der Schlange, die sich vor dem Eingang in der Beacon Street gebildet hatte, herumsprach, Werner sei gar nicht erst in den Flieger gestiegen, sondern liege in einem Wiener Sanatorium. Wegen eines schweren Alkoholrauschs, wie man sofort vermutete, weil man auch in Boston deutsche Klatschblätter las. Vielleicht ja auch wegen einer Keilerei. Auch das würde ihm ähnlich sehen.

Im wahren Leben heißt er Bschließmayer, dieser Schuft, sagte Ulrich. Auch er schien erleichtert zu sein. Hast du das gewusst, Filitschi? Bschließmayer! *Jules und Jim* habe ich ihm ja gerade noch verziehen, diese Dreiecksgeschichte spiegelt mehr oder weniger unser aller Sehnsucht wider. Aber dass er meine Lieblingsgedichte usurpiert hat, nicht. Jene, die ich als Halbwüchsiger mühsam auswendig gelernt habe! Die Rilke-Gedichte, die keiner kannte. Nicht die üblichen, die vom Panther und vom Karussell. Das Titelgedicht für das heutige Programm zum Beispiel. *Du musst das Leben nicht verstehen, dann wird es werden wie ein Fest.* Oder: *Solange du Selbstgeworfenes fängst, ist alles lässlicher Gewinn* ... oder das *Requiem für Wolf Graf von Kalckreuth*, für das ich Wochen brauchte, bis ich es intus hatte. *Sah ich dich wirklich nie* ... *Dass du die Freude fändest, die du fortverlegt hast in das Totsein deiner Träume* ... Oskar Werner hat mir alles geklaut ... weißt du, mit seinem Überschwang, seiner unverschämten Extrovertiertheit, die sein Publikum so gern mit Innerlichkeit verwechselt ... Er hat sich im Theater breitgemacht, im Rundfunk, hat hemmungslos seine Verzweiflung kundgetan, dieser Seelenexhibitionist, dieser selbsternannte Schmerzensmann ... und sich dafür die Sprache der Dichter ausgeliehen.

Und ich habe immer angenommen, Rilke sei dir zu gefühlsbetont, unterbrach Felice Ulrich, erschüttert über den ihr so plötzlich gewährten Einblick in sein Seelenleben und dennoch mit einem Quäntchen Bitterkeit in der Stimme. Da hättest du ja leiden müssen, wenn er gekommen wäre, das wäre ja ganz furchtbar geworden. Dass Ulrich stutzte und sie misstrauisch anblickte, machte ihr nichts aus, auch dass einige der sie umringenden Poesie-Liebhaber die Köpfe schüttelten und sich *Bschließmayer? Heißt er wirklich Bschließmayer?* zuriefen. Sie wusste selbst nicht, ob sie die Sätze ernst gemeint hatte und ob ihnen Oskar Werners lyrische Tour de Force gutgetan hätte, inmitten dieser merkwürdigen Gemütsverfassung, in der ihnen gerade die Ironie abhandenkam, in diesem gemütlichen Elend, in dem sie weder weinen noch lachen konnten.

Dass die Verantwortlichen im Goethe-Institut an der geplanten Soiree festhielten und auch nicht sparten am bereits kühlgestellten deutschen Sekt, führte ihnen eine neue Bekanntschaft zu. Gesehen hatten sie den gebrechlichen alten Herrn zwar schon häufig, denn er erschien zu jeder Veranstaltung, die sie auch besuchten, setzte sich stets auf den gleichen Stuhl in der Nähe des Eingangs und pflegte mehrere Male während eines Konzerts oder einer Lesung langsam und umständlich den

Saal zu verlassen, wobei auch sein Wiederkommen nie ohne Lärm vonstattenging. Vielleicht weil sie ihm deshalb grollten, hielten Ulrich und Felice sich von den Leuten fern, die ihn während der Pausen und nach den Veranstaltungen so gerne umringten und ihn mit Essen und Getränken versorgten. Er selbst sagte nicht einmal besonders viel, wie Felice beobachtete. Saß nur da, hielt sich die bleichen Finger vors Gesicht und kommentierte den einen oder anderen Redebeitrag allenfalls mit einem zurückhaltenden Lächeln. Schaute mit alten klugen Augen unter schweren Lidern hervor, trank in kleinen Schlucken seinen Sekt. Vor allem junge Leute knieten sich neben dem eigens für ihn herbeigeschafften Sessel nieder und wetteiferten miteinander darum, mit ihm ins Gespräch zu kommen. Und selbst die ehrgeizigsten MIT-Studentinnen beugten sich zu ihm herab und wollten sich ihm von ihrer schönsten Seite zeigen.

Wie es dazu gekommen war, dass ausgerechnet an jenem Abend, als der Wiener Schauspieler durch Abwesenheit glänzte, sich auch Ulrich neben dem alten Herrn niederließ, blieb Felice verborgen. Nicht aber, wie unglaublich schnell es ihm gelang, ihn aus der Reserve zu locken und so sehr in Beschlag zu nehmen, dass die Konkurrenten resignierten und sich sukzessive zurückzogen. Auch worüber sie so intensiv redeten, so angeregt, wie sie Ulrich lange nicht mehr erlebt hatte, erfuhr sie nie. Vielleicht war der neue Bekannte gleichfalls ein Panther- und Karussell-Verächter unter den Rilke-Verehrern, womöglich besaßen Ulrich und er aus grauer Berliner Vorzeit gemeinsame Freunde. Eine Zeitlang strich Felice noch um die beiden herum, weil sie damit rechnete, dass ihr Ehemann sie der neuen Bekanntschaft vorstellen würde. Schließlich aber ging sie Bonnie fragen, wer dieser Greis denn sei, den man wie kostbares Porzellan behandle, und schrak zusammen, als Bonnie laut und fröhlich erwiderte, dass sie mit dieser Bemerkung bereits einen Teil seiner Charakteristik erfasst habe. Tatsächlich sei Toby Auerbach, der bestimmt schon auf die Hundert zugehe, Antiquitätenhändler. Sein bereits Ende der Zwanziger in New York gegründetes Geschäft sei so glänzend gelaufen, dass er nach dem Zweiten Weltkrieg auch in Boston eine Filiale eröffnet und sich irgendwann auf europäisches Porzellan und Möbel der Wiener Werkstätten spezialisiert hatte. In den Nazijahren habe er sich nicht nur für seine Verwandten eingesetzt und sie herüberkommen lassen, sondern auch anderen Verfolgten bei der Einreise in die USA geholfen. Mit diesen *Affidavits of Support*, weißt du, mit diesen Bürgschaftserklärungen, die auch Thomas Mann oder Lion Feuchtwanger ihren Schriftstellerkollegen gewährten.

Ich kann dir sagen, warum er immer so belagert wird, fuhr die Freundin ein wenig geistesabwesend fort, weil sie schon begonnen hatte, die Schallplatten durchzuzählen, um ihre Abrechnung zu machen. Er ist reich. Und unverheiratet. Und angeblich enttäuscht von seiner einzigen Großnichte, die seit Jahren mit einer Horde von Sannyasins durch Kalifornien zieht. Irgendwann muss er einmal geäußert haben – in einem Anfall geistiger Umnachtung, wie ihr Deutschen das nennen würdet –, dass er nach einem Erben oder einer Erbin sucht. Das hat sich herumgesprochen wie ein Lauffeuer. Und das Resultat siehst du selbst … beziehungsweise hättest du vor wenigen Minuten sehen können. Jetzt sitzt nur noch Ulrich zu Füßen von Herrn Auerbach. Ich nehme nicht an, dass er weiß, in welches Schema er sich da einfügt … Aber er scheint dem alten Herrn zu gefallen.

Am Ende des Abends hatte sich Ulrich für Herrn Auerbach jedenfalls verantwortlich zu fühlen, das erwartete man von ihm. War es doch üblich unter den gut miteinander bekannten Besuchern, dafür zu sorgen, dass alle sicher nach Hause kamen, an Halloween zumal, wo leider nicht nur Kinder und Jugendliche die Straßen unsicher machten, die einen – laut schreiend aus den Tiefen des nahen Boston Common herausstürzend und mit Kürbismasken vor den Gesichtern – in Angst und Schrecken versetzen wollten, sondern womöglich auch der immer noch nicht gefasste Frauenmörder von Boston. Als die Gäste in die vor dem Institut vorgefahrenen Taxis stiegen, hing der alte Herr an Ulrichs Arm und erwartete, mitgenommen zu werden. Und Ulrich schob ihn wie selbstverständlich auf die Rückbank, ging um das Auto herum und setzte sich neben ihn, nachdem er Felice mit einer ungeduldigen Handbewegung bedeutet hatte, an der Seite des Fahrers Platz zu nehmen.

Mr. Auerbach wohne um die Ecke, sein Haus liege quasi auf ihrem Weg, hatte eine Institutsangestellte noch tröstend gesagt, als sie – wie ein Pfarrer an der Kirchentür – die Gäste verabschiedete. Und warum sie meinte, Ulrich und Felice trösten zu müssen, wurde dann auch sehr schnell klar. Toby Auerbach nämlich, der einen dunkelblauen Anzug trug und ein blütenweißes Hemd, ein rot gepunktetes Einstecktuch und eine dazu passende Krawatte, hatte die Hosen voll. Felice roch es sofort, in der Sekunde, als alle Türen geschlossen waren, der Gestank kam von hinten und überwältigte sie. Um sich abzulenken, betrachtete sie die Hände des Chauffeurs auf dem Lenkrad, konzentrierte sich darauf, wie er die Gangschaltung betätigte in dem schönen schwarzen, mit weichen Polstern versehenen Buick. Wie er kuppelte und Gas gab. Und natürlich überlegte sie, wie es Ulrich erging hinter ihr, mit dem inkontinenten Mann neben sich. Ob er krampfhaft geradeaus blickte so wie sie, ob auch er sich Gedanken machte, wie sie beide sich gleich verhalten würden. Niemand sprach, auch der Taxifahrer nicht, der zuerst noch ein nettes Gespräch über Halloween-Bräuche hatte beginnen wollen. Im Nachhinein, zu Hause in Somerville, unter der Dusche, wo sie das Würgen dann doch einholte, wagte Felice nicht mehr zu entscheiden, was schlimmer gewesen war, der Gestank oder die damit einhergehende Beklemmung, die ihnen allen gleichermaßen den Atem raubte.

Zumal der Umweg sich als größer erwies, als sie dachten, und die Fahrt durch die engen Gassen von Beacon Hill mit seinem ausgeklügelten Einbahnstraßensystem kein Ende zu nehmen schien. Als sie endlich anhielten, vor einem schmalbrüstigen Backsteinhaus mit üppig gefüllten Blumenkästen auf den Fenstersimsen, in einer von Gaslaternen gesäumten, in goldenes Licht getauchten Promenade, und Toby Auerbach den Wagen verlassen wollte, bestand Ulrich darauf, ihn bis zur Tür zu begleiten, durch den Vorgarten hindurch und die wenigen Treppenstufen hinauf erst einmal, wo direkt neben dem Eingang – wie in vielen anderen Häusern der Straße auch – das Erkerzimmer erleuchtet war. Vom Auto aus beobachtete Felice, wie der alte Mann in seinen Hosentaschen kramte und sich dann – ans Treppengeländer gelehnt – von Ulrich helfen ließ, seinen Schlüsselbund zutage zu fördern. Eric Clapton sang *I shot the Sheriff*, weil der Fahrer das Radio angemacht hatte, verlegen kurbelte er auf seiner Seite die Scheibe herunter und wieder hoch. Felice hätte gerne ignoriert, dass ihr Ehemann sie aufforderte, zu ihm zu kommen, ihr zuwinkte vielmehr und wohl auch etwas zurief. Und gerne hätte sie sich auch innerlich darüber belustigt, was ihm und ihr gerade widerfuhr. Dann aber stieg sie doch aus, nachdem sie bezahlt hatte, und verfolgte fassungslos, noch während sie die Straße überquerte, wie Ulrich die Haustür aufschloss – es waren mehrere Schlösser an mehreren Stellen –, sie für sie offen stehen ließ, den Greis langsam durch den Flur geleitete und ihn schließlich in jenem von außen einsehbaren Raum ganz vorsichtig auf einen Stuhl gleiten ließ.

Es war kühl, ein vor Sternen berstender Himmel kündigte den ersten Nachtfrost an, auch davon hatten die Leute heute Abend geredet, als sie am Bordstein fröstelnd auf ihre Taxis warteten, nicht nur über das arme alkoholkranke Genie, das vor nur wenigen Jahren in *Ship of Fools* so lebensnah – so sterbensnah – einen Herzinfarkt simuliert hatte, dass man sich lange nicht davon erholen hatte können. Das kleinteilige, in bogenförmigen Mustern verlegte Kopfsteinpflaster glitzerte, Felice musste aufpassen, wohin sie trat mit ihren Ledersohlen. Und bevor sie ins Haus ging, berührte sie noch den löwenköpfigen Türklopfer, wozu sie sich strecken musste. Was für merkwürdige Dinge man doch manchmal tut, dachte sie. Nichts ändert sich, wenn ich den löwenköpfigen Türklopfer streichle. Nichts. Dann wurden ihre Schritte von den dicken Teppichen verschluckt, über die sie ging, und Ulrich erschrak, als sie hinter ihm auftauchte, vielleicht weil er sie in der Zwischenzeit vergessen hatte. Wie auf einer Säuglingsstation roch es hier, nach Sagrotan und Babypuder, stellte sie überrascht fest. Nicht nach dem Stuhlgang eines alten Mannes.

Ich muss das jetzt tun, sagte Ulrich dicht an ihrem Ohr, und sie wusste erst nicht, was er damit meinte. Auerbach an den Händen fassend, sah er sich suchend um. Wir müssen ihm helfen. Ich muss ihm helfen. Ich. Es ist meine Strafe. Eine lächerliche Strafe für ein schweres Vergehen, ich weiß.

Und weil er durchs Fenster sehen konnte, wie der Taxifahrer gerade wendete und davonfuhr, fügte er hinzu: Du kannst auch gern nach Hause fahren, Filitschi, wir rufen dir einfach ein anderes Taxi. Wo ist das Badezimmer, Toby? Sie müssen mir jetzt sagen, was ich tun soll. Wo alles ist. Was wir brauchen.

Und zu Felice, ungeduldig: Mach doch endlich die Haustür zu. Und steh nicht so dumm rum!

Vorläufig jedoch konnte sie gar nichts anderes tun. Ulrich führte den alten Herrn an ihr vorbei ins Bad, was bedeutete, dass er mit ihm aus dem Zimmer heraus und den Flur hinuntergehen musste. Und sie verharrte in diesem Raum, den man wohl einen Empfangssalon nennen konnte, blieb stehen zwischen seltsam geometrisch und streng wirkenden dunklen Vitrinen mit schwarz-weiß gemustertem Porzellan, neben einem Beistelltisch mit einem Mokkatassenservice mit viereckigen Tässchen und Tellerchen. Zu ihren Füßen stand eine große, mit abstraktem Dekor versehene Vase aus Milchglas mit einem so erlesen gebundenen blassgelben Dahlienstrauß, dass sie nicht glauben konnte, dass er echt war. (Er war es, sie hatte Blütenstaub an den Fingern, als sie ihre Hand erschrocken zurückzog.)

Keine Bücher, keine Zeitschriften. Was Felice nicht verwunderte, denn der vermutlich zum Lesen bestimmte Sessel ähnelte mehr einer Maschine als einem gemütlichen Fauteuil. Hatte Schwungräder, Kufen und Verschlusskappen, verstellbare Armlehnen und eine ausziehbare Fußbank, nicht aber Polster, auf denen sich ein alter Mensch, der nur noch aus Haut und Knochen bestand, bequem hätte niederlassen können.

Vielleicht war dies hier nur ein Showroom, dachte Felice, für Kunden, die einen Eindruck bekommen sollten, wie es sich lebte in der rechtwinkligen, farbreduzierten, ihr aber allzu massig erscheinenden Welt der Wiener Werkstätten. Ein Museum vielleicht sogar, das Alarm auslöste, wenn man den Dingen zu nahe trat. Und irgendwo anders im Haus, weiter hinten, wo keiner hinkam, besaß der fragile Toby Auerbach ein echtes Wohnzimmer mit einem mit vielen weichen Kissen bestückten Sofa, wo er es sich gemütlich machen, eine Wärmflasche hinter den Rücken stopfen und seinen Tee aus einer Meissener Tasse trinken konnte, auf der sich grüne Drachen ringelten. Welch ein Abgrund tat sich da auf zwischen der Hilflosigkeit des alten Mannes und der Strenge seiner Inneneinrichtung. Und wie banal wiederum schien diese Feststellung von der Warte ihrer relativen Jugend aus gesehen. Furchtbar banal. Ja wirklich, sie hätte Toby Auerbach ein gemütliches Wohnzimmer gewünscht, ja wirklich, sie fand, dass er sich in seinem Alter nicht mehr so zu disziplinieren brauchte. Mehr aber doch nicht. Er stand nicht stellvertretend für die ermordeten Juden Europas, er war nicht davongekommen, er hatte sich selbst davongemacht, Jahre bevor das große Unheil geschah. Und Ulrichs Aufgabe bestand nicht darin, den alten Mann zu säubern, zu pudern und zu windeln. Er kannte ihn doch gar nicht. Er hätte Auerbachs Pflegerin oder Haushälterin anrufen können, die es bestimmt gab, oder ihn gleich ins Krankenhaus bringen, er hätte … Um ihre hartherzigen Gedanken zu unterbrechen, ließ Felice sich heftig auf das harte Gestühl aus braun glänzendem Bugholz fallen.

Legte die Hände auf die Armlehnen, verstellte den Rücken, drückte ihr Kreuz durch, streckte ihre Füße aus und wartete mit geschlossenen Augen auf Ulrichs Anweisungen, die auch prompt kamen. In die Küche solle sie gehen, um einen Müllsack, ins Schlafzimmer, um einen Pyjama und Unterwäsche zu holen, dann wieder in die Küche, um nachzusehen, ob es noch Milch gab. Ob sie irgendwo im Salon Auerbachs Pantoffeln entdecken könne. Und die Box mit den Papiertaschentüchern auf dem Sideboard im Flur. Pflichtschuldig fragte sie zwischendurch auch, ob sie helfen solle, klopfte zaghaft an die Tür, hinter der die beiden Männer rumorten, atmete jedes Mal auf, wenn Ulrich sie wieder wegschickte. Und irgendwann war es dann vorbei, sie sah ihn und Toby Auerbach aus dem Bad heraustreten, der Greis, nunmehr in schwarz-weiß-gestreiften Satin gewandet, lächelte sie an, wies auf Ulrich, sagte nichts, tat aber so, als ob er applaudierte. Aus der Nähe betrachtet wirkte er noch viel zarter, selbst seine Ohren waren durchsichtig vor der Helligkeit, die aus dem Badezimmer drang, seine Wangen so porös und schuppig wie Schmetterlingsflügel unter dem Mikroskop. Aber er war noch immer ein Herr und ging noch immer aufrecht. Und dass er soeben von Ulrich *gepampert* worden war, wie die Amerikaner dies genannt hätten, merkte man ihm nicht an.

Wortlos folgte Felice Ulrich und Auerbach ins Schlafzimmer, wo direkt neben einer breiten, zwischen zwei hohen Holzgittern eingepassten Liege ein vollautomatisiertes Krankenbett auf Weißwandrollen stand, in das sie ihm hineinhalfen. (Du greifst dir seine Beine, Filitschi, ich halte ihn unter den Armen, woher wusste Ulrich das alles?) Ich hätte meinen Angestellten nicht freigeben sollen, sagte Auerbach und nahm Felice zum ersten Mal freundlich und amüsiert in den Blick. Mein grenzenloser Optimismus hat mich und meine schwache Person nicht bestätigt heute, leider. Nun gehen Sie bitte nach Hause. Lassen Sie sich nicht aufhalten, lieber Ulrich … liebe Felice. Woher kenn ich bloß diesen Namen? Warum haben Ihre Eltern Sie so genannt? Und nicht Hedwig, Hildegard oder Rosemarie?

Zwei Zigaretten rauchte Ulrich im Taxi und noch zwei, bevor er sich schlafen legte. Sorgsam vermied er, Felice nahezukommen, mehrmals wusch er sich die Hände und hielt sie sich eingeseift unter die Nase. Erst dann standen sie schweigend in der Küche und tranken Leitungswasser, obgleich es fast so schlecht schmeckte wie das in New York. Die Neigung, sich selbst und den Abend ins Lächerliche zu ziehen – wie sonst, wenn sie etwas irritiert hatte –, tauchte gar nicht erst auf. Hast du, willst du, kannst du?, fragten sie einander, ohne ihre Sätze zu vollenden, während Ulrich – ohne es verbergen zu wollen – langsam und umständlich eine flache Medikamentenschachtel aus seiner Hosentasche zog und sich zwei Filmtabletten in die Handfläche drückte. Felice sah nicht hin, als er sie hinunterschluckte, die Frage, die sich auf ihrer Zunge bildete, kam ihr nicht über die Lippen. Und später, nachts, träumte sie von Toby Auerbach und seinem gestreiften Schlafanzug, in dem er von Weitem wie ein KZ-Häftling aussah. Wie er diesen auszog, langsam und quälend umständlich, ihr seinen blauviolett schimmernden, ausgemergelten Körper zeigte und sich vor ihren Augen – ihr immer näher kommend, sich drehend und wendend – in einen der überlangen Märtyrer von El Greco verwandelte. In der Realität hatte sie ihn ja gar nicht nackt gesehen, da Ulrich sie schonen wollte und die Badezimmertür geschlossen hielt. Aber der Traum mutete ihr zu, wie es wirklich war. Und sie musste deshalb beobachten, was sich hinter der Tür abspielte, wie ihr Ehemann Herrn Auerbach wusch und sich vor ihm niederließ, um ihn zwischen den Beinen zu reinigen. Auch stöhnen und weinen hörte sie den alten Mann, obwohl er doch keinen Laut von sich gegeben hatte. Als sie aufwachte, merkte sie, dass sie es war, die weinte und stöhnte und gar nicht aufhören konnte damit, weil sich die Präzision der geträumten Wirklichkeit mit der Morgendämmerung in ihrem Schlafzimmer lange nicht mischen wollte. Wie dumm ich bin! Und wie abgeschmackt ich träume, sagte sie sich. Und, zur Beruhigung: Heute Abend gehe ich mit Maciej in *Harold and Maude*, das passt wunderbar. Und für übermorgen hat Ulrich sich mit einem von Brzesińskis Assistenten verabredet. So wie es aussieht, will man ihm ein Fellowship an der Columbia anbieten. Es ist doch weiter nichts passiert. Warum reg ich mich nur so auf?

Felice sah Toby Auerbach nicht wieder, obgleich er Ulrich stets *Grüße an die gnädige Frau* ausrichten ließ. Ulrich war dort jetzt häufig zu Besuch und half dem alten Mann, sein Porzellan zu verpacken. Da Auerbach sich entschlossen habe, in einen von Nonnen geführten Alterssitz umzuziehen, beabsichtige er, seine persönlichen Kostbarkeiten dem Busch-Reisinger-Museum zu überlassen. Wobei er, Ulrich, der gemeinsamen, stets schweigend vollzogenen Inventur einen geradezu meditativen Reiz abgewinne, wie er Felice eines Abends erzählte. Dem Gegenzeichnen der mit Bleistift geführten Listen, dem Rascheln des Seidenpapiers. Bei ihm zu Hause hätten die Tassen Risse und abgebrochene Henkel gehabt und wären gezeichnet gewesen von den ewigen Spuren des Friesentees, den seine Mutter bis tief in die Nacht in sich hineinschüttete. Diese ... diese sozusagen ... sachliche Zärtlichkeit jedoch, mit der der alte Mann seine Besitztümer streichelt ... die greife ihm ans Herz.

Auch einen Käufer für Josef Hoffmanns berühmte *Sitzmaschine* scheint Auerbach schon gefunden zu haben, fuhr Ulrich fort, zwei Käufer, wenn man es genau nimmt. Denn ich würde ihm das seltsame Ding ebenfalls gerne abschwatzen. Der Transport nach Berlin ist vermutlich gar nicht so kompliziert, man kann den Stuhl ganz leicht in seine Einzelteile zerlegen.

Und als er Felices Stirnrunzeln sah: Beruhige dich, Filitschi! Ich habe mich doch noch gar nicht entschieden. Vielleicht will Toby auf seinen Stuhl ja auch gar nicht verzichten. Immerhin passt dessen Kargheit gut zu seinen künftigen klösterlichen Wohnverhältnissen.

Felice hingegen schüttelte sich: Es ist ein Folterstuhl! Und er ist nicht karg, sondern raffiniert. An jedem einzelnen Rückenwirbel verursacht er exquisite Schmerzen.

Worauf Ulrich lachte, freudlos, wie er es sich in letzter Zeit angewöhnt hatte: Wie messerscharf du das erkannt hast, *my lovely*! Ja, es ist ein Folterstuhl, ein besonders schöner sogar. Und genau deswegen möchte ich ihn besitzen.

Woran man wohl merkt, wenn Unheil naht? Und wie es beginnt und wie es größer wird? Das fragte Felice sich oft, nachdem Ulrich sie Ende November 1974 mitten in der Woche und noch vom Institut aus ins Café Florian nach Boston bestellt hatte, um ihr *etwas Wichtiges* mitzuteilen, und dieses Wichtige dann Teil ihres Lebens geworden war. Vor dem Lokal, das von Anfang an einem Wiener Kaffeehaus mit venezianischen Anklängen gleichen sollte mit seinen weiß gedeckten Tischen und den kleinen Kronleuchtern aus hellblauen Muranoglastropfen darüber, bildeten sich längst keine Schlangen mehr, im Gegenteil, heute, am Mittwochnachmittag – draußen war es bereits dunkel und eine niedrig hängende, grauschwarze Wolkenfront kündigte Schnee an – saßen sie ganz allein in dem Raum, dessen Lage im Souterrain eines normalen Wohnhauses den Besuchern gestattete, hinter schmiedeeisernen Gittern auf die Beine fremder Leute zu schauen. Ulrich bestellte sich warmen Apfelstrudel, Felice ein Stück Sachertorte, das sich – wie sie bald herausfand – mit dem Original nur sehr entfernt vergleichen ließ. Sie tranken Kaffee mit Schlagobers und Schokoladenstreuseln, rührten in ihren Tassen und hielten abwartend die Kuchengabeln in die Luft. Und Felice dachte wie so oft in letzter Zeit: *Jetzt kommt's*, und sie fühlte, dass ihr Brustkorb zu brennen begann, als hätte ihr jemand das Herz angezündet. Obgleich doch erst einmal gar nichts darauf hinwies, dass sich jetzt wirklich ereignete, wovor sie sich schon seit Wochen fürchtete. Gut, Ulrich war in Ferne gehüllt wie schon die letzten Monate über, aber seine Gesichtszüge wirkten entspannt, fast heiter. Er sah jünger aus, seit er sich – da er nicht mehr zum Friseur gehen wollte – die Haare wachsen ließ und seine Ehefrau bloß hin und wieder dazu zwang, deren Länge zu egalisieren. (Später würde Felice sich gerne daran erinnern, wie sich Ulrich – mit einem Handtuch über den Schultern – dem sanften Druck ihrer Hände hingab, den Kopf neigte, ihn nach links oder rechts drehte, damit sie seine nassen Haare durchkämmen konnte, es duldete, wenn sie sein Kinn festhielt, sich alle Zeit der Welt nahm, um ihm nahe zu sein. Eigentlich war ich immer nur seinem Kopf nah, würde sie denken.)

Vielleicht wollte er ihr nur erklären, dass er ein Hochstapler war und die universitären Verhältnisse nicht länger ertrug. Wie so häufig. Die Konkurrenz nicht mehr aushielt, die sich Professor L.s Assistenten untereinander lieferten. Nie mehr vor Studenten treten konnte, um sich von ihnen enttarnen zu lassen in seinem rasenden Unvermögen. Es also auch auf gar keinen Fall in Frage kam, ein weiteres Halbjahr – selbst in New York – vor der künftigen Elite der Vereinigten Staaten den Hampelmann zu spielen. Womöglich aber ging es dieses Mal tatsächlich um die Filme und Fotos der GIs, die Bjarne für seine Doktorarbeit interviewt hatte. Und darum, dass Ulrich ihr ersparte, danach fragen zu müssen, was sich damals im Vorführraum von Bjarnes Studentenwohnheim zugetragen hatte.

Felice beobachtete, wie Ulrich mit den Armen ruderte, als könnte er auf diese Weise seine nervös verzogenen Schulterblätter gerade richten. Wie er die Lider schloss, die Hände faltete, sie wieder auseinanderflocht, in seinen Handflächen las, als wollte er seine Lebenslinien studieren, eine Rosine aus dem Strudel bohrte, in die Vanillesauce tunkte und unschlüssig seinen Teller betrachtete. Während sie sich selbst beschwichtigte und innerlich *Es ist nichts, Hühnchen, es ist nichts, du musst dich nur*

nicht fürchten nach der Melodie von *Oh Tannenbaum* sang mit dünnem Stimmchen. Woher bloß kam dieser Satz? Aus einem Märchenbuch? Aus Jaspers Dienstmädchen-Dissertation? Und wer sang ihn? Ferienkinder auf einem Bauernhof? Die Bäuerin, die den Hühnern später die Köpfe abhieb?
Jetzt kommt's.
Noch aber ließ das Unglück sich Zeit, denn der Kellner, Larry, der aus Rapid City in South Dakota stammte, wie Felice wusste, aber wie ein Wiener Ober aussah mit seinem ausgeleierten Schwalbenschwanz und dem vorgeschoben grantigen Blick, brachte ihnen die Wassergläser, die er vergessen hatte, und blieb auch ein Weilchen stehen, weil er es liebte, mit den beiden Deutschen zu plaudern. Felice fiel immer noch eine Frage ein, die sie ihm stellen konnte, sogar nach seiner Frau erkundigte sie sich, obgleich das Paar in Scheidung lebte, wie sie wusste. Ihm gegenüber scheute sie sich nicht, ihr unzureichendes Englisch zu offenbaren, nur vor den Professoren fürchtete sie sich. Und selbst als er gegangen war, sie seine Rückseite sahen und seine schief getretenen Absätze (er war wirklich das perfekte Klischee), las Ulrich noch schnell – wie ein Automat und ganz ohne Gefühl – den in einen goldenen Rahmen gefassten Spruch vor, der an der gegenüberliegenden Wand hing. *Es onkelt in den Schachtelhalmen.* Da schau her. Wie witzig, wie kryptisch. Ein Zitat vom Kaffeehausschnorrer Anton Kuh.

Bevor er nach kurzer Pause fortfuhr: Es ist grausam, was ich dir jetzt mitteilen muss, Filitschi, meine Liebste. Felice! Ich hätte es dir schon viel früher sagen müssen. Ich … ich werde mich von dir trennen müssen. Nicht gleich … jedoch in absehbarer Zeit. Das … ist eine Kränkung, ich weiß. Ich schäme mich, dass ich sie dir antun muss. Ich weiß aber auch, dass du sie überwinden wirst. Weil du … lebenstüchtig bist. Weil du eine so unglaublich zähe kleine Person bist. Und so vital. So vital, dass ich mir immer schwach und minderwertig vorkomme, wenn ich dich anschaue …

Person ... aha ... Person, ich bin also eine Person, antwortete Felice leise. Der Schock verlangsamte ihre Sprache. Wie nach einem schweren Unfall tat erst einmal nichts weh. Und so suchte auch sie sich einen Spruch aus von den vielen, die man hier statt der gängigen impressionistischen Kunstdrucke an den Wänden verteilt hatte, und rezitierte ihn laut: *Ein Mathematiker ist eine Maschine, die Kaffee in Theoreme umwandelt.* Stammt von Paul Erdös. Wer immer dies war. Verstehst du's? Ich nicht.

Dann aber, nach ein paar Sekunden, direkt in Ulrichs Augen blickend: Warum? Was hilft es dir, wenn du dich von mir trennst? Sag mir den Grund! Woran liegt es? An den zerebralen Unterschieden? Bin ich dir zu jung? Bin ich dir nicht klug genug? Kannst du nicht mit mir reden? Sag mir, was du brauchst! Lass mich wissen, was dir fehlt!

Und sie fasste seine Hände und bedeckte sie mit Küssen, während ihr Herz brannte.

Ich kann so nicht mehr weiterleben, erwiderte Ulrich aufseufzend und ihr seine Hände entziehend, letztlich hat es gar nichts mit dir zu tun! Nein, im Gegenteil, du hast mir geholfen, dass ich überhaupt so lange durchgehalten habe. Schon damals, als wir den Weltfrieden zusammen tranken, war ich ja eigentlich am Ende. So aber, wie ich jetzt bin oder mich vielleicht in den nächsten Monaten entwickle, kann ich nur noch eine Zumutung für dich sein ... Eine Last. Ein nicht enden wollender Schrecken. Ich ... ich bin ein böser Mensch. Ich ... bin hassenswert. Du hast es nur noch nicht gemerkt. Du weißt nicht, was ich mir alles geleistet habe ... mittlerweile. *Dein* Leben aber soll dir gelingen, nachdem mir meines ... Filitschi, so hör doch bitte auf zu weinen. Warum bloß hast du nie ein Taschentuch dabei?

Und dann, mit einer Spur von Ironie in der Stimme: Es gibt kein Glück für uns, kein strenges, kein leichtes. Nicht wie bei Thomas Mann, der es in gewissen Konstellationen immerhin *einmal* rückhaltlos zuließ. Wobei ich allerdings der Meinung bin, dass es nicht erlaubt ist, sich gehenzulassen, sondern es unter allen Umständen geboten ist, Haltung zu bewahren … Ach, mein Liebling, dieses Zitat sollte dir doch wirklich bekannt vorkommen! Sag, wo hast du den Satz schon einmal gelesen? Muss ich es aus dir herausschütteln? Auch wenn am Ende dieses Märchens so etwas wie Haltung gar nicht mehr wichtig ist?

Und er rief Larry an den Tisch, der – diskret hinter der Kuchenvitrine wartend – krampfhaft vermied, ihnen bei ihrem Unglück zuzuschauen, und hieß ihn, ihnen eine Schachtel Pralinen zu bringen, die besten von seinen geheimen Vorräten aus Übersee, Pralinen von Lindt & Sprüngli oder Camille Bloch, Schweizer Schokolade jedenfalls, die schmecke ihnen am besten.

Manche Leute betäuben sich mit Alkohol, ich ziehe Schokolade vor. Stell dir vor, als ich ein Kind war, gab es in Silberfolie eingewickeltes Rattengift. Mein mittlerer Bruder brach sich einmal ein Rippchen davon ab, weil es offen auf dem Couchtisch unseres Nachbarn lag, und ist fast daran gestorben. Du weißt schon, des Insektenforschers von gegenüber, der stets im Bademantel in den Luftschutzkeller kam. Er sei ein Kinderverderber, hat mich mein ältester Bruder damals vor ihm gewarnt, seine Tomaten stopfe er den Kindern nicht aus Mitleid in die Hosentaschen. Mein Bruder war siebzehn Jahre alt im Mai 1945 und der Ernährer der Familie. Zwischen den Sektorengrenzen hindurch handelte er mit den Alliierten, verkaufte die Innereien kaputter Volksempfänger, Uniformen, Tafelsilber. Er kannte sämtliche militärische Ränge, selbst die der Russen, er kannte die Welt. Ob ich ihm glaubte? In meinen Augen hatte der kleine Professor nichts Dämonisches an sich. Er hat mir nichts Unrechtes getan. Jedenfalls soweit ich mich erinnern kann.

An *dieser* Schokolade werden wir bestimmt nicht sterben, sagte Ulrich, als Larry mit einem *Voilà* eine doppelstöckige, in dunkelblaues Papier eingepackte *Bonbonnière Surprise* auf den Tisch stellte und mit Schwung die große rote Schleife auseinanderzog, die sie schmückte. An dieser Schokolade nicht. Wir werden uns ihre Süße auf der Zunge zergehen lassen. Stück für Stück. *Hmmmm, Sprüngli.* (Oje, so gut stöhnen wie Bjarne kann ich nicht!) Hör auf zu weinen, Filitschi. Nimm dir lieber ein Praliné. Und noch eins und noch eins. Nougat, Nuss, Kokos, Sahnetrüffel, mit Cognac gefüllt, mit Whiskey, mit Erdbeerparfait. Mit Bourbon-Vanille, mit Crème brûlée oder Marc de Champagne. Mach dein Mäulchen auf! Lass mich dich füttern. Mit einem Luxemburgerli. Sei mein braves kleines Mädchen. Und er hielt prüfend seine Hand an die ihre, deren Finger nicht kleiner und nicht größer waren.

Als sie nach Hause kamen, fanden sie vor ihrer Wohnung ein Päckchen von Professor L.s Sekretärin, das die freundliche Hope zwar dem Postboten abgenommen, es aber nicht direkt vor die Haustür, sondern nur auf die oberste Treppenstufe zur Terrasse gelegt hatte. Nun war es aufgeweicht vom Schneeregen, der ohne Unterlass fiel, seit sie das Café verlassen hatten. Ach, ach, sagte Felice, während sie das nasse Packpapier aufriss, ein verfrühtes Geburtstagspräsent. Heinrich Bölls *Die verlorene Ehre der Katharina Blum*. Dabei habe ich doch schon den Vorabdruck im *Spiegel* gelesen. Wie im Traum folgte sie Ulrich ins Haus. Sie hatten wieder einmal vergessen, die Tür abzuschließen, er musste sie nur mit dem Ellbogen berühren, damit sie aufschnappte.

Mein armer, lieber Ulrich. Du siehst aus, als wärst du durch den Charles River geschwommen. So blass. So grün. Hat dir die Schokolade nicht gut getan?

Ja, ihr armer, lieber Ulrich. Da stand er, völlig durchnässt, weil er ihr seinen Regenmantel überlassen hatte, eine Zigarette im Mund, die anzuzünden ihm im Taxi nicht gelungen war, und wühlte nun in der Schublade des Küchentischs, auf dem der aufgeschlagene *Webster* und ein Haufen korrigierter Druckfahnen lagen, nach Streichhölzern. Die Haare hingen ihm ins Gesicht, er schien zerstreut, wie damals im Otto-Suhr-Institut, als er wochenlang an ihr vorübergegangen war, ohne sie zu erkennen. Engelhaft kam er ihr vor. Unschuldig. Heroisch. Einsam. Nicht mehr erreichbar. Nie mehr erreichbar.

Ich will dich nicht lassen, flüsterte Felice, von unkurierbarer Liebe vergiftet, den Mund voller Mandelsplitter. Ich habe so lange auf dich gewartet, so lange. Ich kenne keinen, der besser zu mir passt ...

Und er, ohne die übliche Finsternis um die Brauen, nachsichtig, lächelnd, wie befreit: Ach, lass doch, Felice. Sei nicht pathetisch. Wenn du magst, können wir in das Böll-Buch hineinschauen in den nächsten Tagen. Obwohl ich engagierte Literatur nicht ausstehen kann, wie du weißt.

Kapitel 8

Übrigens hat Billy Wilder über die Befreiung der Vernichtungslager einen Dokumentarfilm produziert, sagte die allwissende Sue und wandte Felice ihr mit einer großen Sonnenbrille bewehrtes Gesicht zu. Wusstest du das? Die Bilder aus Bergen-Belsen, Buchenwald, Majdanek und Auschwitz hat er mit klassischer Musik unterlegt und Szenen aus Leni Riefenstahls Film *Triumph des Willens*, welche die fanatisierte deutsche Bevölkerung beim Hitlergruß zeigen, dazwischen geschnitten. *Death Mills* hieß der zur Umerziehung der Deutschen gedachte Film. Todesmühlen. Auch von Hitchcock existiert so etwas, gleich nach dem Krieg wurde er von der britischen Regierung damit beauftragt. Erst 1984 allerdings, bei den Berliner Filmfestspielen, sind Teile davon gezeigt worden, das ganze Werk ist nie aufgetaucht, ja, vielleicht nie fertiggestellt worden. In der Festival-Broschüre wurde kolportiert, der Meister des existenziellen Gruselns sei tagelang nicht im Schneideraum erschienen, weil er das Grauen nicht ertragen konnte. Die Massengräber, die lebendigen Leichen, die hohlen Gesichter.

Ich befand mich damals genau zwei Tage vor meiner Auswanderung in die Staaten und lebte nur noch aus dem kleinen Koffer, mit dem ich am übernächsten Tag ins Flugzeug steigen wollte. Ein ehemaliger Kommilitone, in dessen Wohnung ich die letzte Woche in Berlin verbrachte, hat mich in den Film geschleppt, freiwillig hätte ich ihn mir nie angesehen. Vielleicht wollte er mir noch eine Art Brandzeichen aufdrücken, bevor ich ging. *Anyway.* Du kannst dir nicht vorstellen, wie ich mich freute, aus Deutschland wegzugehen! Einen Neuanfang zu machen. Meinem Vater zu entrinnen, meiner Mutter, die unter seiner Fuchtel stand.

Und dann, nach einer Weile, ihre graue Mähne festhaltend, die ihr der von hinten kommende Wind immer wieder ins Gesicht wehte: Wie seltsam, dass Ulrich dir nie ausführlicher von Bjarnes Interviews erzählt hat. Von den Fotos der GIs, von ihren Erlebnissen. Man hätte eine Ausstellung daraus machen können, sie wäre nicht weniger spektakulär gewesen als die Wehrmachtsausstellung zwanzig Jahre später. Setz den Hut auf, Felice, und die Sonnenbrille. Ich bitte dich. Es ist keine Woche her, dass du wegen eines Hitzschlags unterm Tisch gelandet bist.

Es war mein ureigenes Fieber, entgegnete Felice schwach, es hatte mit der Hitze nichts zu tun. Ich kenne es seit meiner Kindheit ...

Und Sue darauf: Ach was. Erzähl mir nichts. Auch ich dürfte hier nicht so ungeschützt herumhocken ... Nur weil ich süchtig bin nach dem Blick auf dieses lebende Poster, das in jeder Studentenbude hängt.

Sie saßen auf einer Bank an der Südwestspitze von Ellis Island, in ihrem Rücken das *Immigration Museum*, vor ihnen die Skyline von Manhattan, an der ein – wahrscheinlich mit Touristen vollgepackter – romantischer Zweimaster auf und nieder fuhr und dabei den denkbar eigenwilligsten Kontrast bildete. Stundenlang hatten sie sich auf allen Etagen der weitläufigen Einwanderungsbehörde Bandaufnahmen mit den Stimmen der Neuankömmlinge angehört, im elektronischen Archiv so etwas wie Ahnenforschung betrieben, unendlich viele Fotos betrachtet und Texte überflogen, waren durch Schlafsäle und Krankenstationen und an der *Wall of Honour* entlanggegangen, ohne auf den dort eingravierten Listen ihre eigenen – gar nicht einmal so ungewöhnlichen – Familiennamen zu finden. Wie merkwürdig, dass man immer nach sich selbst sucht, war Felice beim Lesen eingefallen. Schon damals, in den siebziger Jahren, haben Ulrich und ich die *Yellow Pages* gewälzt ...

Die verbleibenden fünf Tage zwischen ihrer Rückkehr aus Boston und ihrer Rückkehr nach Berlin sollten dem Sightseeing dienen, hatte Sue jedenfalls beschlossen. Sie wollte verhindern, dass Felice nicht weiter als bis zur 42nd Street kam, wo sie dann stundenlang schreibend und sinnierend unter einem der grünen Sonnenschirme im Reading Room des Bryant Park verharrte, dem Revier der Zeitlosigkeit. Die Freiheitsstatue, *Ground Zero*, *The Cloisters*, eine Fahrt mit der *Circle Line* rund um Manhattan, *Wall Street*, die schönsten Antiquitätenläden im *Village*, das alles war schon abgehakt. Und heute Vormittag hatten sie wenigstens einen kurzen Rundgang über Brooklyns *Greenwood Cementery* absolviert, wo Sue sie stolz – als hätte sie sie persönlich unter die Erde gebracht – zu den Gräbern der wichtigsten Prominenten führte. Was aber gingen Felice die Künstler und Mörder, die Generäle und Millionäre an, die hier lagen? Charles Tiffany oder Samuel Morse? Wo sie sich noch immer nicht erinnern konnte, auf welchem Friedhof Ulrich beerdigt war? Wie ein bockiges Kind ging sie hinter Sue her. Und erweichen ließ sie sich erst an Leonard Bernsteins Grab, von dieser unscheinbaren Platte aus grauem Granit vielmehr, unter die seine Kinder eine Partitur von Mahlers fünfter Symphonie gelegt hatten, wie ihre Freundin sie prompt instruierte. Ach Bernstein, ach Lenny, wie gut das passte vor ihrem endgültigen Abschied aus Amerika, dachte Felice. In seinen *Norton Lectures* hatte er ihr die Augen über das Wesen der Ambiguität geöffnet, ihr Lust gemacht auf jene poetische, musikalische, erotisch flirrende Zweideutigkeit, die ihr damals, als Ulrich sich ihr zu entziehen begann, als Rettung aus der Eindeutigkeit erschienen war. Ja. *The Unanswered Question. Delights & Danger of Ambiguity*! Wie fröhlich hatte Bernstein ausgesehen, als er mit wehendem Mantel den Harvard Yard durchquerte, wie leidenschaftlich entschlossen er dann sprach. (Und wie schnell hatte sie selbst seine Anregung wieder vergessen, es also gar nicht versucht mit der Ambiguität und sich nach Ulrichs Tod lieber zu den Pixi-Büchern zurückgezogen.)

Bevor sie sich aufraffen konnte, zu erzählen, dass sie Bernstein kurz vor seinem Tod noch einmal gesehen hatte, 1989, zu Weihnachten, nach tagelangem Anstehen für die Karten, keine zwei Monate nach dem Fall der Mauer, bei Beethovens *Neunter* im Konzerthaus am Gendarmenmarkt, viel kleiner und graziler, als sie ihn in Erinnerung hatte, war Sue schon weitergestürmt. Zu Lola Montez, der Tänzerin und Geliebten von Ludwig I. Wer weiß, auf welchen abenteuerlichen Wegen die große Verführerin nach Amerika gekommen ist, hatte sie Felice über die Schulter zugerufen, schon den nächsten wichtigen Grabstein in den Blick nehmend. Sicher ist, dass sie ganz anders hieß. Nicht Lola und nicht Montez.

Über den Hudson hinweg auf den Battery Park blickend, dachte Felice flüchtig an die rote Baseball-Kappe, die ihr dort vor nahezu vierzig Jahren vom Kopf geflogen war. Den Strohhut, den ihr die Freundin geliehen hatte, hielt sie mit beiden Händen fest auf ihrem Schoß. Wenigstens die Sonnenbrille wollte sie aufsetzen. Auch sie stammte von Sue, ein älteres Schildpatt-Modell aus den Achtzigern, das ihr jedoch die Welt in einer so grässlich gelben Färbung zeigte, dass sie erschrak und es sofort wieder abnahm.

Wir können nicht beurteilen, was Ulrich damals fühlte, beim Anblick der Fotos aus den befreiten Lagern, erklärte Sue, ihre Stimme klang wie die der Moderatoren aus dem History Channel, es war genau jenes hysterische Beben darin, das Felice weiterzappen ließ, sobald sie es hörte. Wir, die wir an den schlimmsten Horror gewohnt sind, an die Skelett-Berge von

Auschwitz, an die abgemagerten Körper der Überlebenden. Die jungen Männer von Srebrenica, die Totenkopf-Pyramiden auf den Killing Fields. An die Schreckensbilder der allabendlich ins Wohnzimmer oder direkt auf unsere Handys gelieferten globalen Kriege und Bürgerkriege. Auch wir haben ja mittlerweile wegzugucken gelernt, gezielt und unauffällig. Schon die Deutschen, denen man damals Wilders Film zeigte, hielten nur brav die Lider gesenkt. Und die Sieger gaben sich ja auch bald zufrieden und haben ihre künftigen Verbündeten im Kalten Krieg lieber geschont als sie moralisch aufzurütteln. Hast du Susan Sontags Essay *Looking at War* gelesen? Es erschien im *New Yorker*, ziemlich bald nach 9/11. Darin hat sie Abstand genommen von ihren radikalmoralischen Thesen aus den Siebzigern, wonach es obszön sei, sich die Bilder von Toten und Verletzten anzuschauen. Und geäußert, dass nur, was auf Fotos zu sehen ist, zur Geschichte werden kann. Weil Erinnerungen sich wandeln, Bilder aber bleiben. Kriege, von denen es keine Fotos gibt, werden vergessen. Menschen haben ein Bedürfnis nach Authentizität …

Ach, Felice hätte lieber dem *mockingbird* gelauscht. Wahrscheinlich würde sie nie wieder in ihrem Leben einer Spottdrossel begegnen. Nie wieder eine solche Vielfalt von Imitationen erleben. Variationen von Imitationen von Imitationen. Telefonklingeln, Schreibmaschinengeklapper, fauchende Lokomotiven, Nachtigallen, Spatzen, einen ganzen Urwald tierischer Kollegen. Stattdessen ließ sie es zu, dass Sue dozierte, Sue, die zu allem etwas zu sagen hatte, alles kulturhistorisch herleiten konnte und trotz ihres Plapperns eigentlich warmherzig und mitfühlend blieb. Wahrscheinlich würde es nie anders werden, dachte Felice, sie hörte Leuten zu, die es besser wussten, sie blieb die große Zuhörerin, nie würde sie aus dieser Rolle herauskommen. Was tat es, dass Sue die Thesen ihrer glamourösen Namensvetterin verkürzte. Unrecht hatte sie deswegen nicht. Mit Hilfe des Feuilletons und ihres guten Gedächtnisses rettete sie sich stets auf die sichere Seite. Mit Hilfe des Feuilletons konnte sie die Welt erklären.

Ulrich hat aber eine Erektion bekommen beim Anblick der Bilder, sagte Felice. Und er hat daraus so schreckliche Schlüsse gezogen, dass es ihm irgendwann den Boden unter den Füßen wegriss.

Sie sah, wie der Zweimaster mit geblähten Segeln abdrehte, weil ihm ein Kreuzfahrtschiff entgegenkam, und fühlte so etwas wie Trotz in sich aufsteigen. Nein, Sue sollte es nicht besser wissen, nicht in diesem Fall. Denn sie, Felice, wusste mehr. Dass Ulrich im Alter von sechs Jahren zum Verräter geworden war und seine Mutter zur Denunziantin beispielsweise. Dass seinetwegen und ihretwegen – mit großer Wahrscheinlichkeit – ein Mensch ans Messer geliefert wurde. Und allein sie, Felice, konnte Ulrichs Erlebnis aus dem Luftschutzkeller, von dem er ihr vor vierzig Jahren auf einer Bank im Gramercy Park erzählt hatte, mit Bjarnes Enthüllungen und Dr. Paradise' Bericht aus dem Krankenhaus verknüpfen. Irgendwie jedenfalls. Mit aller Vorsicht. Letztlich aber doch. Natürlich würde sie nie darüber sprechen, weder jetzt, hier, neben und vor Sue, noch in der Zukunft mit sich selbst. Wenngleich diese Erkenntnis empirischer war als alle schlauen Thesen, die Leute wie Susan Sontag oder andere Welterklärer sich ausdachten. Und dieses Eins-und-Eins-Zusammenzählen genau die Haltung war, vor der Ulrich sie immer gewarnt hatte.

Ob sich nun auch ihr Leben ändern würde, stand auf einem anderen Blatt. Dadurch, dass sie alles wusste. In jenem Maße wenigstens, wie sie kundig geworden war. Stand sie an einem Anfang oder einem Ende? Und was überhaupt zählte ihr Wissen? So wenig oder so viel wie im Museum hinter ihr die stockfleckigen Bücher in den Pappkoffern der französischen Einwanderer, die sich irgendwann nicht mehr hatten aufraffen können, weitere Seiten aufzuschneiden, und mitten im Roman aufhörten zu lesen? In Jules Vernes *Voyage au Centre de la Terre*?

Oder Eugène Sues *Les Mystères de Paris*? Die Kulisse, die vor ihr lag, dieses wild gezackte, wie in einem Prisma sich wölbende Stadtgebirge, über dessen gläserne Fronten die Wolken jagten, schien zu gewaltig für ihre armseligen Forschungen über das Leben und den Tod des Ulrich W., zu heroisch für ihren kleinen Mut, selbst wenn das *One World Trade Center*, das *Freedom Tower* geheißen hatte, bevor die Terroristen die Flugzeuge hineinlenkten, Sekunde für Sekunde – praktisch während ihres Hinschauens – in den Himmel wuchs und ihr ein lächerlich ineffektives Gefühl von Macht verlieh. Der Kopf tat ihr weh, ihr Brustkorb schmerzte, vermutlich war das spezielle, sie so hellsichtig machende Fieber längst wieder dabei, sich in ihr auszubreiten. Sie wusste nicht, ob sie es sich wünschen sollte.

Paradise hat es Ulrich aber doch erklärt, entgegnete Sue störrisch; wie schwierig es war, ihr zu widersprechen. Er hätte nicht verzweifeln müssen. Es war eine zufällige Koinzidenz. Mit dem Grauen der Abbildungen hatte die Erektion nichts zu tun. Ein medizinisches Phänomen, nichts weiter. Warum ließ er sich nicht überzeugen? Er war doch Wissenschaftler ... er konnte doch denken. Oder etwa nicht?

Manchmal, wenn ich Feierabend hatte in der kleinen Jugendbücherei, wo ich nach dem Abbruch meines Studiums ein Praktikum absolvierte, wartete Ulrich im Foyer auf mich, fiel Felice ihr ins Wort und wusste nicht, ob sie redete oder nur laut dachte, während sie ihr verkleinertes Gesicht immer wieder in Sues Sonnenbrille aufblitzen sah. Er saß dort auf einer der unbequemen, mit Kaugummi verklebten Bänke und las in einem von *Walt Disneys Lustigen Taschenbüchern*, die er seit unserer Rückkehr zu lesen begonnen hatte, weil er Erika Fuchs, die in seinen Augen geniale Übersetzerin, für ihre Sprachspiele bewunderte. Oder er strickte an einem Schal. Einmal hantierte er sogar mit einer Strickliesel, aus der eine endlos lange Wurst herauswuchs. Ich wollte gar nicht hingucken, so weh tat mir sein Anblick. Wobei er selbst sich gar nicht unbehaglich zu fühlen schien. Im Gegenteil. *Das ist gut gegen innere Unruhe*, erklärte er und verstaute die Handarbeit betont sorgfältig in seiner Lufthansatasche, bevor er mich mit einem Wangenkuss begrüßte, meinen Arm nahm und mich zu seinem neuen knallroten VW Käfer führte, ein weiteres, von mir positiv bewertetes, letztlich aber doch wohl missverstandenes Zeichen – so wie das teure Tweedjacket, das er sich kurz vor unserer Rückkehr nach Deutschland gekauft hatte.

Manchmal versuchte er mich nur zu überreden, mein Studium wiederaufzunehmen. Einmal sagte er sogar, er habe plötzlich Sehnsucht nach mir bekommen. Häufig erzählte er mir von seiner Mutter, die er nun wieder öfter besuchte. Ihre Frömmigkeit sei heftiger denn je. Mittlerweile ganz und gar unter die Herrschaft eines gewissen Pater X. geraten, erhalte sie von diesem religiöse Unterweisung, die sich vor allem auf die rechte Marienverehrung beziehe und das Beten vieler *Schmerzensreicher Rosenkränze* bedeute. Nein, antwortete Ulrich, als ich ihn fragte, sie habe sich noch kein einziges Mal nach mir erkundigt. Nein, sie vermisse mich nicht.

Es ist, als hätte ich dich nie geheiratet, ergänzte er. Sie macht es mir so leicht.

Dass er mich eines Tages bat, ihn zu einer von Professor L.s Soireen zu begleiten, nachdem er dort monatelang nicht aufgetaucht war, kam allerdings dann doch überraschend. Natürlich sagte ich nicht Nein, obwohl wir ja gar nicht mehr zusammenwohnten und wir uns vorher heimlich treffen mussten, um dort gemeinsam zu erscheinen. Ich fand die Camouflage lächerlich, in solchen Kreisen sollte die Trennung eines Paares eigentlich keiner Erwähnung wert sein, selbst wenn man unsere Heirat seinerzeit als Sensation betrachtet hatte. Und bei Professor L. war es dann ja auch wie immer. Keiner wusste etwas. Niemand bemerkte, dass wir zitterten vor Aufregung. Um seine Nervosität zu bekämpfen, rauchte Ulrich eine dicke Zigarre, wahrscheinlich die erste und letzte in seinem Leben, und rührte keine einzige Zigarette an. Mit hochgezogenen Brauen, abwesend und anwesend zugleich, verfolgte er eine nicht enden wollende Diskussion, die sich immer wieder an einer Biografie über den ersten sozialdemokratischen Bundeskanzler entzündete. Verfasst von einem Korrespondenten der *New York Times*, der eigentlich mit Brandt befreundet, in Bonn sogar sein Nachbar war, sich dann aber skrupellos entschlossen hatte, lieber auf all jene, vermutlich viel unterhaltsameren Sticheleien zurückzugreifen, die Herbert Wehner vor, während und nach der Guillaume-Affäre über Brandt – absichtsvoll oder nicht – entschlüpft waren. Dass ich mich noch so gut daran erinnere, liegt an meiner Sentimentalität. An den Bildern aus Warschau, am Kniefall, dem berühmten. Daran, dass ich Brandt unter den linksradikalen Studenten immer verteidigen musste, daran, dass er Ulrich ja ebenfalls völlig kalt gelassen hatte. Empört sprach man davon, dass Wehner putschen wolle, knapp ein Jahr vor der Wahl. Und ebenso eifrig kolportierte man, dass *Willy* inzwischen die Korrekturfahnen gelesen und zugegeben habe, dass die darin notierten Sottisen sein Verhältnis zum Fraktionsvorsitzenden der SPD geradezu peinlich genau wiedergäben. Während sich Brandts politischer Berater demonstrativ in Schweigen hüllte, mit übergeschlagenen Beinen, dicker, hässlicher Brille, auf einem Zweiersofa neben einer stark geschminkten amerikanischen Journalistin. Sein *spindoctor,* wie man heute sagen würde. Er hielt sich gern am Rande der Schlangengrube auf, wie Ulrich Professor L.s Salon gern bezeichnete. Der Erfinder der Ostpolitik. Ihn habe ich dort häufig gesehen.

Keiner jedenfalls sah die Wunde, mit der Ulrich aus Amerika zurückgekehrt war. Den Schmerz. Weil er wie immer wirkte, distanziert, höflich, wenn auch nicht ganz so diskussionsfreudig wie sonst und darauf aus zu glänzen. Vielleicht plante er ja sogar schon seinen Suizid, der drei Tage später erfolgte. War innerlich dabei, die Tabletten abzuzählen, die er in den letzten Wochen gehortet hatte, den Alkohol zu berechnen, den er brauchte, um sie zu schlucken, die Anzahl der Klingen, da er sich doch elektrisch rasierte. Vielleicht fiel ihm ein, dass er vergessen hatte, das Wäscheseil zu kaufen, mit dem er dann auf Nummer sicher gehen wollte. Oder bedauerte, sich in den Staaten keine Schusswaffe gekauft zu haben, was ihm die Umstandskrämerei erspart hätte, die er sich nun antun musste. Dass man ihm zwischendurch – halbherzig, wie mir schien – zu diversen, die polnische Exilforschung betreffenden Zeitschriftenaufsätzen gratulierte, registrierte er, ohne ein Wort zu sagen. Und auch, dass man sich erkundigte, ob er Dziewanowski getroffen habe, der – nach der x-ten Auflage seiner *Geschichte der kommunistischen Partei Polens* – mit seinem neuen Projekt wohl nicht so recht vorankomme, schien ihn nicht weiter zu tangieren.

Er habe Dziewanowski nicht einmal zu kontaktieren versucht, obzwar der legendäre Journalist und Historiker, Kommunistenhasser und Katholik ihn mit Professor L.s Empfehlungsschreiben bestimmt mit offenen Armen empfangen hätte, bekannte Ulrich mir dann später auf der Straße. Er wisse nicht warum, vielleicht weil ihn damals so unendlich viele *andere und wichtigere Sachen* beschäftigten, sagte er, seine Worte so vorsichtig setzend, als könnte er sich an den Schnüren seiner Reflexionen strangulieren. Nur, um sich dann schnell zu korrigieren: Nein, das stimme nicht. Er wisse es durchaus. Dziewanowski war ein Held, ein Kavallerist in der polnischen Armee, ein Fallschirmspringer, ein Widerständler, der fast gleichzeitig oder zumindest kurz nacheinander gegen die Russen und gegen die Deutschen gekämpft hatte. Er hat Hitler, Goebbels und Göring erlebt, Mussolini gesehen, als er in den dreißiger Jahren Korrespondent für ein polnisches Blatt in Berlin war. Hat Sikorski gekannt, die ganze polnische Exilregierung in London. Und der kleine Maciej sei ihm zu Füßen gelegen und immer wieder – weil sein Landsmann nicht in Harvard lehrte – zu den unmöglichsten Zeiten nach Boston hinübergefahren, um dessen anekdotenselige Vorlesungen zu lauschen. Geradezu ekelhaft sei diese Verehrung gewesen, nicht zu vergleichen mit seiner eigenen Bewunderung für Professor L. oder Henry Kissinger. Überhaupt habe er, Ulrich, der Schwächling mit dem Verräter-Gen und Sohn einer Frau, die mit dem Blockwart ihres Wohnhauses auf Du und Du gestanden hatte, Helden nicht ertragen in seiner amerikanischen Zeit. Sie buchstäblich nicht riechen können, diese so stark nach Rasierwasser duftenden, strahlenden, vitalen, durch nichts zu brechenden Gestalten ...

Und du, hätte Sue jetzt fragen müssen, wenn Felice nicht nur die Lippen bewegt, sondern gesprochen und die Freundin ihr zugehört hätte. Wie erging es dir bei Professor L.?

Ich? Mir? Ach, ich blieb unsichtbar wie immer, antwortete Felice, aus dem Augenwinkel die deutsche Familie beobachtend, die sie vor ein paar Tagen im *Dinosaur* gesehen hatte, den mit mehreren Fotoapparaten und einer Filmkamera bewaffneten Vater vielmehr, wie er mit Frau und Sohn im Schlepptau an der Wall of Honour entlangging, auf der unvermeidlichen Suche nach Vorfahren, die nach Amerika ausgewandert waren. Sue, die die Touristen ebenfalls bemerkt hatte, sie aber offensichtlich nicht wiedererkannte, bemerkte düster: Sie wissen nicht, dass jeder, der dort eingraviert ist, für sich oder seine Verwandten hundert Dollar bezahlen musste. Nicht jeder kommt auf diese Liste! Arme Leute sind dort nicht zu finden. Und sie war drauf und dran, zu einer umfassenden Kapitalismuskritik auszuholen.

Felice aber sprach weiter, weil sie sich nicht mehr unterbrechen lassen wollte bei der Rekonstruktion ihrer Erinnerungen, die womöglich deren Erschaffung, wenn nicht gar Erfindung war: Ulrich hätte mich nicht mitnehmen müssen, keiner achtete auf mich. Allenfalls dass man mir ohne Zögern die Hand schüttelte, unterschied die Soiree von den Instituts-Empfängen in den Staaten. Ich saß still in einem der mit geblümten Überwürfen drapierten Sessel, die so angelsächsisch aussahen wie die noch nicht abgeräumten Weihnachtskarten auf dem Kaminsims, obgleich es schon Ende Januar war. Ulrich hing neben mir auf der Lehne, manchmal spielte er sogar mit meinen Fingern und berührte mein Knie mit seinem Knie, zärtlicher denn je, jetzt, da er mich doch abserviert hatte. Sebastian Haffner war da an diesem Abend, seine Fistelstimme schon im Flur zu hören gewesen, er hatte seine Tochter mitgebracht, die sich feministisch verbreitete. Ein gutaussehender Mann mit Raubvogelgesicht – den ich sehr viel später als den umstrittenen Architekturkritiker identifizierte, der irgendwann seinen eigenen Verlag gründete – hatte sich erst gar nicht hingesetzt, sondern strich an den Buchrücken von Professor L.s Bibliothek entlang. Und auch der schöne Student mit der Albrecht-Dürer-Lockenpracht fiel mir auf, der, der nach Ulrichs Tod, zusammen mit den anderen Studenten seine Regale leerräumen und sich ungeniert die Zettel aus seinen Büchern ziehen würde. Frau L. lief durch die Räume, wie üblich in einem ihrer wallenden indischen Gewänder. Sie immerhin sprach im Vorübergehen ein paar Worte mit mir, es waren die gleichen Floskeln wie vor unserer Amerika-Reise, sie forderte mich zum Reden auf, sagte etwa: *Warum so schüchtern? Haben Sie gar nichts zu sagen?* Und wie stets irritierten mich Professor L.s große blaugrüne Augen, die immer wieder die Richtung wechselten, ohne dass er darauf Einfluss zu haben schien. Einmal nahm er auch Ulrich und mich ins Visier, unabsichtlich wohl, denn seine Mimik blieb gleichgültig. Bestimmt jedoch hat er viel mehr gesehen, als wir alle dachten. Doppelt so viel wie wir nicht schielenden Menschen. Im Traum jedenfalls – und ich träumte merkwürdigerweise oft von ihm – sah ich ihn gleichzeitig in zwei Büchern lesen, manchmal auch in vieren, immer im Uhrzeigersinn.

Auf den Gedanken, dass Ulrich Abschied nahm, ja wie gesagt seinen Selbstmord inszenierte im Kreise jener wissenschaftlichen Koryphäen, die ihn zwar förderten, sich heute Abend aber nicht allzu sehr für ihn zu interessieren schienen, in der einen Hand ein Sherryglas und in der anderen eine dicke Zigarre, bin ich erst jetzt, in dieser Sekunde, gekommen, weißt du, Sue. Es wäre typisch für ihn gewesen, seine listige Art, den Herren, die anderthalb Wochen später an seiner Beerdigung teilnahmen, Gewissensbisse einzuflößen. Eine Art von vorauseilender Rache, wenn du so willst. Eigentlich aber wünsche ich mir nur, dass er so gedacht hat. So gedacht haben könnte, wenn ihm die Ironie erhalten geblieben wäre. Denn ich wusste ja, dass ihn nur die Glückspillen so gelassen machten, heiter fast, wie bei unserer Praliné-Orgie im Café Florian in Boston. Dieses Zeug, das ihm die Ärzte anfänglich so verschwenderisch verschrieben und das er sich später auf allen möglichen Wegen zu besorgen wusste. Kein einziges Mal hielt er die Hand vor den Hals, um seinen zuckenden Adamsapfel zu verbergen. Kein Schluckauf quälte ihn, nicht die Spur eines Tics lief ihm übers Gesicht. Von der Seite sah man auch nicht, wie aufgeschwemmt es war. Ich jedenfalls fand ihn immer noch schön. Schön, fern, streng, so wie in unseren allerersten Zeiten. Und als er sich zu mir beugte und mir ins Ohr flüsterte *Magst du einen von denen besonders? Oder kannst du alle gleichermaßen nicht leiden?*, da lachte ich kurz auf und dachte für einen Moment, dass sich die Zeit doch noch einmal zurückdrehen ließe.

Da nichts Weltbewegendes oder Grundsätzliches geschah an diesem letzten Abend in Professor L.s Salon, nichts, wofür es sich gelohnt hätte zu bleiben, brachen wir frühzeitig auf. Die gerade ausgebrochene Debatte, in welcher der Hausherr mit dem Leiter eines SPD-nahen Forschungsinstituts lautstark aneinandergeriet, erreichte uns nur noch in Satzfetzen. Vielleicht ging es um den *Bund Freiheit der Wissenschaften*, für dessen Mitbegründung Ulrichs Doktorvater sogar aus den eigenen Reihen kritisiert wurde. Oder um eine andere Lappalie. Er geriet ja schon in Wut, wenn seinem Gegenüber ein bestimmtes Wort nicht einfiel. Oder ihm selbst. So brauchten wir auch nicht Adieu zu sagen, niemandem fiel auf, dass wir gingen. Im Flur stand nur der gemietete Butler, der die Aschenbecher zu leeren und die Wein- und Sherrygläser nachzufüllen hatte. Während er mir in den Mantel half, blieb Ulrich im Türrahmen stehen und schaute in den Salon zurück, wo die Professoren beim Qualmen gestikulierten. Dass der dürergleiche Jüngling zu Ulrich hinblickte, die Hände hob und das Gesicht verzog, bemerkte ich nur deshalb, weil hinter ihm, in dem französischen Fenster, vor dem er stand, ein wässrig bleicher Vollmond hing. Vielleicht nahm er ja an einem von Ulrichs Kolloquien teil und hatte ihn noch etwas fragen wollen. Oder waren sie verabredet? Damit er ihn später, in seiner Kreuzberger oder Schöneberger Wohngemeinschaft, aus der Rüstung seiner Moralvorstellungen befreien konnte?

Ja, heute würde ich mir das wünschen, jetzt, hier, beim Blick auf die Verrazano Bridge, wo meine Reise in die Vergangenheit begann vor kaum zwei Wochen und ich auf dem Weg nach Brooklyn gefühlte drei Stunden zwischen Himmel und Wasser hing. In einem stinkenden Cab, mit einem fluchenden Fahrer. Damals, in der Grunewalder Gelehrtenvilla, ahnte ich nichts. Es ist so schwierig, die Dinge in einem anderen Licht zu sehen. Im Nachhinein. Vielleicht wohnte ich dem Beginn einer Affäre bei. Oder deren Schluss. Ohne es zu wissen. Wieder einmal. Einer sehr viel zarteren als jener, die Ulrich mit dem damals noch so wuchtigen Bjarne widerfuhr. Einer Liebesgeschichte vielleicht ja sogar, in der Ulrich seine Blicke nicht schamhaft abgewandt und sein Begehren anders artikuliert hätte. Seine Lust, seine Gier, sein Frohlocken. Kurz vor seinem Tod. Am Ende seines Lebens.

Draußen, auf dem Weg zum Hagenplatz, bevor wir beide uns in verschiedene Taxis setzten – nie wäre Ulrich nach dem Konsum von Alkohol Auto gefahren –, beichtete er mir, dass er seit einigen Wochen wieder *auf der Couch liege*, dass er es noch einmal versuchen wolle mit der Psychoanalyse, ein halbes Jahr lang wenigstens. Schauen, ob Herr M. ihn doch noch tauglich machen könne. Arbeitsfähig. Fit fürs normale Leben. Für den

Wissenschaftsbetrieb. Ihm seine Dunkelheiten abtrainiere. Seine Widersprüchlichkeiten. Dass sein Patient noch kurz vor seiner Rückkehr nach Deutschland schwimmen lernte, habe den Therapeuten jedenfalls optimistisch gestimmt. Genauso wie die Tatsache, dass er sich auf seine Empfehlung hin endlich ein Auto anschaffte. Da sollte er auch verkraften können, wenn der schwimmende Kraftfahrzeugbesitzer tagelang schweige, fügte Ulrich hinzu. Für teures Geld. So wie er selbst den Duft des Analytikers aushalten müsse. Dessen aufdringliches Rasierwasser vielmehr, mit dem so viele Helden den Blutgeruch überdecken wollten, mit dem sie aus dem Krieg zurückgekommen waren. Einmal habe er Herrn M. sogar schnarchen gehört im Sessel hinter sich. Aufgewacht sei er erst, als Ulrich sich aus dem Zimmer schleichen wollte. Und einmal seien sie sogar beide eingeschlafen. In grimmiger, nie wiederkehrender Komplizenschaft.

Sag Schiffsjunge zu mir, flehte ich innerlich, als wir uns zum Abschied umarmten. Frag, wo meine rote Kappe ist. Der Schiffsjunge freilich war in Amerika geblieben und die Kappe verloren gegangen, und Ulrich sagte nur, mir die Hand küssend – er küsste sie nicht wirklich, nur so, wie er es von seinen polnischen Freunden gelernt hatte, und vielleicht wartete ja auch schon der junge Mann auf ihn, irgendwo in der Nähe: Übrigens, Toby Auerbach ist gestorben. Der Arme! Lange hielt er es nicht aus bei den Nonnen. Aber die Hoffmann'sche Sitzmaschine hat er mir vermacht. Stell dir vor, Filitschi, der Folterstuhl ist unterwegs zu mir. Auf einem Containerschiff. Säuberlich in seine Einzelteile zerlegt und verpackt.

Es war das letzte Mal, dass ich Ulrich lebendig sah. In drei Tagen würde er sterben. Von eigener Hand, wie es später im Polizeibericht hieß, und wahrscheinlich akribisch geplant. Aber was heißt von eigener Hand? Und akribisch geplant? Können Hände denken? Es muss etwas Schlimmes hinter der Tür gewesen sein, flüsterte Felice und bohrte sich die Fäuste in die Augenhöhlen. Etwas Schlimmeres als das, was ich gesehen habe, bevor mich Adolf aus der Wohnung zerrte. Schlimmer, als ich es je aussprechen könnte. Schlimmer, als selbst Adolf es ertragen konnte. Ja, Adolf. Der Gemütsmensch, der Zerberus, der Höllenhund. Hab ich den schon mal erwähnt, Sue? Das war ein Freund, der uns kollektiv bestrafte, weil er nicht bereit war, seinen schrecklichen Vornamen abzulegen, ja, uns nicht einmal dessen Abkürzung gestattete. Ein Freund, der es gut mit mir meinte, einer, der mir schrecklich auf die Nerven ging, weil er meinte, ich sei eine zweite Mascha Kaléko. Ja, und derjenige schließlich, der verhinderte, dass ich Ulrich noch einmal ins Gesicht sehen konnte, bevor er aus meinem Leben verschwand. Warum habe ich ihn nicht mehr angefasst, als ich mich über ihn beugte? Vielleicht wäre er noch warm gewesen …

Wenn Felice laut gesprochen hätte, hätte Sue sich erst einmal nach der Sitzmaschine erkundigen müssen. Sue jedoch schwieg. Und Felice fragte sie schnell, damit sie sich nicht anders besinnen konnte und ihr einen Vortrag über Josef Hoffmann und die Wiener Werkstätten hielt: Willst du immer noch dein Geheimnisspiel mit mir spielen? Dieses Spiel, in dem man ungestraft alles sagen kann und kein Nachhaken gestatten muss? Falls ja, würde ich dir gerne erzählen, dass ich schwanger war, als ich mich entschloss, Ulrich zu heiraten, aber nicht wusste, ob von ihm oder von Leo, meinem trotzkistischen Freund. Und dass ich das Kind wegmachen ließ, weil ich die Ungewissheit nicht ertragen konnte, drei Wochen vor der Hochzeit. Bei einem Arzt in Steglitz, den man die *Goldene Kürette* nannte. Er hat es nicht gut gemacht, ich blutete, ich bekam Fieber. Und nach Ulrichs Suizid quälte mich lange die Frage, ob ein Kind unsere Ehe vielleicht retten, sie wenigstens normal oder durchschnittlich hätte machen können. Maciej jedenfalls bestärkte mich darin, als wir uns in Boston wiedersahen. Und er bestätigte mir auch Bjarnes Schauergeschichten, die ich unter der Erde, im Keller des *Seagram Building*, zu absurd fand, um sie zu glauben. Nein, nicht das infantile Tischrücken oder die Kaltwassergüsse. Aber dass Ulrich sich tatsächlich seine Homosexualität weghypnotisieren lassen wollte. Stell dir das vor. Wie groß seine Verzweiflung gewesen sein musste. Wie grandios seine Blindheit. Mit welcher Besessenheit er die Hunde im Souterrain bekämpfte. Die Hunde, die nicht aufhören wollten zu kläffen. Die Hunde, gegen deren Kläffen Ironie nichts mehr half. Immer wieder hat Maciej ihn zu einem gewissen Wojtek aus Warschau begleitet, der ihn im Hinterzimmer einer Kneipe den seltsamsten Prozeduren unterzog, sich unverfroren als Schüler von Schrenck-Notzing ausgab und behauptete, widernatürliche Neigungen *absuggerieren* zu können. Dabei habe er Wodka aus einer Flasche mit einem Bisongrashalm getrunken, dieser unappetitliche Kerl, ohne Ulrich etwas davon anzubieten, geschweige denn dem kleinen Übersetzer. Während er still in sein Cape gehüllt auf einer Fensterbank sitzend wartete, bis der Hokuspokus vorüber war, sei aus der gegenüberliegenden Küche der Geruch von Sauerkraut und fetten Krakauer Würsten unter der Türe durchgedrungen. Ulrich dagegen habe Stunden später, als sie schon im Café Florian saßen und dort genau den Wodka tranken, den der Hypnotiseur ihnen verweigert hatte, immer wieder behauptet, es habe nach Schwefel gerochen in dem fürchterlichen Etablissement und nicht nach dem guten polnischen Essen, das Maciej aus seiner Kindheit noch im Gedächtnis trug. Was problematisch gewesen sei, wie er zugab, da er das deutsche Wort *Schwefel* nicht kannte, Ulrich dagegen nicht die polnische Entsprechung. Und er selbst, armer Student ohne eigenes Wörterbuch, erst am nächsten Nachmittag in der Lage war, es in der Institutsbibliothek nachzuschlagen.

Vielleicht wollte er nur einen Scherz machen, wiegelte Felice ab und wunderte sich, warum sie plötzlich das Bedürfnis hatte, ihrer Freundin Ulrichs nie versagende Spottlust vor Augen zu führen. Witzig ist jedenfalls, dass auch Thomas Mann den *Geis-*

terbaron Albert von Schrenck-Notzing kannte, der in München Séancen veranstaltete und in seinem Stadtpalais ein okkultistisches Versuchslabor unterhielt. Ja, ihn vielleicht sogar aufsuchte, auf jeden Fall seine Adresse notierte und ihn ganz gewiss im *Zauberberg*, im Kapitel *Fragwürdigstes* nämlich, als Dr. Krokowski verewigte. Wie seltsam, dass erst neulich eine Biografie über diesen seltsamen Heiligen erschienen ist. Über diesen Scharlatan, der mit elektrischem Schnickschnack versuchte, die sexuelle Orientierung seiner Patienten zu korrigieren, wie er dies nannte. Ich frage mich, ob Ulrich ahnte, wen Thomas Mann in Dr. Krokowski darstellte. In diesem schwarz gekleideten dicklichen Menschen von *phosphoreszierender Blässe*, der ein Vorläufer des Teufels aus dem *Doktor Faustus* war. Und ob es ihn nicht amüsiert hätte, dass er – ohne es zu wissen – sich auf den Spuren seines heiß geliebten Dichters bewegte. Einmal, auf dem *Boston Book Fair* hat er sich ja sogar ein Buch von Schrenck-Notzing gekauft, antiquarisch, weißt du noch, Sue, weißt du es noch?

Felice holte tief Luft, und als sie sah, dass Sue, die doch gar nicht dabei gewesen war, in der Hitze einzunicken drohte, beschlich sie kurzfristig der Gedanke, dass sie sich nicht besser aufführte als die vor sich hin brabbelnden Verrückten in der Berliner U-Bahn, vor denen sie immer flüchtete. Oder wie die Gesellschafterin der Millionärstochter Imma Spoelmann in *Königliche Hoheit*, die – so durchgedreht wie traumverloren – immer dann, wenn es ihr zu viel wird in der Gegenwart des Romans, in ihr vergangenes Leben driftet und die langfädigen Reden, die sie dann hält, als *Wohltaten* bezeichnet. Wohltaten. Wie hieß sie doch gleich? Gräfin Löwenmaul? Löwenjaul? Ach, Ulrich wäre es bestimmt eingefallen.

Vielleicht aber hatten sie und Sue ja einfach geschwiegen, sie, Felice, und die dicke, vor Jahr und Tag aus Deutschland eingewanderte und vor Kurzem freiwillig arbeitslos gewordene Bibliothekarin, diese personifizierte Weiblichkeit neben ihr auf der Bank, an der ihr alles überfließend vorkam, ihre Haare, ihre

Brüste, ihre Herzlichkeit, ihr Wissen, ihr Wesen. Sie waren mit Samy verabredet, sie mussten aufbrechen, heute Abend begann das *Summer Film Festival* zum 20. Jahrestag der Wiedereröffnung des Bryant Park, der – Felice hatte es kaum glauben mögen – noch bis Ende der achtziger Jahre eine absolute *No-Go-Area* gewesen war. Und sie wollten sich rechtzeitig einen Rasenplatz sichern, unbeschadet der Tatsache, dass sie nicht wussten, welcher Film sie erwartete. In diesen letzten Stunden vor Felices Abflug.

Hach, dass man sich kaum losreißen kann von diesem Anblick, diesem Gesamtkunstwerk aus Glas und Beton, Wolken und Wasser. Sue stand auf, streckte sich, hielt ihr rotes Leinenkleid von sich weg, damit der Wind hindurchwehen konnte, und bot Felice einen Schluck aus ihrer Wasserflasche an. Bevor ich sterbe, möchte ich genau hier noch einmal mit dem Schiff ankommen und so tun, als sei ich nie in New York gewesen. Dann fragte sie, sich mit beiden Händen in den Haaren wühlend: Meinst du, dass Ulrich mich gemocht hätte? Oder wäre ich ihm auf die Nerven gegangen? So wie dir? Oder wie Samy, der sich manchmal tagelang versteckt, weil er es nicht mehr mit mir aushält?

Felice jedoch konnte es sich nicht mehr erlauben, ihren Redefluss zu unterbrechen, ob Sue ihn nun vernahm oder nicht. Während sie zur Anlegestelle liefen, sprach sie weiter, schnell, aufgeregt, verzückt von sich selbst und der Erlösung aus ihrer Schweigsamkeit. Alle haben gewusst, dass Bjarne und Ulrich sich nähergekommen waren. Dass sie sich in dunklen Ecken herumtrieben, sich Zettel in die Manteltaschen steckten. Alle, nur ich nicht. Dass er schwul war, wenn auch widerwillig. Schwul, schwul, schwul, gay, gay, homosexuell, bisexuell, was auch immer. Aber sogar innerhalb deines Geheimnisspiels könnte ich nicht freiheraus sagen, warum ich das für andere Leute so Offensichtliche nicht wahrnahm. Und selbst bei Maciej, in seinem staubigen Trödelladen in Bostons Newbury

Street, brachte ich die prekärsten Fragen nicht über die Lippen. Es bereitete mir Pein, es war furchtbar, schlimmer als das Gespräch mit dem halbtoten Bjarne in dem stylischen Kellerrestaurant, der mich doch gleichfalls mit der Wahrheit konfrontierte. Mit seiner Wahrheit. Es war einfach zu lange her, als dass ich hätte weinen dürfen. Es war lächerlich. Unwürdig. Ich schämte mich entsetzlich. Und Maciej, dieser grau gewordene Zwerg, der nun endlich das zerknitterte Gesicht besaß, das zu ihm passte, saß neben mir, betrachtete mich schweigend und legte schließlich – damit ich meine Tränen trocknen konnte – einen Stapel Damastservietten vor mich hin. Sie rochen muffig wie das ganze Geschäft, und die protzigen Monogramme darauf kratzten mich an der Nase. Verkehrsrauschen drang durch die geöffnete Tür, irgendwo, weit hinten in den Tiefen des schlauchartigen Raums, packten zwei in weiße Kittel gekleidete Angestellte unbestimmten Geschlechts Kisten aus, Geschirr klapperte leise, Staub von Holzwolle wirbelte durch die Luft. Wie war Maciej bloß auf die Idee verfallen, Kaffeeservices mit rissigen Glasuren und verblichene Wäsche zu verkaufen? Warum hatte er trotz all seiner glänzend bestandenen Prüfungen sein Studium abgebrochen und auf sein Stipendium verzichtet? Und warum vertiefte er sich lieber in die uralten Muster von europäischem Damast und umgab sich mit Rauten und Rosetten, Blütenranken und heraldischen Motiven, die erst beim richtigen Lichteinfall sichtbar wurden, wie er mir mit ermüdender Ausführlichkeit zeigte, nicht ohne zu erwähnen, dass ihm erst neulich ein paar Fälscher Tischdecken angeboten hatten, deren Chrysanthemen-Dessin zweifelsfrei mit einem Grafikprogramm am Computer entstanden war. Existierten Parallelen zwischen Maciejs und meiner Biografie? Hatten wir es gleichermaßen vermasselt? Reagierten wir ähnlich schneckenmäßig verschreckt auf die Härten des Lebens? Wo überhaupt war Maciejs Frau? Gab es eine? Lebte er so zölibatär wie ich? Und: Hetzten ihn die Geheimagenten noch immer durch Cambridges Straßen? Das alles hätte mich brennend interessiert. Vor lauter Angst zu fragen, brach mir jedoch der kalte Schweiß aus. Weshalb ich es vorzog, mir die überkommene Webtechnik erklären zu lassen, die alten Damast praktisch unfälschbar machte, und woher es kam, dass das Dekor der Fayencen hier im Laden so ungemein chinesisch anmutete, nämlich weil man in einer kleinen italienischen Stadt namens Faenza Anfang des 18. Jahrhunderts begonnen hatte, das von Marco Polo aus China mitgebrachte Porzellan hemmungslos zu imitieren.

Bevor wir gingen, kaufte ich Maciej die Mundtücher ab, in die ich mich geschnäuzt hatte, und nicht nur diese, sondern auch die ungebrauchten, die das Dutzend vollmachten, sowie die schöne gelbe, mit brüllenden Löwen versehene Kaffeetasse aus Deruta, die ich dir heute Abend schenken werde, Sue. Um meine Verlegenheit zu bekämpfen und weil mir das seinerzeit verbreitete Gerücht einfiel, dass er aus dem Hochadel stammte und eigentlich Erbe eines riesigen Anwesens war, erkundigte ich mich sogar danach, ob er denn in seine Heimat gereist sei inzwischen und sich seinen Besitz habe restituieren lassen. Einen Antrag gestellt habe zumindest. Um mit falscher Heiterkeit fortzufahren: Der Kalte Krieg ist vorüber, lieber Maciej, und die Polen lieben die Vereinigten Staaten, heiß und innig sogar. Hast du das noch nicht mitgekriegt, *moj drogi przyjacielu*?

Er ging aber nicht darauf ein. Und bestand stattdessen darauf zu bekennen, in mich verliebt gewesen zu sein, damals, vor annähernd vierzig Jahren, und sich stundenlang im Yard herumgetrieben zu haben, nur um mich einmal am Tag sehen und sprechen zu können. Zumindest größenmäßig hätten wir ja gut zueinander gepasst, meinte er schelmisch, als wir Abschied voneinander nahmen, nicht dass sein English oder sein Deutsch oder die Mischung aus beidem in der Zwischenzeit verständlicher geworden wäre. Da freilich standen wir bereits – uns um die Handgelenke fassend – im gläsernen Windfang der immer noch von Wissenschaftlern aus aller Welt frequentierten Pension in der Irving Street, in der Ulrich und ich unsere ersten Tage in Cambridge verbracht hatten. Und beim Blick in seine dicht bewimperten braunen Augen wünschte ich mir doch tatsächlich für den Bruchteil einer Sekunde, dass er sich in den jungen Maciej verwandelte, in jenen uns alle amüsierenden kleinen Polen, der so konfus wie charmant seine Thesen über die ästhetische Bedeutsamkeit der katholischen Kirche vortrug. Damit ich eine andere Erinnerung an ihn behielt, damit etwas Freundliches und Unbeschwertes zurückbliebe von den Tagen in Neuengland. Zugleich aber hatte ich nur noch das Bedürfnis, ihn schnellstens loszuwerden – da es ja doch nichts nützte, die Uhr zurückzudrehen, wenn man dadurch nicht erfuhr, wie es wirklich war. Wo ich mich im Grunde doch kaum für Maciej interessiert und kaum je die Ohren gespitzt hatte, wenn es um ihn und seine kommunistischen Kinderkrankheiten ging. Ich hätte es also nicht ertragen, noch einen Spaziergang mit ihm zu machen und Sonia Wallenberg, die Sekretärin aus dem Institute for Westeuropean Studies, in ihrem Seniorenheim zu besuchen, mit der wir eigentlich verabredet waren. Oder nach Devotionalien zu stöbern im Harvard Coop, das heißt, mich unter seinen Augen als Spießerin zu outen, die sich einen Füller mit dem Uni-Wappen auf der goldenen Feder kaufte. Und ganz gewiss nicht wollte ich mir von ihm bestätigen lassen, was ich schon wusste: wie wenig der Campus und Cambridges winzige Innenstadt sich verändert hatten, sodass mir auf Schritt und Tritt die Vergangenheit entgegenkam. Schwankende Gestalten. Muriel mit feuchtem Mund, die offensichtlich eine Zwillingsschwester in der Gegenwart besaß. Der liebenswürdige Professor aus Wien, dessen Frau ermordet worden war und dem ich völlig überflüssigerweise Deutschunterricht hätte erteilen sollen. Oder ich selbst, in Faltenrock und weißer Bluse, eine schüchterne, den Winter herbeisehnende junge Frau, die sich vor den KZ-Nummern auf den Unterarmen alter Männer fürchtete, die so alt gar nicht waren.

So beschränkte sich Maciej nur noch darauf zu sagen, dass auch er Ulrich geliebt, nein, nicht geliebt, sondern verehrt habe. Und keiner in seinem ganzen Leben je so geduldig mit ihm gewesen sei. Lauter gute deutsche und gute englische Sätze habe Ulrich aus seinen schlechten gemacht. Verständliche Sätze, aus denen er Thesenpapiere und Seminararbeiten basteln konnte. Ja, er war ein guter Mensch, lautete sein Urteil. Dass er mich überredete, mein Lodencape in eine Kleidersammlung zu geben, kann ich ihm zwar heute noch nicht verzeihen. Aber er hat mir dafür einen tollen Wintermantel gekauft, einen, der so haltbar ist, dass ich ihn immer noch trage.

Als Felice feststellte, dass sie Sues Strohhut auf der Bank liegen gelassen hatte – die nunmehr dritte Kopfbedeckung, die ihr in New York verloren gegangen war –, standen die beiden Frauen schon in der Schlange zur Fähre und ein Kind auf dem Arm seines Vaters hatte sie mit einer Freiheitsstatue aus Schaumgummi gerade so heftig ins Gesicht geschlagen, dass ihr die Tränen in die Augen traten. Auf dem Schiff überraschte sie ein Schauer, sie blieb mit Sue im Freien stehen, breitete die Arme aus, ließ sich nassregnen. Und als Felice nach der Ankunft im Battery Park immer noch nicht aufhören wollte zu reden, sich in Kleinigkeiten erging, in Ausschmückungen, in verbalen Bußübungen, die sie bisweilen selbst nicht verstand, beschlossen sie, eine weitere Runde um die Freiheitsstatue zu drehen, dieses Mal mit der Staten Island Ferry, weil sie nichts kostete. Damals, als sie mit Ulrich unterwegs gewesen war, mussten sie noch dafür bezahlen.

Er werde ihnen Plätze freihalten, sie sollten sich keine Sorgen machen, wiederholte Sue das, was ihr Samy am Handy mitteilte, die Verbindung war schlecht, sie musste schreien, wahrscheinlich saß ihr Freund im siebten Kellergeschoß der Public Library, rollte mit seinen großen, denen von Professor L. so ähnlichen Augen und sortierte Bücher, die – weil McKinsey es so wollte – demnächst ausgelagert werden sollten und deshalb nicht mehr ausgeliehen werden konnten. Und so betrieben Sue und Felice ihr Geheimnisspiel weiter, das keine Fragen erlaubte, selbst wenn Sue gerne welche gestellt hätte und sich gewiss ein bisschen darüber ärgerte, dass für ihre Geheimnisse keine Zeit mehr blieb. Geheimnisse, die niemand ergründen will und hinter denen niemand etwas sucht, sind die schönsten, behauptete sie dennoch, sie machen frei und tun nicht weh. Am Ende ist es ganz gleichgültig, ob du sie einem Menschen oder einer Maschine anvertraust.

Lange nach dem Verlassen der Fähre bewegten sich ihre Körper noch im Rhythmus des stampfenden Schiffes. Sie hatten einen salzigen Geschmack auf den Lippen, ihre Gesichter und Hände fühlten sich klebrig an, waren wie mit einem Ölfilm überzogen. Hinter ihrem Rücken ging die Sonne unter, die *Statue of Liberty* stand in Lavawolken, aus ihrer Fackel drang schwärzlicher Rauch, Felice wäre am liebsten rückwärtsgegangen. Sie fühlte sich schwindlig, sie war seekrank ohne Schiff und ohne See, es fiel ihr schwer, die Richtung zu halten. Sue aber schrieb während des Laufens in Richtung *Midtown* mehrere SMS an Samy, ganz ohne zu stolpern, und erhielt irgendwann eine Antwort, in der er den Frauen riet, sich Zeit zu lassen. Alle Straßen seien blockiert, gerade habe *Occupy* einen Kordon aus Demonstranten um den Bryant Park gezogen, er selbst sei zwar schon drin, sie aber würden derzeit garantiert nicht reinkommen. Und auch der Beginn des Films würde sich verzögern.

Fuck, it will be Psycho, sagte Sue und blieb so abrupt stehen, dass Felice auf sie prallte. Psycho. Schon wieder *Psycho*. Perkins larmoyantes Gesicht. Und dieses Haus, als sei's von Edward Hopper. Ich kann es wirklich nicht mehr sehen.

Im überfüllten Linienbus, im Stau auf der 5th Avenue, auf der Höhe der 23rd Street – irgendwo in der Nähe musste das Gramercy Park Hotel sein – begann sich in Felice wieder das

Schweigen auszubreiten, das Nicht-Reden-Können, die Krankheit, an der auch Ulrich gelitten hatte. Ende des Geheimnisspiels. Sich an Sue festhaltend, die im Gegensatz zu ihr einen Haltegriff erreichen konnte, fröstelnd bald, weil der Bus klimatisiert war, sah sie Fassaden an sich vorüberziehen, Fassaden wie in einem Film, Spiegelungen von Fassaden vielmehr, die sich in den Resten des grandiosen Sonnenuntergangs und der beginnenden Dämmerung wie informelle Bilder ausnahmen. Den Times Square, nach wie vor hoffnungslos schäbig, wie sie fand. Eine blau gekleidete Polizistin in der Menge, von ergreifender Einsamkeit. Zeitungskioske, immer direkt vor der Haltestelle. Transportable Straßenküchen, belagert von Menschen, die Fahnen schwenkten, Wasserflaschen kauften, aus Pappbechern tranken, Hamburger aßen oder Lammfleisch aus Aluschalen, von *Halal Guys* in zitronengelben Shirts serviert.

Sue hörte nicht auf, mit Samy zu simsen, virtuos, mit einer Hand, dann und wann blühte ein Lächeln in ihrem Gesicht auf, sie war ihm zugetan wie einem Kind. Einmal sagte sie *Don't sit on the wet grass, darling*, obgleich er sie doch gar nicht hören konnte. Und Felice dachte an Afra, deren Lohn auf die Flurkommode zu legen sie vergessen hatte. An Afra und die von ihr so schön polierte Kiste, von der nie wieder die Rede sein würde. Nie mehr wieder. Weil Kisten zur Aufbewahrung von Botschaften aus der Mode gekommen waren, aus der Mode kommen würden zumindest, kein Mensch mehr ernsthaft damit rechnen konnte, Geschriebenes darin zu entdecken, keiner mehr im 21. Jahrhundert einen Bleistift oder Füllfederhalter in die Hand nahm oder eine Schreibmaschine betätigte, eine Lettera 22 der Marke Olivetti etwa wie Felice, als sie damals in Somerville – mühsam, mit einem Finger und auf der Suche nach deren Bedeutung – die Lyrik ihrer frühen Jahre katalogisierte, während der Makler der *Real Estate*-Firma unter ihr laut schreiend seine Häuser und Wohnungen anpries. Selbst jetzt, vierzig Jahre später, würde sie nie auf die Idee kommen, ihre Gedichte in ein

Smartphone oder einen Laptop zu tippen, allesamt landeten sie immer wieder in einem realen Papierkorb in ihrer unmittelbaren Nähe, zuletzt im Reading Room im Bryant Park, unter der liebevollen Beobachtung des schwarzen fettleibigen Wächters, der Felice in sein Herz geschlossen hatte. Meine Gedichte sind ja aber auch nichts, was wichtig wäre oder interessant werden könnte, sie stellen nichts dar, sie stellen nicht einmal Ideen aus, dachte Felice, an Sues großen, weichen, leicht schaukelnden Körper gelehnt. Sie sind Gedankenstaub auf kariertem Papier. Während man heutzutage Geschriebenes auf elektronische Zeichen reduziert, Bedeutendes und Unbedeutendes, auf Nullen und Einsen, die über die Datenautobahn rasen, wenn ich das recht verstanden habe. Oder es auf externen Festplatten speichert, denen man so ohne Weiteres keine Geheimnisse entreißen kann. Nicht solche jedenfalls, aus denen sich Geschichten oder komplizierte Romane entwickeln könnten.

Was nichts daran änderte, dass sie vor knapp einem halben Jahr in einer Kiste und unter einem Wust von Fotos, alten Zeugnissen und Beipackzetteln genau auf jenen Brief gestoßen war, in dem Ulrich seinen Analytiker verflucht hatte. Auf den undatierten Entwurf eines Briefes, genauer gesagt, hastig niedergeschrieben auf sieben oder acht mit Kaffeeflecken übersäten Rückseiten eines Typoskripts über den sowjetisch-chinesischen Konflikt. Vage erinnerte sich Felice daran, dass sie sich zuerst auf den politologischen Text konzentrierte, bevor sie sich der Kinderschrift zuwandte. Und wie sie ihre Fingerkuppen über die winzigen Erhebungen wandern ließ, welche die getippten Buchstaben in Ulrichs wildem Geschreibsel hinterlassen hatten. Hatte er je eine Reinschrift davon gemacht, in ein Kuvert gesteckt und abgeschickt? Für einen Moment sah sie Ulrich vor einem Briefkasten stehen, weit weg, in einem noch durch den Eisernen Vorhang geteilten Berlin, irgendwo in der Nähe des Botanischen Gartens in Dahlem, wo er gewohnt hatte, bevor sie zusammenzogen. Unschlüssig, einen Umschlag in der erhobenen Hand. Da kannten sie sich vielleicht schon. Oder sie würden sich demnächst kennenlernen. Wobei sie das Bild ganz schnell wieder aus den Augen verlor.

Übrigens, Samy und ich wollen vor deiner Abreise unbedingt noch herauskriegen, warum du dich Felice nennst, sagte Sue gut gelaunt und warf das Handy in den großen Lederbeutel, in dem sich – wie sie gerne betonte – ihr ganzer Haushalt befand. Du kannst doch unmöglich so heißen. Immer wieder waren wir beide drauf und dran, in deinem Pass nachzuschauen.

Sag du mir lieber, was ein *mockingbird* im Winter macht, entgegnete Felice, von Sue unsanft vor sich her zum Ausstieg geschoben. Ist er ein Zugvogel? Oder tut er nur so? Seiner Art gemäß?

Sue aber hatte vermutlich kein Wort verstanden. Sie stieß einem grazilen älteren Herrn ihren Ellbogen in den Rücken und sprang auf die Straße.

Epilog

Erst am folgenden Morgen, beim Einchecken in Newark, erfuhr Felice, dass die Eröffnung des neuen Flughafens Berlin-Brandenburg, dem man den Namen Willy Brandt gegeben hatte, bereits Ende Mai abgesagt worden war und sie wieder in Tegel landen würde.

Warum sie sich entschloss, nicht nach Berlin zurückzukehren, und wenige Tage später mit einem Frachtschiff nach Rio de Janeiro fuhr, würde Sue nie herausfinden. Auf der Ansichtskarte, die sie Wochen später erhielt, schrieb ihr Felice, sie habe Verwandte in Brasilien, was zwar möglich, aber eigentlich nicht glaubhaft war. Auf den Weiten des Ozeans und ohne Land am Horizont sei ihr – spätestens nach der Überquerung des Äquators – die Einsamkeit als ein Geschenk erschienen, das sie sich täglich verdienen musste, erklärte Felice. Sie habe nur geschaut, weder gelesen noch geschrieben. Und gespürt, wie sich die Längen- und Breitengrade unter ihr kreuzten.